STIMME DER MACHT

DIE SPRECHENDE MAGIERIN

Stimme der Macht

Stimme des Gebots

Stimme der Herrschaft

Stimme des Lebens

STIMME DER MACHT

DIE SPRECHENDE MAGIERIN BAND 1

MELANIE CELLIER

LUMINANT PUBLICATIONS

IMPRESSUM

Für Rachel,
aus zu vielen Gründen, um sie hier nennen zu können.
Ich halte unsere Freundschaft in Ehren.

Sekali Empire
Greyback Mts
Torcos
Ardann
Kallorway
Brenton
Corrin
Kallmon
RIVER ANDRE
Kingslee
River Greloy
Alvakre

KAPITEL 1

Ich eilte über den Waldweg nach Hause und war bereits spät dran, als ich den Schrei hörte. Er stammte offensichtlich von einem Kind und war zu laut, um ihn zu überhören, und zu schmerzerfüllt, um ihn zu ignorieren. Seufzend wurde ich langsamer und versuchte, die Quelle ausfindig zu machen. Ich hatte mehr Zeit in den Wäldern verbracht, als ich es sonst bei meinen Kräutersammelausflügen tat, und die Sonne stand bereits tief am Himmel. Doch ich befand mich immer noch ein gutes Stück außerhalb des Dorfes, also war es unwahrscheinlich, dass jemand anderes die Sache hören oder eingreifen würde.

Eine wütende Stimme, gefolgt von einem weiteren Schrei, ließ mich durch einige Büsche auf ein flaches Stück Land eilen, das an den kleinen Fluss grenzte, der an unserer Stadt Kingslee vorbeiführte. Ein kleines Kind, das mir bekannt vorkam – nicht älter als drei Jahre –, kauerte im Dreck, ihm gegenüber standen ein Junge und ein Mädchen in meinem Alter. Ich stürzte nach vorne, sprang zwischen das Kind und seine Angreifer, bevor mein Gehirn verarbeiten konnte, was geschah. Ich warf dem Mädchen vor mir einen verletzten Blick zu.

»Wirklich, Alice?«

Sie zuckte zusammen. »Wir mussten eingreifen, Elena. Er hätte uns alle in Gefahr bringen können. Du hättest dasselbe getan.«

Ich drehte mich um, um den Jungen zu mustern, der sich jetzt an mein Bein klammerte. Er sah nicht gefährlich aus. Tränen liefen über seine Wangen – auf einer davon zeichnete sich deutlich der rote Abdruck einer Hand ab. Ich drehte mich wieder nach vorne und sah die beiden finster an.

»Ich glaube wirklich nicht, dass ich das getan hätte.«

Wieder zuckte Alice zusammen. »Nun, das vielleicht nicht. Vielleicht ist Samuel etwas zu weit gegangen ...«

»Nein, das bin ich nicht.« Samuel sah mich aus zusammengekniffenen Augen heraus an. »Dem Jungen musste eine Lektion erteilt werden, und das solltest sogar du wissen, Elena. Ist das Haus deiner Familie nicht gleich die Straße runter?«

Ich rieb mir über die Stirn. Für diese Rätsel war ich heute zu müde.

»Wovon sprichst du, Samuel?«

Samuel deutete lediglich auf den aufgewühlten Erdboden, neben dem wir alle standen. Hilflos sah ich zu Alice hinüber.

Sie lehnte sich leicht nach vorne und deutete etwas genauer auf eine Stelle. Widerwillig beugte ich mich ebenfalls nach unten und blickte stirnrunzelnd auf etwas, das wie eine einzelne kurze, geschwungene Linie aussah, die in die Erde gezeichnet worden war, tiefer als die anderen undeutlichen Abdrücke.

»Ist das ... eine Linie?« Ich hob das weinende Kind in meine Arme, das versucht hatte, an meinem Bein nach oben zu klettern, und setzte es auf meiner Hüfte ab. »Also hat er in den Dreck gemalt. Na und?«

»Ja, es ist *nur* eine Linie. Unseretwegen.« Samuel trat nach vorn, seine Haltung wirkte angriffslustig und ließ mich einen Schritt zurückweichen. Aber nur wegen des Jungen. Ich wollte nicht, dass Samuel ihn noch einmal schlug.

Jedoch ignorierte Samuel das Kind und deutete stattdessen

auf etwas, das auf unserer anderen Seite lag. Bei dem Handgemenge, das hier vor meinem Eintreffen stattgefunden hatte, war offenbar etwas zur Seite gefallen und teilweise von einem Busch verdeckt worden. Die halbe Seite, die noch sichtbar war, reichte jedoch aus, um zu erkennen, worum es sich handelte – ein einzelnes Blatt bedruckten Pergaments.

Ich schnappte nach Luft und sprang instinktiv zurück, wobei ich beinahe den Jungen hätte fallen lassen.

»Was …? Wo kommt das her?«

Samuel verschränkte die Arme vor seiner Brust und betrachtete mich erneut aus zusammengekniffenen Augen. »Jetzt verstehst du es also. Wir haben uns alle gerettet. Und diesem Kind muss eine Lektion erteilt werden.«

»Er ist noch ein Baby«, protestierte ich und schlang meine Arme um ihn. »Er weiß es nicht besser.«

Doch auch ich konnte spüren, wie meine Glieder zitterten, als die Angst durch mich strömte. Wie knapp waren wir dem Tod entgangen? Ich wischte mit meinem Fuß durch die Erde, um auch die letzte Spur von dem zu vernichten, was auch immer dort gestanden hatte.

»Warum habt ihr es nicht verbrannt?«, fragte ich. »Bevor jemand anderes es findet. Wie eine der Wachen. Ihr kennt die Strafe, die einem für den Besitz von Schriften droht, ganz zu schweigen von der Gefahr …«

Samuel schüttelte den Kopf. »Wir werden es verbrennen, sobald der Junge seine Lektion gelernt hat.«

Wieder trat ich zurück, als er sich bedrohlich näherte. Alice legte eine Hand auf seinen Arm und hielt ihn zurück.

»Ich glaube, du hast ihm genug Angst gemacht, Samuel. Sieh ihn dir an, er weint immer noch. Elena hat recht. Wir sollten es verbrennen.«

Für einen Augenblick waren Samuel und ich wie erstarrt, unsere Blicke ineinander verankert. Doch dann zerrte Alice an seinem Arm, und er seufzte, bevor er ihre Hand abschüttelte.

»Na schön.«

Während er seinen Zündschwamm und einen Feuerstein hervorzog, versuchte ich, das Pergament nicht anzuschauen. Doch die markanten schwarzen Zeichen riefen nach mir, ich konnte nicht widerstehen, einige flüchtige Blicke zu erhaschen. Natürlich konnte ich nicht lesen, was dort stand. Keiner von uns konnte das. Aber ich wusste genug, um Wörter zu erkennen, wenn ich sie sah. Ihre Schlaufen und Kurven und scharfen Kanten faszinierten mich. Welche Geheimnisse würden sie enthüllen, wenn man sie nur entziffern könnte? Wenn ich nicht als Elena von Kingslee, Tochter von zwei Ladenbesitzern, geboren worden wäre?

Als die erste helle Flamme das Papier entzündete und die verbotenen Buchstaben verbrannten, schüttelte ich mich. Für nichts in der Welt würde ich meine Familie eintauschen. Nicht mal für die Wunder der geschriebenen Worte und die magischen Kräfte, die jene mit der richtigen Blutlinie mit deren Hilfe entfesseln konnten.

»Okay, das wäre erledigt«, sagte Alice, nachdem das Pergament sich vollständig in Asche verwandelt hatte. »Wir sollten gehen.« Sie warf einen Blick über ihre Schulter in Richtung der Straße, offensichtlich konnte sie es kaum erwarten, von hier zu verschwinden.

Doch in mir regte sich ein unbehagliches Gefühl.

»Die eigentliche Frage ist, woher er es hatte.« Ich schaute auf den Jungen hinunter, der sich an meine Schulter gekuschelt hatte. Die hypnotisierenden Flammen hatten seine Tränen versiegen lassen. »Woher kam es? Kingslee kann diese Art von Ärger nicht gebrauchen.« Nicht mit unserer Nähe zur Hauptstadt, durch die wir für die Wachen des Königs viel zu leicht zu erreichen waren.

Samuel grunzte. »Hast du sie vorhin nicht gesehen? Auf ihrem Weg nach Corrin sind mehrere schicke Kutschen hier vorbeigerollt.« Er gestikulierte über die Straße, vorbei an meinem Haus – dorthin, wo weit außer Sicht die Hauptstadt lag. »Sie haben sich zu einer Pause hinreißen lassen, und die Magier darin haben sogar den Laden deiner Eltern betreten. Ich bin mir sicher, dass einer von ihnen dieses Ding fallengelassen hat, und dieser Idiot hat es gefunden.«

Seine wütende Stimme ließ den Jungen in meinen Armen erzittern, der versuchte, sich in meiner Schulter zu vergraben. Ich hob ihn auf meiner Hüfte etwas höher und warf Samuel einen bösen Blick zu.

»Es ist nicht seine Schuld. Er ist zu jung, um es besser zu wissen. So etwas sollte nicht einfach irgendwo herumliegen.«

»Offenbar ist er schlau.« Alice betrachtete ihn aus traurigen Augen. »Er hat versucht, das, was er gesehen hat, zu kopieren.«

»Schlau? Ha!« Samuel brach in ein humorloses Gelächter aus. »Wohl eher ein idiotischer Narr. Er hätte uns alle mit einem einzigen Wort in die Luft sprengen können, das weißt du.«

»Aber das hat er nicht!«, fauchte ich, meine Geduld war am Ende. »Und es ist schon spät. Ich werde ihn nach Hause bringen.« Ich verengte meinen Blick, forderte Samuel heraus, zu versuchen, mich aufzuhalten, aber er starrte lediglich zurück.

»Weißt du, wohin er gehört?«, fragte Alice zögerlich.

Ich nickte. »Ich kenne ihn. Er wird bald wieder zu Hause sein.«

Keiner von ihnen bewegte sich, also umrundete ich sie und machte mich auf den Weg. Es wäre mir lieber gewesen, hinter ihnen zu laufen, außerhalb ihres Sichtfeldes, aber ich hatte keine Zeit, um noch länger zu warten. Nicht jetzt, wo ich in die Stadt musste, bevor ich nach Hause gehen konnte.

Ich ging schnell, doch mit jeder Minute wurde der Junge schwerer. Ich überlegte, ihn abzusetzen und selbst laufen zu lassen, aber das langsame Tempo hätte meinen Nerven den Rest gegeben. Also ging ich weiter und hielt nur einmal an, um ihn auf meine andere Seite zu setzen.

Es waren heute also Mitglieder der Magierfamilien vorbeigekommen. Das ergab Sinn, da niemand sonst geschriebene Worte bei sich führen würde. Wenn ich nicht unterwegs gewesen wäre, um Kräuter zu sammeln, hätte ich sie selbst gesehen. Vielleicht sogar mit ihnen gesprochen, wenn sie in den Laden gekommen waren, wie Samuel erzählt hatte.

Wie wären sie gewesen? Es war eine Sache, Dinge über sie in der Schule zu lernen. Dass nur sie die Macht kontrollieren konnten, die die geschriebenen Worte entfesselten, und deshalb nur ihnen anvertraut werden konnte, Lesen und Schreiben zu lernen. Über die Geschichte, wie sie unser Königreich mit der Kraft ihrer schriftlichen Werke aufgebaut hatten. Wir hatten sogar etwas über die unterschiedlichen Roben gelernt, die sie trugen, um ihre Disziplinen zu kennzeichnen. Aber das war nicht das Gleiche, wie sie persönlich kennenzulernen.

Stolz, hochmütig und unliebsam? So hatte ich sie mir immer vorgestellt, und so sahen diejenigen, die gelegentlich durch Kingslee ritten, auch aus.

Aber was wäre, wenn sie normal gewirkt hätten? Sogar freundlich? Eine Person genau wie ich, nur mit schickerer Garderobe. Wäre das noch schlimmer? Zu wissen, dass uns nicht mehr voneinander unterschied als ein Zufall bei der Geburt?

Ohne anzuklopfen, schob ich die Tür eines kleinen Häuschens auf, das etwas abseits der Hauptstraße lag. Eine junge Frau mit geröteten Augen blickte auf und stieß ein leises Quieken aus.

»Joseph! Da bist du ja!« Sie eilte zu uns und nahm mir den Jungen aus den Armen, um ihn in ihre eigenen zu schließen. Ich hatte schon gedacht, dass er wie Isadoras Junge aussah, obwohl ich seinen Namen vergessen hatte.

Sie betrachtete mich mit großen Augen. »Wo hast du ihn gefunden, Elena?«

Ich trat von einem Fuß auf den anderen. »Unten am Fluss.«

Sie quiekte erneut und drückte ihn so fest an sich, dass er sich wehrte und versuchte, sich zu befreien. Nur mit Mühe konnte ich mich davon abhalten, mit den Augen zu rollen. Das war ganz schön viel Drama für jemanden, der nicht mal draußen war, um nach seinem Kind zu suchen.

Ich wollte wieder verschwinden, doch etwas hielt mich zurück. Ich räusperte mich. »Von dem *Fluss* ging keine Gefahr für ihn aus«, sagte ich, wodurch ich sofort Isadoras volle Aufmerksamkeit bekam.

»Was meinst du damit?«

»Er hat keine Anstalten gemacht, schwimmen gehen zu wollen. Vielleicht, weil er etwas gefunden hatte.« Ich schaute mich um, konnte aber niemand anderen in dem kleinen Haus entdecken, das nur aus zwei Zimmern bestand. Trotzdem senkte ich meine Stimme. »Ein Stück Pergament. Mit Worten. Samuel denkt, dass es aus einer der Kutschen gefallen sein muss, die heute hier vorbeigekommen sind. Joseph hat es gefunden und …« Ich holte tief Luft. »Er hat versucht, etwas davon zu kopieren. Er hat es in die Erde geschrieben.«

Ich war mir sicher gewesen, dass mir diese Enthüllung ein weiteres Quieken von ihr einbringen würde, doch stattdessen schien sie starr vor Schreck. Mit großen Augen blickte sie zwischen mir und ihrem jungen Sohn hin und her.

»Und …« Ihre Stimme zitterte. »Samuel weiß davon? Er hat noch nie gewusst, wann man seinen Mund halten sollte.«

»Keine Sorge«, sagte ich schnell. »Joseph ist praktisch noch ein Baby. Und wir haben es verbrannt. Ich bin mir sicher, dass Samuel keine Probleme bereiten wird, egal was er sagt.« Ich zögerte. »Aber du musst sicherstellen, dass er versteht …« Ich biss mir auf die Lippen. »Er muss sehr klug sein. Hat er … Hat er so etwas schon einmal versucht?«

»Natürlich nicht!« Sie sah fast beleidigt aus. »Er hat noch nie zuvor Worte gesehen. Wo hätte er das tun sollen? Aber er liebt es zu zeichnen. Er hat schon immer versucht, die Formen der Bilder am Markt und der Schilder dort zu malen …« Sie brach ab und fuhr sich mit der Hand über ihre Augen. »Er ist klug, wie du schon sagst.« Ihr Blick begegnete meinem. »Wie dein Bruder Jasper.«

Ich lächelte, doch es fühlte sich falsch an, ich spürte noch immer die Anspannung in mir. »Das wären in der Tat glückliche Umstände für ihn. Für euch alle.« Ich unterdrückte es, meinen Blick über das notdürftig gepflegte Innere der Hütte schweifen zu lassen. »Aber zunächst muss er lange genug überleben.«

Isadora erzitterte. »Es wurde verbrannt, hast du gesagt?«

Ich nickte.

»Nun …« Sie seufzte. »Hoffentlich hat es sich damit erledigt.« Doch ich konnte die Angst in ihren Augen sehen, als sie Joseph beobachtete, der sich freigekämpft hatte und zum Spielen auf die andere Seite des Raumes gelaufen war.

»Ja.« Ich bewegte mich langsam auf die Tür zu. »Ich sollte besser gehen …«

»Natürlich, du wirst bestimmt bereits zum Abendessen erwartet. Vielen Dank, Elena.«

Joseph sah auf, als wäre das sein Stichwort gewesen, und wiederholte: »Vielen Dank, Elena«, mit seiner hohen Stimme, die die Worte leicht verzerrte. Das Gesicht seiner Mutter schmolz hingerissen dahin, und auch ich konnte ein Lächeln nicht unterdrücken.

Doch es legte sich schnell wieder, als ich aus der Stadt lief. Isadora hätte vorsichtiger sein müssen. Sie hätte besser auf ihren Sohn aufpassen sollen. Er war jetzt alt genug, um es zu verstehen. Ich erzitterte. Oder vielleicht eben noch nicht. Ich konnte mich kaum daran erinnern, wie Clementine in dem Alter gewesen war, ganz zu schweigen davon, wie es war, selbst so jung zu sein. Dennoch. Erst vor einem Jahr war ein ganzes Dorf vernichtet worden. Ein großer Knall und das ganze Ding war verschwunden. Natürlich wusste niemand genau, was geschehen war. Wie auch, wenn nichts mehr davon übrig war.

Man wusste nur, dass die Explosion ungeschult gewesen war, nicht kontrolliert. Tödlich. Jemand hatte geschrieben. Ein

Normalgeborener ohne die Kontrolle, die Macht zu formen, die hinausströmte, sobald die geschriebenen Worte Gestalt annahmen. Ein Normalgeborener wie ich und jede andere Person in diesem Königreich, deren Eltern keine Magier waren.

Und es hätte auch Kingslee treffen können. Vielleicht wäre das heute beinahe passiert. Ich schluckte und wich von dem Weg ab, um meinen ledernen Ranzen einzusammeln, den ich in den Büschen zurückgelassen hatte, als ich zu Josephs Rettung geeilt war. Jasper würde mich finster anstarren, wie er es immer tat, wenn er je davon erfahren würde, und mir sagen, dass ich einen viel zu ausgeprägten Beschützerinstinkt hätte.

»Und dabei bist du nicht mal die Älteste, Elena«, würde er sagen und mich liebevoll an den Haaren ziehen. »Bin ich nicht derjenige, der dich beschützen sollte?«

Ich spielte immer mit und lächelte, aber wir beide kannten die Wahrheit. Jasper war unser Lichtblick. Derjenige, der uns allen aus der Armut helfen würde. Er war das Genie mit dem perfekten Gedächtnis, das es sogar mit den Magiern aufnehmen konnte, wenn es um Wissenschaft ging.

Eines Tages würde er sich eine lukrative Position sichern und uns mit in die Hauptstadt nehmen. Was bedeutete, dass es an mir lag, nicht nur unsere jüngere Schwester Clementine, sondern auch ihn zu beschützen. Obwohl er heutzutage weit weg war, auf der Königlichen Universität. Zu weit entfernt, als dass wir uns necken oder beschützen könnten.

Es war immer klar gewesen, dass Jasper die Verantwortung unserer familiären Pflicht nicht akzeptieren würde. Das war genauso unwahrscheinlich, wie dass die schwache, kränkliche Clementine in den Krieg zog.

Wenn mir also die ultimative Bürde auferlegt wurde, meine Geschwister zu beschützen, warum sollte ich dann nicht früh damit anfangen? Auch wenn mein achtzehnter Geburtstag immer noch länger als eineinhalb Jahre entfernt war.

Als ich die Tür zu unserem Haus aufschob, begrüßte mich

meine Schwester wie immer mit einem freudigen Schrei. Im Gegensatz zu dem Haus, das ich gerade verlassen hatte, war hier alles rein und ordentlich, die Möbel waren stabil und alle Oberflächen sauber geschrubbt. Sogar die Gardinen sahen wie frisch gewaschen aus. Und es war größer, hatte zwei Zimmer mehr und ein Dachgeschoss, in dem Clementine und ich schliefen. Das war der Lohn für die umsichtige Führung des kleinen Ladens meiner Eltern. Das und ihre Bereitschaft, außerhalb der Stadt zu wohnen, wo es Platz für größere Häuser gab.

Ich versuchte zu lächeln, aber Clementine kannte mich zu gut. Ihr Gesicht wurde ernst und sie eilte zu mir herüber, um meine Hand zu nehmen.

»Was ist los, Elena? Stimmt etwas nicht?«

Ich schüttelte mich. »Nein, eigentlich nicht. Kümmere dich nicht um mich, Clemmy. Ich bin nur müde.« Und das war die Wahrheit. Es war alles wieder in Ordnung. Aber ich konnte das ungute Gefühl trotzdem nicht loswerden, das sich am Fluss über mich gelegt hatte.

»Oh, armes Ding. Natürlich bist du erschöpft, du bist den ganzen Tag durch den Wald gelaufen.« Sie beeilte sich, mir die Tasche von meiner Schulter zu nehmen und deutete auf einen Stuhl, damit ich mich setzte, während sie die Kräuter fein säuberlich auf dem Tisch ausbreitete.

»Wir hatten ein paar besondere Besucher, während du fort warst.« Sie kicherte. »Na ja, nicht direkt Besucher. Kunden.«

Ich rieb mir die Augen. »Habe ich schon gehört. Magier, nicht wahr?«

Sie nickte und sah etwas enttäuscht aus, weil ihr jemand mit diesen Neuigkeiten zuvorgekommen war. »Eine der Damen hat unser frisches Obst gesehen und anscheinend ›ein Verlangen verspürt, dem sie nicht widerstehen konnte‹.«

Ich rollte mit den Augen, aber Clementine war offenbar fasziniert von ihrer Begegnung mit der Oberschicht. Diejenigen, die uns unterdrückten. Ich presste eine Hand an meine Schläfe. Ich musste müder sein, als mir bewusst gewesen war, wenn ich derart dramatisch wurde.

Die Magier mochten die ganze Macht haben und viel des Wohlstands für sich beanspruchen, doch sie waren die Einzigen, die in der Lage waren, diese Macht zu kontrollieren. Und immerhin konnten wir alle einen gewissen Nutzen aus ihren Fähigkeiten ziehen. Sei es nur, weil ihre Botaniker und Windarbeiter sicherstellten, dass wir eine gute Ernte hatten, und ihre Baumeister Straßen und öffentliche Gebäude bauten. Sogar ihre Heiler standen denjenigen zur Verfügung, die es sich leisten konnten.

»Ich hoffe, sie haben gut bezahlt«, sagte ich.

»Das haben sie«, sagte Mutter, als sie geschäftig den Raum betrat. »Und sogar noch mehr. Als wäre es ihre Zeit nicht wert, den passenden Betrag herauszusuchen.« Sie schüttelte erstaunt den Kopf.

»Eines Tages werden wir das sein«, sagte Clementine mit Stolz in ihrer Stimme. »Sobald Jasper seinen Abschluss hat und wir alle zu ihm nach Corrin gehen.«

»Aye, so ist es«, sagte Vater und trat von draußen ins Haus. Er hob Clementine hoch und wirbelte sie herum, obwohl sie mit ihren elf Jahren schon viel zu alt für so etwas war. Allerdings erhob niemand von uns Einspruch dagegen.

Als er sie wieder absetze, fiel sein konzentrierter Blick auf die Reihen von Kräutern auf dem Tisch. Seine Augenbrauen wanderten nach oben.

»Du warst heute fleißig, Elena.«

Ich streckte meinen Rücken durch und lächelte ihn an. Tatsächlich hatte ich gute Beute erzielt, obwohl die neuesten Ereignisse von diesem Nachmittag mich davon abgelenkt hatten. Ich war schon immer die Beste darin gewesen, die versteckten Winkel in den Wäldern zu finden, wo die selteneren Kräuter wuchsen. Diejenigen, die in dem Laden einen guten Preis erzielen würden – egal ob frisch oder getrocknet.

Meine Familie würde mich vermissen, wenn ich achtzehn werden und mich einschreiben würde, um in den Krieg zu ziehen. Das wusste ich. Aber besser ich als Jasper oder Clementine. Niemand hatte es je ausgesprochen, aber wir alle waren uns dessen bewusst. Und das Gesetz war deutlich. Ein Kind aus jeder Familie musste sich melden, um der Armee beizutreten, wenn es volljährig wurde. Und falls sich niemand freiwillig meldete, würde das Jüngste an seinem achtzehnten Geburtstag dazu gezwungen werden, sich zu verpflichten.

Von Zeit zu Zeit gab es Debatten darüber, doch niemand schien entscheiden zu können, was weniger beneidenswert war – älter und dazu gezwungen zu sein, sich zu entscheiden, oder das jüngste Kind zu sein, das keine andere Wahl hatte. Manchmal sah ich die Traurigkeit und die Angst in den Augen meiner Mutter, wenn sie mich betrachtete. Die meisten Familien schickten ihren stärksten Sohn und hofften, dass er die drei Jahre überleben würde, bis er seine Pflicht erfüllt hatte und nach Hause zurückkehren durfte.

Manchmal fragte ich mich, ob das der Grund dafür war, weshalb Mutter noch einmal schwanger geworden war – ganze fünf Jahre nach meiner Geburt. Zu dem Zeitpunkt war klar gewesen, dass Jasper besonders war, und dass er nicht an der vordersten Front eines nie enden wollenden Krieges verschwendet werden konnte. Meine Eltern hatten damals bereits angefangen, ihr Geld zu sparen, weil sie wussten, wie viel Privatunterricht er brauchen würde, sobald er die Schule in Kingslee im Alter von zehn Jahren abgeschlossen hatte.

Vielleicht hatte meine Mutter gehofft, noch mehr Söhne zu gebären, die geeigneter waren, in einer Schlacht zu überleben als ich. Doch stattdessen bekamen sie Clementine – die Liebevollste und Schwächste von uns allen.

Allerdings hatte ich nie den Mut aufgebracht, sie danach zu fragen, also war an dieser Sache möglicherweise gar nichts dran.

»Hat irgendjemand von ihnen etwas fallen lassen?« Die Worte

kamen mir über die Lippen, noch bevor ich gemerkt hatte, dass sie mir überhaupt auf der Zunge gelegen hatten.

»Wer?«, fragte Vater verwirrt.

»Du meinst die Magier?« Clementine neigte ihren Kopf zur Seite und beäugte mich skeptisch. »Warum?«

»Oh, die.« Vater widmete sich wieder seiner Aufgabe, die Kräuter zu verpacken.

»Ich habe nichts gesehen«, sagte Mutter. »Obwohl es mich nicht überraschen würde, so leichtsinnig, wie sie sich verhalten haben. Warum fragst du? Bist du beim Laden vorbeigekommen und hast etwas gefunden?«

Ich schüttelte den Kopf. »Ich nicht. Aber Joseph – Isadoras kleiner Junge – hat scheinbar etwas gefunden.« Ich hatte nicht vorgehabt, ihnen davon zu erzählen, aber ich konnte es nicht für mich behalten – nicht bei dem Gewicht, das auf meinen Schultern lastete. Die Geschichte wollte freibrechen.

Außerdem war Samuel dabei gewesen. Ich vertraute nicht darauf, dass er seinen Mund hielt, und sobald er angefangen hätte zu reden, wäre es schwer einzuschätzen, wie andere darauf reagieren würden. Ich hoffte nur, dass er Joseph nicht erkannt oder gesehen hatte, zu welchem Haus ich mit ihm gegangen war. Glücklicherweise war er nicht der Typ, der auf solche Details achtete.

»Etwas Wertvolles?«, fragte Clementine. »Denkst du, dass sie es vermissen werden? Die Magier, meine ich?«

»Ich hoffe nicht.« Ich streckte meinen Rücken durch und atmete tief ein. Daran hatte ich noch gar nicht gedacht. »Es waren Worte. Eine Art gedruckter Bericht oder so.«

Sämtliche Bewegungen im Zimmer erstarrten.

»Und der junge Joseph hat es gefunden, sagst du«, sagte Vater nach einer Weile.

Ich nickte. »Samuel und Alice haben ihn unten am Fluss entdeckt. Wir haben es verbrannt. Aber …« Ich atmete tief durch und brachte die nächsten Worte so schnell wie möglich hinter mich. »Er hat versucht, sie zu kopieren. In der Erde, bevor ich angekommen bin. Sie haben ihn gerade noch rechtzeitig aufgehalten.«

»Er hat versucht, die ... die Zeichen zu kopieren?«, stieß Clementine stotternd hervor, sämtliche Farbe war aus ihrem Gesicht gewichen.

»Wenn er ein ganzes Wort geschrieben hätte ...« Sogar mein Vater sah verängstigt aus.

Ich schluckte und nickte. »Aber das hat er nicht. Daran erinnere ich mich immer wieder. Er hat es nicht geschafft. Und er ist nur ein Kind. Vielleicht ... Vielleicht wäre die Kraft in ihm nicht stark genug gewesen, um besonders viel Schaden anzurichten.«

Niemand reagierte auf meine hoffnungsvolle Äußerung. Denn wir alle kannten die Kraft der Worte. Worte hatten Macht über das Leben – und die Macht über den Tod. Geschriebene Worte formten die Macht und ließen sie aus uns hinaus in die Welt strömen. Aber nur die Magierfamilien konnte diese Macht kontrollieren.

Bestimmt keine Leute wie wir. Oder der junge Joseph. Wenn ein Normalgeborener auch nur ein Wort schrieb, würde die Macht aus ihm herausschießen und sich in einer unkontrollierten, zerstörerischen Explosion entladen. Genau wie es dem armen Dorf im Norden zugestoßen war. Innerhalb eines Wimpernschlages für immer ausgelöscht, von der Landkarte radiert. Wie viele Buchstaben hatte es gebraucht? Und wer hatte sie geschrieben? Wir würden es niemals erfahren.

Ich mochte das System verabscheuen, das uns durch den Dreck zog, aber ich verstand es. Es gab einen Grund, weshalb es keinem von uns je gewährt wurde, die Wunder des Lesens und Schreibens zu erlernen. Ohne die Blutlinie, die es uns ermöglichte, die Macht zu kontrollieren, war es einfach zu gefährlich. Nur ein kleiner Fehler und ...

Plötzlich flog die Tür auf, was uns alle zusammenzucken ließ.

Thomas, der Junge, der gelegentlich im Laden aushalf, seit Jasper gegangen war, lehnte keuchend am Türrahmen.

»Tom, was ist los?«, fragte Vater.

»Probleme«, keuchte er. »Probleme im Laden. Es geht um diese Magier.«

KAPITEL 2

Wir sahen einander mit großen Augen an, dann war Vater zur Tür raus, und ich dicht auf seinen Fersen. Wir liefen nebeneinander her, rannten so schnell wir konnten. Der kurze Weg in die Stadt erschien endlos, aber sobald die Straße den Dorfrand erreichte, konnten wir den Aufruhr vor uns sehen, trotz des schwindenden Tageslichts. Mehrere Männer hatten sich vor dem Laden versammelt. Und sie trugen Fackeln.

Irgendwie schafften wir es, noch schneller zu laufen.

Vater sprang zwischen sie, stieß und schob sie mit seinen Ellbogen auseinander und zur Seite. Ich hingegen lief um die Männer herum und positionierte mich direkt zwischen der verschlossenen Eingangstür unseres Ladens und der kleinen Gruppe.

Ich brauchte nicht länger als ein paar Sekunden – und einen einzigen Atemzug –, um zu wissen, dass sie getrunken hatten. Darauf hätte ich ohnehin gewettet. Sonst würden sie sich nicht so aufführen. Sie kannten meine Eltern, mochten sie sogar. Und jeder von ihnen war Kunde unseres Ladens.

Aber irgendetwas hatte sie aufgebracht und es war nicht

schwer zu raten, was. Schreie von »Magier« und »lesen« erklangen immer wieder in dem Tumult.

»Ihr werdet uns alle umbringen«, sagte einer von ihnen zu meinem Vater, der ihn mit einem verständnislosen Blick betrachtete. »Wovon redest du da, Murphy?«, fragte er gereizt, als hätte er die ganze Geschichte nicht erst vor wenigen Minuten von mir gehört.

»Die Magier werden sich auf uns stürzen und ihre Wachen mitbringen«, entgegnete Murphy stur, doch in seiner Stimme schwang Angst mit. »Sie dulden es nicht, wenn jemand versucht, sich selbst das Lesen beizubringen.«

»Und das aus gutem Grund«, sagte eine andere Stimme. »Ich will nicht bei lebendigem Leib in meinem Bett verbrennen, nur weil irgendein Narr Wahnvorstellungen hat. Lesen führt zum Schreiben. Das wissen wir alle.«

»Niemand in Kingslee versucht, das Lesen zu erlernen, da bin ich mir sicher«, sagte Vater, seine Stimme klang inmitten des Chaos wie eine ruhige Oase. »Und was hat das überhaupt mit meinem Laden zu tun?«

»Sie waren hier«, sagte Murphy und blickte ihn finster an. »Wir haben sie alle gesehen, wie sie mit euch gesprochen und euch bezahlt haben. Es muss etwas mit ihnen zu tun haben.« Jetzt runzelte er die Stirn, als müsse er die Geschichte in seinem Kopf selbst noch zusammenzusetzen. »Ich bin mir sicher, dass der Junge genau das gesagt hat. Sie haben Worte in eurem Laden zurückgelassen, und jetzt werden sie *gelesen*.«

Ein Chor aus wütenden Stimmen unterstützte ihn, wodurch er sich seiner Sache sicherer wurde, obwohl er keine Ahnung hatte, was genau geschehen war. Aber die Erwähnung eines Jungen reichte aus. Ich knirschte mit den Zähnen. Samuel. Zweifellos war er in der Taverne gewesen, um sich seine Sorgen von der Seele zu reden. Und er hatte es geschafft, einen Haufen betrunkener Männer anzustacheln. Er hatte ihre Ängste entfacht und ihnen die verworrene Idee in den Kopf gesetzt, dass unser Laden Worte beherbergte.

Wenn ich ihn das nächste Mal sah, würde ich ihm den Hals umdrehen. Ich war nur froh, dass er scheinbar nicht in der Lage gewesen war, ihnen Josephs oder Isadoras Namen zu nennen. Besser, sie legten sich mit meinem Vater und mir an als mit einer verängstigten Frau und einem Kleinkind.

Doch meine Zuversicht schwand, als ein weiterer lauter Chor ertönte. Mehrere von den Männern drängten sich nach vorn, näherten sich dem Laden und widersetzten sich den Anstrengungen meines Vaters. Er konnte sie nicht alle zurückhalten.

Angst durchfuhr mich. Diese Männer waren verängstigt worden – genau wie ich, weshalb ich verstand, wie sehr einen das erschüttern konnte – und suchten nach einem physischen Ventil. Ich konnte es in ihren Augen sehen. Und die waren fest entschlossen, dass unser Laden das Gefährlichste im ganzen Königreich beherbergte – geschriebene Worte.

Unser Laden. Die einzige Einnahmequelle unserer Familie – für mindestens drei weitere Jahre, bis Jasper sein Studium abgeschlossen hatte.

Mein Vater stieß ein lautes Brüllen aus, das sie für einen Augenblick erstarren ließ.

»Seid keine Narren!«, rief er. »In unserem Laden gibt es keine Schriften. Geht nach Hause zu euren Familien, bevor ihr noch echten Ärger auf uns lenkt.«

Für einen Moment dachte ich, seine Worte würden Wirkung zeigen. Doch dann rief jemand von hinten etwas Unverständliches, und sie alle drängten sich wieder vorwärts. Mein Vater griff nach Murphys Arm, woraufhin dieser stehenblieb und ihm etwas zurief. Aber die anderen Männer schoben sich auf beiden Seiten an ihnen vorbei und kamen auf mich zu.

Einer von ihnen holte aus – in seiner Hand hielt er eine Fackel – und fixierte eines der Ladenfenster mit seinem Blick. Feuer.

Energie durchflutete mich und ich erhob mich auf meine Zehenspitzen. Ich verspürte dasselbe berauschende Gefühl, das sich über mich gelegt hatte, als ich auf die geschriebenen Worte hinuntergeschaut hatte, ihre verschlungenen Formen schwebten vor meinem inneren Auge. Dann schüttelte ich meine Gedanken frei und schrie so laut ich konnte: »Stopp!«

Für eine halbe Sekunde wanderte sein Arm noch immer weiter zurück, unbeeindruckt von meinem Schrei, doch dann pulsierte die Macht als gewaltige Druckwelle aus mir heraus. Ich konnte sie nicht sehen, aber ich konnte sie fühlen, als sie auf die Menge vor mir traf und ihre Fackeln löschte. Sie alle erstarrten, waren offensichtlich genauso schockiert wie ich.

Doch sie blieben regungslos, als wären sie an Ort und Stelle eingefroren. Der Griff meines Vaters war immer noch um Murphys Arm geschlossen, obwohl sein Gesicht jetzt mir zugewandt war. Und der Mann vor mir hielt nach wie vor seine gelöschte Fackel über seinen Kopf, als wollte er sie werfen. Ich schluckte und starrte sie an. Sie alle starrten zu mir zurück. Aber es bewegte sich weiterhin niemand. Es war fast so, als hätte mein einzelnes Wort sie alle dazu gezwungen ... zu stoppen.

Ich machte einen zitternden Schritt zurück und traf gegen die geschlossene Ladentür. Und dann brach die Macht – oder was auch immer es war – aus, explodierte nach außen hin und ließ das Glas des Schaufensters zersplittern.

Ich duckte mich, hob meine Arme, um mein Gesicht zu schützen, obwohl die Druckwelle die meisten Scherben in den Laden fallen ließ. Als ich mich wieder aufrichtete, bewegten sich die Männer. Sie sprachen weiter wild durcheinander, doch ich konnte ihren Gesichtern ansehen, dass der Schock sie genauso wachgerüttelt hatte wie ein kaltes Bad.

»Was war das, Elena?«, fragte Murphy, seine Stimme erhob sich über die der anderen.

Ich schüttelte meinen Kopf, drückte mich immer noch mit

dem Rücken an die Tür. »Ich weiß nicht. Ich habe nur gerufen, dass ihr alle aufhören sollt, und dann …«

»Einer von ihnen muss noch hier sein«, rief eine nervöse Stimme aus der Mitte der Gruppe. »Einer dieser Magier.«

Bei diesem Gedanken blickten mehrere Männer erschrocken auf.

»Sie schleichen hier herum und beobachten uns!«, sagte ein anderer.

»Nun, wenn das der Fall ist«, sagte Vater, der es inmitten von all dem irgendwie schaffte, die Ruhe zu bewahren, »dann solltet ihr besser alle nach Hause gehen. Bevor sie euch markieren oder etwas Ähnliches unternehmen.«

Mehr Ermutigung brauchten die Männer nicht, um sich zu zerstreuen – einige gingen zurück in die Taverne, aber die meisten verschwanden in andere Richtungen, um in die Sicherheit ihrer eigenen vier Wände zu gelangen.

»Bevor sie euch markieren?« Ich wünschte mir wirklich, nicht so zittrig zu klingen, doch ich spürte immer wieder das Gefühl, als würde die Macht aus mir hinausströmen.

»Wer weiß schon, was diese Magier alles können?« Mein Vater zuckte mit den Schultern. »Immerhin hat es funktioniert, nicht wahr? Sie sind alle verschwunden.« Er sah sich um, bevor er seine Stimme erhob. »Sie sind weg und Euch gilt unser Dank, wer auch immer Ihr seid. Ihr könnt jetzt herauskommen.«

Jetzt hatte sich die Nacht vollständig über uns gelegt, und sie wurde von keiner anderen Stimme durchbrochen. Niemand erschien, um sich zu uns zu gesellen.

»Nun denn.« Meine Worte überschlugen sich. »Ich denke, wir sollten auch nach Hause zurückgehen.«

Mein Vater runzelte die Stirn und starrte noch immer in die Dunkelheit, also nahm ich seinen Arm und zerrte ihn in Richtung der Straße. Plötzlich erschien ein schwankendes Licht vor uns, doch es war nur meine Mutter, die uns mit einer Laterne entgegenlief.

»Was soll denn die Aufregung?«, fragte sie und sah sich auf der leeren Straße um. Dann fiel ihr Blick auf den Laden. »Das Schaufenster!«

Ich spähte über meine Schulter. Das Fenster hatte ich ganz vergessen.

»Keine Sorge«, sagte Vater. »Ich werde mit ein paar Brettern zurückkommen und es gleich wieder verschließen. Obwohl ich bezweifle, dass sich heute Nacht noch jemand in den Laden traut.«

»Ach?« Mutter wirkte skeptisch.

»Es ist ein Magier in der Nähe«, sagte Vater. »Und aus irgendeinem Grund hat er sich entschieden, uns zu helfen. Murphy und seine Männer aus dem Pub wollten den Laden in einem angetrunkenen Tobsuchtsanfall in Brand stecken.«

»Den Laden in Brand stecken? Ein Magier?« Mutter sah zwischen meinem Vater und mir hin und her, aber ich schüttelte hilflos den Kopf.

Während wir langsam zurück nach Hause gingen, erzählte er ihr die ganze Geschichte und erntete erschütterte Ausrufe, bis sie schließlich nach Luft schnappte.

»Das klingt, als hätten wir Glück gehabt, nicht mehr als ein Fenster zu verlieren«, sagte sie letztendlich, und mein Vater grunzte zustimmend. Doch er schien mit seinen Gedanken woanders zu sein. Noch immer spähte er verstohlen in die Dunkelheit, als erwartete er, dass der unbekannte Magier plötzlich auftauchen würde, um mit uns zu sprechen.

»Clemmy wollte auch mitkommen, aber ich konnte sie davon überzeugen, hierzubleiben. Deshalb hat es so lange gedauert.« Mutter hielt mit der Hand auf unserer Haustür inne. »Sie wird es kaum erwarten können zu erfahren, was passiert ist.« Ihre Augen legten sich auf mich. »Ich bin froh, dass du dir nichts getan hast, Elena. Oder … Einen Augenblick …«

Sie hob die Laterne an. »Es sieht aus, als hättest du dort einen Schnitt. Der muss von einem Glassplitter stammen. Zum Glück war es nur ein kleiner.« Noch während sie sprach, schob sie die Tür auf und eilte los, um Wasser und einen sauberen Lappen zu holen.

Ich wischte über den Blutstropfen, der aus einer kleinen Wunde auf meiner Stirn drang, doch sie schlug meine Hand weg. Ich hatte gar nichts gespürt.

Clementine eilte auf uns zu und forderte eine Erklärung ein, woraufhin Vater die Geschichte wiederholte.

»Ein Magier hat uns gerettet?« Clementine klatschte ihre Hände zusammen und strahlte übers ganze Gesicht. »Wie schrecklich aufregend.« Dann warf sie unserer Mutter einen vorwurfsvollen Blick zu. »Du hättest mich mitkommen lassen sollen.«

»Das war kein ...« Die Worte drangen kaum durch meine zugeschnürte Kehle.

»Was denn, Elena Liebling?«, fragte Mutter, die sich immer noch auf meinen Schnitt konzentrierte.

Ich atmete tief durch und versuchte es erneut, doch die Worte klangen noch immer zittrig.

»Ich glaube nicht, dass ein Magier dort war.« Ich sah auf und begegnete dem Blick meines Vaters. »Das ... Was auch immer es war ... Es kam von mir.«

»Unmöglich«, wiederholte Vater bestimmt zum hundertsten Mal. Schon gestern Abend hatte er es oft genug gesagt, doch bei den ersten Sonnenstrahlen hatte er wieder von vorne angefangen.

Ich kauerte auf meinem Stuhl, ohne das Frühstück vor mir anzurühren. Ich wollte nachgeben und sagen, dass ich mich vielleicht geirrt hatte und es gar nicht von mir ausgegangen war. Aber das konnte ich nicht. Ich war den Moment so oft in Gedanken durchgegangen, dass ich mir mittlerweile vollkommen sicher war. Was auch immer das für eine Welle gewesen war, die diese Männer hatte stillstehen lassen, ich war ihr Ursprung gewesen.

Natürlich konnte ich seine Zweifel verstehen. Und seine Ängste. Ich teilte sie mit ihm. Denn das, was dort passiert war, war vollkommen unmöglich, genau wie er sagte. Und dennoch war es geschehen.

Clementine kniete sich vor mich, und die Angst in ihren Augen erschütterte mich sogar noch mehr als der Schrecken meines Vaters.

»Bist du dir sicher, Elena?« Sie studierte mein Gesicht.

Ich konnte ihren forschenden Blick nicht ertragen und wandte mich ab, bevor ich nickte.

»Also gut«, sagte Mutter. »Entweder warst du es oder nicht. Doch es scheint mir, als könnten wir es ohnehin nicht beweisen. Es gibt nichts, was wir deswegen unternehmen können.«

»Aber …« Vaters Protest ebbte ab, als er ihrem stechenden Blick begegnete. »Ich nehme an, du hast recht. Es gibt nichts, was wir tun können, außer abzuwarten und zu sehen, was passiert.«

Niemand fragte ihn, worauf wir warten sollten, weil wir es alle wussten – er musste es nicht aussprechen. Wir warteten auf die Magier und die Soldaten. Wenn ich wirklich einen Stoß wilder Macht freigesetzt hatte, dann würden sie noch heute nach Kingslee kommen. Es gab Magier und ganze Truppen, deren einzige Aufgabe es war, nach Zeichen zu unkontrollierter Macht zu suchen. Und nach Hinweisen darauf, dass jemand versuchte, zu lesen. Die Grauen. Sie waren es auch gewesen, die die Ermittlungen geleitet hatten, nachdem das Dorf in einem gigantischen Feuerball untergegangen war.

Verfolgten sie das noch immer? Sie hatten versagt, und zu viele hatten den Preis dafür bezahlen müssen. Aber natürlich keiner von *ihnen*. An jenem Tag war kein einziges Mitglied einer Magierfamilie gestorben. Also hatte es ihnen vielleicht doch nicht so viel ausgemacht. Abgesehen von einem Fehler auf professioneller Ebene.

Mir war bewusst, dass ich nur versuchte, mich von dem abzulenken, was mir die größte Angst bereitete. Ich hatte das Wort *Stopp* gerufen, und diese Männer waren erstarrt. Die Macht war instabil gewesen und sofort auf mich zurückgeprallt. Aber es war nicht unkontrolliert gewesen, nichts war wahllos explodiert. Niemand war gestorben – stattdessen hatten sie getan, was ich befohlen hatte. Und das war sogar noch unmöglicher, als dass ich die Macht überhaupt ausüben konnte.

»Immerhin gibt es Zeugen«, sagte Mutter mit einem leichten Zittern in der Stimme. »Sie stand direkt vor all den Leuten, hast du gesagt. Sie haben alle gesehen, dass sie nichts geschrieben hat.«

Mein Vater nickte, aber ich konnte sehen, wie er das Gesicht zu einer Grimasse verzog.

Ich seufzte, mein Kopf fühlte sich vor Erschöpfung ganz schwer an. Die ganze Nacht über war ich immer nur kurz eingenickt.

»Die waren alle betrunken, Mutter. Alle außer Vater und mir. Ich will gar nicht daran denken, was für Geschichten bereits im Dorf kursieren. Wenn sich einer von ihnen noch genau daran erinnern kann, was passiert ist, wäre ich mehr als überrascht. Sie stellen nicht gerade vertrauenswürdige Zeugen da.«

»Vielleicht ist das was Gutes«, sagte Clementine, die als Einzige von uns dazu in der Lage war, etwas zu essen – zweifellos trieb ihr kindlicher Optimismus sie an. »Die Geschichte wird so stark durcheinandergebracht, dass niemand auch nur daran denken wird, es mit Elena in Verbindung zu bringen.«

Meine Eltern tauschten einen Blick aus, aber niemand von uns korrigierte sie. Sollte sie ihren Optimismus so lange wie möglich bewahren. Wenn die Magier kamen, hatten sie wahrscheinlich genauere Methoden zum Bestimmen der Quelle als die Aussagen der betrunkenen Anwohner.

Meine Augen folgten ihr, als sie im Dachgeschoss verschwand, um sich für den Tag anzukleiden.

»Was, wenn …« Ich senke meine Stimme. »Was, wenn sie mich holen kommen? Was, wenn sie denken, dass ich lese und sie … mich mitnehmen?« Die Dummheit dieses Euphemismus ließ mich zusammenzucken, doch ich brachte das Wort *hinrichten* einfach nicht über die Lippen. »Was wird dann aus Clemmy?«

Der Gedanke hatte mich in der letzten Nacht mindestens genauso viel beschäftigt wie der an mein eigenes Schicksal. Jaspers Chance war dahin – er war vor drei Wochen neunzehn geworden. Wenn er sich jetzt noch meldete, um der Armee beizutreten, wäre er ein freiwilliger Rekrut. Jede Familie musste ein achtzehnjähriges Kind schicken. Wenn die Magier also kamen – wenn sie mich töteten –, dann würden die Soldaten in sechseinhalb Jahren, an ihrem achtzehnten Geburtstag, kommen und sich Clemmy holen. Und die würde in der Armee keine vier Wochen durchhalten. Sie müsste nicht mal dem Feind gegenübertreten. Nicht, wenn sie so anfällig war, jede Krankheit aufzuschnappen, die sich gerade im Dorf ausbreitete.

»Das wird nicht passieren«, sagte Mutter, doch ich konnte hören, dass sie mehr Sicherheit in ihre Stimme legen wollte, als sie tatsächlich verspürte. »Du hast nichts falsch gemacht. Du hast nie auch nur ein Wort in deinem Leben gelesen, geschrieben erst recht nicht.«

Ich nickte, doch meine Gedanken wanderten unaufhaltsam zu dem Pergament und den verführerischen geschwungenen Zeichen darauf zurück. Sie hatte recht, also weshalb sollte ich mich schuldig fühlen? Magier konnten keine Gedanken lesen, oder? Und der Wunsch zu lesen war nicht verboten – solange man es nicht wirklich tat.

Wie als Antwort auf meine schuldbewussten Gedanken, ertönte ein lautes Klopfen an der Tür. Clementine steckte ihren Kopf durch das Loch, das nach oben führte. Der Ausdruck auf ihrem Gesicht spiegelte meine eigene Angst wider.

Mein Vater erhob sich langsam und durchquerte den Raum. Das Klopfen hielt an.

Als er die Tür aufzog, enthüllte sie einen Wachmann, seine Hand war gehoben, um erneut zu klopfen.

»Ja? Kann ich Euch helfen?« Vaters raue Stimme klang ganz und gar nicht wie er selbst. Meine Mutter bewegte sich leicht, brachte sich selbst zwischen mich und die Tür, aber ich stand trotzdem auf. Ich konnte mich vor dem, was kommen würde, nicht verstecken.

Als ich ihn betrachtete, fiel mir auf, dass der Mann kein Abzeichen einer der Elitetruppen trug, die Jagd auf abtrünnige Leser machten. Er war eine Wache, kein Soldat. Aber ich wusste nicht genug, um zu erkennen, was das bedeutete.

Dann drückte sich ein größerer Mann in einer matten roten Robe an ihm vorbei und betrat das Haus. Ich konnte die Verwirrung auf dem Gesicht meines Vaters aufblitzen sehen, als er ihn sah. Die Anwesenheit eines Magiers war nicht unerwartet, doch er trug die Farben der Gesetzesvollstreckung. Seine Robe war rot. Nicht das dunkle Grau, das die Magier trugen, die die besondere Aufgabe hatten, Leser ausfindig zu machen. Diejenigen, die bei einem unkontrollierten Ausbruch der Macht ermittelten.

Es war jemand gekommen, um nach mir zu suchen, aber niemand, den wir erwartet hätten. Ich wollte gerade um meine Mutter herumgehen, als die Stimme des Magiers mich innehalten ließ.

»Wo ist der Magier? Er – oder sie – muss sich einer sofortigen Kontrolle und Überprüfung unterziehen.«

KAPITEL 3

»**M**agier? Hier ist kein Magier.« Mein Vater breitete seine Arme aus, als wollte er den Mann dazu auffordern, sich umzusehen.

»Bitte.« Der Mann klang gelangweilt. »Stellt meine Geduld nicht auf die Probe. Wir haben den Gebrauch von Magie zu diesem Haus zurückverfolgt.« Er ließ seine Blicke durch den Raum schweifen, als würde er unser Heim jetzt zum ersten Mal wahrnehmen. »Obwohl ich mir nicht vorstellen kann, warum einer von uns sich hier verstecken wollen würde.«

Ich erstarrte, genau wie meine Mutter, doch keine von uns sagte etwas.

Mein Vater zuckte mit den Schultern. »Ich weiß nicht, was ich Euch sagen soll. Hier ist niemand bis auf meine Frau und meine beiden Töchter.« Er deutete nach oben zu Clementine und dann zu mir.

»Hören Sie. Der Magier ist krank oder verwundet und braucht dringend Hilfe – oder eine Auffrischung der Ausbildung, die genauso dringend sein dürfte. Immerhin war die Rückkopplung noch in der Hauptstadt zu spüren.« Ich konnte seinem Gesicht ansehen, was seiner Meinung nach dafür verantwortlich gewesen sein musste – und dass es ihm nicht gefiel, im ersten Morgengrauen nach Kingslee geschleppt worden zu sein.

»Ich weiß nicht –«

Der Magier schnitt meinem Vater das Wort ab. »Sie wollen mich wirklich nicht dazu bringen, noch mal fragen zu müssen.« Sein Ausdruck war so schnell von verärgert zu gefährlich umgeschlagen, dass ich beinahe nach hinten gestolpert wäre. Aber ich zwang mich, standhaft zu bleiben.

»Die Kraftwelle war so unkontrolliert, dass einige an der Akademie die Grauen losschicken wollten.« Die Abneigung in seiner Stimme war offensichtlich, doch ich konnte nicht sagen, ob sie jenen galt, die die grauen Roben schicken wollten, oder den Magiern, die diese trugen.

»Die Grauen schicken.« Er schüttelte den Kopf. »Selbst der naivste Lehrling konnte spüren, dass Kontrolle darin lag.« Er hob eine Augenbraue. »Wie schwach auch immer sie gewesen sein mag.«

Wir standen alle schweigend da, unsicher, wie wir darauf reagieren sollten. Der Magier schnipste in Richtung der Wachen. Jetzt traten sie ebenfalls ein und verbreiteten sich im ganzen Haus. Clementine sprang die letzten Streben hinunter und drückte sich an meine Seite, als sie sogar nach oben kletterten, um unseren Schlafbereich auszukundschaften.

»Niemand will, dass eine derart schwächliche Kontrolle im Königreich frei herumläuft«, sagte der Magier, während er seine Männer ganz genau im Blick behielt. »Wir werden sicherstellen, dass sich um diesen Magier gekümmert und seine Fähigkeiten wieder verbessert werden. Das ist in unser aller Interesse.« Er drehte sich um und bedachte uns mit einem ernsten Blick. »Nicht nur Blassblüter können Unfälle verursachen. Es gibt einen Grund, weshalb all unsere Kinder die Akademie besuchen müssen. Eine mindere Ausführung hat das Potenzial, erhebliche Schäden anzurichten.«

Blassblüter? Wurden wir normalen Leute so von den Magiern genannt?

»Hier ist niemand, mein Herr«, sagte eine der Wachen und salutierte vor dem Magier.

»Ich habe Euch doch –«

Wieder schnitt der Magier meinem Vater das Wort ab, nur war es diesmal eine verärgerte Geste. Mit finsterem Blick griff er in seine Robe und zog ein kleines eingerolltes Stück Pergament hervor. Unbewusst schwankte ich nach vorn und versuchte, einen Blick auf das zu erhaschen, was darauf geschrieben stand. Doch der Mann riss es durch, noch bevor er es ganz entfaltet hatte, und stopfte eine Hälfte zurück in seine Robe.

Um ihn herum erhob sich funkelnder Staub und hing eine halbe Sekunde lang in der Luft. Dann fing er an, sich zu bewegen, formte einen Strom, der um meine Mutter herumtanzte und sich dann über mich legte. Fasziniert und verängstigt zugleich streckte ich meine Hände aus und drehte sie vorsichtig. Der Staub hatte sich in einem dünnen Film über meine Haut gelegt, sodass ich nun diejenige war, die glitzerte.

Die Augen des Magiers wurden groß, bevor sich sein finsterer Blick auf meinen Vater richtete.

»Was soll das? Sie sagten, sie wäre Ihre Tochter!«

»Das … Das ist sie.« Meine Mutter stemmte ihre Hände in die Hüften und schaffte es trotz der Angst, die von ihr ausstrahlte, beleidigt auszusehen.

»Unmöglich!«

Das Wort des Magiers hallte wie ein Echo meines Vaters durch den Raum. Unmöglich. Ich war unmöglich.

»Dieses Mädchen ist eine Magierin, meine Schriften lügen nicht. Sie muss erst vor kurzem ein eigenes Werk verfasst haben.« Er marschierte zu mir herüber, griff nach meinem Arm und schüttelte mich leicht. »Was machst du hier? Und warum lügen diese Leute mich an? Ganz offensichtlich bist du nicht ihre Tochter.« Er starrte auf mich herunter. »Kein Wunder, dass deine

Ausführung so schwach war. Du bist kaum alt genug, um die Akademie zu besuchen, geschweige denn sie abgeschlossen zu haben. Du solltest es besser wissen, als hier draußen zu üben.«

Dann fing er an, mich grob in Richtung Tür zu zerren.

»Halt!« Meine Mutter eilte zu uns, versuchte, uns aufzuhalten. »Was tut Ihr denn? Wohin werdet Ihr sie bringen?«

Ich schüttelte den Kopf, wollte nicht, dass noch jemand in meiner Familie unter meiner unergründlichen Anomalie litt, doch sie ignorierte mich.

»Natürlich zurück zur Akademie. Dort werden sie sich um alles kümmern. Mich mit widerspenstigen Lehrlingen herumzuschlagen, gehört nicht zu meinem Job.« Sein bedrohlicher Blick wanderte von meiner Mutter zu meinem Vater hinüber. »Ich weiß nicht, was Sie hier für ein Spiel spielen oder was Sie mit Ihren Lügen zu beabsichtigen versuchen, aber ich kann Ihnen versichern, dass die Akademie es schon bald herausfinden wird. Und es wäre denkbar, dass sie mich dann hierher zurückschicken.«

Die Drohung hing bedeutungsschwer in der Luft, aber meine Mutter kam trotzdem auf mich zu und griff nach meinem anderen Arm. Einen verrückten Augenblick lang dachte ich, sie würde den Magier in ein Tauziehen verwickeln wollen, in dessen Zentrum *ich* stand, doch stattdessen beugte sie sich vor und sprach leise in mein Ohr.

»Was auch immer sie dir erzählen, du bist meine Tochter. Verstehst du mich? Sie haben dich in der Sekunde, in der du geboren wurdest, in meine Arme gelegt, und niemals hätte ich dich danach noch verwechseln können. Du wurdest aus meinem Körper und dem Blut deines Vaters geboren. Ich verstehe nicht, was hier vor sich geht, aber das weiß ich sehr wohl.«

Ich konnte die brennende Gewissheit in ihren Augen sehen und nickte, da sie sich offensichtlich nach einer Reaktion von mir sehnte. Sobald ich das getan hatte, ließ sie von meinem Arm ab und trat zurück, bevor der Magier mich durch die Tür zerrte.

Ich hatte nichts bei mir, außer der Kleidung, die ich am Leib trug, und bekam nicht mal die Möglichkeit, mich zu verabschieden. Der Magier schob mich in eine Kutsche und schlug die Tür hinter mir zu, bevor er sich auf den Rücken eines Pferdes schwang. Ich schaute aus dem Fenster, als ein Ruck durch das Fahrzeug zuckte und wir losfuhren. Das Letzte, was ich von meiner Familie sah, war Clementines tränenüberströmtes Gesicht, als sie auf die Straße rannte und meinen Namen rief.

Die Kutsche musste für den Fall mitgebracht worden sein, dass sie tatsächlich einen kranken oder verwundeten Magier gefunden hätten, denn außer mir saß niemand darin. Der Magier in der roten Robe und die Wachen ritten zu meinen beiden Seiten, was sich einfacher gestaltete, sobald wir die gepflasterte Hauptstraße erreichten. Die Südstraße führte von der Südküste Ardanns quer durch das Königreich bis nach Corrin, unserer Hauptstadt. Kingslee mochte das Dorf sein, das Corrin am nächsten war, aber es war nicht groß genug, um eine eigene gepflasterte Straße zu verdienen.

Und trotz unserer Nähe waren die meisten von uns – mich mit eingeschlossen – nicht wichtig genug, um die Hauptstadt je besucht zu haben. Einige brachten ihre Waren zu den größeren Märkten in der Stadt, aber nur wenige produzierten genug, als dass diese Reise sich lohnen würde. Ein paar der wohlhabenderen Familien besuchten manchmal das ein oder andere Fest, aber solange ich mich zurückerinnern konnte, hatten wir immer gespart. Der Besuch der Königlichen Universität war nicht billig, auch nicht, wenn man clever genug war, um unter ihrer Schirmherrschaft zu stehen. Außerdem war Jasper seit seinem zehnten Lebensjahr – wenn die Schule für die Normalgeborenen endete – immer wieder in die Hauptstadt gefahren, um Nachhilfe zu erhalten. Jeder Aufenthalt hatte mehrere Wochen gedauert und mit den Verpflegungskosten und dem Honorar des Lehrers hatte es jedes Mal ein großes Loch in unserem Geldbeutel hinterlassen.

Oft hatte ich mich danach gesehnt, ihn zu begleiten, einfach nur, um die Stadt einmal mit eigenen Augen sehen zu können. Aber niemand wollte zusätzliches Geld für mich ausgeben – nicht, wenn es schon teuer genug war, ihn dort hinzuschicken –, außerdem wollte meine Mutter nicht, dass ich die Heimreise alleine antreten musste.

Meine Eltern hatten keine Zeit, um zu reisen. Nicht, wenn der Laden jeden einzelnen Tag geführt werden musste. Nur ein einziges Mal waren sie dort gewesen und hatten mich nur widerwillig zurückgelassen, damit ich mich um den Laden kümmern konnte. Jasper hatte sie begleitet, um sie herumzuführen, nachdem er für eine ungewöhnlich lange Zeit zu Hause gewesen war. Damals hatten wir entschieden, die Ersparnisse, die sein letzter Privatunterricht gekostet hätte, stattdessen für Clemmy auszugeben, damit sie ein Sanatorium besuchen konnte.

Ich war so aufgeregt gewesen, als sie von dort zurückgekommen waren, doch es war spät in der Nacht, und sie waren erschöpft und niedergeschlagen gewesen. All die Münzen, die sie sorgsam zusammengespart hatten, hatten kaum ausgereicht, um die Heilung ihrer letzten gewöhnlichen Erkältung zu bezahlen. Clemmys eigentliches Problem ging viel tiefer, war komplex, hatten die Heiler gesagt, und erforderte eine Diagnose und Behandlung eines erfahrenen Heilers. Der genannte Preis war zu hoch, um es überhaupt in Erwägung zu ziehen.

Also waren wir zu unseren alten Gewohnheiten zurückgekehrt. Unser gesamtes Geld ging an Jasper, zusammen mit all unseren Hoffnungen. Und der Rest von uns blieb in Kingslee.

Als die Meilen an mir vorbeizogen, beobachtete ich durch das Fenster, wie unser Bach in den größeren Fluss Overon mündete und der Weg uns über eine breite Brücke führte. So weit war ich noch nie von zu Hause fortgewesen, und doch konnte ich mich nicht richtig darauf konzentrieren. In Gedanken ging ich immer wieder das durch, was in den letzten zwölf Stunden vorgefallen war, und landete immer wieder bei den aufgeregten Worten meiner Mutter und Clementines herzzerreißendem Schrei.

Vorhin hatte ich zu sehr unter Schock gestanden, doch nachdem ich einen Moment darüber nachgedacht hatte, verstand ich die Sorgen meiner Mutter. Der Gedanke, dass ich eine Art Findelkind war oder es eine Verwechslung gegeben hatte – oder sogar, dass meine Mutter meinem Vater gegenüber untreu gewesen war –, waren alles logische Schlussfolgerungen. Aber ich kannte meine Mutter schon mein ganzes Leben und hatte ihr in die Augen gesehen, als sie mir versichert hatte, wessen Blut ich in mir trug. Ich glaubte ihr.

Außerdem konnte ich weder lesen noch schreiben. Selbst wenn ich ein verlorenes Mitglied einer Magierfamilie war, erklärte das nicht, warum die Macht mit einem einzelnen ausgesprochenen Wort aus mir herausgebrochen war. Nein. Irgendetwas Unerklärliches ging hier vor sich. Die einzige Frage war, was passieren würde, wenn die Magier die Wahrheit erkannten.

Jasper brauchte drei Stunden, um zur Hauptstadt zu laufen, aber die Kutsche und die Pferde kamen viel schneller voran als er. Die ersten Gebäude der Stadt erschienen schon vor uns, lange bevor zwei Stunden vergangen waren.

Weder meine Verwirrung noch die Angst konnten meine Neugierde unterdrücken, als die Kutsche über das Straßenpflaster holperte. Ich hatte von dem Tag geträumt, an dem ich herkommen würde, um mich Jasper anzuschließen; wir hatten sogar darüber gesprochen, den Laden für einen Tag zu schließen und den Weg zu Fuß zurückzulegen, um das Fest der Sommersonnenwende zusammen feiern zu können. Aber kein Tagtraum der Welt hätte mich auf die Größe der Stadt vorbereiten können. Zuerst sahen die Häuser und Straßen nicht sonderlich anders aus als die in Kingslee, mit Ausnahme der gepflasterten Wege. Doch das änderte sich bald, je weiter wir in die Stadt vordrangen.

Die Häuser wurden größer und standen näher beieinander,

manchen konnte man ihr Alter ansehen – sie sackten deutlich unter dem Gewicht der oberen Etagen zusammen. Die meisten waren aus verwittertem grauen Stein gebaut, nur hin und wieder mischten sich freistehende Häuser aus rotem Sandstein dazwischen. Das schienen verschiedene öffentliche Gebäude zu sein, vor denen viel mehr Verkehr herrschte als vor den Wohnhäusern.

Die großen, fensterlosen Gebäude mussten Lagerhallen sein – doch ob sie Dinge enthielten, die den Magierfamilien gehörten oder der wohlhabenden Elite der Normalgeborenen, konnte ich nicht sagen. Diese normalgeborenen Kaufleute hatten es schwer, ihre Rechte gegenüber der Magier und deren schriftlichen Aufzeichnungen einzufordern. Ich hatte oft gehört, wie Jasper sich darüber beschwerte, dass sie von den Magierfamilien betrogen wurden.

Sein Tutor hatte sich aus dem Geschäft zurückgezogen, aber er war selbst Absolvent der Universität und hatte jahrzehntelang eine Seniorposition bei einem dieser normalgeborenen Kaufleute bekleidet. Das war genau die Art von Position, die Jasper bald bei einer Familie einnehmen würde, die bereit war, eine horrende Summe an denjenigen zu bezahlen, der ihre Geschäfte ohne den Vorteil der Schrift aufrecht erhalten konnte.

Wir kamen an zwei Marktplätzen vorbei, die sich etwas abseits der Straße befanden, und sogar an zwei kleinen Parks. Die Blätter der Bäume dort hatten sich bereits rot und gelb verfärbt und präsentierten die Farben des Herbstes. Nur wenige Blumen waren übrig geblieben, doch vor einigen Häusern standen Pflanzkübel und an den Balkonen hingen Blumenkästen. Ich konnte mir gut vorstellen, wie bunt die Gassen im Frühling und Sommer aussehen mussten.

Während wir weiter über die Straße holperten, gaben die Häuser den Weg für Ladenfronten frei, die viel größer aussahen als die Version meiner Eltern zuhause in Kingslee. Sogar der kleinste von ihnen war im Vergleich noch viel größer und hatte ein riesiges Schaufenster aus klarem Glas. Und als die Läden schließlich schwanden, hatten die Häuser nur noch wenig Ähnlichkeit mit den vorherigen. Hier waren alle freistehend, Zäune und Tore trennten sie von der Straße. Durch die Streben konnte ich einen Blick auf grünes Gras und Brunnen erhaschen, auf roten Sandstein und Marmor. Verschiedene Verzierungen zogen sich über die oberen Etagen.

Es brauchte keinen Stadtführer, um zu erkennen, dass das die Häuser der Magierfamilien waren. Allein ihr Anblick ließ mich vom Fenster zurückweichen, erinnerte mich an die Macht, die mich am Ende dieser Fahrt erwartete.

Aber trotzdem siegte meine Neugier. Ich hatte den Palast noch nicht gesehen.

Ich wusste, dass die Südstraße durch die ganze Stadt verlief und vor dem Hof des Palasts endete, doch bevor wir dort ankamen, machten die Pferde eine plötzliche Linkskurve und steuerten auf ein Tor zu, das sogar noch verschnörkelter war als die der Magierhäuser. Anstelle eines einfachen Zauns war das Gebäude von einer hohen Mauer umgeben, die zu hoch war, um darüber hinwegsehen zu können.

Als wir abbogen, konnte ich einen kurzen Blick auf den Palast erhaschen, der nur noch ein kurzes Stück die Straße hinunter thronte. Er stand an der höchsten Stelle des Hügels, auf dem die Hauptstadt erbaut worden war, und ich hatte genug Geschichten gehört, um zu wissen, dass sich die Anlage bis zur nördlichen Stadtmauer erstreckte. Dahinter verlief der Overon und schützte den nördlichen Eingang der Stadt.

Aber ich konnte nur einen winzigen Eindruck des schimmernden weißen Marmors und der hohen Türme ergattern, bevor wir auf dem Innenhof unseres Ziels zum Stehen kamen. Es dauerte nicht lange, bis mir bewusst wurde, dass dies die Königliche Akademie der Geschriebenen Worte sein musste. Besser bekannt als die Magierakademie – oder einfach nur die Akademie. Der Ort, an dem über mein Schicksal – und das meiner Familie – entschieden werden sollte.

KAPITEL 4

Eine Wache riss die Tür der Kutsche auf und deutete mir an, auszusteigen. Als ich nicht sofort reagierte, zögerte der Mann, was mich daran erinnerte, dass ich vorübergehend den Status einer Magierin erlangt hatte. Selbst ein Magierlehrling stand noch weit über einer Wache.

Der Magier in der roten Robe hingegen hatte diese Bedenken nicht, und als ich immer noch nicht ausstieg, schob er die Wache zur Seite, griff nach meinem Arm und schmiss mich beinahe aus der Kutsche. Offenbar hatte er mir noch nicht vergeben, seinen Morgen ruiniert zu haben.

Sein Griff lag weiterhin fest um meinem Arm, als er mich über den Hof zerrte, direkt zu ein paar Stufen, die zu einer hölzernen Doppeltür führten. Das Gebäude selbst war mehrere Stockwerke hoch und bestand aus dem gleichen Marmor, den ich bei meinem kurzen Blick auf den Palast gesehen hatte. Doch während der Palast elegant und anmutig gestaltet war, sah die Akademie beinahe schlicht aus: ein großer quadratischer Klotz, der sich vor mir erhob.

Nur das Schmiedeeisen und die Schnitzereien von ineinander verschlungenen Ranken an der Tür verliehen dem Gebäude ein edleres Aussehen. Aber die Tür rauschte sogar noch schneller an mir vorbei als der Hof, also hatte ich keine Zeit, die Verzierungen genauer zu betrachten.

In den Fluren der Akademie eilten junge Leute umher, die die weißen Roben der Lehrlinge trugen. Ich versuchte, sie nicht anzustarren. Obwohl die meisten etwa in meinem Alter zu sein schienen, hatte ich mich noch nie so fehl am Platz gefühlt. Jasper war der einzige Anwohner von Kingslee, der je an der Königlichen Universität aufgenommen worden war, aber niemand aus unserer magierfreien Stadt war jemals ein Lehrling geworden. Denn während ein perfektes Gedächtnis es – mit sehr großer Anstrengung – möglich machte, bei den wissenschaftlichen Lehren mit jenen mithalten zu können, die tatsächlich lesen und schreiben konnten, konnte nur das eigene Blut einem die Fähigkeit verleihen, den Strom der Macht zu kontrollieren.

Unmöglich. Das Wort hallte immer noch durch meinen Kopf. Ich war unmöglich.

Alle Lehrlinge beäugten uns interessiert, aber nur einer stach aus der Masse hervor. Vielleicht, weil er im Gegensatz zu allen anderen so desinteressiert wirkte – hochmütig, herablassend, meiner nicht würdig. Noch nie hatte ich jemanden gesehen, der meiner Vorstellung eines Magiers so umfassend gerecht wurde.

Und vielleicht war das der Grund, warum sein dunkles, fast schwarzes Haar und die intensiven grünen Augen sich in meinen Verstand brannten und ich sie auch noch sehen konnte, nachdem ich aus seinem Blickfeld gezerrt worden war. Selbst die lockeren Strähnen seiner Haare lagen perfekt, als würden sie es nicht wagen, sich seinem Willen zu widersetzen. Sie hoben sich von den Kurzhaarschnitten an, die die anderen Jungs, denen wir begegneten, zu bevorzugen schienen.

Abgesehen von dem grünäugigen Jungen zeigte der Magier neben mir kein Interesse an den Lehrlingen. Dieser erhielt von ihm ein Nicken, was meine Neugier nur noch steigerte. Doch all diese Gedanken verflogen, als ich in eine Art Wartezimmer geschoben und mir ziemlich unmissverständlich gesagt wurde, dass ich mich setzen sollte.

»Und nicht bewegen.« Damit verschwand der Magier durch eine Tür auf der anderen Seite des Raumes. Er machte sich nicht die Mühe, sie komplett hinter sich zu schließen, also drangen ein paar Gesprächsfetzen an mein Ohr, auch wenn ich nichts sehen konnte. Ich versuchte, das Zittern zu unterdrücken, das all die ungewissen Möglichkeiten dessen, was als Nächstes passieren konnte, in mir auslösten.

»Mein lieber Romulus, ich hatte nicht erwartet …«

»Schülerin? Ich denke nicht …«

»… nicht mein Problem … an einer kürzeren Leine halten, Lorcan …«

Dann schwang die Tür wieder auf und der Magier in der roten Robe kam zurück. Er bewegte sich schnell durch den Raum, unterbrach seinen Gang nur kurz, als er mich erreichte. Doch anscheinend entschied er, dass ich keines seiner Worte wert war, und schüttelte nur den Kopf, bevor er verschwand.

»Komm rein«, befahl die zweite Stimme, die trotz der frühen Morgenstunde schon erschöpft klang.

Ich schaute mich um, doch außer mir war niemand da. Ich konnte nicht so tun, als hätte er nicht mich gemeint. Also erhob ich mich auf zittrigen Beinen, atmete tief durch und trat durch die Tür.

Vor mir öffnete sich ein prachtvolles Arbeitszimmer, mindestens viermal so groß wie das Wartezimmer. Es gab weitläufige Fenster, die sich zur Rückseite der Akademie hin öffneten, zwei der Wände waren von oben bis unten mit Bücherregalen bedeckt. Trotz der Angst, die an mir zerrte, wurden meine Augen von ihnen angezogen. So viele Bücher. So viele Worte. Ich konnte mir gar nicht vorstellen …

»Du bist keine meiner Schülerinnen.« Die erstaunte Stimme lenkte meine Aufmerksamkeit dahin, wo sie von Anfang an hätte liegen sollen – zu dem Mann hinter dem breiten Mahagoni-Schreibtisch.

Er war mit einer schwarzen Robe bekleidet, wie sie die Lehrkräfte der Universität trugen. Ich vermutete, dass er der Schulleiter der Akademie sein musste. Lorcan hatte der andere Magier ihn genannt. Seine grauen Augen hauchten seinem schlanken Körper und Gesicht Leben ein und beäugten mich neugierig.

Ich zwang mich, meinen Rücken durchzustrecken und mich groß zu machen. Meine Familie verließ sich auf mich. Wenn ich hier einen Fehler machte, litten wir womöglich alle unter den Konsequenzen. Wenn die Magier zu dem Entschluss kämen, dass wir in unserer Familie lasen, würden sie keine Sekunde zögern, uns alle hinzurichten.

»Nein. Das habe ich versucht, dem anderen Magier zu sagen, aber …«

Lorcan runzelte die Stirn. »Romulus war noch nie gut darin, anderen zuzuhören. Ich erinnere mich noch daran, wie er selbst Lehrling hier war, und …« Er unterbrach sich selbst. »Ich bin nicht überrascht, dass er schnellstmöglich mit dir fertig sein wollte.«

Plötzlich erhob er sich, stützte sich mit beiden Händen auf dem Schreibtisch ab und fixierte mich mit einem Blick, der mich trotz meiner Vorsätze einen Schritt zurückweichen ließ.

»Aber er war immer mehr als kompetent, wenn es um seine Schriftstücke ging. Er sagte mir, dass er eines angewendet hat, und dass du die Quelle des Machtausbruchs warst, die wir letzte Nacht vernommen haben. Dein Alter hat ihn dazu verleitet, anzunehmen, du wärst eine meiner Schülerinnen, die weggelaufen ist.« Er schüttelte den Kopf. »Kein Schüler ist je vor der Akademie davongelaufen.«

Sein Blick wurde berechnend. »Und du bist keine meiner Schülerinnen. Noch warst du es je. Wie alt bist du?«

»Sechzehn.« Diesmal wich ich nicht zurück. Ich musste diesem Mann zu verstehen geben, dass ich nichts falsch gemacht hatte … Dass ich zumindest nicht vorgehabt hatte, etwas Falsches zu tun.

»Sechzehn? Dann hättest du hier sein sollen. Wer bist du?«

»Ich bin Elena. Elena von Kingslee. Meine Eltern besitzen einen Laden dort und …«

»Unmöglich!«

Ich biss die Zähne zusammen. Langsam hatte ich dieses Wort satt.

»Unmöglich«, wiederholte er. »Es gibt keine Magierfamilien in Kingslee. Lüg mich nicht an, Mädchen.«

»Ich lüge nicht!« Die Worte klangen aufgebrachter, als ich es beabsichtigt hatte. »Ich schwöre Euch, dass ich Kingslee noch nie in meinem Leben verlassen habe. Ich bin keine Magierin. Und ich weiß rein gar nichts über das Lesen und Schreiben.«

Einen langen Moment hielt Lorcan meinen Blick fest, dann ließ er sich zurück auf seinen Stuhl sinken.

»Vielleicht ist Romulus nachlässig geworden, seit er nicht mehr unter meiner Obhut steht, und du warst doch nicht die Quelle der Magie. Ich schätze, ich werde eines meiner eigenen Werke an dir anwenden müssen.«

Er zog eine kleine Schriftrolle aus der obersten Schublade seines Schreibtisches. Sie sah der von Romulus sehr ähnlich, obwohl ich auf ihr keine Worte entdecken konnte. Er zerriss sie mit sauberer Präzision und ließ die kleineren Stücke in ein Gefäß auf seinem Schreibtisch fallen.

Ich hatte erwartet, denselben glitzernden Staub zu sehen, den Romulus vor ein paar Stunden erschaffen hatte, doch stattdessen ging ein Windstoß von Lorcan aus und fegte durch den Raum. Mit unheimlicher Präzision stürzte er sich auf mich, wirbelte um mich herum und ließ meine braunen Strähnen um mich herum tanzen.

Lorcans Augen wurden groß, zuckten unruhig umher. Dann murmelte er etwas, zog einen Schlüssel hervor, der an einer Kette um seinem Hals gehangen hatte, und öffnete die unterste Schublade seines Schreibtisches. Einen Moment lang blätterten seine Finger durch den mir verborgenen Inhalt, dann zog er eine weitere kleine Schriftrolle hervor, und noch eine, jede kaum größer als meine Finger.

Er nahm eine von ihnen auf, doch hielt plötzlich inne, seine Augen studierten mich einmal mehr.

»Das ist eine überaus wertvolle Wahrheitsschrift, Elena. Ich wäre sehr verärgert, wenn ich sie verschwenden würde.«

Ich schluckte. »Ich sage die Wahrheit. Mein Herr.« Wahrscheinlich trug er einen gehobeneren Titel als den allgemeinen, der allen Magiern zugesprochen wurde, aber ich kannte seine offizielle Position noch immer nicht.

Seine Augen verengten sich, dann riss er die Schriftrolle mit einer einzigen flüssigen Bewegung durch. Anstatt die Teile wieder in die Schale zu werfen, ließ er sie diesmal auf die Schreibtischoberfläche fallen. Ein goldener Schimmer umgab sie, jetzt konzentrierten sich seine Augen auf sie anstatt auf mich.

»Dein Name?«, fragte er, obwohl er mich bereits mit ihm angesprochen hatte.

»Ähm … Elena.«

Der Schimmer veränderte sich nicht, und er nickte einmal. »Jetzt brauche ich eine Lüge. Wie alt bist du?«

Eine Lüge? Aber er hatte mir gerade gesagt, dass ich die Wahrheit sagen sollte. »Sechzehn? Mein Herr. Ich verstehe nicht …«

Er schüttelte ungeduldig den Kopf, seine Augen waren immer noch fest auf den Fetzen Pergament gerichtet. »Ich sagte, ich brauche eine Lüge, Mädchen. Eine Lüge.«

»Oh. Ähm, fünfzehn?«

Diesmal verdunkelte sich das Schimmern in ein ungesundes, öliges Schwarz. Ich erzitterte. Nach einer Weile kehrte es zu seinem ursprünglichen Goldton zurück, und mir wurde bewusst, dass wir gerade einen Test des Zaubers selbst durchgeführt hatten.

»Also dann, es scheint alles in Ordnung zu sein.« Lorcan schaute auf und durchbohrte mich mit einem neugierigen Blick, als wäre ich ein Phänomen, das er studieren wollte. Was ich vermutlich auch war.

Ich leckte mir über die Lippen. Das war der Test des Zaubers gewesen. Jetzt fing meine Prüfung an.

»Wer sind deine Eltern?«, fragte er, und sein Blick zuckte zurück auf das Schimmern.

»Meine Eltern sind Ladenbesitzer aus Kingslee«, sagte ich und richtete meine Augen ebenfalls fest auf seinen Schreibtisch. »Genau wie ihre Eltern vor ihnen. Ladenbesitzer und Bauern.«

Als das Licht gold blieb, atmete Lorcan scharf ein.

»Gibt es irgendwelche Magier unter deinen Vorfahren, von denen du weißt?«

Ich schüttele den Kopf.

»Sprich es laut aus, Mädchen.«

»Nein.«

Er betrachtete den goldenen Schimmer mit gerunzelter Stirn. »Keine, von denen du weißt«, murmelte er mehr zu sich selbst. »Das beweist nur, dass du die Wahrheit sagst, so wie du sie kennst.« Er hob seinen Blick. »Aber das wirft eine viel wichtigere Frage auf. Wenn du als Tochter zweier Ladenbesitzer in einem kleinen Dorf aufgewachsen bist, wie hast du gelernt zu lesen und zu schreiben?«

Ich richtete mich auf. »Ich kann weder lesen noch schreiben. Ich habe es auch noch nie versucht. In meinem ganzen Leben habe ich noch nie mehr als einen flüchtigen Blick auf Worte geworfen. So verräterisch bin ich nicht – und auch nicht so töricht.«

Der Schimmer blieb gold.

»Das kann nicht sein. Das kann es nicht.« Lorcan lehnte sich in seinem Stuhl zurück und hob eine Hand, als wollte er die Pergamentschnipsel von seinem Schreibtisch fegen. Eine Hand, die zitterte.

Doch er hielt inne und sah mich an.

»Romulus und ich haben beide mit getrennten Schriften gearbeitet. Die Macht lügt nicht. Sie haftet an dir. Vielleicht lagen wir falsch, als wir die Kontrolle in deiner Anwendung verspürt haben. Vielleicht …« Sein Blick fiel auf das zweite Pergament, das noch immer zusammengerollt auf seinem Schreibtisch lag. »Ich hatte gehofft, das nicht benutzen zu müssen … Aber das … Das ist …«

Er hob die Schriftrolle an und riss sie mit noch zittrigeren Fingern durch als zuvor. Nur mit Mühe konnte ich mich davon abhalten, wieder einen Schritt zurück zu machen. Es musste ein mächtiger und wertvoller Zauber sein, wenn er ihn nur so zögerlich benutzen wollte. Oder war es ein besonders schmerzvoller?

Doch kaum war mir dieser verängstigende Gedanke gekommen, schoss ein helles Licht durch den Raum und umhüllte mich. Einen Augenblick lang konnte ich nichts außer purer Helligkeit sehen, doch dann verblasste sie – nein, sie bewegte sich –, schwebte weg von mir zu einem leeren Bereich des Zimmers.

Bilder zeichneten sich in dem Licht ab, und ich schwankte, schnappte nach Luft. Lorcan winkte mich zu einem der Stühle, die vor seinem Schreibtisch standen, ohne die Augen von der Szene zu lösen, die sich vor ihm abspielte.

Die Figuren schienen etwas durchsichtig und kleiner als im echten Leben zu sein, aber alles war deutlich zu erkennen. Mit erschreckender Faszination beobachtete ich, wie mein Vater mit Murphy rang, während ich mich der Menge stellte. Ich konnte das Zucken der Flammen auf ihren Fackeln erkennen und die Wut und Angst in ihren Gesichtern sehen. Die Bilder wurden von keinem Ton begleitet, aber den brauchte es auch nicht, um zu verstehen, was vor sich ging.

Ich beobachtete, wie der Mann mit der Fackel ausholte, und wie mein eigener Mund das Wort »Stopp« formte. Und dann sah ich eine silberne Welle – die Macht war sichtbar, anders als es wirklich gewesen war –, die von mir ausströmte und über die Männer hinwegfegte, woraufhin sie an Ort und Stelle erstarrten. So blieb das Bild stehen, nur ich bewegte mich noch, schaute mich verwundert um, bevor alles zerbrach. Die Kraft schlug zu mir zurück und ließ das Fenster zersplittern.

Ich ballte meine Hände zu Fäusten, meine Nägel bohrten sich in meine Handflächen. Von außen betrachtet sah es ganz anders aus. Ich wirkte verwirrt und ängstlich, und genau so hatte ich mich auch gefühlt. Aber ich sah auch … mächtig aus. Mir fiel kein anderes Wort dafür ein. Ich starrte auf mein eigenes Abbild, bis das Licht langsam verblasste und der Raum um mich wieder zu seinem Normalzustand zurückkehrte.

»Das war unglaublich«, sagte ich leise und vergaß für einen Moment, wo ich war und mit wem ich sprach.

»Nein.« Jetzt war es Lorcans Stimme, die Angst und Verwirrung ausdrückte. »Das war unmöglich.«

Ich sah über seinen Schreibtisch, unsere Blicke trafen sich.

»Was ich gerade gesehen habe, war vollkommen unmöglich. Ich habe deine Hände die ganze Zeit im Auge behalten. Du hast nichts geschrieben. Und du hast auch kein vorbereitetes Werk verwendet.«

»Das habe ich doch gesagt.« Irgendwie ließ seine Verwirrung mich stärker fühlen. Selbstsicherer. »Ich habe noch nie ein einziges Wort geschrieben. Alles, was ich getan habe, war *Stopp* zu sagen. Ich weiß nicht, wie das passieren konnte.«

»Unmöglich«, murmelte er wieder. »Es ist unmöglich, ohne die geschriebenen Worte Zugang zu der Macht zu finden. Genau wie es unmöglich ist, dass du – eine nicht magische Tochter von Ladenbesitzern – sie überhaupt kontrollieren kannst. Und dennoch …«

Seine Augen wanderten durch das Zimmer, bevor sie an dem goldenen Schimmer hängenblieben, der immer noch über seinem Schreibtisch schwebte. Sein Blick schärfte sich, wurde wieder konzentriert.

»Hattest du jemals zuvor Zugang zur Macht? Hast du jemals zuvor irgendeine Art des Zaubers vollbracht?«

Ich schüttelte meinen Kopf, doch dann erinnerte ich mich, dass ich es laut aussprechen musste.

»Nein. Ich habe nie auch nur gewagt, daran zu denken.«

»Was ist mit deiner Familie? Hat jemand von ihnen jemals –«

Ich schnitt ihm das Wort ab, bevor er seine Frage zu Ende bringen konnte. »Nein. Niemand in meiner Familie kann lesen oder schreiben. Niemand in meiner Familie kann einen Zauber verfassen. Niemand hat es ja auch nur in Erwägung gezogen.«

Er schloss das immer noch glühende Pergament in seine Faust ein und zerdrückte es zusammen mit dem Schimmer. Er ließ es in dieselbe Schale fallen wie zuvor und fuhr sich mit einer Hand übers Gesicht.

»Und du bist sechzehn. Das Alter, in dem sich unsere Fähigkeit, die Macht zu kontrollieren, stabilisiert. Ein Zufall? Vielleicht. Das wird weitere Studien erfordern.« Er stieß ein hohles Lachen aus. »*Eine Menge* weiterer Studien. Natürlich wird die Universität darüber unterrichtet werden wollen. Vielleicht haben sie alte Berichte …« Er setzte sich kerzengerade auf. »Und der Palast. Ich muss …«

Er brach abrupt ab, als ihm bewusst wurde, dass ich ihm immer noch gegenübersaß.

»Aber zuerst, was mache ich mit dir?«

»Mich nach Hause gehen lassen?«, fragte ich, weil ich dem Drang nicht widerstehen konnte.

Das brachte ihn tatsächlich zum Lachen. »Wenn es doch nur so einfach wäre. Nein, du bist ein Wunder, Elena. Etwas Ungesehenes, etwas …« Er schüttelte seinen Kopf. »Ich verstehe nicht, was das bedeuten könnte. Aber obwohl du etwas bist, das ich noch nie gesehen habe, bist du gleichzeitig etwas, das mir schon viele Male untergekommen ist. Eine ungeschulte Sechzehnjährige mit der Macht, sehr viel mehr Leute zu vernichten als nur dich selbst. Du musst trainiert werden, jemand muss dich lehren, die Macht zu kontrollieren.« Er trommelte mit seinen Fingern auf dem Schreibtisch. »Und das ist die Aufgabe der Akademie. Das kann niemand abstreiten. Oh, ich habe keine Zweifel daran, dass die Universität versuchen wird …«

Plötzlich sah er auf, seine Augen funkelten. »Nein, dein Platz ist hier. Willkommen zu deinem ersten Jahr an der Königlichen Akademie der Geschriebenen Worte, Elena von Kingslee.«

KAPITEL 5

Ich hatte seine Worte immer noch nicht ganz verarbeitet, als ich mich in einem großen Raum auf der anderen Seite des Erdgeschosses wiederfand und mir ein Stapel weißen Stoffes überreicht wurde.

»Wenn du mehr Roben brauchst, komm einfach zu mir«, sagte das Mädchen, das sie in meinen Armen abgeliefert hatte, nachdem sie meine Größe per Augenmaß geschätzt hatte. »Aber eigentlich sollte das ausreichend sein.« Sie lächelte mich an. »Normalerweise haben wir hier keine Spätstarter, also hast du Glück, dass noch so viele übrig sind. Dieses Jahr hatten wir ungewöhnlich wenig Einschreibungen, also habe ich noch mehr als genug Roben da.«

Ich brachte keine Worte hervor, doch schaffte es zu nicken, bevor mich der Diener, der mich bereits hergeführt hatte, wieder hinausscheuchte.

»Das ist wohl wahr«, sagte er, als wir uns einer breiten Treppe näherten und mit dem Aufstieg begannen. »Es gibt nur elf Lehrlinge im ersten Jahr, man kann es kaum glauben.« Er machte eine Pause und warf mir einen entschuldigenden Blick zu. »Zwölf, Entschuldigung. Hatte dich kurz vergessen.«

»Ich bin keine …«

»Keine Schülerin im ersten Lehrjahr?« Er gluckste. »Nun, im zweiten Jahr bist du bestimmt noch nicht. Ich kann dir versichern, dass keine der Klassen besonders groß ist. Ich kenne alle Lehrlinge hier beim Namen.«

Ich versuchte einen zweiten Anlauf. »Ich bin keine Magierin.«

Damit erntete ich ein weiteres Glucksen. »Nun, natürlich bist du das noch nicht. Deswegen bist du immerhin hier. Mein Name ist Damon und ich bin der Oberdiener an der Akademie. Wenn du irgendetwas brauchst, kommst du zu mir. Ich betreue die Lehrlinge hier schon seit zwei Jahrzehnten, und es ist noch kein Problem aufgetaucht, das ich nicht lösen konnte.«

Er zwinkerte mir zu und ich rang mir ein zaghaftes Lächeln ab. Kein Wunder, dass er so entspannt war, obwohl er glaubte, dass ich aus einer Magierfamilie stammte. Aber wie würde er reagieren, wenn er die Wahrheit erfuhr? Ich konnte mir nicht vorstellen, dass es sehr lange dauern würde, bis sich in der Akademie etwas herumgesprochen hatte, trotz ihrer Größe.

»Also, es ist ein kleiner Jahrgang«, fuhr er fort, »weshalb du dir dein Zimmer aussuchen kannst. Na ja, natürlich nicht ganz, da elf Zimmer bereits belegt sind. Zehn, sollte ich wohl eher sagen. Seine Hoheit bekommt eine Suite im Flügel des vierten Jahres.« Er zwinkerte mir zu. »Ich schätze, es hat doch seine Vorteile, zum Adel zu gehören.«

Seine Hoheit? Mein sich ohnehin schon drehender Verstand geriet völlig aus dem Ruder. Damit konnte er nur Prinz Lucas meinen. Aber …

Ich drückte das Bündel aus Roben fester an mich. Ich hatte gedacht, dass der Prinz ein Jahr älter gewesen wäre als ich. Bestimmt war er nicht im ersten Lehrjahr. Bestimmt hatte Lorcan nicht vorgehabt, mich tatsächlich zu diesen Magierkindern zu stecken. Um vorzugeben, ich wäre eine von ihnen. Um zusammen mit ihnen zu lernen. Mit ihrem *Prinzen*.

Romulus' verschleierte Drohungen gingen mir immer noch

durch den Kopf, zusammen mit Lorcans Aussage, dass die Mächtigsten unter ihnen mich studieren wollen würden. Wer weiß, welches Schicksal ich meiner Familie bescheren würde, wenn ich mich weigerte, mich ihren Plänen zu fügen – wie verrückt sie auch immer sein mochten?

Fürs Erste war ich noch am Leben, was bedeutete, dass ich immer noch achtzehn werden und mich bei der Armee melden konnte. Noch bestand die Möglichkeit, Clementine zu retten. Also musste ich lächeln, nicken und mich fügen.

Ich schluckte. Darin war ich noch nie gut gewesen. Bisher hatte mir der Schock geholfen, mich ruhig zu verhalten, aber ich wusste, dass der Gedanke, diese Maske über einen längeren Zeitraum aufrechtzuerhalten, Jasper zum Lachen bringen würde. Ich konnte es schon hören und fühlen, wie er mir durchs Haar wuschelte.

Sobald du ein Unrecht siehst, wirst du dir nicht länger auf die Zunge beißen können. Ich kenne dich.

Aber ich weigerte mich, auf seine Phantomstimme zu hören. Ich konnte das. Ich musste es tun.

Anscheinend hatte Damon weitergesprochen, denn er sah mich fragend an.

»Tut mir leid«, sagte ich. »Ich habe nicht …«

»Keine Sorge«, sagte er und senkte seine Stimme. »Du bist nicht der erste nervöse Neuankömmling, dem ich sein Zimmer zeige. Obwohl die meisten versuchen, es zu verstecken. Noch haben die Magier keinen Zauber verfasst, um die Nervosität loszuwerden.« Wieder gluckste er. »Und das ist auch gut so, wenn du mich fragst. An der Akademie sollte man immer auf der Hut sein.«

Ich schluckte, und mein Blick musste Bände gesprochen haben, denn seine Lippen zuckten nach oben.

»Es wird alles gut gehen, meine Herrin.«

Ich schüttelte bestimmt den Kopf. »Es ist nur Elena.«

Er lächelte breit. »Das ist die richtige Einstellung. Also, möchtest du lieber ein größeres Zimmer oder eins mit einer schönen Aussicht? Die hinteren sind etwas kleiner, aber die Fenster überblicken die Rückseite der Akademie.«

Wieder machte er eine Pause und mir wurde bewusst, dass er meine Wahl hören wollte. Meine. Ich konnte mir mein eigenes Zimmer in diesem prächtigen Gebäude aussuchen. Ich schüttelte mich und erinnerte mich an die Wahrheit. Es war nur vorübergehend. Mir standen immer noch die Tests bevor, und wer wusste schon, was danach passieren würde.

Aber für den Moment bekam ich ein eigenes Zimmer. »Ich hätte gerne eins mit Aussicht.«

»Ausgezeichnete Wahl.« Endlich nahmen die Stufen ein Ende und Damon deutete nach rechts, einen breiten Flur hinunter. »Die Zimmer des zweiten Jahrgangs befinden sich dort. Die des ersten Jahres sind hier.« Damit führte er mich nach links. »Der dritte Jahrgang bezieht die Zimmer unter dieser Etage, und die Lehrlinge aus dem vierten Jahr wohnen in den Zimmern darunter. Noch eine Etage weiter unten befinden sich die Räumlichkeiten der Lehrer und die Klassenräume. Und im Erdgeschoss darunter befinden sich natürlich Büros und Arbeitszimmer wie das, aus dem wir dir diese Roben geholt haben. Dort findest du auch den Speisesaal.«

Mein völlig überwältigter Verstand versuchte, seine Worte zu verarbeiten. Es fühlte sich schier unmöglich an, mir vorzustellen, wie ich zum Unterricht schlenderte oder in dem Speisesaal aß, wenn ich noch heute Morgen nie zuvor außerhalb von Kingslee gewesen war.

Vor einer verschlossenen Tür hielt Damon an und zog einen großen Schlüsselbund hervor. Nach einigem Hin und Her wählte er einen Schlüssel aus und löste ihn von dem Ring. Er hielt ihn mir entgegen und deutete mir an, die Tür zu öffnen. Ich klemmte die Roben unter meinen Arm und gehorchte, ohne nachzudenken.

Das Zimmer, das sich vor mir eröffnete, raubte mir den Atem.

Hatte er nicht gesagt, es wäre klein? Es sah riesig aus, das Einzelbett ließ genug Platz für eine große Truhe, einen Kleiderschrank, einen robusten Schreibtisch und zwei Stühle. Helle Teppiche bedeckten den Fußboden, und vor den Fenstern hingen schwere Vorhänge.

Damon durchquerte den Raum und zog sie schwungvoll zur Seite, sodass das Sonnenlicht ins Zimmer fallen konnte. Wieder schnappte ich nach Luft und eilte zu ihm hinüber, wobei ich die Roben achtlos auf das Bett fallen ließ. Weit unter uns wichen die Gärten weiten grünen Wiesen und mehreren eingezäunten Sandplätzen. Dahinter war etwas, das ein kleiner Schauplatz sein könnte: Eine große, ovale Fläche wurde von nach vorne abfallenden Sitzreihen umgeben. Um den Platz herum lag ein Schimmer, doch mein Blick wurde bereits weitergezogen. Wir waren hoch genug, um bis über die Stadtmauern sehen zu können, hinter der sich endlose Felder und sanfte Hügel erstreckten, so weit das Auge reichte; nur das Funkeln des Flusses trennte uns davon.

»Das ist wunderschön«, murmelte ich.

Damon nickte mir zufrieden zu. »Wie gesagt, gute Wahl. Manche der Schüler wissen es nicht zu schätzen – ich vermute, von zu Hause sind sie Besseres gewohnt. Aber ich komme immer gerne hierher.«

Noch eine Erinnerung daran, dass ich nicht unterschiedlicher als die anderen Lehrlinge sein könnte, trotz des seltsamen Vorfalls, als mir der kurze Zugang zur Macht gewährt worden war.

»Lorcan sagte mir, dass du in einer ungewöhnlichen Situation und ohne Gepäck angereist bist.« Damon wirkte höflich und überraschend uninteressiert, doch vielleicht konnte er es nur gut verbergen.

Welcher Ausdruck mir auch immer übers Gesicht gehuscht war, er hatte ihn missverstanden.

»Oh, wir legen hier nicht so viel Wert auf Förmlichkeiten. Du wirst sehen, dass alle Lehrer hier mit ihren Namen angesprochen werden, sogar von uns Blassblütern.« Er verwendete die Bezeichnung, die ich heute Morgen das erste Mal von dem Magier gehört hatte, leicht und ohne Bitterkeit. »Niemand hier hat unnötig Zeit zu verschwenden. Nicht wie oben am Hof.« Wieder lachte er über seinen eigenen Witz. »Manche der Schüler müssen sich erst daran gewöhnen. Aber sie lernen schnell.«

Interessant. Also war seine entspannte Unterhaltung eine Art Test, wie leicht ich mich an die Gepflogenheiten an der Akademie anpassen konnte? Natürlich gab es in meinem Fall keine Beleidigung meines Stolzes, die ich hätte hinnehmen müssen. Ich fragte mich, wie es dem grünäugigen Jungen dabei ergangen war. Ich konnte mir nur schwer vorstellen, wie Damon Witze mit ihm riss.

»Kümmere dich heute noch nicht um den Unterricht«, fuhr Damon fort. »Komm erst mal an, und ich werde dir deine Grundausstattung besorgen. Den Speisesaal findest du, wie bereits erwähnt, unten im Erdgeschoss. Zum Abendessen solltest du dort vorbeischauen – alle Schüler des ersten Jahrgangs werden dort sein. Und morgen kannst du dich ihnen im Unterricht anschließen.«

Und damit verschwand er, während ich immer noch irritiert blinzelte. Morgen sollte ich den Unterricht besuchen? Was für einen Unterricht?

Schriftlehre. Schreibunterricht. Was würde passieren, wenn ihnen bewusst wurde, dass ich keine Ahnung hatte, wie ich den Zugang oder die Kontrolle über die Macht erlangt hatte, die letzte Nacht aus mir herausgebrochen war?

Ich lief im Zimmer auf und ab und dachte über diese Frage noch, als es an der Tür klopfte und ein schüchternes Dienstmädchen mehrere große Pakete brachte. Sie fing an, sie auszupacken, doch ich schickte sie fort. Ich hatte heute Nachmittag sowieso nichts anderes zu tun.

Zu meiner Erleichterung kam sie sofort mit einem Tablett mit

Essen zurück, mit dem ich mich an den Schreibtisch setzte und es verschlang, bevor ich mich ans Auspacken machte. Auch meine angespannten Nerven konnten den Hunger nicht ewig unterdrücken.

Die Pakete enthielten verschieden Kleidungsstücke – praktisch gehalten, aber immer noch weitaus edler als alles, was ich je besessen oder getragen hatte – und andere Dinge des täglichen Bedarfs. Doch das kleinste von ihnen erweckte in mir das größte Interesse. Es enthielt einen Stapel frischen Pergaments und einen kleinen Vorrat an Stiften und Tinte.

Mit zitternden Händen legte ich alles auf den Schreibtisch und starrte es lange an. Konnte das wahr sein? Würde ich wirklich lernen, zu lesen? Zu schreiben?

Als ich an meine Familie dachte, an das unsichere Schicksal, das über unseren Köpfen lauerte, schämte ich mich. Aber ich konnte die Sehnsucht in mir nicht leugnen. Der Ruf nach der leeren Seite und der Erinnerung an die Form der Buchstaben. Ich hatte immer angenommen, dass es normal war – dass alle spürten, wie die Worte nach ihnen riefen. Das war der größte Konflikt für alle, die nicht in eine der Magierfamilien geboren wurden. Ein Opfer, das wir jeden Tag aufs Neue erbringen mussten, um uns selbst zu schützen.

Aber jetzt, als diese Frage aufgeworfen wurde, jetzt, da die Möglichkeit direkt vor mir lag … wurde das Verlangen stärker und kämpfte mit meiner Beherrschung. All diese Bücher in Lorcans Arbeitszimmer. Wie muss es sein, einfach eins von ihnen hervorziehen und die Geheimnisse entdecken zu können, die es barg?

Ich wünschte, ich könnte mich an den Schreibtisch setzen und meiner Familie eine Nachricht schicken, um sie wissen zu lassen, dass es mir gut ging. Aber dieser Gedanke war in jeder Hinsicht lachhaft. Selbst wenn ich in der Lage wäre, so etwas zu schreiben, würde es meine Familie nicht lesen können. Und ich hatte kein Geld, um jemanden damit zu beauftragen, ihnen eine Nachricht von mir zu überbringen. Selbst wenn ich nach draußen zum Markt kommen und jemanden dafür anheuern wollte. Es gab nichts, was ich für meine Familie tun konnte, außer am Leben zu bleiben und niemandem Wichtiges auf die Füße zu treten.

Ich zog eins der neuen Kleider an, aber meine Augen huschten immer wieder zu diesen verführerischen leeren Seiten auf dem Schreibtisch. Als der Klang einer Glocke im Gebäude ertönte, zuckte ich zusammen und ging zum Fenster. Draußen wurde es dunkler, die Sonne sank tiefer.

War es schon Zeit für das Abendessen? Unsicher betrachtete ich eine der weißen Roben, die mittlerweile fein säuberlich in meinem Schrank hingen. Ich würde gleich einen Raum voller Magier betreten – wenn auch nur Lehrlinge. Das Letzte, was ich wollte, war, mehr aufzufallen, als ich es ohnehin schon tat. Also ... würden sie alle diese Roben tragen oder nicht?

Als ich sie vorhin im Flur gesehen hatte, hatten sie sie angehabt. Aber da waren sie bestimmt auf dem Weg in den Unterricht gewesen. Ich seufzte und streifte mir eine Robe über den Kopf. Wenn kein anderer sie tragen würde, konnte ich sie immer noch wieder ausziehen, wohingegen ich die ganzen Treppen wieder nach oben laufen müsste, wenn ich sie nachträglich holen musste.

Ich schlich mich aus meinem Zimmer und eilte die endlosen Stufen hinunter. Niemand sonst war zu sehen, und ich fragte mich, ob sie alle direkt aus den Klassenräumen kommen würden. In den unteren Etagen begegneten mir ein paar Leute – einige ignorierten mich, sobald sie meine weiße Robe bemerkten, andere ließen ihren Blick neugierig über mein Gesicht wandern. Ich vermied es, Augenkontakt mit ihnen herzustellen.

Das Erste, was ich verspürte, als ich die unterste Etage erreichte, war Erleichterung. Überall tummelten sich weiße Roben und sie schienen alle in dieselbe Richtung zu laufen. Ich schloss mich dem Strom so unauffällig wie möglich an. Aber ich konnte das Raunen immer noch spüren, das sich um mich herum ausbreitete, wie eine Störung, die durch meine Anwesenheit verursacht wurde. Flüstern und Rascheln breitete sich im ganzen Flur aus.

Damon hatte gesagt, dass er alle Schüler mit Namen kannte. Wie gut mussten sich die Lehrlinge selbst untereinander kennen, die zweifellos schon zusammen aufgewachsen waren? Es war närrisch von mir, anzunehmen, mich unentdeckt unter sie mischen zu können.

Als die Türen des Speisesaals vor mir auftauchten, huschte ich durch sie hindurch, und stand sofort dem nächsten Dilemma gegenüber. Wohin sollte ich mich setzen? Vor mir erstreckten sich vier Reihen aus zahlreichen Tischen. Die Lehrlinge liefen umher und nahmen ohne zu zögern ihre Plätze ein, während ich mich mit kleinen Schritten vorwärts bewegte und meine Augen hektisch durch den Raum zuckten.

Schließlich lenkten mich meine Füße bis zur hintersten Reihe. Die wenigen Schüler, die sich hier bereits niedergelassen hatten, sahen jünger aus, und viele Plätze waren noch frei. Vielleicht saßen sie nach Jahrgängen geordnet ... Damon hatte gesagt, dass der erste Jahrgang nur aus einer kleinen Gruppe bestand.

Ich suchte mir einen Platz an einem leeren Tisch. Ich wusste, dass ich meinen Blick gesenkt halten sollte, aber ich konnte es nicht unterdrücken, ein paar flüchtige Blicke auf die Lehrlinge zu werfen. Sie trugen alle die gleichen weißen Roben und hatten ihre Haare eher praktisch frisiert. Meine eigenen losen Strähnen fielen mir ins Gesicht, und ich ließ sie noch etwas weiter nach vorne fallen, um mein Gesicht zu verstecken, während ich mir gleichzeitig wünschte, dass ich daran gedacht hätte, sie zurückzubinden.

Alle bis auf zwei andere Schüler betrachteten mich ebenfalls – mit ähnlich großer Neugier, aber viel offener. Ich versuchte, nicht daran zu denken, welche Macht diese Augen repräsentierten. Und damit meinte ich nicht nur ihre Fähigkeit, Zauber zu beschwören. Der Status und der Reichtum und die Position ihrer Familien umgab sie, auch wenn ihre Gesichter eher Müdigkeit als alles andere ausstrahlten. Sie waren nicht wie die anderen Jugendlichen aus meinem Dorf, und es täte mir gut, mich daran zu erinnern.

»Wer bist du?« Ein hübsches Mädchen mit offenem Blick ließ sich auf den Platz neben mir fallen.

Ich zuckte zusammen, weil ich sie nicht kommen gesehen hatte.

»Ich bin Elena.«

»Ja, aber aus welcher Familie kommst du?« Sie klang ungeduldig. »Ich erinnere mich nicht an dich. Das ist dein erstes Jahr, richtig? Deshalb sitzt du bei uns.«

Ich schluckte. »Ähm, ja?« Ich wünschte, es hätte weniger wie eine Frage geklungen. »Und ich komme aus Kingslee.«

»Kingslee?« Ein Junge am Nachbartisch runzelte die Stirn. »Ich glaube nicht, dass es Magierfamilien in Kingslee gibt. Ist das nicht winzig? Und so nah an der Hauptstadt. Warum sollte man dort wohnen, wenn man auch hier leben kann?«

Ich leckte mir über die Lippen. »Es ist nicht winzig, aber ich schätze recht klein. Und nein, dort gibt es keine Magierfamilien.«

»Wie kannst du dann aus Kingslee sein?« Das Mädchen neben mir schien ernsthaft neugierig zu sein, also konzentrierte ich mich auf sie, als ich antwortete.

»Weil ich nicht aus einer Magierfamilie komme.«

»Was?« Mehrere Münder schnappten ungläubig nach Luft, und alle Lehrlinge in unserer Tischreihe schenkten uns jetzt ihre unverblümte Aufmerksamkeit.

»Sagt es nicht«, sagte ich und spürte plötzlich, wie meine Erschöpfung an mir zerrte. »Das ist unmöglich – ich weiß. Und ich habe nicht darum gebeten, hier zu sein, dennoch bin ich es. Fragt Lorcan, wenn ihr eine Erklärung dafür haben wollt.« Ich konnte mich der Skepsis und der Flut von Fragen nicht noch einmal stellen, die mich erwarten würde, wenn ich versuchte, die Situation selbst zu erklären.

Einige Rücken versteiften sich, und zahlreiche Augenpaare

verengten sich. Soeben hatte ich zu erkennen gegeben, dass ich auf der sozialen Leiter weit unter ihnen stand, und mein Verhalten schien ihnen nicht zu gefallen. Ich seufzte. Mein Bruder hatte recht gehabt, ohne überhaupt hier sein zu müssen. Ich hatte keine fünf Minuten durchgehalten, ohne etwas Falsches zu sagen.

Eine neue Gestalt schritt durch die Tische, bewegte sich langsam, aber selbstbewusst durch die versammelten Schüler. Seine breiten Schultern und das souveräne Auftreten zogen sämtliche Aufmerksamkeit auf ihn, trotz der Tatsache, dass er sich auf die Tische der Lehrlinge aus dem ersten Schuljahr zubewegte. Viele Köpfe nickten ihm zu, als er an ihnen vorbeiging, doch er antwortete nicht. Seine Augen fixierten uns. Mich.

Ich schluckte. Der Junge mit den dunklen Haaren und grünen Augen.

Sein Erscheinen ließ die Lehrlinge um mich herum still werden, die meisten hatten ihren Fokus auf ihn gerichtet, als er die letzten paar Schritte zurücklegte und sich elegant auf dem Stuhl mir gegenüber niederließ. Doch obwohl sie ihm ihre gesamte Aufmerksamkeit schenkten, wich sein Blick nicht von mir.

Als wäre seine Ankunft das Signal dafür gewesen, erschienen Diener mit Tabletts voller Essen. Sie hatten zunächst die Lehrer am anderen Ende des Saales bedient, doch zwei hatten sich von ihnen gelöst und meinem Tisch genähert.

Nachdem sie mehrere Gerichte vor uns platziert hatten, verbeugte sich einer von ihnen vor dem Jungen, der mir gegenüber saß.

»Eure Hoheit«, murmelte der Mann.

Ich richtete mich auf. Der Prinz. Er musste es sein. Prinz Lucas von Ardann. Damon hatte mir erzählt, dass er hier war, und ich hätte mir denken können, dass es dieser Junge war, der sich so mühelos von allen anderen abhob. Also war er *doch* im ersten Lehrjahr.

Was bedeutete es, dass er sich entschieden hatte, an meinem Tisch zu sitzen? Lorcan hatte davon gesprochen, dass er den Palast informieren musste. Bestimmt kannte der Prinz meine Geschichte bereits, auch wenn er momentan in der Akademie und nicht bei seiner Familie lebte.

Ein Junge am Nebentisch beugte sich in unsere Richtung. »Das Mädchen behauptet, im ersten Lehrjahr zu sein, obwohl sie nicht aus einer Magierfamilie stammt. Was treibt Lorcan für ein Spiel? Weißt du darüber Bescheid?«

Der Prinz nahm einen Bissen, seine Augen verließen mein Gesicht noch immer nicht.

»Das ist korrekt, Calix. Sie kommt aus keiner Magierfamilie. Sie ist – nach unserem aktuellen Kenntnisstand – ein Blassblut. Doch obwohl sie keine Ausbildung genossen hat, hat sie gestern einen kontrollierten Zauber heraufbeschworen. Mit nichts anderem als einem gesprochenen Wort.«

Einen Herzschlag lang herrschte Stille auf unserer Seite des Saals. Und dann brach Chaos aus, blitzschnell verbreitete sich die Nachricht von Tisch zu Tisch im gesamten Speisesaal.

KAPITEL 6

Ich konnte die Stühle über den Boden kratzen hören, als die Leute aufstanden, und aus dem Augenwinkel sah ich, wie sich mehrere weiße Roben in unsere Richtung lehnten. Sie versuchten, übereinander hinwegzusehen, um einen Blick auf mich zu erhaschen. Nur ich blieb reglos sitzen, vollkommen eingenommen von den grünen Augen vor mir.

Der Prinz hatte seinen Blick noch immer nicht abgewandt. Und jetzt breitete sich ein kleines Lächeln auf seinem Gesicht aus, als hätte er genau gewusst, welche Reaktion seine Worte hervorrufen würden, und er schien es zu genießen. Doch kurz darauf schwand sein Lächeln und wurde von etwas Düsterem ersetzt.

Er erhob sich, stützte seine Hände auf dem Tisch ab und beugte sich so weit er konnte darüber. Ohne es zu merken, lehnte ich mich ebenfalls nach vorne und schloss die Lücke zwischen uns.

»Lorcan mag denken, dass du hierher gehörst, aber es gibt andere, die die Wahrheit sehen.« Seine Stimme war leise, seine Worte galten nur mir. Und ihr finsterer Unterton hielt mich gefangen, spiegelte die Drohung wider, die ich auf seinem

Gesicht erkennen konnte. »Du bist keine von uns, Elena von Kingslee. Vergiss das niemals. Früher oder später werden wir deine Geheimnisse aufdecken. Du kannst dich nicht verstecken.«

Er richtete sich auf und sah zum ersten Mal, seit er den Raum betreten hatte, weg von mir. Ich atmete zitternd ein, als mir plötzlich bewusst wurde, dass ich vergessen hatte zu atmen. Einen Augenblick lang fühlte ich nichts als Schock. Und dann strömte Wut durch mich hindurch und schob zur Seite, was auch immer mich auf meinem Platz gehalten hatte.

Ich schoss auf meine Füße, aber Prinz Lucas verschwand bereits durch die Tür, seine Mahlzeit hatte er kaum angerührt. Ich riskierte einen Blick zu den anderen Lehrlingen, die ihre Verwirrung laut zum Ausdruck brachten, während einige sich näher um mich drängten. Dieser Anblick reichte aus, um mich aus dem Speisesaal rennen zu lassen.

Auch wenn ich nicht glaubte, dass sie beabsichtigten, mir Gewalt anzutun, hatte ich nicht vor, zu bleiben, um es herauszufinden. Nicht mit der Wut, die in mir pulsierte. Es war viel zu wahrscheinlich, dass ich etwas sagen würde, das ich lieber für mich behalten sollte.

Ich nahm zwei Stufen auf einmal, schlug meine Zimmertür hinter mir zu und schloss sie ab. Mein Herz raste, als hätten sie mich alle verfolgt, obwohl ich alleine nach oben gerannt war. Erst als ich mich gegen das Holz lehnte, nahm ich mir die Zeit, durchzuatmen.

Und um darüber nachzudenken, was ich noch in Lucas' Gesicht gesehen hatte. Irgendwo unter seiner Belustigung, seiner Überlegenheit, der Wut und der Bedrohung, hatte noch ein weiteres Gefühl gelauert. Eins, das ich erkannt hatte, weil ich es innerhalb des letzten Tages selbst oft genug gefühlt hatte. Angst.

Und als ich an diesem Abend in mein Bett kletterte, ging ich diesen Gedanken immer und immer wieder durch. Wie hatte es zu dieser Situation kommen können? Wie war es möglich, dass der Prinz von Ardann Angst vor mir hatte?

Ich schlief viel tiefer, als ich es für möglich gehalten hätte. Und als eine Glocke durch das Gebäude hallte, setzte ich mich kerzengerade auf und wäre beinahe aus dem Bett gefallen. Nach einem kurzen Moment erinnerte ich mich wieder daran, wo ich war, und stöhnte. Ich rollte mich zurück in die Mitte des Betts und legte mir ein Kissen übers Gesicht.

Doch kurz darauf ertönte ein zweites Läuten. Seufzend krabbelte ich aus dem Bett und schlüpfte in eins meiner neuen Outfits. Darüber zog ich eine weiße Robe. An der Rückseite meiner Tür hing ein großer Spiegel, und ich hielt einen Moment inne, um mich zu betrachten. Mein welliges braunes Haar – weder glatt noch lockig, weder dunkel noch hell – rahmte mein Gesicht ein. Ich durchsuchte meine neue Ausrüstung, bis ich ein Zopfband fand, und strich meine Haare nach hinten. Ohne ihren Rahmen erschienen meine Augen größer.

Sie waren fast so verwirrend wie meine Haare – sie konnten sich nie entscheiden, ob sie braun oder gold oder grün waren. Normalerweise blitzte das Grün nur durch, wenn ich besonders aufgeregt war, doch heute sahen sie heller und grüner aus, als ich sie je gesehen hatte. Ich starrte mir selbst entgegen. Hier in ständiger Gefahr festzusitzen, umgeben von Magiern, war das Letzte, was ich wollte. Ich freute mich nicht auf diesen Tag.

Aber vielleicht bringen sie dir das Lesen bei, sagte eine hinterlistige Stimme in meinem Kopf. Ich drängte sie zurück und wandte mich von meinem Spiegelbild ab. Ich freute mich nicht. Ich wollte mich nicht freuen.

Ich hatte erst zwei Schritte auf die Tür zugemacht, als wild gegen ihr Holz geklopft wurde. Ich eilte nach vorne und öffnete sie. Der Blick des Mädchens, das jetzt im offenen Türrahmen stand, war erschrocken, und dann entschuldigend.

»Oh, tut mir leid. Ich war nicht sicher, ob ich klopfen sollte, aber ich habe dich beim Frühstück nicht gesehen und jetzt sind wir spät dran, und ich dachte, du weißt vielleicht nicht, wohin du gehen musst.« Sie machte eine Pause, um Luft zu holen und strahlte mich an. Ich erkannte sie aus dem Speisesaal wieder – das Mädchen mit dem offenen Blick, das sich neben mich gesetzt und die vielen Fragen gestellt hatte.

Als ich nichts erwiderte, tippelte sie ungeduldig von einem Fuß auf den anderen, bevor sie aufhörte und sich einmal kurz auf die Zehenspitzen erhob.

»Oh, ich bin übrigens Coralie. Ich glaube, ich habe gestern vergessen, mich vorzustellen. Was das angeht, bin ich schrecklich. Ständig rügt meine Familie mich dafür. Du bist natürlich Elena, daran erinnere ich mich. Und, wie ich bereits sagte, wir kommen zu spät zum Unterricht.«

Da es nicht schien, als würde sie bald eine Pause machen, atmete ich tief durch. Die erste Glocke musste die zum Frühstück gewesen sein, und anscheinend war ich bis zur zweiten wieder eingeschlafen und hatte es verpasst. Mein Bauch gab ein unzufriedenes Knurren von sich, aber ich konnte wohl kaum jetzt noch hinunterlaufen und mein Essen einfordern. Nicht, wenn Coralie sagte, dass wir bereits zu spät zum Unterricht kamen.

»Danke«, sagte ich als Antwort auf ihren erwartungsvollen Blick. »Du hast recht, ich weiß nicht, wohin ich muss.«

»Ha! Ich wusste es!« Sie lächelte und trat von der Tür zurück. Nachdem ich sie hinter mir abgeschlossen hatte, folgte ich ihr zögerlich.

Während wir zusammen die Treppen hinuntergingen, hielt Coralie einen konstanten Strom aus Worten aufrecht, wobei sie nur wenig Bedeutungsvolles sagte. Anscheinend hatte sie entschieden, mit dem Unbehagen meiner Situation umzugehen, indem sie jegliche Fragen mied. Was ich sehr zu schätzen wusste. Je länger sie sprach, desto entspannter wurde ich, trotz ihres Status. Es schien schwer, sie nicht zu mögen.

Als wir das Ende der letzten Treppe erreichten, führte sie mich zu der breiten Vordertür. Eigentlich hatte ich erwartet, dass wir zu einem der Klassenzimmer im Erdgeschoss gehen würden, doch stattdessen betraten wir einen großen Hof, in dessen Mitte ein prunkvoller Brunnen stand, der das helle Sonnenlicht reflektierte.

»Coralie«, unterbrach ich ihren Redefluss.

Sofort verstummte sie und lächelte mich an, ohne auch nur im Entferntesten beleidigt auszusehen. Ich brachte ebenfalls ein Lächeln zustande. Fast hätte ich sie mit dem Titel Herrin angesprochen, der allen Magierinnen vorbehalten war, als ich mich an Damons Worte vom Vortag erinnerte. Ich war in diese Welt geworfen worden, ob es mir gefiel oder nicht, und wenn ich überleben wollte, musste ich nach ihren Regeln spielen. Und anfangen, mich so zu verhalten, als würde ich zu ihnen gehören.

Ich räusperte mich, bevor ich sprach. »Wohin gehen wir?«

»Zum Training natürlich.« Sie machte eine winzige Pause, bevor sie hastig weitersprach: »Oh, natürlich, wahrscheinlich kennst du den Stundenplan noch gar nicht. Jeden Morgen haben wir Kampftraining, deshalb gehen wir nach draußen. Nachmittags haben wir dann Schriftlehre. Mir gefällt die Schriftlehre natürlich viel besser, aber Mutter meinte zu mir, dass ich mich beim Kampftraining ganz besonders anstrengen soll. Man kann nie wissen, wann einem die vorbereiteten Zauber ausgehen, und man keine Zeit hat, neue zu kreieren. Was glaubst du, wird dir besser gefallen?«

Ein bestürzter Ausdruck legte sich über ihr Gesicht, als wäre ihr gerade klar geworden, dass sie gegen ihre Keine-Fragen-Regel verstoßen hatte, die sie sich selbst auferlegt hatte.

Ich biss mir auf die Lippen, während ich immer noch versuchte, die Neuigkeit zu verarbeiten, dass mir Kampftraining bevorstand. Oder Schriftlehre. Zweifellos konnten sie alle bereits lesen und schreiben, und ich kam mir unfassbar dumm vor. Natürlich würden sie derart grundlegende Kenntnisse nicht mehr an der Akademie lehren. Wie sollte ich also zugeben, dass ich weder lesen noch schreiben konnte, von funktionierenden magischen Schriften einmal ganz abgesehen?

»Vergiss das wieder«, sagte Coralie schnell, als ich nicht antwortete. »Wir sind da. Die Schüler des ersten Jahrgangs trainieren dort drüben.« Sie hatte mich um das Gebäude herum und durch einen Garten geführt. Jetzt zeigte sie auf einen der eingezäunten Sandplätze, die ich von meinem Zimmer aus gesehen hatte.

Ich schaute mir auch die anderen Plätze an. Nur zwei von ihnen waren belegt, doch ich konnte nicht erkennen, welche Jahrgänge es waren. Dann wanderte mein Blick zu der Arena, was Coralie bemerkt haben musste.

»In der Arena trainieren wir erst ab dem zweiten Jahr.« Sie erzitterte. »Zum Glück. Bestimmt werde ich vollkommen zerfetzt werden.« Doch kurz darauf lächelte sie wieder, als sie über den tiefen Zaun trat, der den Platz umgab.

Zerfetzt? Was meinte sie damit? Was passierte in der Arena? Ich blickte noch einmal dorthin zurück, doch ein lauter Befehl innerhalb des Platzes ließ mich schnell über den Zaun springen und ihr folgen.

»Ihr seid zu spät.« Ein großer, fies aussehender Mann betrachtete uns abfällig.

Ich erwartete, dass Coralie ihm eine wortreiche Erklärung liefern würde, aber sie schwieg.

»Drei Runden«, sagte er. »Und sollte das morgen noch mal passieren, sind es sechs.«

»Ja, Sir«, erwiderte Coralie unerschrocken. Sie rannte los und lief an der Innenseite des Zaunes entlang.

Als ich zögerte, hob der Mann eine Augenbraue in meine Richtung, und ich sprintete sofort los, um zu Coralie aufzuschließen. Als wir die hintere Seite des Platzes erreichten, ergriff Coralie wieder das Wort, doch sie schien ihre Lippen möglichst wenig zu bewegen.

»Nur drei Runden! Er muss heute noch Mitgefühl haben, weil

es dein erster Tag ist.«

Ich schluckte. Er sah nicht besonders großherzig oder mitfühlend aus.

»Das ist Trainer Thornton«, sagte sie und konnte die Konversation ohne Probleme aufrechterhalten, während wir in einem annehmbaren Tempo liefen – obwohl sie behauptete, den sportlichen Teil des Unterrichts nicht zu mögen. »Er ist unser Kampfausbilder. Obwohl er alle Jahrgänge betreut, widmet er sich in den ersten Wochen vor allem den Anfängern. Alle sagen, dass er der Härteste ist, aber Redmond macht mir noch mehr Angst. Er ist ein Stantorn und die haben mich schon immer verängstigt. Ich schwöre dir, die ganze Familie ist von Haus aus mürrisch.«

Als wir die erste Runde beendeten, wurde sie still. Wir liefen an dem Trainer und den anderen Schülern vorbei und ich dachte über ihre Worte nach. Kingslee war zu klein, um Magierfamilien zu beherbergen, und selbst ein kurzer Besuch wie der von neulich, der all den Ärger erst ausgelöst hatte, war selten. Aber selbst wir wussten, dass die Stantorns eine der großen vier Magierfamilien waren. Königin Verena war selbst eine Stantorn gewesen, bevor sie König Stellan geheiratet hatte. Was Prinz Lucas zu einem halben Stantorn machte, vermutete ich.

Ich unterdrückte es, mich nach ihm umzusehen. Ich war mir seiner Anwesenheit nur allzu bewusst und achtete penibel darauf, mich von ihm fernzuhalten. Er wirkte auf jeden Fall mürrisch und stolz genug, um ein Stantorn zu sein.

Doch einen Blick zum Trainer riskierte ich. Thornton hatte Coralie ihn genannt. Behandelten die Lehrer Schüler aus ihren eigenen Familien bevorzugt? Ich schüttelte den Gedanken ab. Ganz egal, ob dem so war oder nicht, ich würde ganz bestimmt keine Sonderbehandlung bekommen, soviel war sicher.

Als wir die anderen wieder hinter uns gelassen hatten, machte Coralie dort weiter, wo sie aufgehört hatte.

»Weston und Lavinia sind auch beide Stantorns. Von denen solltest du dich fernhalten. Das tue ich zumindest. Besonders von

Weston. Er sieht einfach jeden als seinen Feind an. Man wollte meinen, er würde sich das für die Kallorwegianer aufsparen.« Sie sprach den Namen aus, als wäre er ein Fluch, und ich spuckte reflexartig auf den Boden. Als Coralie daraufhin zur Seite sprang, bereute ich es jedoch sofort.

Ihrem Ton nach zu urteilen, hatten die Magier für unsere aggressiven Nachbarn aus dem Westen auch nicht mehr übrig als das gewöhnliche Volk. Aber ich bezweifelte, dass sie spuckten, wann immer das Königreich Kallorway erwähnt wurde. Allerdings waren sie auch nicht diejenigen, die zwangsverpflichtet wurden, zu kämpfen und an unserer westlichen Grenze zu sterben. Nach dreißig Jahren Krieg gab es wahrscheinlich im ganzen Königreich Ardann keine Familie, die Kallorway nicht hasste. Dennoch machte ich mir in Gedanken eine Notiz, zukünftig nicht mehr zu spucken.

»Sie sind Cousin und Cousine«, fuhr Coralie fort, und ich brauchte einen Moment, um mich zu erinnern, dass sie über Weston und Lavinia sprach – wer auch immer die beiden waren. Wahrscheinlich andere Schüler des ersten Lehrjahres.

»Und sehr stolz auf ihre entfernte Verbindung zu Lucas.« Coralie rollte mit den Augen, während ich versuchte, nicht so verwirrt auszusehen, wie ich mich fühlte.

Als wir den Platz zum dritten und letzten Mal umrundeten, sah sie mitfühlend zu mir herüber. »Das muss dir alles sehr viel vorkommen. Aber keine Sorge, irgendwann weißt du, wer wer ist. Halte dich einfach noch ein bisschen an mich.« Sie warf einen Blick über ihre Schulter zum Rest der Klasse. »Was wahrscheinlich funktionieren wird, da sie sich alle schon zu Paaren zusammengetan haben und wir laufen mussten. Jetzt können wir ein Paar bilden.«

»Warum bist du so nett zu mir? Ich bin keine von euch.« Die Worte platzten aus mir heraus, bevor ich sie überdenken konnte. Die Spannung nagte an meinen Nerven. Ich wartete immer noch darauf, dass sie ihre Fassade fallen ließ und ihre wahren Absichten preisgab.

Doch sie grinste mich nur an. »Ich bin von Natur aus neugierig. Ich kann einfach nicht anders.« Dann senkte sie ihre Stimme. »Und ich kann dir garantieren, dass die anderen es auch vor Neugierde kaum aushalten. Ein Blassblut, das die Macht kontrollieren kann? Mit einem gesprochenen Wort? So etwas gab es noch nie. Es ist unmöglich. Unglaublich.« Ihr Lächeln wurde breiter. »Aufregend.«

Ich schüttelte den Kopf. Sie hatte ein paar Adjektive vergessen. Wie verwirrend und furchteinflößend.

Sie sprach schnell, als wir das hintere Ende des Platzes umrundeten und uns wieder der Gruppe näherten. »Die anderen halten sich nur zurück, weil sie sich noch nicht entschieden haben, ob es einen möglichen Statusverlust wert ist, ihre Neugierde auszuleben. Wahrscheinlich warten sie darauf, dass ihre Familien eine offizielle Position zu der Sache mit dir einnehmen.«

Ich starrte sie schockiert an. Die Sache mit mir? War es ihr Ernst, dass die großen Magierfamilien eine Position zu mir einnehmen würden?

Sie schien nicht zu bemerken, welchen Effekt ihre Worte auf mich hatten. »Aber ich muss mir darum keine Sorgen machen. Ich habe nicht wirklich viel Status, den ich verlieren könnte.« Sie lächelte immer noch, ihr Geständnis schien keine Auswirkungen auf ihre Fröhlichkeit zu haben. »Ich bin nur eine Cygnet.«

Ich öffnete meinen Mund, aber sie sprach bereits weiter.

»Ja, wie der Vogel. Und ja, du hast wahrscheinlich noch nie von uns gehört. Wie sind eine kleine Familie und überhaupt nicht wichtig.« Sie schien vor Stolz anzuschwellen. »Außer Lehrerin Jocasta. Sie ist die stellvertretende Leiterin der Bibliothek. Und die erste Cygnet, die je einen Lehrposten an der Akademie bekleidet hat. Irgendwann wirst du sie sicher kennenlernen.«

Sie senkte ihre Stimme noch weiter und flüsterte die letzten

Worte. »Araminta und Clarence kommen auch beide aus unbedeutenderen Familien. Aber Clarence ist zu sehr auf seine Bücher fokussiert, um sich um jemand anderen zu kümmern. Ich kann mir nicht vorstellen, dass er sich mit einer neuen Schülerin anfreunden will.« Sie schüttelte lachend den Kopf. »Und Araminta ist zu verängstigt, um überhaupt an jemand anderen zu denken, armes Ding.« Das Lachen wich aus ihrem Gesicht, als sie ihren Kopf schüttelte. »Sie hat Angst, dass sie durchfällt, und die hätte ich auch, wenn meine Kontrolle so schwach wäre wie ihre.«

Die heitere Coralie erzitterte und ich biss mir auf die Zunge, als wir bei der Klasse ankamen. Was meinte sie damit? Was passierte, wenn wir durchfielen?

Genau das brauchte ich jetzt. Noch eine Sorge, die die Last auf meinen Schultern erhöhte.

Aber mir blieb kaum Zeit, darüber nachzudenken. Thornton schickte uns in die existierende Fünferreihe aus Paaren, die einander gegenüberstanden. Er machte sich nicht die Mühe, etwas zu erklären, sondern deutete nur auf die anderen, damit wir uns ihrem Rhythmus anpassten. Coralies Schlagabfolgen waren schwach und wirkungslos, weshalb ich sie leicht mit den passenden Bewegungen abblocken konnte.

Thornton beobachtete uns aus zusammengekniffenen Augen, aber schien sich entschieden zu haben, uns zu ignorieren und sich den anderen zuzuwenden. Aber mir konnten sie nichts vormachen. Durch meine regelmäßigen Ausflüge in den Wald und die Zeit, die ich im Laden meiner Eltern geholfen hatte, war meine Kondition ganz passabel. Laufen konnte ich. Aber ich hatte nie viel Zeit gehabt, den Zweikampf zu trainieren.

Einige der Jungs aus Kingslee hatten sich dem verschrieben und trainierten, wann immer sie die Chance dazu hatten. Diejenigen, die bereits wussten, dass sie die Einberufung für ihre Familie annehmen würden. Doch als mir bewusst geworden war, dass mir diese Rolle zuteilwerden würde, war ich zu beschäftigt damit gewesen, meinen Eltern zu helfen – sowohl mit Clementine als auch im Laden –, um mich ihnen anzu-schließen.

Natürlich hatte ich ihnen zugesehen, so oft es ging, und Jasper hatte mir die grundlegenden Bewegungen beigebracht. Aber er hatte dem ebenfalls nicht viel Zeit geopfert. Er hatte sich auf eine andere Art des Trainings konzentriert.

Doch ich hatte die Jungs im Dorf oft genug beobachtet, um ihre Fähigkeiten beurteilen zu können, und jeder Lehrling hier führte die Bewegungen aus, als gehörten sie zu den Grundlagen und wären viel zu einfach. Selbst Coralie milderte die Kraft ihrer Schläge absichtlich ab, das konnte ich spüren. Zweifellos trainierten all diese Magier schon seit sie Kinder waren, um sich auf die Akademie vorzubereiten.

Ich hatte gewusst, dass ich ihnen in allem, was mit lesen, schreiben oder zaubern zu tun hatte, hoffnungslos unterlegen sein würde. Aber dass es noch andere Bereiche geben würde, in denen ich ebenso verloren wäre, war mir nicht bewusst gewesen. Diese ganze Situation erschien immer mehr wie ein Witz. Und ich war die Pointe.

Dann befahl Thornton, dass wir uns trennen sollten, und ließ uns eine Reihe an Ausdauerübungen absolvieren. Eine Stunde lang entspannte sich mein Verstand, während ich mich an meine Grenzen brachte und froh war, wenigstens bei einer Sache mit den anderen mithalten zu können.

Aber dann mussten wir wieder Paare bilden. Ich sah mich nach Coralie um, die etwas entfernt von mir stand, zusammen mit einem kleinen, ängstlich aussehenden Mädchen, das sie am Arm fasste und ihr etwas zuflüsterte. Coralie blickte in meine Richtung, offensichtlich hin und her gerissen, und dann trat ein großer Junge in mein Blickfeld.

»Sieht so aus, als wären wir Partner, Kingslee.«

»Mein Name ist Elena«, sagte ich, ohne nachzudenken, während mein Fokus immer noch auf Coralie lag.

»Ich werde dich so nennen, wie ich es will.« Sein Ton zog

meine Konzentration auf sich. Er war groß und schlank, sein Ausdruck war kalt und berechnend. Ich schluckte.

»Ich bin Weston«, sagte er, und es dauerte einen Moment, bis ich seinen Namen zuordnen konnte. Der Stantorn-Lehrling, der jeden als seinen Feind ansah. Der Einzige, von dem sie explizit gesagt hatte, dass ich ihm aus dem Weg gehen sollte.

Ich schluckte, als sich ein langsames Grinsen auf seinem Gesicht ausbreitete. Es entsprach ganz und gar nicht der Freundlichkeit, die Coralie ausstrahlte.

Ohne es zu wollen, zuckte mein Blick zur Seite und begegnete dem des Prinzen. Für den Bruchteil einer Sekunde glaubte ich, dass er eingreifen wollte. Aber dann wandte er sich ab, und mir wurde klar, dass es wahrscheinlicher war, dass er Weston sogar dazu angestiftet hatte. Was auch immer jetzt folgen würde.

»Dann lass uns kämpfen, *Elena*«, sagte Weston, gerade als Thornton mehrere Anweisungen rief. Ich verstand fast nichts von dem, was der Lehrer sagte, und blickte hektisch zu den anderen Paaren, um herauszufinden, was wir tun sollten, als der erste Schlag mich traf.

KAPITEL 7

»Thornton hätte eher eingreifen müssen.« Coralie klang wütend, als sie mir half, durch den Garten zu humpeln. »Das war ein Massaker.«

»Danke«, sagte ich trocken.

Sie grinste mich entschuldigend an, bevor der Anblick von etwas auf meinem Gesicht sie zusammenzucken ließ. Ich hob meine Hand, um die Stelle zu berühren, auf der ihr Blick haftete, und zuckte ebenfalls zusammen. Das würde ein großer blauer Fleck werden.

»Nun, offensichtlich wusstest du nicht, was du tun solltest, und er ist immerhin da, um es uns zu lehren. Nur weil er ein Devoras ist«, murmelte sie. »Die sind fast so schlimm wie die Stantorns. Er denkt, wir müssen alle so hart sein wie er und Weston.«

»Er hat mich getestet«, sagte ich.

»Wer? Thornton oder Weston?«

Ich zuckte mit den Schultern und wimmerte, als mich ein Schmerz durchfuhr. Ich hatte Schmerzen und blaue Flecken an Stellen, die ich noch nie zuvor gespürt hatte. »Beide.«

Als die Glocke ertönte, bemerkte ich, dass wir die Einzigen

waren, die noch draußen waren, weil wir viel langsamer vorankamen als alle anderen. Bestimmt waren sie schon im Speisesaal. Der Gedanke ließ meinen Magen rumoren – er ließ sich von den Schmerzen nicht ablenken, denn immerhin hatte ich nicht nur das Frühstück, sondern auch den Großteil des Abendessens von gestern verpasst.

Doch als wir durch die Vordertür stolperten, runzelte Coralie die Stirn und zog mich in eine andere Richtung.

»Ich denke, wir sollten dich lieber zur Heilerin bringen. Wenn es uns nach dem Training zu schlecht geht, dürfen wir dorthin gehen.«

Wieder knurrte mein Bauch, aber ich ließ mich von ihr führen. Obwohl ich mir von meiner Mutter immer wieder von den Heilern in dem Sanatorium erzählen lassen hatte, hatte ich noch nie selbst einen gesehen. Und jetzt würde ich die Chance bekommen, einen bei der Arbeit zu beobachten. Und auch die Linderung meiner Schmerzen wäre sehr willkommen. Ich war so oft hingefallen, dass sogar meine blauen Flecken eigene blaue Flecken haben mussten.

»Meine Güte«, sagte eine freundlich aussehende junge Frau, als Coralie eine Tür in der Mitte des Flurs öffnete und mich hindurchschob. »Es ist die erste Schulwoche, oder nicht? Ich dachte, Thornton würde mit dem ersten Jahrgang etwas umsichtiger umgehen.«

Coralie stemmte ihre Hände in die Hüften. »Weston hatte andere Pläne.«

Die Frau versteckte ein Lächeln, das sich bei der Empörung des Cygnet-Mädchens auf ihren Lippen ausgebreitete hatte. »Du weißt, wie diese Stantorns sind, Coralie.«

Coralie seufzte und ließ sich auf einen der Stühle fallen. »Elena, das ist Acacia. Sie ist eine Ellington, aber sie kommt aus Abalene, genau wie meine Familie.« Sie nannte eine größere Stadt, die südlich am Fluss Overon lag. »Sie ist eine von den Guten.«

»Vielen Dank für dieses Lob, Coralie«, sagte die Frau ernst. Dann richtete sie ihre Aufmerksamkeit auf mich. »Und du bist? Dich habe ich hier noch nicht …« Ihre Stimme brach ab und ihre Augen weiteten sich, als sie eins und eins zusammenzählte.

Ich brachte ein schwaches Lächeln zustande. »Ich bin Elena. Aus Kingslee.«

»Kingslee.« Sie flüsterte das Wort. »Also ist es wahr.«

»Was bedeutet, dass sie jede Hilfe gebrauchen kann, die du ihr geben kannst.« Coralie warf Acacia einen bedeutungsschweren Blick zu, und die Heilerin nickte, obwohl ihre neugierigen Augen immer noch auf mir lagen.

»Du hast Glück«, sagte sie. »So früh im Jahr habe ich noch alles auf Lager, also wirst du dich im Handumdrehen wieder so gut wie neu fühlen.«

Als sie lächelte und es tatsächlich ihre Augen erreichte, hätte ich sie am liebsten umarmt. Nach der Bearbeitung von Weston hatte ich angefangen zu glauben, dass Coralie die einzige Magierin in diesem Königreich war, die dazu bereit war, mir eine Chance zu geben. Na ja, Coralie und Lorcan, der Leiter der Akademie. Wobei ich mir ziemlich sicher war, dass sein Interesse sich auf meine Nutzung der Magie beschränkte, und nicht auf mich als Person.

Acacia arbeitete schnell, wählte drei unterschiedliche Streifen eingerollten Pergaments aus, von denen zwei so lang waren wie einer meiner Finger und der dritte etwa um die Hälfte länger. Sie zerriss sie alle in kurzen Abständen, bevor sie in meine Richtung schnippte.

Ein kühler Nebel entwich ihren Bewegungen, schwebte herüber und legte sich über meine Haut, bevor er tiefer sank. Die erste Welle wurde von einem stechenden Schmerz begleitet, doch die zweite brachte eine betäubende Erleichterung mit sich. Und nach wenigen Minuten fühlte ich mich wieder gesund und stark. Ich streckte meine Arme nach vorne aus und begutachtete sie. Es waren keine Schürfwunden oder blaue Flecken mehr in Sicht.

Ich blickte zu der Heilerin auf. »Das war unglaublich.«

Sie lächelte. »Vielen Dank. Aber das war eigentlich ziemlich einfach.« Dann blickte sie kurz auf das zerrissene Pergament in ihren Händen hinunter, finster, als hätte es sie verärgert. Mit einer schnellen Bewegung warf sie die Fetzen in ein kleines Gefäß, das hinter ihr auf dem Schreibtisch stand.

»Mach dir keine Sorgen, Acacia.« Coralie klopfte ihr auf den Rücken. »Wenn du stärker wärst, könntest du an der Front sein, anstatt dich hier mit uns zu entspannen.«

Acacia lächelte, obwohl ein Schatten über ihren Augen hing. »Eigentlich würde ich gerne an der Front helfen können, wo meine Dienste am nötigsten gebraucht würden, weißt du. Deshalb wollte ich ursprünglich Heilerin werden.« Sie schüttelte ihren Kopf. »Aber ich schätze, ihr seid auch gar nicht so übel.«

Coralie lachte. »Das ist die richtige Einstellung.« Sie sah zu mir herüber. »Wenn wir uns beeilen, könnten wir es noch zum Mittagessen schaffen.«

Ich sprang sofort auf meine Beine, was die beiden zum Lachen brachte.

»Heilen macht mich auch immer hungrig.« Coralie schob mich in den Flur hinaus und ging dann schnellen Schrittes voraus. Ich folgte ihr dicht auf den Fersen. »Und du hast auch noch das Frühstück verpasst, nicht wahr, armes Ding?«

Einige Lehrlinge kamen uns bereits entgegen, doch wir schlüpften durch die Tür und setzten uns, bevor die Diener die Tische des ersten Jahrgangs erreichen konnten, um das Essen abzuräumen. Wir beide füllten uns hastig einen Teller und schlangen es herunter.

Bei den ersten paar Bissen spürte ich nichts als Erleichterung. Kurz darauf folgte das Staunen. Noch nie hatte ich derart reichhaltiges und vielseitiges Essen gegessen. Die Geschmäcker der Soßen waren komplex, und auf den Servierplatten lagen drei verschiedene Sorten Fleisch. Als ich in das leichteste, fluffigste

Brötchen biss, das ich je gegessen hatte, hätte ich beinahe gestöhnt. Würde ich hier wirklich jeden Tag so speisen?

Doch als mein Bauch gefüllt war, wurde ich mir des Raumes um uns besser bewusst. Coralie hatte uns zu einem leeren Tisch geführt, wer auch immer hier gegessen hatte, war bereits wieder verschwunden. Aber trotzdem konnte ich noch das Geflüster um mich herum und die Augen in meinem Rücken spüren.

»Wäre es besser, wenn ich nicht hinsehe?«, fragte ich Coralie flüsternd.

Sie zog eine Grimasse. »Wahrscheinlich. Aber keine Sorge. Irgendwann werden sie sich an dich gewöhnen.«

Ich runzelte die Stirn. Falls ich dafür lange genug hierbleiben würde. Lorcan hatte gesagt, dass ich hierher gehörte – aber für wie lange? Mittlerweile wusste ich sicher, dass er der Leiter der Akademie war, was bedeutete, dass er tatsächlich sehr wichtig war und einen Sitz im Magischen Konzil innehatte. Aber er war nur einer von zehn. Und das bezog die königliche Familie noch nicht mit ein.

Der Prinz hatte deutlich gemacht, was er von mir hielt, was nichts Gutes für mich bedeuten konnte. Wieder einmal kämpfte ich gegen den Drang an, meinen Blick zum Nachbartisch schweifen zu lassen, an dem Lucas saß. Seine Augen folgten mir nicht mehr so wie am Tag zuvor, aber ich war mir seiner Präsenz mehr als bewusst.

Als Coralie meinem Blick begegnete, konnte ich all die Fragen erkennen, die hinter ihren Augen lauerten und losbrechen wollten. Sie war mehr als freundlich zu mir gewesen, und ich wollte ihr gerne die Erlaubnis geben, sie zu stellen, doch ich hielt mich zurück. Ich hatte selbst viel zu wenig Antworten.

Kurz darauf zerrte Coralie mich wieder aus dem Speisesaal.

»Schnell, die Glocke wird jeden Augenblick läuten.«

Wir eilten durch den Flur und platzten in einen Raum, wo wir uns hinter einen Zweiertisch sinken ließen, gerade als die zweite Glocke ertönte. Coralie atmete erleichtert auf, bevor sie sich gerade aufsetzte und ihre Aufmerksamkeit nach vorne richtete. Das erinnerte mich daran, wie sie erwähnt hatte, dass ihr der Schriftlehreunterricht am Nachmittag so viel besser gefiel als das morgendliche Training.

Während unseres Sprints hierher hatte ich keine Zeit gehabt, mich umzusehen, also holte ich das jetzt nach. Das Klassenzimmer verfügte über mehrere große Fenster, die Licht in das geräumige Innere fielen ließen. Es gab vier Sitzreihen, jede bestand aus vier Zweiertischen, die nach vorne gerichtet waren, aber nur die ersten beiden Reihen waren besetzt. Coralie und ich teilten uns einen Tisch, genauso wie vier andere Lehrlingspaare, nur Weston und der Prinz saßen allein.

Sehr zu meinem Entsetzen besetzte der Prinz einen der äußeren Tische in der zweiten Reihe, wodurch er direkt neben uns saß. Ich fühlte, wie sich sein Blick in mich bohrte, aber ich weigerte mich, ihn wissen zu lassen, dass ich es bemerkte. Stattdessen beobachtete ich die anderen Lehrlinge.

In der vorderen Reihe saß das ängstlich aussehende Mädchen, das Coralie vorhin abgelenkt hatte, neben einem großen, eleganten Mädchen, das so tat, als säße es allein. Dieser brennende Kontrast hielt meine Aufmerksamkeit, bis Coralie sich herüberlehnte und mir etwas zuflüsterte.

»Sie sehen lustig nebeneinander aus, oder? Obwohl ich darüber nicht lachen sollte. Arme Araminta. Bestimmt verängstigt es sie nur noch mehr, neben Dariela sitzen zu müssen.«

Ah. Also war das ängstlich aussehende Mädchen Araminta – die Schwächere aus einer unbedeutenderen Familie wie die von Coralie. Der Name Dariela sagte mir jedoch nichts.

»Dariela ist eine Ellington«, sagte Coralie, ohne dass ich sie hätte fragen müssen. »Ich weiß, wir stehen noch am Anfang, aber wenn du mich fragst, wird sie unsere Klasse mal anführen.« Sie grinste. »Das wird Weston gar nicht gefallen – ein mächtiger Stantorn wird von einer Ellington in den Schatten gestellt.«

Ich nickte, als wüsste ich, wovon sie sprach, obwohl ich keine

Ahnung hatte. Auch wenn ich die Namen der vier großen Magierfamilien kannte, bedeutete das noch lange nicht, dass ich die Feinheiten der Dynamik zwischen ihnen verstand.

Coralie lehnte sich wieder näher, um mir noch etwas zuzuflüstern, doch ein scharfes Räuspern ließ sie sich gerade hinsetzen und einen ernsten Ausdruck aufsetzen. Obwohl sie den Unterricht zu mögen schien, konnte man sehen, wie nervös der Lehrer sie machte. Und ich konnte auch erkennen, warum.

Er sah sich mit einem wütenden Ausdruck um, als würden wir ihm das Leben schwer machen. Und entweder bildete ich es mir ein, oder sein Blick ruhte besonders lange auf mir. Auf jeden Fall sah er mich an, als er das Wort ergriff.

»Mein Name ist Redmond von Stantorn. Ich unterrichte Schriftlehre.«

Ich nickte und versuchte, lernbegierig auszusehen. Sein Ton verriet, dass er sich nur deshalb die Mühe gab, sich ausführlich vorzustellen, weil er mich für völlig unfähig hielt. Und traurigerweise standen die Chancen schlecht, ihn vom Gegenteil zu überzeugen, obwohl ich in meiner Klasse an der Schule in Kingslee immer die Beste gewesen war.

Aber in Kingslee wurden Schüler nur bis zu ihrem zehnten Lebensjahr unterrichtet. Dort hatten wir die Zahlen gelernt und wie wir sie im Kopf zusammenrechnen konnten. Wir hatten Geografie studiert – mit Karten voller Symbolen anstatt Worten – und die Geschichte und die Gesetze von Ardann auswendiggelernt. Es war nicht nötig gewesen, dass der Lehrer uns das einfache System der Symbole beibrachte, das für die Schilder am Marktplatz genutzt wurde, denn die kannten wir bereits von unseren Eltern.

Natürlich wurde uns weder lesen noch schreiben beigebracht, ganz zu schweigen von magischer Schriftlehre.

Redmonds Blick schweifte über den Rest der Klasse. »Wir haben genug Zeit mit der Theorie verbracht. Es ist an der Zeit, dass ihr eure ersten Versuche unternehmt, einen schriftlichen

Zauber zu erstellen. Natürlich werden wir mit den einschließenden Worten beginnen. Wir werden ein Pergament erstellen, das für gewöhnliches Schreiben genutzt werden kann. Wie bereits erklärt, handelt es sich dabei lediglich um eine Erweiterung der einschließenden Worte.«

Diesmal ruhte sein Blick auf Araminta und nicht auf mir. »Und ich erwarte, dass das im Rahmen eurer Fähigkeiten liegt.« Sein Ton ließ vermuten, dass er nicht daran glaubte.

Redmond ging zwischen den Tischen umher und überreichte jedem Lehrling ein einzelnes Blatt Pergament. Als er meinen Tisch erreichte, zögerte ich, doch der Ausdruck auf seinem Gesicht ließ mich schweigend nach dem Papier greifen. Ich legte es vor mich und starrte auf die Worte, die sich darauf ausbreiteten. Worte. Scharfe, geschwungene, schwarze Buchstaben. Noch nie hatte ich die Möglichkeit gehabt, sie mir so genau anzusehen; ich konnte meine Augen einfach nicht von ihnen lösen.

Ein Geräusch vom Tisch neben mir – ein halb ersticktes Hüsteln – ließ mich ohne nachzudenken herumwirbeln. Ich begegnete dem Blick des Prinzen. Er sah von mir zu dem Blatt vor mir, dann schüttelte er langsam den Kopf. Ich spürte, wie mir die Röte ins Gesicht stieg, und wandte mich schnell von ihm ab, hielt mich an Coralie.

Sie hatte einen Stift und ein leeres Stück Pergament von dem kleinen Vorrat zwischen uns genommen und starrte darauf hinunter. Ihre Finger klammerten sich so fest an den Stift, dass ihre Knöchel weiß wurden. Einen Augenblick lang beruhigte mich dieser Anblick, bis ich mich daran erinnerte, dass meine Probleme in diesem Unterricht weit über blank liegende Nerven hinausgingen.

Fasziniert beobachtete ich, wie sie den Stift auf das Papier senkte und schnell hintereinander mehrere Striche zog. Unter der Spitze fingen Wörter an, sich zu formen, überzogen die Seite von links nach rechts. Nur einmal huschte ihr Blick dabei zurück auf das Blatt, das uns überreicht worden war – kurz bevor sie ihr

Wort mit einem schwungvoll ausgeführten Punkt beendete. Für eine Sekunde schwebte ihr Stift dort über der Seite, dann lehnte sie sich mit einem erleichterten Seufzen zurück.

Ich schaute von ihren Worten zu dem Blatt vor mir. Dann wieder zurück. Die Formen ihrer Buchstaben sahen etwas anders aus, aber ich glaubte, dass die erste Zeile der entsprach, die uns als Vorlage gegeben wurde. Nicht, dass ich eine Ahnung hatte, was dort stand.

»Glückwunsch, Coralie«, sagte eine unbeeindruckte Stimme hinter uns. Wir beide sahen zu Lehrer Redmond hoch. Als keine von uns sich regte, hob er seine Augenbrauen.

»Ich glaube, die Aufgabe umfasste noch mehr.«

Sie schluckte und nickte, bevor sie sich wieder über das Pergament beugte. Dann wandte Redmond sich an mich.

»Gibt es ein Problem, Elena von Kingslee?«

Gerne hätte ich gesagt: *Ja. Alle anderen Lehrlinge haben tagelang die Theorie gelernt, und mir wurde rein gar nichts erklärt.*

Doch ich schluckte die Worte hinunter. Offensichtlich war er sich dessen bewusst, und ich vermutete, dass er ebenfalls wusste, dass keine mögliche Erklärung mir helfen konnte. Zum hundertsten Mal erinnerte ich mich daran, nicht einfach mit meinen Gedanken herauszuplatzen.

Stattdessen atmete ich tief ein und sah auf den Tisch hinunter. »Ich kann das nicht lesen, Sir. Und ich kann auch nicht schreiben. Das wurde mir nie beigebracht.«

Eine leichte Bewegung ließ mich zur Seite schauen. Ich erwartete, Abscheu und Verachtung auf dem Gesicht des Prinzen zu sehen, doch er wandte seinen Blick schnell ab, als wäre es ihm peinlich, dabei erwischt worden zu sein, überhaupt Interesse an mir zu zeigen.

»Ich verstehe«, sagte Redmond und zog die Worte in die Länge. »In diesem Fall gehörst du nicht in diese Klasse. Wie ich Lorcan bereits gesagt hatte.«

Ich biss mir auf die Zunge und regte mich nicht. Mittlerweile hatte sich Schweigen über den Raum gelegt, und viele starrten mich unverwandt an. Gerne hätte ich ihnen meine Meinung gesagt – dass es nicht meine Schuld war, dass ich weder lesen noch schreiben konnte –, aber ich konnte mir schon vorstellen, wie wenig hilfreich das sein würde.

Redmond stieß ein übertriebenes Seufzen aus. »Du gehörst nicht in diese Klasse, ehe du nicht lesen und schreiben kannst. Lass dir von Jocasta in der Bibliothek Nachhilfe geben. Sag ihr, Redmond schickt dich.« Die leichte Veränderung in seinem Tonfall deutete darauf hin, dass er es genoss, mich an einen anderen Lehrer abschieben zu können, und ganz besonders an diese Lehrerin. Es war offensichtlich, dass er sie nicht besonders mochte.

Ich blickte seitlich zu Coralie und erinnerte mich, dass sie Jocasta erst heute Morgen erwähnt hatte. Die einzige Cygnet, die je Lehrer an der Akademie geworden war, oder so etwas. Was erklärte, warum Redmond sich so freute, mich zu ihr zu schicken.

Coralie machte Anstalten, mich zu begleiten, doch ein Blick von Redmond reichte aus, sie wieder auf ihren Stuhl sinken zu lassen. Sie lächelte mir entschuldigend zu. Ich zuckte mit den Schultern und schenkte ihr ein knappes Lächeln, bevor ich aus dem Raum eilte.

Sobald ich die Tür hinter mir geschlossen hatte, atmete ich tief ein, was mich von dem Gewicht so vieler vernichtender Augenpaare befreite. Ich wünschte nur, ich wüsste, wo die Bibliothek war.

Ich wanderte durch die Flure und über die Treppen und fragte mich, ob ich dadurch irgendeine Regel brach. Ich sah keine anderen weißen Roben umherschlendern. Doch der heutige Tag hatte einen trotzigen Funken in mir entfacht. Alle sagten immer wieder, dass ich nicht hierher gehörte, und sie hatten recht. Ich war im Rückstand, und zwar in jeder Hinsicht, doch dafür war nur ein Zufall bei der Geburt verantwortlich.

Ich war nicht weniger intelligent oder schwächer als jeder von ihnen. Und wenn sie dachten, dass ich mit eingezogener Rute davonlaufen würde, dann hatten sie sich geschnitten. Wenn mir die Möglichkeit geboten wurde, die wundersamen Fähigkeiten des Lesens und Schreibens zu erlernen, dann würde ich mit beiden Händen danach greifen. Ich ging an einer Tür vorbei, die einen Spaltbreit offenstand, der Anblick kam mir bekannt vor. Ich hielt an und linste in Lorcans Wartezimmer.

Der Anblick war ernüchternd. Ich war nicht hier, weil ich mich weigerte davonzulaufen. Ich war hier, weil ich keine andere Wahl hatte. Und ich hatte keine Ahnung, wie lange ich noch hier bleiben durfte. Was das anging, hatte ich ebenso wenig eine Wahl.

Ich streckte meinen Rücken durch. Doch eine Wahl hatte ich. Ich konnte wählen, was ich machen wollte, solange ich hier war. Und ich wollte lernen. Ich wollte so viel lernen, wie ich konnte, bis sie mich entweder mit Gewalt von hier fortbringen oder ich mich bei der Armee einschreiben würde.

Plötzlich zog Damon die Tür auf und trat in den Flur, wobei er mich amüsiert beäugte.

»Solltest du nicht im Unterricht sein?«

Sein Verhalten am Vortag hatte mich annehmen lassen, dass er nichts über meinen Hintergrund wusste. Aber mittlerweile mussten die Neuigkeiten auch ihn erreicht haben, doch das schien sein Verhalten mir gegenüber nicht verändert zu haben.

»Ich suche nach der Bibliothek. Könntest du mir sagen, wohin ich gehen muss?«

Er lächelte. »Ich gehe sogar noch einen Schritt weiter und zeige es dir. Habe ich nicht gesagt, wenn du irgendetwas brauchst, dann kannst du zu mir kommen? Der alte Damon wusste noch nie *nicht* weiter.« Er kicherte. »Nicht, dass das Finden der Bibliothek meine Fähigkeiten besonders auf die Probe stellen würde.«

»Das ist vorerst alles, was ich brauche«, sagte ich. *Na ja, das und einen neuen Stammbaum, zusammen mit einer guten Vorbildung. Doch es gibt einige Dinge, die niemand für mich tun kann.*

Der Gedanke an meine Familie legte sich wie eine Schlinge um meine Brust, doch ich schob ihn von mir. Meine Familie würde mir raten, die Chance mit beiden Händen zu ergreifen, das wusste ich. Gleich nachdem sie mir gesagt hätten, dass ich niemandem auf die Füße treten sollte, um uns alle zu beschützen. Wenn das doch nur möglich wäre.

Damon redete fröhlich über das Wetter und den Unterricht und die Schüler, doch ich hörte ihn kaum, bis wir vor einer Doppeltür anhielten. Er gestikulierte bedeutungsvoll auf sie.

»Die Bibliothek, wie versprochen.«

Ich lächelte. »Vielen Dank, Damon.«

»Jederzeit, Elena. Jederzeit.«

Ich drückte die Türen auf und trat durch sie hindurch, in einen Ort, von dem ich nie auch nur zu träumen gewagt hatte.

KAPITEL 8

Der Raum selbst war bereits größer als alles, was ich je gesehen hatte. Er erstreckte sich über zwei Etagen und dehnte sich in alle Richtungen aus. Direkt vor mir stand ein großer, gebogener Schreibtisch, aber ich konnte meine Augen nicht von den Regalen dahinter lösen. Sie zogen sich in geraden Linien durch den Raum und nahmen einen Großteil des Platzes ein. Nur auf einer Seite der Bibliothek waren keine Regale angebracht worden, stattdessen standen dort Tische und Stühle in einem riesigen Kreis verstreut.

Und dann, an den Wänden selbst, befanden sich noch mehr Regale. Diese reichten über zwei Etagen bis unter die Decke, obwohl die oberen sicher nur Deko waren. Niemand würde sicher an sie herankommen können.

Aber das alles war nicht das, was mich in den Bann zog. Es war der Inhalt der Regale, den ich nicht ergründen konnte. Endlose Bücher und Schriftrollen erstreckten sich in alle Richtungen. Bereits von Lorcans Arbeitszimmer war ich fasziniert gewesen, doch im Vergleich zu dem hier war es nur ein Tropfen auf dem heißen Stein. Wie war es möglich, dass so viele Schriften existierten? Hätte sich das ganze Gebäude nicht schon lange in Rauch auflösen müssen?

»Kann ich dir helfen?«

Die Stimme überraschte mich genug, um meinen Blick von all den Büchern zu lösen und auf die kleine, schlanke Frau hinter dem Schreibtisch zu richten. Ihre Haare waren grau, doch ihr weiches Gesicht und das Funkeln in ihren Augen ließ vermuten, dass sie eher jung ergraut war, als schon sonderlich alt zu sein.

»Lehrlingen – und das gilt auch für die aus dem ersten Jahr – ist es nicht gestattet, während der Unterrichtszeit umherzustreunen.« Sie trommelte mit ihren Fingern auf dem Schreibtisch. »In die Bibliothek verirren sich ohnehin kaum Schüler aus dem ersten Lehrjahr.«

Ich schüttelte den Kopf, fühlte mich immer noch wie betäubt. Ich konnte nicht verstehen, warum das so sein sollte. Nachdem ich diesen Ort gefunden hatte, würde ich ihn nie wieder freiwillig verlassen wollen.

Ihr Gesicht wurde weicher, als sie sah, wie mein Blick wieder zu den Büchern wanderte. »Das ist ziemlich beeindruckend, nicht wahr? Sogar noch größer als die Bibliothek im Palast. Nur die Universität besitzt eine größere Sammlung.«

Ich blinzelte. Es gab noch zwei weitere solcher Orte? Und alle in Reichweite dieses Gebäudes? Das kam mir alles unbegreiflich vor.

Die Frau beäugte mich mit gerunzelter Stirn. »Ich muss zugeben, dass ich den Jugendlichen in der Stadt nie viel Aufmerksamkeit schenke, bevor sie nicht zur Akademie kommen. Aber dein Gesicht habe ich definitiv noch nie gesehen. Ich bin Jocasta, stellvertretende Leiterin der Bibliothek.«

Ihre Mundwinkel zogen sich nach unten. »Sag nicht, du bist dieses gewöhnliche Mädchen, das Lorcan unbedingt hier haben wollte?«

Ich öffnete meinen Mund, doch sie hielt eine Hand hoch, um mir zuvorzukommen. »Natürlich bist du es. Mit diesen großen

Entscheidungen und Stellungnahmen habe ich nichts zu tun – eines der Vorteile, aus einer der unwichtigeren Familien zu stammen –, also geht mich das auch gar nichts an. Aber ich würde gerne wissen, warum du hier bist und die Ruhe in meiner Bibliothek störst. Ich habe einen Verdacht, und der gefällt mir kein bisschen.«

»Redmond schickt mich.«

»Du kannst nicht lesen, nehme ich an«, sagte sie, bevor ich noch mehr sagen konnte. »Das ist verständlich. Wenn du das könntest, hätten die Grauen dich schon vor langer Zeit aufgespürt und kurzen Prozess mit dir gemacht.« Sie seufzte. »Und natürlich will sich der erhabene Redmond nicht die Zeit nehmen, es dir beizubringen. Obwohl ich annehme, dass es dir beigebracht werden muss, wenn du hier etwas lernen willst. Und ich kann mir vorstellen, dass sie es alle kaum erwarten können, zu sehen, was passiert, wenn du dich an einem normalen Zauber versuchst. Ich hoffe nur, dass sie nicht zu schnell irgendwelche Wunder von dir erwarten. Diese Dinge brauchen Zeit. Besonders, wenn ihr Ziel die Kontrolle ist, und so wie ich das sehe, ist es sogar ihre oberste Priorität.«

Ich starrte sie an. Lorcan hatte etwas über Kontrolle gesagt, und ich vermutete, dass es Sinn ergab. Wenn ich die Magie mit einem einzigen Wort freisetzen konnte, waren wir alle in Gefahr, bis ich lernte, sie zu kontrollieren. Und dies war der Ort, an dem die Magier diese Fähigkeit erlernten. Natürlich bestand mein Problem eher darin, dass ich überhaupt Zugriff auf die Macht hatte, ohne alles in Flammen aufgehen zu lassen – wofür ich nur dankbar sein konnte –, aber das Risiko blieb bestehen.

»Ich werde mein Bestes geben«, sagte ich, weil ich nicht wusste, was ich sonst hätte sagen sollen.

Sie betrachtete mich noch einen Moment, bevor sie seufzte. »Da drüben gibt es ein kleines Studierzimmer, das wir benutzen können.« Sie deutete zu meiner Rechten. »Warte dort auf mich.«

Ich fand die Tür, die sie meinte, ohne Schwierigkeiten und

nahm an dem einzelnen großen Tisch Platz. Sechs Stühle umkreisten ihn, doch abgesehen davon war das steinerne Zimmer leer und schlicht. Es gab nicht mal ein Fenster. Keine Ablenkungen.

Ich wartete mehrere Minuten, bis ich Jocastas Stimme hörte, die sich unter mehrere andere mischte. Dann fiel mein Name. Ich schlich zur Tür, linste um die Ecke und lauschte angestrengt.

»Ich verstehe nicht, wie sie Fortschritte machen soll, wenn man sie nicht in Ruhe lernen lässt.« Jocasta klang verärgert.

»Die Frage, ob es ihr erlaubt wird, hier zu lernen, wurde noch nicht beantwortet.« Der wütende Mann in der goldenen Robe kam mir nicht bekannt vor.

Lorcan stand neben ihm und räusperte sich. »Ich glaube, dass die Frage nach einer Ausbildung immer noch der Königlichen Akademie der Geschriebenen Worte und ihrer Leitung unterliegt. Nicht der Königlichen Garde, General Thaddeus. Ich bin reichlich überrascht, Euch hier zu sehen. Lennox und Phyllida hätte ich erwartet, aber Euch …«

Der General machte sich groß. »Darf ich Euch daran erinnern, in wie kurzer Entfernung sich dieses Gebäude zum Königlichen Palast befindet? Und dass ein Mitglied der Königsfamilie momentan in diesen Hallen lebt. Ich kann Euch versichern, dass jede potenzielle Bedrohung eine Angelegenheit des Leiters der Königlichen Garde ist.«

Ich biss mir auf die Innenseite meiner Wangen. Ich hätte wissen müssen, was die goldene Robe bedeutete. Nur die Magieroffiziere der Königlichen Garde trugen sie, die Farbe passte zu den gold-roten Uniformen der Wachen selbst. Und er war nicht nur irgendein Offizier, sondern der Leiter persönlich. Nur die Leiter – aus der Vergangenheit oder Gegenwart – der Königlichen Garde und des Militärs trugen den Titel des Generals. Und sogar ich wusste, dass das Militär von General Griffith von Devoras geführt wurde. Und sei es nur, um seinen Namen zusammen mit dem Rest von Kingslee verfluchen zu können.

Jocasta warf einen Blick in meine Richtung, und ich wich hastig zurück.

»Wenn ein Test gemacht werden muss, dann sollten wir ihn ohne weitere Verzögerungen durchführen«, sagte sie.

»Natürlich«, sagte Lorcan. »Jegliche Bedenken des Generals sollten umgehend aus der Welt geschafft werden.«

Ich huschte zu meinem Stuhl zurück, bevor Jocasta ihren Kopf zur Tür hineinsteckte und mir andeutete, aufzustehen.

»Wir können doch noch nicht sofort beginnen. Es sind viele wichtige Leute aufgetaucht, die Antworten einfordern, also scheint es, als müsstest du getestet werden, bevor wir anfangen können.« Sie bot mir keine Erklärung an, was das zu bedeuten hatte, und ich widerstand dem Drang, meine schwitzigen Handflächen an meiner Robe abzuwischen. Was genau war das für ein Test?

Lorcan nickte mir zu und führte mich aus der Bibliothek zurück in den Flur. General Thaddeus war bereits verschwunden. Lorcan, Jocasta und ich legten nur einen kurzen Weg zurück, bevor wir einen anderen Raum betraten. Dieser war dem Klassenzimmer, in dem die Schriftlehre stattfand, von der Größe her sehr ähnlich, doch es gab keine Tische. Die Wände waren mit Stuhlreihen gesäumt, von denen einige schon besetzt waren. Der ganze Raum wurde von verschiedenfarbigen Roben erleuchtet.

Lorcan nickte den versammelten Magiern zu.

»Ich hatte nicht erwartet, so viele von Ihnen hier zu sehen.«

»Kommt schon, Lorcan«, sagte eine Dame, deren graue Haare tatsächlich ihr Alter mit sich gebracht zu haben schien. Sie betrachtete mich mit großen Augen, und trotz ihrer Falten strahlte ihr Gesicht Klarheit und Intelligenz aus. »Wir zweifeln nicht an Euren Zaubern. Aber so etwas hat man noch nie gehört! Könnt Ihr uns wirklich verurteilen, weil wir es mit eigenen Augen sehen wollen?«

Lorcan lachte und schüttelte seinen Kopf. »Von Euch, Jessamine, habe ich nichts anderes erwartet.«

Die zusammengekniffenen Augen einiger der anderen Anwesenden ließen vermuten, dass sie etwas weniger Vertrauen in Lorcan hatten, aber niemand äußerte seinen Unmut darüber.

Dann wandte Lorcan sich an mich. »Das ist Ihre Gnaden Herzogin Jessamine von Callinos, Leiterin der Universität.« Ich bemerkte, dass sie die gleiche schwarze Robe trug wie Lorcan auch.

Dann deutete er auf eine andere Frau, die in eine graue Robe gekleidet war und mich leicht erschaudern ließ. »Und das ist Herzogin Phyllida, ebenfalls von Callinos, Leiterin der Sucher. Zweifelsohne möchte sie sichergehen, dass ihre Magier ihre Pflichten, was dich angeht, nicht vernachlässigt haben.«

Ich leckte mir über die Lippen.

»Ich habe noch nie in meinem Leben ein Wort gelesen. Noch habe je versucht zu schreiben.«

Phyllida, die viel jünger war als Jessamine und deren glattes, braunes Haar fest an ihrem Kopf zurückgebunden war, betrachtete mich nur aus kalten Augen.

Jedoch ergriff ein Mann das Wort, der ihr am anderen Ende des Raumes gegenübersaß. »Das sagst du. Wir sind hier, um die Wahrheit mit unseren eigenen Augen zu sehen.«

Lorcan drehte sich zu ihm. »Ah, und lasst uns nicht Herzog Lennox von Ellington vergessen, der Leiter der Gesetzesvollstreckung.« Seine rote Robe stach aus dem Schwarz und Grau der anderen hervor, nur das Gold von General Thaddeus leuchtete noch heller. Der General saß einige Stühle vom Leiter der Gesetzesvollstreckung entfernt, und beide schienen ein noch größeres Gefolge mitgebracht zu haben als die beiden Herzoginnen.

Diesmal wischte ich meine Hände so heimlich wie möglich an meiner Robe ab. Wenn sie auf eine Zurschaustellung meiner Macht hofften, dann würde ich sie alle schwer enttäuschen müssen.

»Ich nehme an, Ihr kamt vorbereitet her?« Lorcan sah

zwischen Lennox in seiner roten Robe und der grauen Phyllida hin und her. »Ich habe bereits zwei sehr komplexe Zauber –«

»Oh, entspannt Euch, Lorcan«, fauchte Thaddeus. »Niemand hier wird verlangen, noch mehr von Euren wertvollen Ressourcen zu verschwenden.«

»Ich bin vorbereitet«, sagte Phyllida. »Und ich bin mir sicher Lennox ebenfalls. Ihr seid nicht der Einzige, der zu solchen Zaubern in der Lage ist, Lorcan.«

War das Belustigung in ihrer Stimme? Wie viel Wettbewerb herrschte zwischen den verschiedenen Leitern? Dennoch erleichterten ihre Worte mich. Anscheinend war der Test nur eine Wiederholung der Zauber, die Lorcan bei meiner Ankunft hier durchgeführt hatte. In anderen Worten: schmerzlos und ich musste so gut wie gar nichts tun. Doch ich versuchte, mir meine Erleichterung nicht ansehen zu lassen. Ich wollte bei diesen Leuten so wenig Eindruck wie möglich hinterlassen.

Zumindest erklärte das, warum so viele von ihnen anwesend waren. Wahrscheinlich wollten sie den Verbrauch ihrer Zauber minimal halten, weshalb so viele Zeugen wie möglich bei diesem Test präsent sein sollten. Sie mussten viel Energie – oder vielleicht auch nur sehr hohe Fähigkeiten – erfordern, um heraufbeschworen zu werden. Ich wünschte, die Schule in Kingslee wäre weiter ins Detail gegangen, was die Funktion der magischen Schriftstücke anging. Aber das war wohl kaum notwendiges Wissen für einen Haufen Dorfkinder.

Ich wusste, dass jede magische Disziplin – die Gesetzesvollstreckung, die Sucher, die Heiler, die Botaniker, die Windarbeiter und die Baumeister – eine Leitung hatte, der der Titel Herzog oder Herzogin auf Lebenszeit gegeben wurde. Und dass diese sechs Leiter zusammen mit den Leitern der Akademie und der Universität sowie den Leitern des Militärs und der Königlichen Garde das Magische Konzil bildeten. Diese zehn Leute waren die Berater des Königs und halfen, unsere Gesetze auszuarbeiten. Ich wusste sogar, dass nur die Magier aus den vier großen Familien mit den nötigen Fähigkeiten und der Kontrolle diese Positionen bekleiden durften. Und ich wusste, wer die vier großen Familien waren: Devoras, Stantorn, Callinos und Ellington.

Aber mir war so gut wie nichts darüber bekannt, wie ihre Zauber tatsächlich funktionierten, oder warum sie sich jetzt gegenseitig über den Zauber stichelten, der für meinen Test notwendig war.

»Genug davon«, sagte Lennox in seiner roten Robe, erhob sich auf seine Beine und zog eine Schriftrolle hervor. »Lasst uns die Wahrheit von ihren eigenen Lippen hören.« Er riss das Pergament durch und warf die Stücke vor sich auf den Boden. Das darauffolgende rote Glühen schien heller als das, das auf Lorcans Schreibtisch geruht hatte.

Lorcan schüttelte seinen Kopf. Belustigung funkelte in seinen Augen auf, als er einen Schritt zurücktrat und mich alleine in der Mitte des Raumes stehen ließ.

Lennox machte einen kleinen Schritt nach vorne und fixierte mich mit seinem Blick. Diesmal war ich auf die Fragen vorbereitet und lieferte auch die nötige Lüge, als sie verlangt wurde. Sobald das ölige Schwarz wieder dem roten Schimmer gewichen war und die Funktion des Zaubers bewiesen war, wurden aus jeder Ecke des Raumes Fragen in meine Richtung abgefeuert.

Ich beantwortete sie so einfach wie möglich. Auch als immer wieder dasselbe gefragt wurde, und ich mir auf die Zunge beißen musste, um ihnen keine schnippische Antwort zu geben. Es drehten sich so viele Fragen um meine Familie, dass ich ihre Gesichter schon vor meinen Augen tanzen sah, was es mir etwas einfacher machte, meine Ruhe zu bewahren.

»Genug!«, sagte Lennox schließlich, griff nach unten, um die Pergamentfetzen aufzuheben, und zerquetschte sie zwischen seinen Fingern. »Ich fange an zu glauben, dass Ihr Zweifel an meinem Zauber habt.«

Phyllida, die selbst keine Fragen gestellt hatte, nickte, als wäre sie von dem Ergebnis wenig überrascht. »Ich habe mir ihr Zuhause selbst angesehen.«

Ich schnappte nach Luft und konzentrierte mich auf ihr Gesicht, während ich die Fragen zurückhielt, die drohten, aus mir herauszuplatzen.

»Ich habe nicht nur ihre Eltern befragt, sondern auch die Hebamme, die bei der Geburt des Mädchens dabei war – und anscheinend auch bei den Geburten ihrer Eltern. Sie alle schwören, dass es zu keiner Verwechslung gekommen sein kann.« Sie schüttelte ihren Kopf. »Wenn sie tatsächlich magisches Blut in sich trägt, muss es sehr lange zurückreichen. Und niemand sonst in ihrer Familie hat ein Anzeichen von Kontrolle gezeigt. Ich habe Wächter im Dorf zurückgelassen, aber ich muss zugeben, ich wäre überrascht, wenn sie etwas finden, das einen Bericht wert wäre.«

Ich biss mir auf die Lippe. In Kingslee hatte es noch nie Wächter gegeben. Würde mich das gesamte Dorf jetzt hassen, weil es meinetwegen dort vor Wächtern wimmelte?

Jessamine lehnte sich nach vorn, ihre schwarze Robe wehte leicht umher. »Ihr Blut ist nur eines der Mysterien, die uns heute hergeführt haben. Und es wäre möglich, dass es tatsächlich einen Magier unter ihren Ahnen gab. Obwohl wir dachten, dass eine viel nähere Blutsverwandtschaft nötig wäre, um die Kontrolle zu erlangen, doch wir haben uns schon früher geirrt.«

Sie und Lorcan tauschten einen raschen Blick aus, und auf ihren Gesichtern spiegelte sich ein beinahe identischer Ausdruck wider. Das war es, worauf sie wirklich gewartet hatten. Das war es, was sie hierhergelockt hatte, obwohl es nicht die Aufgabe der Leiterin der Universität war, mögliche Bedrohungen gegen ihr Königreich einzudämmen. Sie und Lorcan wurden von Neugier angetrieben – ein sichtbarer Durst, der Wille, jede neue Form der Magie zu verstehen, die in dieser Welt auftauchen könnte.

Ich erzitterte leicht. Irgendwie machte mir das noch mehr

Angst als die anderen. Für sie mochte ich keine Bedrohung sein – aber war ich überhaupt eine Person?

»Was mich brennend interessiert«, fuhr Jessamine fort, »ist die Behauptung, dieses Mädchen habe einen kontrollierten Zauber –«

Lennox regte sich, woraufhin sie ihn ansah.

»Einen zumindest teilweise kontrollierten Zauber vollbracht. Selbst Ihr müsst das zugeben, Lennox, sonst hätten wir von Anfang an einen von Phyllidas Magiern geschickt anstelle von Euren, um in diesem Fall zu ermitteln.«

Nachdem Lennox widerwillig genickt hatte, fuhr Jessamine fort.

»Wie ich bereits sagte, wenn dieses Mädchen wahrhaftig Zauber kontrollieren kann, nur mit der Aussprache von Worten …«

»Von einem einzigen Wort«, warf Lorcan ein.

Jessamine schüttelte ihren Kopf, ihr Blick lag noch immer auf mir. »Unglaublich. So viel Kontrolle. So viel Macht. Und dieses Mädchen hat keine Ausbildung genossen. Die Bedeutung von alledem … Die Möglichkeiten …« Ihre Stimme verstummte, und alle anderen im Raum setzten sich etwas gerader hin.

Ich vergrub meine zitternden Hände in meiner Robe.

»Seht selbst«, sagte Lorcan und deutete auf mich, wobei seine Augen immer noch Jessamine fixierten.

Sie stand mit einem neugierigen Lächeln auf den Lippen auf und riss ihre eigene kleine Schriftrolle entzwei.

Licht umgab mich, bevor es davonschwebte und sich ein Bild darin formte. Zum zweiten Mal beobachtete ich die Szene vor dem Laden von außen. Das letzte Mal hatte Lorcan gesagt, dass er die ganze Zeit über meine Hände beobachtet hatte, und diesmal machte ich es ebenfalls. Sie hingen an meinen Seiten hinunter, waren offensichtlich leer, bis ich mich auf meine Zehenspitzen erhob und sich ein glasiger Schleier über meine

Augen legte. Dann warf ich sie vor mich, bevor ich meinen Mund öffnete, der klar und deutlich das Wort *Stopp* bildete.

Die silberne Welle der Macht brach erneut aus mir hervor und ließ die Männer erstarren, bevor das Schaufenster hinter mir zerbarst. Das Licht verblasste und nahm das Bild mit sich.

»Es ist, wie Ihr gesagt habt.« In Jessamines Augen funkelte etwas, das beinahe wie Schadenfreude aussah. »Unmöglich.«

KAPITEL 9

Ein Stimmengewirr erfüllte den Raum, als sie sich mit ihren Gefolgen berieten oder miteinander diskutierten. Ich beobachtete sie schweigend, bis ich eine neue Gestalt entdeckte, die mir vorher nicht aufgefallen war. Die einzige andere weiße Robe in diesem Raum neben mir.

Prinz Lucas saß auf einem Stuhl in der Nähe der Tür, die Plätze neben ihm waren leer. Wann war er reingekommen? Wie viel hatte er gesehen? Ich schluckte und begegnete stolz seinem Blick. Es gab nichts, wofür ich mich hätte schämen müssen.

Seine Arme ruhten verschränkt über seiner Brust, sein Kopf lehnte an der Wand hinter ihm. Er sah mir mit einem Ausdruck reinster Unsicherheit in die Augen. Das passte so gar nicht zu seinem selbstbewussten Auftreten und erschütterte mich. Fast genauso sehr wie das Staunen, das dahinter lauerte.

Selbst der Prinz, der mich ganz offensichtlich hasste, fand meine Kräfte erstaunlich. Alle schienen das zu denken. Aber ich hatte keine Ahnung, woher sie gekommen waren oder wie ich sie erneut abrufen könnte.

Während wir unsere Blicke hielten, kehrte langsam seine

übliche hochmütige Arroganz zurück. Ich wollte mich gerade von ihm abwenden, doch bevor ich das tun konnte, zuckten seine Augen zur Seite und fixierten General Thaddeus in seiner goldenen Robe. Ich hatte aufgehört zu versuchen, den zahlreichen Unterhaltungen im Raum zu folgen, doch nun folgte meine Aufmerksamkeit der des Prinzen, und was ich hörte, ließ mich einen Schritt zurückweichen.

Meine Bewegung verleitete Lucas' Augen, kurz zu mir zurückzuwandern, doch dann legten sie sich sofort wieder auf den General.

»Das kann unmöglich erlaubt sein«, brüllte dieser. »Ihr alle habt es mit Euren eigenen Augen gesehen. Sie setzt Macht frei, mit einem einzigen ausgesprochenen Wort. Schon morgen könnte sie während einer einfachen Begrüßung das ganze Gebäude einreißen.«

»Glaubt Ihr das wirklich?« Jessamine richtete ihren neugierigen Blick auf mich. »Sie hat schon sehr viele Worte gesprochen, seit sie sich zu uns gesellt hat, und ich habe nicht den leisesten Hauch von Macht gespürt. Irgendjemand von Euch etwa?« Sie sah sich nicht nach den anderen um, offenbar erwartete sie keine Antwort. »Das muss studiert werden und –«

»Studiert? Bestimmt«, unterbrach Lorcan sie. »Aber ihr muss auch die Kontrolle gelehrt werden. Und für dieses Unterfangen ist zweifellos die Akademie der richtige Ort.« Er warf Jessamine einen harten Blick zu, die sich seufzend zurücklehnte.

Hatte sie ein Argument vorbringen wollen, um mich an die Universität zu holen? Für einen kurzen Augenblick dachte ich darüber nach. Jasper war an der Universität. Aber der Ausdruck auf ihrem Gesicht ließ meine Aufregung schnell verebben. Hier war ich wenigstens ein Lehrling. An der Universität wäre ich vermutlich nicht mehr als ein Testobjekt. Wer konnte wissen, ob ich jemals die Möglichkeit erhalten würde, meinen Bruder aufzusuchen?

»Ich sage Euch, sie ist eine Bedrohung für unsere Sicherheit«, schrie der General. »Es darf ihr nicht erlaubt sein, frei in der Akademie herumzulaufen.«

»Was genau schlagt Ihr vor, Thaddeus?«, fragte Phyllida, die bisher sehr still geblieben war. »Sie hat keines unserer Gesetze gebrochen. Oder habt Ihr etwas gesehen, das mir verborgen geblieben ist, Lennox?« Mit erhobenen Augenbrauen musterte sie den Leiter der Gesetzesvollstreckung.

Zögerlich schüttelte dieser seinen Kopf.

Thaddeus sah danach nur noch wütender aus. »Das ist nicht der Punkt. Die Gesetze sind dazu da, uns alle zu beschützen. Sie dienen uns, nicht umgekehrt. Sie ist ganz offensichtlich eine Bedrohung.«

»Ich wiederhole, was genau schlagt Ihr vor?«

Er entspannte sich ein wenig, doch die Augen, die er auf mich richtete, waren unerträglich kalt. »Natürlich ist es bedauerlich. Das ist es immer. Aber mit unkontrollierter Macht muss schnell und endgültig umgegangen werden. Es gibt keinen anderen Weg.«

Ein lautes Keuchen hallte durch den Raum, und es dauerte einen Moment, bis ich realisierte, dass es von mir gekommen war.

Dann brach erneut das Chaos aus, als alle Schwarzroben lauthals miteinander diskutierten.

»So etwas könnt Ihr nicht ernsthaft in Betracht ziehen«, sagte Lorcan, der mir am nächsten stand. »Wir fangen gerade erst an, zu verstehen –«

»Genug.« Eine neue Stimme meldete sich zu Wort und ließ alle anderen verstummen. Lucas stieß sich von der Wand ab und erhob sich, wobei er seinen kalten Blick durch den Raum wandern ließ. Obwohl er erst siebzehn war, beobachteten alle Erwachsenen ihn schweigend.

»Es steht nicht zur Debatte, Elena hinzurichten.«

Mein Name auf seinen Lippen klang schockierend, und es war das erste Mal, dass er in diesem Raum von jemand anderem als mir selbst ausgesprochen worden war. Herzog Lennox, der beinahe genauso wütend aussah wie der General, wandte seinen Blick von mir ab. Nur Thaddeus starrte weiter finster in meine Richtung.

»Aber Eure Hoheit …«

»Nein.« Lucas schien es nicht unangenehm sein, vor dieser Versammlung hochrangiger Magier zu sprechen. »In dieser Angelegenheit gilt es viel zu bedenken, auch über unser theoretisches Verständnis hinaus, wie die Macht funktioniert und kontrolliert werden kann.« Er bedachte den General mit einem missbilligenden Blick. »Ich bin sicher, dass, wenn General Griffith hier wäre, es ihm bereits in den Sinn gekommen wäre, dass wir es uns nicht leisten können, eine solche Entwicklung verstreichen zu lassen, ohne sie weiter zu studieren.«

Thaddeus' Stirn runzelte sich, als er über die Worte des Prinzen nachdachte. »Meine Sorge gilt immer nur Eurer Sicherheit, Eure Hoheit, und der Eurer Familie.«

Lucas nickte. »Und wir wissen Euren Dienst zu schätzen, Cousin.«

Das erinnerte mich daran, dass die Königin eine geborene Stantorn war, genau wie Thaddeus. Vielleicht war das sogar der Grund dafür, weshalb er für den Posten des Leiters der Königlichen Garde ausgewählt worden war.

»Ihr erkennt die Bedrohung, die diese neue, alarmierende Entwicklung mit sich bringt«, fuhr der Prinz fort. »Genau wie ich. Doch ich denke auch daran, was geschehen könnte, wenn wir nicht die Einzigen sind, die diese Entwicklung entdeckt haben.«

Er hielt einen Moment lang inne, während alle Anwesenden über seine Worte nachzudenken schienen.

»An unseren Grenzen warten unsere Feinde, Thaddeus. Das wisst Ihr genauso gut wie ich. Wir können es uns nicht leisten, die Möglichkeit, eine so mächtige Kraft zu studieren, einfach wegzuwerfen. Denn Ihr könnt Euch sicher sein, dass die Kallorwegianer das nicht tun werden, sollte sich ihnen eine solche Möglichkeit offenbaren.«

Es schnappten genug Leute nach Luft, um mir zu verraten, dass zumindest einige der Anwesenden diese Möglichkeit noch nicht in Betracht gezogen hatten. Ich wusste nicht viel über die Front, aber der Gedanke, dass die Streitkräfte der Kallorwegianer in der Lage waren, Magie nur mit gesprochenen Worten freizusetzen, verängstigte mich. Es machte mir Angst, doch gleichzeitig verspürte ich eine Aufregung. Konnte es sein, dass es da draußen noch mehr gab, die so waren wie ich?

»Ich weiß, dass Vater Euch geschickt hat, um die Bedrohung einzudämmen, Thaddeus«, fügte Lucas nach einer Weile hinzu. »Aber ich weiß auch, dass er dasselbe sehen würde wie ich. Eine Bedrohung – ja –, aber auch eine Chance. Wir sollten die schwarzen Roben ihre Arbeit erledigen lassen, und vielleicht können wir schon bald einen großen Nutzen daraus ziehen.« Sein Blick wanderte wieder zu mir. »Vielleicht bedeutet das sogar das Ende für die kallorwegianische Aggression.«

Ich atmete tief ein. Seine Worte hatten mich genauso wie alle anderen in den Bann gezogen, und jetzt fühlten sich meine Knie so wackelig an, dass ich wünschte, mich auf einen der Stühle fallenlassen zu können. War das möglich? Wenn die Magier hier und an der Universität dazu in der Lage wären, die Geheimnisse der gesprochenen Magie zu entlarven, konnte das das Ende des Krieges bedeuten, noch ehe ich dazu gezwungen wäre, mich einzuschreiben? Konnte ich das schaffen? Konnte ich nicht nur Clemmy sondern auch mich retten? Diese Vorstellung fühlte sich zu verlockend an, um möglich zu sein.

»Der Prinz spricht mit großer Weisheit«, sagte Lennox, langsam und bedächtig. »Es wurden keine Gesetze gebrochen, es gab kein unerlaubtes Lesen. Weder Phyllida noch ich tragen hierfür die Zuständigkeit. Und da das Mädchen nun ein Lehrling dieser Akademie ist, untersteht sie Lorcans Vollmacht. Ich sehe hier keinen weiteren Handlungsbedarf für mich.«

Er stand auf, und nach einem Augenblick des Zögerns tat Phyllida es ihm gleich. Sie wirkte, als wollte sie noch etwas sagen, doch dann nickte sie Lorcan und Jessamine lediglich zu, bevor sie sich nach einer knappen Verbeugung in Richtung des Prinzen langsam aus dem Raum zurückzog. Lennox folgte ihr, seine rote Robe wirbelte um seine Beine.

Zögerlich erhob sich der General ebenfalls auf seine Füße, doch hielt er an der Tür inne, um mit dem Prinzen zu sprechen.

»Einige Bedrohungen sind zu gefährlich, als dass man mit ihnen spielen sollte, Eure Hoheit. Es wäre nicht gut, wenn Ihr sie zu Eurer Mätresse macht. Nicht wenn sie unser aller Untergang bedeuten könnte.«

Ich hätte gedacht, dass diese Worte Lucas beleidigen würden, doch der Prinz lachte nur.

»Ich pflege nicht die Angewohnheit, mir Mätressen zu nehmen, General.«

Thaddeus sah zu mir herüber, ich stand immer noch wie festgefroren mitten im Zimmer.

»Das kann ich nur hoffen.«

Und dann war er verschwunden, und ich wusste nicht, ob ich wütend oder erleichtert sein sollte. Lucas beobachtete mich noch einen Moment lang, doch ich konnte seinen Ausdruck nicht deuten. Er hatte sich für mich eingesetzt. Mir vielleicht sogar das Leben gerettet. Aber er hatte es nicht meinetwegen getan. Und dennoch strahlten seine Augen etwas aus, das ich verzweifelt versuchte zu verstehen.

Dann verließ er ohne ein weiteres Wort das Zimmer.

»Nun, ich denke, das lief in etwa so gut wie befürchtet«, sagte Jessamine hinter mir.

»In der Tat.« Lorcan klang gedankenverloren.

»Den Prinz dazukommen zu lassen, war eine hervorragende Idee«, fügte die Leiterin der Universität hinzu. »Er hat das Blatt zu unseren Gunsten gewendet.«

»Fürs Erste.« Lorcan seufzte. »Aber Ihr habt Thaddeus gehört. Er war noch nicht überzeugt. Ich befürchte, uns stehen noch weitere Kämpfe bevor.«

»Aber das war zu erwarten.« Jessamine klang nicht im Geringsten niedergeschlagen. »Zum Glück haben wir aktuell so starke Zahlen im Konzil.«

Ein Räuspern vor mir ließ mich zusammenzucken. Jocasta hob eine Augenbraue und deutete mir an, ihr in den Flur zu folgen. Ich errötete, als mir bewusst wurde, dass ich offensichtlich dabei erwischt worden war, das Gespräch der beiden Schulleiter belauscht zu haben.

Doch schon während ich ihr zur Bibliothek zurück folgte, übernahm mein Mund die Kontrolle über mich und platzte mit all den Fragen heraus, die mir auf der Seele brannten.

»Was bedeutet ihre Aussage über die Zahlen im Konzil?«

Jocasta sah mich über ihre Schulter hinweg an und seufzte. Als wir die Bibliothek betraten, zeigte sie nach hinten zu dem Raum, den ich vor kurzem das erste Mal betreten hatte.

»Ich bin in einer Minute bei dir.«

Diesmal setzte ich mich nicht hin, ich war viel zu aufgekratzt durch die nervöse Energie in mir. Ich lief im Kreis durch den Raum und ließ meine Hand über die Rückenlehnen sämtlicher Stühle gleiten. Als Jocasta im Türrahmen auftauchte, musterte sie mich mit hochgezogenen Augenbrauen. Sofort ließ ich mich auf den nächsten Stuhl sinken.

Nachdem sie die Tür hinter sich geschlossen hatte, seufzte sie erneut.

»Es ist leicht zu vergessen, wie wenig du wissen musst.« Sie deutete auf das Pergament und die Stifte, die sie gerade auf dem Tisch abgelegt hatte. »Und das ist erst der Anfang.«

Ich sah erwartungsvoll zu ihr auf, während sie sich die Schläfen massierte.

»Aber du kennst das magische Konzil?«

Ich nickte.

»Gut. Ich dachte mir schon, dass sie euch wenigstens ein bisschen in der Schule beibringen. Nun, im Moment besetzen die Callinos vier dieser Positionen. Leiter der Akademie, Leiterin der Universität, Leiterin der Sucher und der Leiter der Heiler. General Thaddeus mag am lautesten sein, aber die Stantorns besetzen nur seine Position und die des Leiters der Baumeister. Heute war niemand der Devoras anwesend, aber normalerweise schlagen sie sich auf die Seite der Stantorns.«

Sie hielt inne und runzelte die Stirn. »Obwohl man das bei den Argumenten, die der Prinz vorgelegt hat, nicht wissen kann. General Griffith könnte überzeugt werden …« Sie brach ab und schüttelte sich.

»Die Leiterin der Botaniker ist auch eine Devoras, also stehen sich die Seiten gleichermaßen gegenüber – vier gegen vier. Weshalb die entscheidenden Stimmen heutzutage oft von den Ellingtons abhängen. Und Prinz Lucas schien Herzog Lennox überzeugt zu haben. Der andere Ellington im Konzil – der Leiter der Windarbeiter – wird sich ihm anschließen und sich auf die Seite der Callinos stellen.«

Sie betrachtete mich nachdenklich. »Und das noch vor der Beurteilung der königlichen Familie selbst. Wenn der Prinz mit seinem Vater recht hat, dann scheint deine Position hier vorerst sicher zu sein.«

»Wie beruhigend«, murmelte ich, ohne nachzudenken.

Jocasta lachte, obwohl es nicht gerade freundlich klang. »Willkommen in der Welt der großen Familien. Du wirst lernen, in ihr zu leben, genau so wie der Rest von uns.«

Ich blickte zu ihr hoch. Ärgerte sie sich darüber? Taten andere aus den kleineren Magierfamilien es? Doch wenn Jocasta die Frage in meinem Blick wahrnahm, dann machte sie keine Anstalten, sie zu beantworten. Sie tippte bestimmt auf den Stapel Pergament, der vor ihr lag.

»Also. Lesen und schreiben. Du hast noch viel zu lernen.«

Irgendwie schaffte ich es, die Ereignisse der letzten Stunde aus meinen Gedanken zu verdrängen. Endlich würde ich lernen, die Mysterien der geschriebenen Worte zu entschlüsseln.

KAPITEL 10

*B*ald erkannte ich meinen Fehler. Offensichtlich war ich noch weit davon entfernt, irgendwelche Mysterien zu entschlüsseln.

Aufgeregt beobachtete ich, wie Jocasta ihren Stift auf das Pergament senkte, doch abgesehen von den schwarzen Linien, die darunter erschienen, geschah nichts. Ich sah mich um und fragte mich, ob ich etwas übersehen hatte.

»Elena.«

Mein Blick huschte zurück zu ihr, und sie rollte mit den Augen.

»Dieses Pergament wurde für das normale Schreiben vorbereitet.« Sie deutete auf die Reihe an Worten, die bereits oben auf der Seite stand. Siehst du? Es wird nichts passieren.«

»Das verstehe ich nicht. Schreiben entfesselt Macht. Du hast gerade geschrieben. Irgendetwas muss passiert sein.«

Sie seufzte und murmelte mehr zu sich selbst: »Ich vergesse immer die Grundlagen.« Sie sah mich an und fragte: »Wie denkst du, schaffen es die Magier, die Macht davon abzuhalten, loszubrechen, bevor ihr Zauber vollständig ist?«

Ich blinzelte sie an. »Ich weiß es nicht. Ich habe noch nie gesehen, wie ein Magier einen Zauber kreiert. Aber geht es nicht genau darum? Dass sie die Kontrolle darüber haben? Sie sind die Einzigen, die dazu in der Lage sind.«

»Wir haben die Fähigkeit, die Macht zu kontrollieren, ja. Aber wir müssen es trotzdem üben. Wir müssen jedes Schriftstück fesseln. Das Erste, was jeder Lehrling lernt, wenn er mit der Schriftlehre anfängt, sind die einschließenden Worte. Diese Worte halten die Macht zurück, bis der Zauber vollendet wurde. Er wird mit dem Wort *entfesseln* vervollständigt. Es befreit die Macht und stellt sicher, dass der Zauber die gewünschte Wirkung hat und nicht nur die ersten paar Worte entfesselt werden.«

Ich biss mir auf die Lippe. Das ergab tatsächlich Sinn. Und es erklärte, was Redmond in der Klasse gesagt hatte. Die anderen Lehrlinge fingen mit einschließenden Worten an. Meine Augen wanderten zu den geschriebenen Linien oben auf Jocastas Pergament.

»Redmond erzählte etwas von einer Erweiterung. Damit das Pergament für gewöhnliches Schreiben genutzt werden kann. Ist das so etwas?« Ich deutete auf die Zeile ihrer geschriebenen Worte.

Jocasta nickte. Ich war mit meinem Gedankengang zufrieden, doch sie zeigte keine Anzeichen von Wertschätzung.

»Das ist wahrscheinlich der einfachste Zauber – eine Erweiterung der grundlegenden einschließenden Worte. In diesem Fall ist der Zweck des Zaubers, das Pergament dauerhaft einzuschließen. Damit es sicher ist, darauf zu schreiben.« Sie deutete auf die Tür hinter sich. »Wie, denkst du, könnten dort sonst all die Bücher und Schriftrollen lagern? Jeder Magier, der sich für die Disziplin der Baumeister einschreibt, verbringt einen Großteil des ersten Jahres an den Druckern und bereitet das Papier für die Bücher vor. Das ist eine Art Lehrzeit.«

Ihre Mundwinkel zuckten nach oben. »Was den Rest von uns betrifft: Wir bereiten das Pergament, das wir benötigen, selbst vor. So lernen die Kinder der Magier zu schreiben, bevor sich ihre Kontrolle im Alter von sechzehn Jahren festigt. Ihre Eltern bereiten die Blätter für sie vor.«

Ich starrte auf den Tisch hinunter, meine Hände ballten sich zu Fäusten. Also konnte jeder schreiben? Ohne unkontrollierte Macht freizusetzen? Alles, was dafür nötig war, war dieses Pergament? Einen Moment lang schien meine Sicht zu verschwimmen.

»Warum wird uns dann nicht allen beigebracht, mithilfe dieses Pergaments zu schreiben?« Die Worte platzten aus mir heraus, bevor ich mich zurückhalten konnte.

Jocastas Augenbrauen zogen sich zusammen. Sie betrachtete mich schweigend, während ich versuchte, meine Atmung zu beruhigen.

»Es gibt zu wenige von uns«, sagte sie schließlich.

»Was?« Ich starrte sie an.

»Es gibt zu wenig Magier. Wir würden den ganzen Tag damit zubringen, sicheres Pergament und Bücher zu erzeugen. Und wer würde dann heilen oder bauen oder sicherstellen, dass die Pflanzen auf den Feldern wachsen? Wer würde uns gegen die Magier von Kallorway verteidigen? Und selbst wenn wir das alles könnten, während wir sicheres Pergament erzeugen, wäre es noch zu gefährlich.«

»Wie meinst du das?« Mein Atem war immer noch abgehackt, Wut erfüllte mich.

»Aus demselben Grund ist es den Blassblütern verboten, zu lernen, wie man liest.« Sie sprach sehr sachlich. »Lesen selbst birgt keine Gefahren und würde die Leben von so vielen verbessern. Warum wird es also nicht gelehrt?«

Sie sah mich unverwandt an. Ich zwang mich, tief einzuatmen. Ich kannte die Antwort auf diese Frage. Die hatten wir in der Schule gelernt.

»Weil Lesen zum Schreiben führt. Wenn ein Normalgeborener lernt zu lesen, ist die Verführung, selbst zu schreiben, zu groß. Nur einmal. Oder man schreibt aus Versehen, ohne darüber nachzudenken. Diese Dinge.«

»Ganz genau.« Jocasta nickte. »Und ein Fehler eines Blassblutes kann ganze Dörfer dem Erdboden gleichmachen … Ardann kann das Risiko nicht eingehen, dass auch nur einer in Tausenden diesen Fehler nur einmal in seinem Leben begeht. Wie viel schlimmer wäre es, wenn auch noch jedem das Schreiben beigebracht werden würde? Ein unachtsamer Augenblick. Ein Ausrutschen der Hand auf der falschen Oberfläche.« Sie schüttelte ihren Kopf. »Nein. So ist es für uns alle sicherer.«

»Aber nur manche von uns müssen mit dieser Bürde leben«, murmelte ich. Doch die Worte waren zu leise, als dass sie sie hätte hören können. Oder sie hatte entschieden, sie zu ignorieren.

Ich schluckte und versuchte, meine Konzentration wieder auf den Unterricht zu lenken. Ich wusste, dass meine Welt auf diese Weise funktionierte. Das war alles nichts Neues, keine große Überraschung. Aber es brannte dennoch in mir.

Jocasta schrieb eine Reihe von Buchstaben, zwischen jedem davon blieb eine kleine Lücke. Es sah nicht aus wie die Worte, die sich bereits ganz oben auf der Seite befanden, die immer aus mehreren Buchstaben bestanden. Als sie fertig war, schob sie mir das Pergament zu.

»Das ist eine Liste von allen Buchstaben, die wir verwenden. In unterschiedlichen Kombinationen aneinandergereiht ergeben sie Wörter. Wir nennen es das Alphabet. Das wirst du zuerst lernen müssen.«

»Ich glaube, es wird noch sehr lange dauern, bevor ich wieder am Schriftlehreunterricht teilnehmen kann«, sagte ich mürrisch zu

Coralie, als wir am nächsten Morgen frühstückten. Wie auch bei den vorherigen Mahlzeiten saßen wir zwei alleine an einem der Tische des ersten Lehrjahres. Wenigstens hatte ich es heute geschafft, beim ersten Läuten aufzustehen und rechtzeitig nach unten in den Speisesaal zu gehen, um vor dem Unterricht noch etwas essen zu können.

»Jocasta ist streng, aber sie ist gut«, sagte sie mit dem Mund voll Rührei. »Wenn du den ganzen Nachmittag mit ihr verbringst, wirst du in Nullkommanichts lesen und schreiben können.«

»Wenn ich vorher das Kampftraining überstehe.« Ich stöhnte und legte meinen Kopf auf dem Tisch ab.

Coralie tätschelte meinen Rücken. »Na, na. Du wirst es überleben. Nachdem Thornton gestern bei dir und Weston dazwischengehen musste, bin ich mir sicher, dass er ihn nicht noch mal mit dir trainieren lassen wird. Und ich werde versuchen, Araminta schneller abzuschütteln. Sie hatte zu viel Angst, dass sie selbst mit Weston kämpfen müsste, das arme Ding.«

Als ich meinen Kopf hob, entdeckte ich in ihren Augen dasselbe spekulative Glühen, das ich dort bereits gestern beim Abendessen gesehen hatte.

»Oh, na los«, sagte ich und seufzte. »Was auch immer es ist, frag mich einfach.«

Sie hüpfte auf ihrem Stuhl auf und ab, ihre Augen strahlten. »Während des Schriftlehreunterrichts ist Lucas verschwunden. Ein Diener kam und hat nach ihm gefragt. Und als er zurückkam, sah er sehr … gedankenverloren aus. Oder so etwas. Ich bin nicht die Beste darin, seine Mimik zu verstehen. Aber ich habe von einem der älteren Lehrlinge gehört, dass beobachtet wurde, wie das halbe Konzil eingetroffen ist. Und jemand anderes sagte, dass es etwas mit dir zu tun hatte.«

Sie sah mich erwartungsvoll an.

»War da schon eine Frage drin?«, hakte ich zögerlich nach.

Sie rollte mit den Augen, bevor sie wieder denselben erwartungsvollen Blick aufsetzte.

»Na schön.« Ich seufzte erneut. »Ja, ich wurde aus der Bibliothek gerufen, um getestet zu werden. Die Leiterin der Universität war da, und auch General Thaddeus, und die Leitung der Gesetzesvollstreckung und der Sucher.«

»Oooh«, sagte sie. »Die Roten und die Grauen. Also war es etwas Ernstes.«

Ich massierte meine Schläfen und senkte die Stimme. »Natürlich war es etwas Ernstes, Coralie. Ich habe einen Zauber entfesselt, mit nur einem gesprochenen Wort. Ich. Ein Blassblut, wie ihr alle sagt. Nichts davon ergibt Sinn. Und ich habe keine Ahnung, wie ich es gemacht habe, und auch keine Ahnung, ob ich es jemals wiederholen kann. Ich warte nur darauf, dass sie mich hier wieder rausschmeißen. Oder meine Familie verhaften oder … Ich habe keine Ahnung, warum das alles passiert!«

Ich biss mir auf die Lippen und legte mir die Hände übers Gesicht. So einen Ausbruch hatte ich nicht geplant. Wieder tätschelte Coralie meinen Rücken, bis ich sie durch meine Finger hinweg ansah. Sie beobachtete mich mit großen Augen.

»Also werden sie es tun?«

»Was tun?«

»Dich rausschmeißen?«

Ich stöhnte. »Nein, wahrscheinlich nicht. Vielleicht werden sie mich hinrichten. Aber wie es scheint, wollen sie mich nicht rausschmeißen.«

»Dich hinrichten!«

Meine Schultern sackten zusammen. »Offenbar bin ich vorerst sicher. Irgendetwas mit den Callinos, die die Ellingtons überzeugen und die Stantorns und Devoras überstimmen.«

Coralie nickte, als wären meine Worte vollkommen verständlich. »Das ergibt Sinn. Ich habe dir doch gesagt, dass diese Stantorns übel sind.« Ein bestürzter Ausdruck huschte über ihr

Gesicht. »Außer natürlich die Königin. Die meine ich nicht. Oder die Prinzessin. Oder Lucas.«

»Hör auf«, sagte ich höflich. »Bevor du es nur noch schlimmer machst.«

Sie stöhnte, doch dann lachte sie. »Meine Mutter sagt mir immer, dass ich nachdenken soll, bevor ich den Mund aufmache – aber das dauert so lange.«

Diesmal lachte ich. Ich konnte sie allzu gut verstehen, obwohl ich den Mund aufmachte, wenn ich hätte schweigen sollen, und das Falsche zu den falschen Personen sagte, während es in Coralies Fall zu einem nie enden wollenden Strom aus Worten führte. Meine Belustigung erstarb abrupt, als Coralie meinen Arm drückte.

»Wir sind fast die Letzten hier! Wir sollten uns beeilen.«

Ich schaute mich um und sah, dass sie recht hatte. Die anderen Lehrlinge waren verschwunden, während wir in unsere Unterhaltung vertieft gewesen waren. Zusammen eilten wir aus dem Speisesaal und gingen nach draußen, um das Gebäude herum, und auf die Trainingsbereiche zu. Während des ganzen Weges bombardierte Coralie mich mit Fragen, bis ich ihr einen vollständigen Bericht über die Tests gab.

»Wow, das ist fantastisch!«, sagte sie. »Ich wünschte, ich könnte einen Zauber einfach aussprechen. Wie viel einfacher das sein würde.«

Ich warf ihr einen zweifelnden Blick zu, der sie zum Lachen brachte.

»Vielleicht hast du recht, das könnte ein bisschen gefährlich werden.«

»Ein bisschen?« Ich schüttelte den Kopf. »Sei froh, dass du nicht mit der Angst leben musst, eines Tages den Mund aufzumachen und die Akademie in die Luft zu sprengen.«

Sie rollte nur mit den Augen. »Sei nicht so dramatisch! Das letzte Mal hast du auch nichts in die Luft gesprengt, oder? Es gibt einen Grund, warum wir es riskieren, den Kindern lesen und schreiben auch vor dem sechzehnten Geburtstag beizubringen. Selbst wenn sie einen Fehler machen oder etwas auf das falsche Papier schreiben, hat das keine desaströsen Folgen. Es gibt immer ein gewisses Maß an Kontrolle. Und das ist bei dir offensichtlich genauso.« Sie machte eine kurze Pause. »Anders, natürlich. Aber ich kann verstehen, warum Lorcan und Herzogin Jessamine so fasziniert von dir sind.«

»Danke«, knurrte ich, »aber mir wäre es lieber, wenn sie sich für jemand anderes interessieren würden.«

»Heute Morgen ist aber jemand griesgrämig«, sagte sie und stupste mich mit ihrer Schulter an. »So schlimm ist es nicht. Lucas hat sich für dich eingesetzt, oder nicht? Das muss doch etwas wert sein.«

»Er hat sich nicht für mich eingesetzt. Er hat sich für den Wert eingesetzt, den es erbringen könnte, mich zu studieren. Das ist nicht dasselbe.«

Coralie winkte ab.

»Er ist trotzdem der Prinz.«

Ich warf ihr einen skeptischen Blick zu, aber sie machte weiter.

»Glaub mir, es gab wirklich viel Jubel unter unseren Klassenkameraden, als wir die Neuigkeiten hörten …« Sie runzelte die Stirn. »Ich vergesse immer wieder, wie wenig du weißt.«

Ich schnappte gespielt empört nach Luft, und sie grinste mich an. »Nun, nicht, dass irgendetwas davon eine Rolle spielt. Es ist, wie es ist. Wir kennen uns alle untereinander. Auch wenn wir nicht in der Hauptstadt wohnen. Jeder war zu verschiedenen Feiern oder Versammlungen hier, und diese Chancen haben wir genutzt, um uns einen Eindruck unserer Mitschüler zu verschaffen. An der Akademie ist alles viel informeller als am Hof. Hier hat man die Möglichkeit, Verbindungen zu schließen, die einem später im Leben von Nutzen sein können. Besonders für jene aus den unbedeutenden Familien wie ich.«

Sie machte eine kurze Pause, um Luft zu holen, bevor sie

weitersprach und versuchte, so viele Wörter wie möglich in den kurzen Weg zu unserem Trainingsplatz einzubauen.

»Wir starten im Herbst nach unserem sechzehnten Geburtstag an der Akademie. Aber Lucas ist schon siebzehn. Eigentlich sollte er in dem Jahrgang über uns sein. Nur so konnte die Königsfamilie letztes Jahr eine Delegation in das Reich der Sekali schicken.«

Ich erinnerte mich vage an etwas über eine ardannische Delegation zu unseren großen nördlichen Nachbarn, aber ich kannte keine Einzelheiten. Ich hatte lediglich davon gehört, weil die Einladung so ungewöhnlich gewesen war. Normalerweise zeigte das Reich keinerlei Interesse an Ardanns oder Kallorways Angelegenheiten. Coralie sprach rasch weiter, ohne eine Pause oder irgendeine Erklärung.

»Verständlicherweise wollten sie nicht riskieren, Kronprinzessin Lucienne zu schicken – weil sie die Erbin des Throns ist und so weiter. Wer weiß, was diese Sekali im Schilde führten? Aber eine Delegation ohne auch nur ein einziges Mitglied der Königlichen Familie zu schicken, wäre einer Beleidigung gleichgekommen. Also ist Lucas mitgegangen. Was bedeutet, dass er erst in diesem Jahr an der Akademie anfangen konnte. In unserem Jahrgang.«

Sie schüttelte ihren Kopf. »Was bedeutet, dass wir ihn *Lucas* nennen und jeden Tag der nächsten vier Jahre mit ihm verbringen werden. Natürlich mache ich mir keine großen Hoffnungen, eines Tages die beste Freundin des Prinzen zu sein. Aber ich bin mir ziemlich sicher, dass Natalya und Lavinia sich bereits ausmalen, eines Tages eine Prinzessin zu sein. Und Calix und Weston werden diese Chance auch zu ihrem Vorteil nutzen wollen. Na ja, wahrscheinlich alle hier. Wenn sie ehrlich sind.«

Ihre Worte brachen abrupt ab, als wir den Platz erreichten und genau in dem Moment über den Zaun sprangen, als die Glocke ertönte. Bei dieser Pünktlichkeitssache mussten wir wirklich besser werden. Thornton beäugte uns missbilligend, aber sagte nichts. Stattdessen wies er uns alle an zu laufen und ich gehorchte zufrieden, froh über die Möglichkeit, mir die Beine zu vertreten.

Einige größere Lehrlinge überholten mich, was ich zuließ, ohne mein Tempo zu erhöhen, und reihte mich stattdessen am Ende der Gruppe ein. Von hier aus konnte ich die meisten anderen beobachten, frisch bewaffnet mit den Informationen, die ich von Coralie seit dem Vorabend bekommen hatte.

Die große, elegante Dariela – die Ellington, von der Coralie annahm, sie würde die Beste in der Klasse sein – führte die Truppe an. Laut Coralie waren die Ellingtons in der Regel freundlicher gesinnt, aber Dariela erschien mir völlig kalt. Und das nicht nur mir gegenüber. Weston hielt mit ihr mit, aber keiner von ihnen beachtete die anderen, und sie sprachen auch nicht miteinander.

Dicht hinter ihnen kam eine Dreiergruppe, die gelegentlich Scherze von sich gab. Natalya und Calix waren anscheinend Zwillinge, auch wenn man es ihnen nicht ansah: Natalya war eher dunkel und Calix so hell. Sie waren Tochter und Sohn von General Griffith von Devoras, dem Leiter des Militärs. Was bedeutete, dass ich ihre Gesellschaft eher nicht aufsuchen würde, selbst wenn sie mir nicht bei jeder Gelegenheit giftige Blicke zuwerfen würden.

Lavinia war ihr Schatten – Westons Cousine und noch eine Stantorn. Und Natalyas beste Freundin.

Hinter ihnen liefen die Callinos-Cousins – Saffron und Finnian. Sie sahen sich ähnlich, die Verwandtschaft war offensichtlich, und ihre dunkle goldene Haut kennzeichnete sie als Nordländer. Saffron hatte ich noch nicht sprechen hören, doch Finnian machte ständig Witze, was ihm gelegentlich ein Lächeln von ihr einbrachte.

Nach ihnen war nur noch ein Lehrling vor mir. Trotz meiner Intentionen wanderte mein Blick zu dem Prinzen. Er bewegte sich mit leichten Schritten, und seiner großen, muskulösen

Gestalt nach zu urteilen vermutete ich, dass er Dariela und Weston mit Leichtigkeit hinter sich hätte lassen können, wenn er es gewollt hätte. Doch er schien lieber in der Mitte der Gruppe zu laufen.

Während meine Augen auf seinem Rücken verweilten, ging ich in Gedanken die neuen Informationen durch. Selbst in der entspannten Atmosphäre der Akademie schienen ihn die Lehrer anders zu behandeln. Und ich hatte ihn einen ganzen Raum gefüllt mit erfahrenen und mächtigen Magiern dieses Königreichs zum Schweigen bringen sehen.

Doch auch Coralies Worte hallten in meinen Ohren wider. *Wer weiß, was diese Sekali im Schilde führten?* Und unter dieser Unsicherheit hatte die Familie des Prinzen entschieden, ihn zu schicken. Den Entbehrlichen. Vielleicht hatten sie keine andere Wahl. Keine anderen Optionen. Es schien zweifelhaft für eine der mächtigsten Magierfamilien des Landes – Herrscher eines ganzen Königreichs – keine Optionen zu haben. Doch ich wusste nichts über die Pflichten der Königsfamilie, und Coralie hatte gesagt, irgendjemand musste gehen.

Trotz meiner eigenen Situation verspürte ich einen Hauch von Mitleid. Ich wusste, wie es war, wenn die eigene Familie unter den gegebenen Umständen dazu gezwungen war, dich als die entbehrlichste Person anzusehen. Als denjenigen, deren Leben man riskieren konnte. Und dieses Gefühl gefiel mir gar nicht. Nicht gegenüber dieses arroganten Prinzen, der in seinem ganzen Leben nichts als Privilegien und Macht kennengelernt hatte. Der seine jüngere Schwester nie dabei hatte beobachten müssen, wie sie nach Atem rang, oder sich von seinem älteren Bruder hatte verabschieden müssen, in dem Wissen, ihn möglicherweise jahrelang nicht wiederzusehen. Der nicht dazu verdammt war, sein Leben als ungebildeter Soldat zu verbringen. Um dann – mit etwas Glück – Ladenbesitzer zu werden.

Nein, ich hatte nichts mit einem Prinzen gemeinsam.

In Gedanken ging ich weiter den ersten Jahrgang durch. Die

verbleibenden drei – die drei aus den geringeren Familien – liefen alle hinter mir. Coralie, weil sie versuchte, Araminta mit einem konstanten Fluss aus Ermutigungen anzutreiben. Clarence hingegen war der Größte der Lehrlinge aus dem ersten Jahr und hätte uns alle anführen sollen. Doch der blasse Ton seiner Haut ließ vermuten, dass er nicht viel Zeit an der frischen Luft verbrachte, und seine Atmung klang angestrengt.

Immerhin eine Sache, in der ich nicht die Schlechteste in der Klasse bin. Ich schüttelte meinen Kopf über meine eigene Torheit. Ich würde wohl kaum einen Preis gewinnen, indem ich Runden lief.

Und sobald wir wieder Paare bilden sollten, wurde mir das mehr als bewusst. Coralie gelang es, sich von Araminta zu lösen, wodurch das arme Mädchen sich mit Clarence zusammentun musste. Beide fügten sich resigniert ihrem Schicksal und bildeten als der Größte und die Kleinste der Klasse ein komisch aussehendes Paar.

Doch sobald die Zweikampf-Übungen begannen, war klar, dass sie beide erfahrener und trainierter waren als ich. Coralie flüsterte mir beinahe ununterbrochen Anweisungen zu, nur wenn Thornton sich in unserer Nähe befand, wurde sie still. Während er zusah, zog ich mir mehrere blaue Flecken zu, was Coralie jedes Mal entschuldigend zusammenzucken ließ, wenn sie einen Treffer landete.

Doch am Ende des Unterrichts hatte ich das Gefühl, tatsächlich Fortschritte gemacht zu haben. Was nicht bedeutete, dass ich selbst einen Treffer gelandet hätte, aber immerhin hatte ich nicht das Bedürfnis, Acacia aufsuchen zu müssen.

»Ohne dich wäre ich vollkommen verloren«, sagte ich zu Coralie, als wir uns auf den Weg zum Mittagessen machten.

Sie errötete. »Oh, du hättest einen Weg gefunden, da bin ich mir sicher.«

Aber ich konnte sehen, wie sehr sie meine Worte genoss. Als ich sie herzlich anlächelte, lachte sie und knuffte meine Schulter.

»Außerdem kannst du Zauber aussprechen. Eines Tages wirst

du die Mächtigste und Bekannteste von uns allen sein, und dann werde ich sagen können, dass ich an der Akademie deine beste Freundin war.«

»Wohl eher die einzige Freundin.«

»Gib ihnen Zeit. Sie werden sich an den Gedanken gewöhnen.«

Natalya und Lavinia überholten uns.

»Ich kann nicht glauben, dass sie immer noch hier ist«, sagte Natalya laut zu ihrer Freundin. »Ich warte die ganze Zeit darauf, dass jemand endlich zugibt, dass das alles nur ein schlechter Scherz war.«

Lavinia nickte und warf uns einen Seitenblick zu. »Sie kann gar nichts. Mir kommt sie eher nicht wie eine Art Blassblut-Wunderkind vor.«

Coralie rümpfte die Nase, als sie sich wieder von uns entfernten. »Manche von ihnen zumindest.«

»Dir ist schon bewusst, dass ich keine Ahnung habe, wie ich diesen Zauber geschafft habe, oder?«, fragte ich. »Im Moment kann ich nicht mal lesen, schreiben schon gar nicht.«

»Du wirst es lernen«, sagte sie. Offensichtlich hatte sie mehr Vertrauen in mich als ich selbst.

Doch nichts, was in den nächsten Tagen passierte, schien ihre Zuversicht zu untermauern. Ich spürte nicht das geringste Bisschen Macht in mir, und mein gesamter Fortschritt fühlte sich quälend langsam an. Nach meinem Test hatte ich schon damit gerechnet, dass mir eine Schar von schwarzen Roben auf Schritt und Tritt folgen und jede meiner Bewegungen beobachten würde. Doch es schien, als hätten sie entschieden, dass ich vorerst nichts tun würde, außer mich auf das Lesen und Schreiben zu konzentrieren.

Der siebte Tag der Woche sollte ein Ruhetag ohne Unterricht sein, und ich hatte mich auf die Pause gefreut. Doch Jocasta belehrte mich eines Besseren.

»Du wirst kein Training haben, also können wir den ganzen Morgen und Nachmittag üben.«

Als ich stöhnte, fixierte sie mich mit einem scharfen Blick. »So wollte ich meinen freien Tag nicht verbringen, Elena. Ich hätte von dir erwartet, wenigstens etwas Motivation zu zeigen, weiter zu lernen.«

Ich schluckte meine Frustration herunter und strengte mich noch mehr an. Natürlich hatte sie recht. Ich wollte lesen lernen. Aber es war schwer, seine Motivation aufrechtzuhalten, wenn ich, anstatt Bücher zu lesen, immer wieder das Alphabet durchgehen und einfache Wörter wie Hut wiederholen musste. Wenigstens würde ich einen Tag von Thorntons missbilligenden Blicken und Coralies reumütigen Schlägen verschont bleiben.

Dafür war ich besonders dankbar, nachdem ich mich in der letzten Trainingsstunde der Woche plötzlich Dariela anstatt Coralie gegenüber wiederfand. Das große Mädchen gab sich nicht extra Mühe, mir Schmerzen zuzufügen, so wie Weston es getan hatte, aber sie zügelte ihre Schläge auch nicht so wie Coralie. Sie half mir nicht dabei, die Anweisungen zu verstehen, also musste ich die anderen beobachten, um zu wissen, was wir tun sollten. Durch diese Ablenkung war es wenig überraschend, als ich am Ende der Stunde mit blauen Flecken übersät war.

Dariela hatte nur geseufzt und sich zurückgezogen, sobald wir entlassen worden waren, ohne auch nur ein Wort mit mir gewechselt zu haben.

Coralie versuchte, mich davon zu überzeugen, wieder Acacia aufzusuchen, doch ich weigerte mich. Vielleicht würden die Wunden mich daran erinnern, härter zu trainieren und aufmerksamer zu sein. Denn auch wenn ich nie eine Magierin werden würde, standen die Chancen gut, dass ich als Soldat enden würde. Ich sollte für die Möglichkeit, diese Fähigkeiten zu lernen, dankbar sein.

Und nachdem ich eine Nacht unter den Schmerzen gelitten hatte, waren mir Jocastas Seufzen und die ungeduldigen Blicke willkommener als Thorntons finsteres Starren und die unverständlichen Anweisungen. Wenigstens hatten meine blauen Flecken so die Möglichkeit, etwas zu verblassen, bevor sich wieder neue zu ihnen gesellen würde.

Am Ende des Tages war ich mir allerdings nicht mehr so sicher. Mein Gehirn fühlte sich an, als wäre es ausgewrungen und zertrampelt worden. Ich konnte nicht mal mehr die Energie aufbringen, Coralie zu fragen, wie ihr freier Tag gewesen war. Glücklicherweise wartete sie nicht darauf, bis ich nachhakte, und plapperte das ganze Abendessen über von ihrem Besuch des Stadtmarktes. Offenbar war ihre Familie noch in der Hauptstadt geblieben, nachdem sie von Abalene angereist waren, um sie bei der Akademie abzuliefern.

Ich wünschte, ich könnte sie bitten, das nächste Mal, wenn sie unterwegs war, einen Boten in meinem Namen zu beauftragen, aber ich hatte immer noch kein Geld und auch keine Möglichkeit, etwas zu verdienen. Phyllida, die Leiterin der Sucher, hatte gesagt, dass sie meiner Familie einen persönlichen Besuch abgestattet hatte. Hatte sie ihnen irgendwelche Informationen über mich gegeben? Wussten sie wenigstens, dass ich noch am Leben war?

Hatte Clementine jetzt Angst? Befürchtete sie, dass sie sich bei der Armee einschreiben musste? Aber als ich im Bett lag und an meine liebe, jüngere Schwester dachte, wusste ich, dass es sehr viel wahrscheinlicher war, dass sie sich um mich sorgte anstatt um sich selbst. Und auch wenn ich ihr keine Nachricht übermitteln konnte, konnte ich hart arbeiten und alles dafür tun, mich dieser Welt anzupassen. Ich musste diesen Leuten beweisen, dass ich Kontrolle hatte, dass ich keine Gefahr darstellte. Ich musste nur dafür sorgen, lange genug hierbleiben zu dürfen, bis ich achtzehn wurde und mich einschreiben konnte.

Doch bevor ich anfangen konnte, mich mit der Schriftlehre zu befassen, wie sie es taten, und die Zauber zu kontrollieren, musste ich lesen und schreiben lernen.

Also arbeitete ihr härter als je zuvor – war zu müde, sowohl körperlich als auch mental, als jeden Abend nach dem Essen noch mehr tun zu können, als völlig erschöpft in mein Bett zu fallen. Bis schließlich der Tag kam, an dem Jocasta verkündete, dass meine Handschrift lesbar und meine Fähigkeiten ausreichend waren.

»Wurde auch Zeit«, murrte sie. »Ich habe hier auch noch andere Verpflichtungen, weißt du.«

Doch ich war viel zu beschwingt, um mich von ihrer Laune runterziehen zu lassen. Ich hatte es geschafft. Ich konnte noch nicht jedes Wort lesen und meine Handschrift war grauenvoll, aber mir wurde versichert, dass Zeit und Übung beides verbessern würden.

»Und vorerst wirst du dich ohnehin nur an den leichteren einschließenden Worten versuchen. Die kannst du einfach kopieren«, erklärte Jocasta.

Vor Aufregung konnte ich kaum nach dem Stift greifen. Es war mir egal, wie simpel der Zauber war. Endlich hätte ich die Chance, mich zu beweisen. Ich würde ihnen zeigen, dass ich keine Gefahr oder Bedrohung darstellte, oder nicht einfach unfassbar dumm war, was die meisten meiner Klassenkameraden immer noch zu denken schienen.

Ich drückte den Stift fest auf das unbeschriebene Pergament und lauschte aufmerksam Jocastas Worten.

»Wenn du anfängst, diese Worte zu schreiben, wirst du spüren, wie sich die Macht um dich herum aufbaut. Du musst den ersten Satz schnell notieren. Den, den du auf den sicheren Blättern geübt hast. Sobald du damit fertig bist, wirst du fühlen, dass der Druck der Macht nachlässt. Sie wird immer noch da sein, doch sie wird innehalten und warten, anstatt sich weiter aufzubauen. Na ja, sie wird sich immer noch weiter aufbauen, aber sie wird nicht mehr darauf drängen, freizubrechen.«

Ich nickte und wartete, ob sie noch mehr zu sagen hatte.

»Nun denn, leg los«, sagte sie. »Nur hier herumzusitzen, wird uns nicht weiterbringen.«

Ich atmete tief ein, bevor ich den ersten Buchstaben schrieb. Genau wie sie gesagt hatte, spürte ich eine Welle aus pulsierender Macht, wie ich es vor so vielen Tagen vor dem Laden meiner Eltern getan hatte. Meine Hand huschte weiter, um die restlichen Buchstaben des kurzen Satzes zu bilden, doch kaum hatte ich das erste Wort beendet, explodierte die Macht in alle Richtungen, und der Raum um uns herum brach zusammen.

KAPITEL 11

Um mich herum gab es nur noch Dunkelheit und Schmerz. Ein entferntes Geräusch drang zu mir durch, doch durch das Klingeln in meinen Ohren konnte ich es nicht zuordnen. Ich blinzelte, zu sehr von Schmerz erfüllt, um mich bewegen oder sprechen zu können.

»Ich habe sie gefunden! Sie beide!«, rief eine Stimme, und einen Augenblick später legte sich ein kühler Nebel über meine Haut, versank in mir.

»Ahhhh.« Ich schloss meine Augen wieder und entspannte etwas, als der Schmerz nachließ.

»Nicht bewegen«, sagte eine mir bekannte Stimme, bevor sich erneut kalter Nebel über mich legte.

Etwas knackte in meinem Bein und in meiner Brust und ließ mich aufschreien, obwohl es nicht direkt wehtat.

»Still halten«, warnte mich die Stimme wieder, und als ich meine Augen öffnete, sah ich, wie Acacia sich über mich beugte.

Ich versuchte, meine Gedanken von dem knirschenden Gefühl in mir zu lösen, und sah mich um.

»Jocasta? Ist sie …?«

»Ihr geht es etwas besser als dir.« Acacia lächelte mich an.

»Ich habe schon ihre Schmerzen gelindert, aber ich werde sie jetzt wieder ganz zusammenflicken.« Sie hielt inne und wandte sich noch einmal an mich. »Denk daran, es langsam angehen zu lassen. Du magst geheilt sein, aber dein Körper steht immer noch unter Schock.«

Ich nickte und setzte mich auf, doch durch die plötzliche Bewegung drehte sich bei mir alles. Jocasta lag regungslos auf dem Boden, ihr Gesicht war blass und unter ihrem linken Arm hatte sich eine Pfütze aus Blut gebildet. Ich biss mir auf die Lippen und erinnerte mich daran, dass Acacia gesagt hatte, dass es ihr gleich wieder gut gehen würde. Die Heilerin kniete in ihrer violetten Robe vor ihr und suchte ein Pergament aus. Direkt vor meinen Augen verheilten die Wunden, ihr Arm nahm wieder seine gewöhnliche Farbe und Form an, nur die roten Blutspuren blieben zurück.

»Verzeihung«, sagte eine neue Stimme. Als ich aufblickte, sah ich einen mir unbekannten Mann, der mich mit einigem Unbehagen betrachtete. Er trug eine Robe in einem hübschen Pfirsichton, und es dauerte eine Weile, bis ich die Farbe zuordnen konnte. Die Baumeister. Wo war er hergekommen?

»Verzeihung«, wiederholte er. »Denkst du, du könntest aus dem Weg gehen?«

»Oh.« Ich drückte mich auf die Beine und schwankte einen Moment, als das Schwindelgefühl sich erneut über mich legte. Als ich mich jetzt richtig umsah, erkannte ich, dass viele der größeren Steinbrocken schon bewegt worden waren, doch der Raum um mich herum sah immer noch völlig zerstört aus.

Ich bahnte mir meinen Weg durch die zerbrochenen Steine und kaputten Möbel, bis ich durch ein Loch trat, wo einmal die Wand zwischen Studienzimmer und der Hauptbibliothek gestanden hatte. Mehrere Bücher und Schriftrollen lagen auf dem Boden verteilt, viele von ihnen waren zerrissen. Bei ihrem Anblick zuckte ich zusammen, auch wenn es so aussah, als wären nur zwei Regalabschnitte beschädigt worden.

Nur zwei. Ich schüttelte den Kopf. Ich fing schon an, so zu denken wie sie. Nur vor kurzem wären das mehr Bücher gewesen, als ich je gesehen oder mir auch nur hätte vorstellen können. Ich drehte mich um und beobachtete, wie der Baumeister eine große Anzahl an Pergamenten aus der Innentasche seiner orangefarbenen Robe zog. Er murmelte etwas, als er sie nebeneinander auf einen der Steine vor sich legte.

Sobald Acacia auftauchte, die Jocasta stützte, begann er, sie schnell hintereinander durchzureißen. Fasziniert beobachtete ich, wie die Möbel in ihre alte Form zurückfanden, Steine durch die Luft flogen und sich wieder zu quadratischen Blöcken zusammensetzten, und die Bücher sich wieder vervollständigten.

»Wie macht er das?«, flüsterte ich.

»Mit viel Fleiß und Können«, ertönte eine Stimme neben mir. Ich wirbelte herum und sah, dass Lorcan den Baumeister ebenfalls beobachtete. »Wir können froh sein, dass ein solches Senior-Mitglied der Baumeister heute die Akademie besucht hat.«

Ich zog eine Grimasse und ließ meinen Blick von dem Leiter der Akademie über die Zerstörung gleiten, die ich verursacht hatte. War er gekommen, um mir zu sagen, dass ich versagt hatte? Dass der General vielleicht doch recht gehabt hatte, wenn ich keine Kontrolle erlangen konnte?

»Ich vermute, du hast dich an einem Zauber versucht?«

Lorcans Frage ließ mich zusammenzucken, doch er hatte seine Augen noch immer nicht von der Arbeit des Baumeisters gelöst.

»Ja«, brachte ich nach einer Weile hervor. »Nur ein einfacher Einschluss. Aber mehr als ein Wort habe ich nicht geschafft.« Gerne hätte ich mich verteidigt, aber es gab nichts, was ich noch hätte sagen können. Ich hatte genau das getan, wozu Jocasta mich angewiesen hatte, und es hatte nicht funktioniert. Mehr gab es dazu nicht zu sagen.

»Interessant. Ich habe überhaupt keine Kontrolle gespürt. Nicht wie bei deinem letzten Zauber.«

»Das war kein schlecht ausgeführter Zauber«, erklang Jocastas vertraute und ziemlich bissige Stimme hinter uns. Trotz ihrer Worte war ich erleichtert, ihre Stimme zu hören. Um so zu reden, musste sie sich vollkommen von dem erholt haben, was auch immer ich ihr angetan hatte.

Lorcan drehte sich zu ihr um. »Ich muss zugeben, dass es sich für mich genauso angefühlt hat. Das war eine unkontrollierte Explosion der Macht, die von einem Blassblut ausgelöst wurde, das versucht hat zu schreiben.«

Jocasta nickte. »Genau so war es. Und sie hat kaum ein Wort zu Ende gebracht, wie sie schon sagte. Elena hat nicht mehr Kontrolle über die geschriebenen Worte als jedes andere Blassblut.«

Ich sah zwischen ihnen hin und her. Das war es also. Sie würden mich für eine Betrügerin halten und – was dann? Würden sie mich nach Hause schicken? Mich hinrichten? Mich einsperren?

»Jessamine wird davon hören wollen«, sagte Lorcan, sein Blick wanderte in die Ferne. »Das Rätsel ist noch interessanter geworden. Schließt das eine entfernte Abstammung von Magiern aus? Oder könnten die dazwischen liegenden Generationen die Macht so verändert haben, dass –«

»Entschuldigung«, unterbrach ich ihn, als ich die Spannung nicht länger aushalten konnte. »Was bedeutet das? Für mich? Werde ich … der Akademie verwiesen?«

»Verwiesen?« Lorcan sah ernsthaft verblüfft aus. »Mit Sicherheit nicht, auch wenn Jessamine wahrscheinlich froh wäre, das zu hören. Sie würde dich in die Universität holen wollen, noch bevor du deine Sachen gepackt hättest. Bestimmt wird sie jede Sekunde hier sein, um mir einen Besuch abzustatten. Zweifellos hat sie die Explosion gespürt und wird wissen wollen, ob du das warst.«

Er schüttelte seinen Kopf. »Es würde mich auch nicht wundern, wenn Phyllida ebenfalls hier auftauchen würde. Ich sollte mich wohl besser vorbereiten.« Er machte sich auf den Weg. »Vielleicht hat Jessamine einige Ideen zu der Frage …« Er brach ab, als würde er sich plötzlich erinnern, dass ich noch hinter ihm stand, und wirbelte herum, um mich anzusehen.

»Natürlich musst du in Zukunft auf das Schreiben verzichten.« Er grinste schief. »Um unser aller willen. Es scheint, dass deine vorherige Nutzung der Macht nicht nur eine kleine Abweichung einer ansonsten normalen Magierin mit unbekanntem Hintergrund war.« Er schüttelte verblüfft den Kopf. »Nein, du bist etwas vollkommen Neues.«

Wieder driftete er eingenommen von seinen eigenen Gedanken ab, bevor er plötzlich aufblickte. »Was bedeutet, dass für dich dieselben strengen Auflagen gelten wie für Blassblüter. Es wird nicht geschrieben!« Er schaffte einen einzigen Schritt, bevor er wieder stehenblieb. »Mit dem Lesen kannst du natürlich weitermachen. Es hätte keinen Zweck, jetzt damit aufzuhören, außerdem hast du noch viel zu lernen. Ich überlasse dich Jocastas fähigen Händen.« Und damit eilte er aus der Bibliothek.

Mehrere Sekunden lang blinzelte ich den leeren Türrahmen an.

»Ist er …«

»Immer so, wenn er mit einer neuen und aufregenden intellektuellen Herausforderung konfrontiert wird?«, beendete Jocasta meinen Satz. »Ja. Und Jessamine ist sogar noch schlimmer. Ich bin mir sicher, dass er recht hat und sie schon auf dem Weg hierher ist, und dann werden die beiden stundenlang diskutieren.«

Ich drehte mich langsam zu ihr. »Es tut mir leid, Jocasta. Wirklich. Ich wollte dich nicht …«

»Natürlich wolltest du das nicht.« Ihre muntere Stimme wies meine Entschuldigung zurück. »Ich hätte es besser wissen und einen Schild errichten sollten.«

»Das kannst du?« Die Bewunderung war in meiner Stimme deutlich zu hören.

Ihr Mundwinkel zuckte. »Es könnte eine ganze Seite in Anspruch nehmen, aber ich würde es wagen, zu behaupten, etwas Angemessenes bewerkstelligen zu können.« Sie betrachtete die letzten Anstrengungen des Baumeisters. »Ich nehme an, dass wir mehr oder weniger froh sein können, dass du wie eine junge Magierin bist und kein Blassblut.«

Ich warf ihr einen fragenden Blick zu.

»Dein Ausbruch war viel weniger zerstörerisch, als möglich gewesen wäre. Wie die gelegentlichen Unfälle unserer eigenen Kinder, bevor sie sechzehn werden und die nötige Kontrolle entwickeln. Zum Glück war Acacia zur Stelle.«

Ich nickte hastig, während Jocasta mich gedankenversunken betrachtete.

»Ich hatte gehofft, du könntest wieder in den Schriftlehreunterricht gehen, aber natürlich ist das jetzt nicht mehr möglich. Deine Lesefähigkeiten erfordern noch mehr Arbeit.« Sie schenkte mir einen wissenden Blick. »Viel Arbeit. Aber wenn wir deiner Macht auf den Grund gehen wollen, musst du trotzdem wenigstens theoretische Kenntnisse der Schriftlehre haben.«

Sie rieb sich mit ihrer blutverschmierten Hand übers Gesicht. »Ab morgen kannst du wieder am Unterricht teilnehmen.«

Ich öffnete meinen Mund, um zu protestieren, aber sie hob ihre Hand.

»Natürlich nicht, um aktiv teilzunehmen. Während du dort bist, rührst du keinen Stift an, sonst rennen uns die Grauen die Bude ein. Aber du kannst zuhören und lernen. Und ich werde dir Leseübungen mit auf den Weg geben.« Sie sah mich aus zusammengekniffenen Augen an. »Ich denke, ich habe mir meine Nachmittage zurückverdient, meinst du nicht?«

Mehr als ein Nicken brachte ich nicht zustande, mein Blick haftete immer noch auf den roten Flecken auf ihrer Kleidung und ihrem Körper.

»Oh, entspann dich, Kind«, sagte sie mit ungeduldiger Stimme. »Ich wurde vollständig geheilt. Und jetzt raus mit dir.«

~

»Elena! Was ist passiert?« Sobald ich den Speisesaal betreten hatte, war Coralie zu mir gerannt. Ich schüttelte meinen Kopf, aber sie klammerte sich an meinen Arm und hatte offensichtlich nicht vor, mich wieder loszulassen, ehe sie nicht die ganze Geschichte gehört hatte. Ich ließ mich auf meinen üblichen Platz fallen und sah mich um. Es war nicht ungewöhnlich, dass wir allein an diesem Tisch saßen, doch jetzt waren auch die nächsten beiden leer. Und sogar die in der Reihe neben unserer.

»Wir haben eine Explosion gehört«, sagte Coralie atemlos. »Und sie sagen, dass du das warst. Aber ich habe ihnen gesagt, dass du niemals –«

Ich nickte niedergeschlagen.

»Warte. Die kam von dir?« Sie starrte mich an, während ich meine Schultern nach vorne schob und so schnell wie möglich meinen Teller füllte.

»Was ist passiert?« Als ich immer noch nicht antwortete, seufzte sie verzweifelt. »Komm schon, Elena. Benutz deine Worte!«

Ich blickte schockiert zu ihr auf, und sie rollte mit den Augen.

»Nicht so. Ich meine, du sollst mit mir reden!«

Ich seufzte und sah mich noch einmal um, bevor ich antwortete. »Ich habe meine Worte benutzt, das ist passiert. Ich habe zum ersten Mal versucht, einen schriftlichen Zauber zu verfassen, okay? Ich konnte kaum eins der einschließenden Worte schreiben, als der Raum um uns herum explodiert ist.«

Coralie wich zurück und schien zum ersten Mal zu schockiert, um zu sprechen.

»Also schätze ich, dass alle hier recht hatten. Ich habe keine Kontrolle. Ich stelle eine Gefahr da.«

»Aber du darfst hierbleiben?« Sie sah sich hektisch um, als erwarte sie, dass jeden Moment die Grauen den Speisesaal stürmen und mich fortbringen könnten.

»Scheinbar. Zumindest vorerst. Lorcan schien die ganze Sache wenn überhaupt interessant zu finden.«

Meine Augen entdeckten den Prinzen, als er gerade in den Raum schlenderte. Sein Blick begegnete meinem und haftete auf mir, wie er es seit zwei Wochen nicht getan hatte. Für einen kurzen Moment gerieten seine Schritte ins Stocken, bevor er neben Calix Platz nahm. Sein Blick war vorwurfsvoll – bereute er es bereits, mich vor dem Konzil verteidigt zu haben? Aber dort lauerte noch etwas anderes. Ein Blick, der sagte, dass ich ein Rätsel war, das er nicht ganz verstehen konnte.

Ich richtete meine Aufmerksamkeit wieder auf Coralie. Nun, dabei waren wir schon zu zweit. Ich konnte ihn auch nicht verstehen, und ich hatte bereits aufgegeben, es zu versuchen.

»Also … Was genau bedeutet das?«, fragte Coralie, die nichts von dem mitbekommen hatte, was gerade zwischen Lucas und mir stattgefunden hatte.

»Das bedeutet, dass ich doch ein ganz normales Blassblut bin.« Ich stocherte in dem Essen vor mir herum.

Coralie schnaubte.

»Nun, vielleicht nicht ganz normal.« Ich seufzte. »Aber schreiben werde ich eher nicht mehr.«

Während meiner Zeit an der Akademie hatten sich die anderen Lehrlinge an meine Anwesenheit gewöhnt, doch nach diesem neuen Zwischenfall hatte das Flüstern wieder angefangen. Nur lehnte sich diesmal niemand mehr nach vorne, um mich anzustarren. Stattdessen hielten sie sich zurück und machten einen möglichst großen Bogen um mich, ganz egal wo ich hinging.

Beim Training wurden Coralie und ich von einer großen Lücke von den anderen abgetrennt, und wenn wir unsere Runden liefen, rannte ich nicht länger in der Mitte der Gruppe, da selbst die Langsamsten ihr Bestes gaben, mir aus dem Weg zu gehen. Ich ignorierte sie alle und erinnerte mich immer wieder selbst daran, dass ich keine Gefahr für sie darstellte. Solange ich nicht versuchte zu schreiben, würde es keine Explosionen geben.

Hoffte ich.

Und da Thornton Stäbe in unsere Paarübungen mit eingebaut hatte, war es einfacher, mich abzulenken. Wenn eine Waffe im Spiel war, fühlte ich mich wieder wie eine ungeschickte Idiotin und all meine Fortschritte bei den Übungen ohne Waffen waren vergessen.

Doch als ich vor dem Klassenraum für die Schriftlehre stand, konnte mich nichts mehr ablenken. Natalya und Lavinia gingen an mir vorbei, während ich noch zögerte, und warfen mir verängstigte Blicke zu. Ich hatte einen Halt in der Bibliothek machen müssen, um mir Übungsmaterial zum Lesen von Jocasta abzuholen, weshalb ich alleine und mit Sicherheit die Letzte war. Doch jeden Augenblick würde die Glocke läuten, und wenn ich weiter hier draußen herumlungerte, würde mir das nur noch mehr Probleme bereiten.

Ich atmete tief ein und setzte ein gespieltes Selbstbewusstsein auf, bevor ich in den Raum schlenderte. Meine Augen suchten Coralie, und ich ließ mich hastig auf den Stuhl neben ihr fallen, bevor ich den Rest des Zimmers in mir aufnahm.

Die Schüler hatten sich neu aufgeteilt, und im Gegensatz zu meiner ersten Stunde hier waren nicht mehr nur zwei Reihen besetzt. Der Tisch, den ich mir mit Coralie teilte, stand in der zweiten Reihe von vorne und der zweiten Reihe von links, wie schon zuvor. Doch die gesamte vordere Reihe war in die vierte Reihe von Tischen gewichen, ganz rechts, am anderen Ende des Raumes. Und Weston, der dort keinen Platz mehr gefunden hatte, saß ganz hinten in der dritten Reihe. Mit anderen Worten, sie saßen alle so weit entfernt von mir wie möglich.

Ich biss mir auf die Lippe und fixierte den Tisch vor mir, wobei ich angestrengt versuchte, nicht zu erröten. Nachdem ich Platz genommen hatte, hatte ein konstantes Flüstern in der Luft gelegen, doch als Redmond eintraf und seinen Platz vor der Klasse einnahm, meldete Natalya sich laut zu Wort.

»Ist es wirklich sicher für uns, in einem so kleinen Raum mit ihr eingesperrt zu sein?« Sie stemmte ihre Hände in die Hüften. »Die Akademie sollte ein Ort für diejenigen sein, die *Kontrolle* besitzen.« Ihre Augen verengten sich zu Schlitzen, als sie mir einen finsteren Blick zuwarf.

Bei dem herablassenden Ton in ihrer Stimme konnte ich nicht anders, als mich umzudrehen und genauso böse zu ihr zurück zu starren. Hier ging es nicht wirklich um den Vorfall in der Bibliothek. Sie hatte nie auch nur in Betracht gezogen, mir wirklich eine Chance zu geben.

Redmond schaute langsam von mir zu ihr, seine Augen funkelten spekulativ. Wie sehr wollte er mich loswerden? Genug, um sich mit Lorcan anzulegen?

Doch bevor er etwas erwidern konnte, öffnete sich die Tür und ich wurde daran erinnert, dass immer noch ein Schüler fehlte.

Der Prinz betrat den Raum, und diesmal geriet er nicht ins Stocken, obwohl er die Situation mit einem Blick in sich aufzunehmen schien. Für einen kurzen Augenblick legte sich Stille über die Klasse, während zwölf Augenpaare ihn beobachteten. Ohne sich unser Interesse anmerken zu lassen, ging er vollkommen ruhig zu seinem üblichen Platz, der nur durch einen schmalen Durchgang von mir getrennt wurde.

Natalya schnappte hörbar nach Luft, bevor Lavinia nach ihrem Arm griff und sie nach unten auf ihren Platz zerrte. Redmond betrachtete Lucas noch eine weitere Sekunde, dann räusperte er sich und fing mit dem Unterricht an. Ein Rascheln ertönte, doch niemand protestierte, und ich sank in meinem Stuhl zusammen, als Redmond seinen eintönigen Vortrag fortsetzte.

Ich erhaschte einen seitlichen Blick auf den Prinzen und studierte sein Gesicht. Er machte den Eindruck, als würde er dem Lehrer ernsthaft zuhören. Wieder einmal hatte er Wut und Drohungen mir gegenüber vereitelt – und das allein mit seiner Anwesenheit. Wusste er, in welche Situation er hier hineingeplatzt war? Hatte er Natalyas Worte vor der Tür gehört?

Und falls er sie mitbekommen hatte, was bedeutete das alles? Dass die Königsfamilie trotz des Zwischenfalls weiterhin auf der Seite von Lorcan stand? Dass es mir wirklich weiter erlaubt war, hierzubleiben? Zumindest vorerst?

Es dauerte eine ganze Weile, bis ich mich darauf konzentrieren konnte, dem Unterricht zu folgen, und als ich es tat, verstand ich nur wenig. Es war kaum überraschend, dass die Lehrlinge die einschließenden Worte bereits hinter sich gelassen hatten. Scheu schaute ich auf das Buch hinunter, an das ich mich immer noch klammerte. Ich war zu nervös wegen des bevorstehenden Unterrichts gewesen, um es mir näher anzuschauen, als Jocasta es mir überreicht hatte, doch nun versuchte ich, die Wörter zu entschlüsseln.

DIE. Das Wort war einfach und ich kannte es. G-R-U-N-D-L-A-G-E-N. Ich sprach es in Gedanken aus. Grundlagen. Okay, was für ein Glück. Grundlagen konnte ich offensichtlich gebrauchen. DER. Noch ein einfaches Wort. Das nächste Wort war länger, aber ich kannte es, da Jocasta und ich es viele Male durchgegangen waren. SCHRIFTLEHRE. Die Grundlagen der Schriftlehre.

Meine Hände klammerten sich noch fester an den ledernen Einband. *Danke, Jocasta*, flüsterte ich in Gedanken. Ich schwor mir selbst, dass, ganz egal wie müde ich war, ich jede freie Minute damit verbringen würde, die Worte in diesem Wälzer zu entschlüsseln. Irgendwie würde ich aufholen. Ich würde immer noch nicht aktiv teilnehmen können, aber ich wäre wenigstens in der Lage, zu verstehen.

KAPITEL 12

Zu meiner Überraschung endete der Schriftlehreunterricht einige Zeit vor dem Abendessen. Der Prinz verließ als Erster den Raum, doch die anderen Schüler folgten ihm schnell, wodurch Coralie und ich allein in dem leeren Klassenzimmer zurückblieben.

»Ist der Unterricht immer so früh vorbei?«, fragte ich sie.

Sie nickte. »Ab dem zweiten Jahr können die Lehrlinge zwei Disziplinen auswählen, in denen sie sich weiterbilden möchten. Man kann jedes Jahr wechseln oder durchgehend die beiden gleichen studieren. Die älteren Lehrlinge sind also noch beschäftigt, aber die Akademie hat Erbarmen mit dem ersten Jahrgang, also haben wir etwas Freizeit.«

»Es sei denn, Jocasta ist deine persönliche Mentorin.«

Coralie kicherte. »Sie ist streng, ich weiß. Aber besser sie als Thornton oder Redmond!«

Dem konnte ich nur zustimmen.

»Und was willst du nächstes Jahr belegen?«, hakte ich weiter nach.

»Ich weiß noch nicht. Ich kann mich nicht entscheiden. Wahrscheinlich werde ich die Fächer jedes Jahr wechseln, bis ich etwas finde, das mir gefällt. Dadurch werde ich etwas zurückfallen, wenn ich mich nach der Akademie einer Disziplin anschließe, aber besser so als bei etwas festzuhängen, das einem nicht gefällt.«

Ich nickte. So weit würde es bei mir natürlich nie kommen. Selbst wenn ich meine drei Jahre bei der Armee überlebte, würde ich im Niemandsland enden. Weder gewöhnliches Volk noch Magierin mit einem Abschluss. Aber das war noch viel zu weit weg, um mir jetzt Gedanken darüber zu machen. Bevor es so weit war, musste ich erst viele andere Dinge überleben.

»Schließen sich alle Magier einer Disziplin an?«, fragte ich neugierig, auch wenn es mich nicht betraf.

»Man muss nicht, aber die meisten tun es trotzdem.« Sie zog eine Grimasse. »Ich schätze, dass jemand wie Natalya es eher nicht muss, wenn ihr Vater der General ist. Aber jemand wie ich?« Sie zuckte mit den Schultern. »Wenn ich ein Gehalt bekommen will, muss ich einer Disziplin beitreten. Meine Familie ist nicht reich genug, als dass ich den ganzen Tag herumsitzen könnte, ohne etwas zu verdienen. Und ich bin lieber Mitglied einer Disziplin als Grundlagenzauber an Blassblüter zu verkaufen, die reich genug sind, um sie sich leisten zu können.«

»Das könnt ihr?« Ich starrte sie verblüfft an. In Kingslee gab es keine Magier, von denen man solche Sachen hätte erwerben können, und wenn eine Familie die Hauptstadt besucht hatte, um welche zu kaufen, hatten sie es mir gegenüber nie erwähnt. Bestimmt hatte niemand dort genug Geld für einen solchen Luxus.

»Natürlich.« Sie warf mir einen irritierten Blick zu und schüttelte den Kopf. »Du musst das wirklich dringend lesen.« Sie tippte auf das Buch, das vor mir auf dem Tisch lag. »Die meisten Magier binden ihre persönlichen Zauber an sich, sodass sie nur von ihnen selbst entfesselt werden können. Aber es gibt nichts, was einen Magier davon abhalten könnte, auch allgemeinere Zauber zu kreieren. Manche Leute sind nicht gut genug, um in einem Fachbereich aufgenommen zu werden, also verkaufen sie alle möglichen Zauber.«

Ich betrachtete das Buch, das vor mir lag. Es gab immer noch so viel, das ich nicht verstand. Bisher hatte ich nichts gelesen, bis auf die Arbeitsblätter, die Jocasta für mich vorbereitet hatte. Der Gedanke, all die Worte zu lesen, die die Seiten dieses Buches schmückten, erfüllte mich mit Grauen. Doch einem anderen Teil von mir juckte es bereits in den Fingern, endlich damit anzufangen.

»Natürlich gibt es auch noch die Freigeister«, fügte Coralie hinzu. »Ich hatte so einen Großonkel. Ihm gefiel der Gedanke nicht, Befehle entgegennehmen zu müssen, und für ihn war es vollkommen in Ordnung, Zauber zu verkaufen. Mein Bruder meinte, er wäre die Schande der Familie, aber ich habe ihn immer gemocht. Er hat mich zum Lachen gebracht.«

Ich seufzte. Da ich nicht schreiben und schon gar keine Zauber kreieren konnte, würde mir dieser Weg wohl kaum offenstehen. Doch ich wusste, dass es der wäre, den ich wählen würde. Ich wollte nicht mein Leben lang Befehle von einem arroganten Magier entgegennehmen, der mich zweifellos als minderwertig ansehen würde.

»Es ist das Prestige, das die reicheren Familien zu den Disziplinen treibt«, sagte Coralie. »Es gibt keinen anderen Weg, einen höheren Titel oder einen Sitz im Magischen Konzil zu erlangen. Ich denke, das wird als Anreiz für Natalya und Calix und ihresgleichen ausreichen.«

Geistesabwesend strich ich über den Ledereinband meines Buches. Coralies Blick fiel auf meine Finger.

»Möchtest du, dass ich dir damit helfe?«

Ich strahlte, doch dann stockte ich. »Bist du sicher? Das wird schrecklich langweilig für dich sein.«

Sie grinste. »Das macht mir nichts aus. Es ist ja nicht so, als hätte ich etwas anderes zu tun.«

~

Die Tage vergingen und während es draußen kälter und kälter wurde, wurden meine Lesefähigkeit und mein Verständnis der Schriftlehre immer besser. Dinge, die ich früher gehört oder gesehen hatte, ergaben jetzt Sinn – zum Beispiel, warum ein langer Zauber eine Quelle der Schande war – oder zumindest ein Anzeichen für beschränkte Fähigkeiten in einer bestimmten Disziplin. Im Schriftlehreunterricht des ersten Jahrgangs schrieben die Lehrlinge lange Passagen, auch für die einfachsten Zauber. So sollte sichergestellt werden, dass der Zauber genau die Form annahm, die sie beabsichtigt hatten.

Doch wenn ihre Fähigkeiten und ihre Kontrolle zunahmen, würden sie lernen, die Zauber kürzer und kürzer zu gestalten und ihre Macht präziser zu steuern. Die Lehrlinge erzählten sich gerne Geschichten über große Magier der Vergangenheit, die so mächtig und so geschickt gewesen waren, dass sie einen Zauber mit einem einzigen Wort kontrollieren konnten.

Die Erzählung, die ich am häufigsten hörte, handelte von dem großen General, der eine entscheidende Schlacht gegen Kallorway gewonnen hatte. Er war verletzt worden, hatte kurz vor dem Tod gestanden und auf dem Boden gelegen. Seine Zaubervorräte waren aufgebraucht gewesen, als er einen Zauber kreiert hatte, der stark genug gewesen war, um die Schlacht für sich zu entscheiden – und dafür hatte er nur ein einziges Wort in die Erde geschrieben.

Aber das war vor langer Zeit gewesen, in einem anderen Krieg, und ich fragte mich, ob die Erzählung über die Jahre ausgeschmückt worden war. Doch solche Geschichten waren mir auch unangenehm. Je mehr ich lernte, desto mehr verstand ich, warum mein halb-erfolgreicher Zauber die Magier derart beunruhigte. Es gab viele Gründe, warum es nicht möglich hätte sein sollen – besonders nicht für jemanden wie mich.

Zu meiner Überraschung erhielt ich keine weiteren Besuche,

um getestet zu werden, und keine Magier erschienen, um mich zu jagen, zu hetzen oder zu beobachten. Entweder hatte meine ungeplante Explosion sie eine Weile abgeschreckt, oder Lorcan hatte einen Weg gefunden, sie mir vom Leib zu halten. Wie oder warum wusste ich nicht.

Im Schriftlehreunterricht tat Redmond so, als würde ich nicht existieren, und ich hatte auch nicht das Bedürfnis, ihn um Unterstützung zu bitten. Aber ich brauchte Hilfe. Jeden Abend schleppte ich meinen gebeutelten Körper die endlosen Stufen empor. Mein Verstand war durch die Schriftlehre und die Leseübungen genauso erschöpft, wenn ich in meinem Zimmer saß und versuchte, die Macht mit meinen Worten zu formen.

Trotz des Regens, der uns jetzt regelmäßig durchnässte, wurden meine Fähigkeiten mit dem Stab endlich besser. Und für die längeren Worte in meinen Büchern brauchte ich kaum noch Coralies Hilfe. Aber keine dieser Fähigkeiten würde mich in eine Magierin verwandeln. Nichts davon würde mir die nötige Kontrolle beibringen. Und obwohl ich keiner direkten Bedrohung ausgesetzt war, konnte ich den Blick auf General Thaddeus' Gesicht nicht vergessen, als sie die Tests an mir durchgeführt hatten. Ich saß hier in der Akademie fest, isoliert vom Rest des Königreichs, versteckt in einer Blase. Wenn ein Schwert auf meinen schutzlosen Hals zurasen würde, konnte es durchaus ohne Vorwarnung geschehen.

Also kämpfte ich mich alleine ab und versuchte, meine Fähigkeiten freizusetzen. Jeden Abend kroch ich mit Kopfschmerzen ins Bett und fühlte mich wie eine Närrin. Es spielte keine Rolle, wie viele Worte ich aussprach, sie blieben dieselben, ganz gewöhnlichen Worte, die ich auch tagsüber verwendete – matt und frei von jeglicher Macht.

Die Wochen, die ich mit Jocasta und ihrer unerbittlichen Anleitung in dem schrecklichen Raum verbracht hatte, hatten mich abgeschreckt, doch schließlich fand ich mich doch in der Bibliothek wieder. Es gab etwas, das ich Coralie nicht fragen konnte, und sonst konnte ich mich an niemanden wenden. Ich hoffte nur, dass Jocasta bereit wäre, mir zu helfen, und dass es noch einen anderen Ort gab, an dem wir lernen könnten. Es war schwer vorstellbar, dass sie noch einmal mit mir in diesem Raum sein wollte, auch wenn er von den Baumeistern wieder vollständig hergestellt worden war.

Doch als ich dort ankam, saß nicht Jocasta hinter dem Schreibtisch. Stattdessen begrüßte mich ein Mann mittleren Alters mit einem fröhlichen Grinsen. Gesehen hatte ich ihn schon mal, doch wir hatten noch nie miteinander gesprochen. Walden – der Leiter der Bibliothek, Jocastas Vorgesetzter und ein Ellington. Für gewöhnlich war er sehr beschäftigt und half anderen Lehrlingen, immer wenn ich ihn sah.

Als ich mich jetzt umschaute, entdeckte ich viele Lehrlinge in der ganzen Bibliothek verteilt. Bei dieser großen Anzahl hätten sie mir schon früher auffallen müssen. Hier mussten sie vor dem Abendessen für die von ihnen gewählten Disziplinen lernen.

»Ah, Elena«, sagte Walden mit einem breiten Lächeln. »Ich habe mich gefragt, wann du dich wieder hierher verirren würdest. Ich habe mich schon darauf gefreut, dich persönlich kennenzulernen.«

»Ach ja?« Ich starrte ihn an, bevor mir bewusst wurde, wie unhöflich das geklungen haben musste, und beeilte mich, es wieder gutzumachen. »Ich meine, natürlich, ich war …«

Er lächelte immer noch und winkte meine gestotterte Erklärung ab. »Natürlich wollte ich dich kennenlernen. Ich kenne auch alle anderen Schüler. Und du hast so viel Zeit hier verbracht. Ich will die Leute kennen, die regelmäßig in mein Reich eindringen.« Er warf mir einen gespielt ernsten Blick zu, der mich nun ebenfalls lächeln ließ.

»Also, bitte, erzähl mir … Wie kann ich dir behilflich sein?«

»Nun …« Ich biss mir auf die Lippe. »Ich brauche Hilfe, aber ich befürchte, es ist etwas, das ich vermutlich nicht in einem Buch finden kann.«

Walden drehte sich, um die scheinbar endlosen Regalreihen voll mit Büchern zu betrachten, bevor er sich mit hochgezogenen Augenbrauen wieder mir zuwandte. »Also jetzt hast du mich neugierig gemacht.«

»Ich dachte, vielleicht wäre Jocasta hier, um …« Meine Worte stockten, als ich den Blick von jemand anderem auf mir spürte. Aus dem Augenwinkel sah ich eine mir nur allzu bekannte Gestalt nicht sehr weit entfernt stehen, die dunklen Haare und hellen Augen waren unverkennbar, ohne dass ich mich ihm ganz hätte zuwenden müssen.

Was machte Lucas hier? Ich versuchte, zu meinem Gedankengang zurückzufinden, doch ich wollte meine Probleme nur ungern offenlegen, während der Prinz zuhörte.

Falls Walden mein Unbehagen auffiel, ließ er es sich nicht anmerken. »Es ist nicht nötig, Jocasta zu holen. Ich helfe dir wirklich gerne. Besonders nachdem du mich so neugierig gemacht hast. Es ist schwer, einen Bibliothekar davon zu überzeugen, dass es ein Problem gibt, das nicht mithilfe eines Buches gelöst werden könnte. Man muss nur das richtige finden.«

Ich schluckte und versuchte, die grünen Augen zu ignorieren, die sich in mich bohrten. Wenn Lucas doch nur verschwinden würde. Ich hätte mir keinen freundlicheren Empfang als den von Walden wünschen können und fing langsam an zu glauben, dass es Glück war, zu einer Zeit hergekommen zu sein, in der Jocasta nicht hinter diesem Schreibtisch gesessen hatte.

»Wenn es hier ein Buch über gesprochene Magie gibt, dann führ mich um Himmels willen zu ihm«, sagte ich schließlich und versuchte, Waldens Lächeln nachzuahmen. »Ich würde mich schon über den kleinsten Hinweis darüber freuen – obwohl eine Schritt-für-Schritt-Anleitung natürlich besser wäre.« Ich lächelte noch breiter, um ihn wissen zu lassen, dass es ein Scherz sein sollte.

»Ah! Gesprochene Magie.« Walden rieb seine Hände aneinander. »Ich habe einen Bericht von Jocasta gehört, die, wie du weißt, bei deinem Test dabei war. Bemerkenswert. Wirklich bemerkenswert. Und ein Rätsel, das sogar meine Zeit wert ist.« Er zwinkerte mir zu, was mein Lächeln etwas echter machte.

»Sollen wir vielleicht in mein Büro gehen, um das weiter zu diskutieren?«

Ich nickte eifrig und mir war sehr wohl bewusst, dass Lucas' Blick noch immer auf mir ruhte. Hieß er es gut oder lehnte er es ab, dass ich meine Kräfte erkunden wollte? War das nicht genau das, was sie alle wollten? Dass ich die Geheimnisse dieser neuen Fähigkeiten entschlüsselte? Doch als ich einen Blick wagte, kurz bevor ich Walden in sein Büro folgte, sah ich keinerlei Freude auf seinem Gesicht.

Etwas an dieser Situation beunruhigte ihn, und ich konnte den Druck seiner Anwesenheit noch lange spüren, nachdem ich die Wände des Büros zwischen uns gebracht hatte.

Walden lauschte mit großem Interesse meiner Schilderung des Vorfalls vor dem Laden meiner Eltern. Fast hätte ich ihm vorgeschlagen, denselben Zauber wie Lorcan und Jessamine anzuwenden, doch ich schluckte die Worte gerade noch rechtzeitig herunter. Lorcan und Jessamine waren beide Mitglieder des Magischen Konzils – zwei der zehn mächtigsten Magier des Königreichs. Ich wollte Walden nicht bloßstellen, falls er nicht die Fähigkeiten dazu besaß, einen solchen Zauber zu kreieren.

»Also hast du keinen Schimmer, wie du die Macht entfesselt hast?«, sagte er, als ich damit fertig war, alle relevanten Punkte durchzugehen. »Überhaupt keine Ahnung? Und du hast noch nie zuvor auch nur einen kleinen Hauch davon gespürt?«

Ich schüttelte den Kopf. »Ich habe keine Erklärung dafür. Seit ich hier bin, habe ich es immer und immer wieder versucht, aber da ich nicht weiß, wo ich anfangen soll, scheint es eine recht sinnlose Übung zu sein.«

»Höchst interessant.« Walden fuhr sich mit den Fingern übers Kinn, sein Blick lag in der Ferne. »Du hast versucht, mit den einschließenden Worten anzufangen, nehme ich an.«

Ich nickte. »Letzte Woche habe ich mir ein Buch über Standard-Zauber ausgeliehen und jeden davon versucht, laut zu lesen.«

Dieses Geständnis ließ mich leicht erröten, aber Walden nickte nur gedankenverloren, als wäre es ein verständlicher Anlauf gewesen. Er lehnte sich in seinem Sessel zurück und verschränkte seine Finger.

»Darüber muss ich nachdenken. Und die Bibliothek durchforsten. Vielleicht lässt sich in den älteren Aufzeichnungen ein nützlicher Hinweis finden.« Seine Augen fokussierten sich wieder auf mich. »Verzweifle nicht, Elena! Wir werden den Schlüssel zu deiner Kontrolle finden, das spüre ich. Es gibt keine schönere Aufgabe als die Suche nach neuem Wissen.«

Ich lächelte ihn dankbar an, und er kam um seinen Schreibtisch, um mir auf die Schulter zu klopfen.

»Komm in zwei Tagen wieder, dann werden wir sehen, was ich herausfinden konnte. Nur Mut. Der Erfolg wartet gleich um die Ecke. Da bin ich mir sicher.«

Obwohl ich seinen ausschweifenden Enthusiasmus nicht teilte, fühlte es sich an, als wäre mir eine schwere Last von den Schultern genommen worden, als ich aus der Bibliothek eilte. Bestimmt war der leitende Bibliothekar der Königlichen Akademie der Geschriebenen Worte eher dazu in der Lage, einen Hinweis über meine Macht auszugraben als ich.

»Elena.« Die tiefe Stimme ließ mich direkt vor den Türen der Bibliothek zusammenzucken. Als ich mich umschaute, entdeckte ich zwischen zwei Regalen Lucas' große Gestalt.

Er winkte mich zu sich. Reflexartig drehte ich mich um, um nachzusehen, ob jemand anderes hinter mir stand. Dann erinnerte ich mich daran, dass er meinen Namen gerufen hatte, und errötete, fühlte mich töricht.

Aber es gab nichts, wofür ich mich schämen musste. Ich besuchte die Akademie zu dem Zweck, Kontrolle zu erlernen – niemand konnte mir einen Vorwurf machen, wenn ich genau das versuchte. Ich streckte meine Schultern zurück und marschierte zu ihm.

»Lucas.«

In seinen Augen blitzte etwas auf, als ich seinen Namen aussprach, und ich wusste, dass es unnötig streitlustig geklungen hatte. Aber ich wollte nicht kleinbeigeben. Ich verschränkte meine Arme vor der Brust und wartete darauf, dass er etwas sagte.

»Du solltest vorsichtig sein«, sagte er schließlich.

Meine Augenbrauen zogen sich zusammen. »Ich werde keinen neuen Versuch starten und schreiben, also musst du dir keine Sorgen um die Akademie machen. Ich werde keine Wände mehr einreißen.«

Ungeduld erfüllte seine Augen. »Du weißt nichts über deine Kräfte, Elena.«

»Nein«, sagte ich, und meine Verärgerung lockerte meine Zunge. »Ich weiß nichts. Keinem von euch habe ich etwas zu verdanken. Ich bin hier, weil ich etwas Neues getan habe. Das verstehe ich. Aber das hier soll eine Akademie sein, nicht wahr? Man sollte meinen, dass ich eine gewisse Anleitung erhalten würde. Nun, ich bin es leid zu warten. Wenn niemand sonst sich die Mühe machen will, meine Fähigkeiten zu entschlüsseln, dann werde ich es eben selbst herausfinden. Und wenn du ein Problem damit hast, kannst du … kannst du das mit deinem Vater klären.«

Irgendwie schaffte ich es, den Blickkontakt zu ihm aufrecht zu erhalten, obwohl ich meine Worte bereits bereute. Was redete ich da? Das Letzte, was ich wollte, war, dass Lucas mit seinem Vater über mich sprach, egal worum es ging.

Doch während ich ihm gegenüberstand, mischte sich Belustigung unter die Ungeduld auf seinem Gesicht, und wieder schwoll die Wut in mir an. Mit einem lächerlichen und kläglichen »Hmpf« machte ich auf dem Absatz kehrt und schritt davon. Ich war keine seiner Hofschranzen und weigerte mich, mir seine Sticheleien gefallen zu lassen.

Natürlich war es viel später, nachdem sich der Aufruhr in mir gelegt hatte, als ich mir eingestand, dass ich es wahrscheinlich nötiger hatte als die Höflinge, die Mitglieder der Königsfamilie nicht zu beleidigen. Wenn nur nicht sein Anblick ausreichen würde, um mich so zu reizen. Doch ich wusste, dass das wirklich keine Entschuldigung war. Meine Sicherheit, und die meiner Familie, sollte wichtiger sein als ein paar aufwühlende Augen.

KAPITEL 13

Zwei Tage später versicherte Walden mir, dass er gerade erst angefangen hatte, die umfangreichen Informationsquellen der Bibliothek zu durchforsten. Ich versuchte, meine Enttäuschung zu verstecken, und fragte, ob er Lesestoff für mich hätte, um ihm bei der Suche zu helfen. Doch er erinnerte mich nur daran, dass der nächste Tag unser Ruhetag war. Und als er mich fragte, wann ich das letzte Mal ein bisschen Freizeit gehabt hatte, konnte ich der Versuchung, einen ganzen Tag für mich zu haben, nicht widerstehen.

Bereits nach ein paar Sekunden wusste ich, was ich mit ihm anstellen wollte. Und so fand ich mich im Vorhof der Akademie wieder und starrte auf das riesige Tor, das den Weg zum Rest von Corrin freigeben würde.

Coralie hatte angeboten, mich zu begleiten, doch diesen Ausflug musste ich alleine antreten. Besonders weit würde ich nicht gehen.

Ich schüttelte meinen Kopf über mein eigenes närrisches Zögern, schob das Tor auf und schlüpfte hindurch. Sofort wurde ich von Geräuschen und Düften eingehüllt, wodurch ich mich fragte, ob die Baumeister, die die Wände der Akademie hochgezogen hatten, sie mit ihren Zaubern geräuschunterdrückend gebaut hatten.

Ich blickte zurück auf den hohen, glatten Marmor, der das Gelände der Akademie umgab. Man konnte das Prestige, das der Stein ausstrahlte, regelrecht spüren. Aber besonders lange konnte es meinen Blick nicht auf sich halten. Stattdessen wanderten meine Augen nach links zu dem Palast, der die Stadt überragte.

Dadurch, dass dort derselbe weiße Marmor genutzt wurde, fühlte es sich an, als wäre die Akademie eine Verlängerung dieses prunkvollen Gebäudes. Doch es stand außer Frage, was die Hauptattraktion war. Der Palast thronte so hoch über mir, dass seine Wirkung nur wenig von den Mauern geschmälert wurde. An einem so riesigen Ort mussten unzählige Leute leben.

Ich löste meinen Blick von ihm und schaute auf die andere Seite der Südstraße. Direkt gegenüber der Akademie stand eine weitere Erweiterung des Palasts. Nur versteckte sich hinter diesen Marmorwänden die Königliche Universität. Das aktuelle Zuhause meines Bruders Jasper.

Es schien unbegreiflich, wie wir all die Wochen so nah beieinander sein konnten, ohne einander zu treffen. Doch wahrscheinlich hatte Jasper genauso wenig Möglichkeiten, die Universität zu verlassen, wie ich bisher in der Akademie. Dann traf mich ein anderer Gedanke. Vielleicht wusste er gar nicht, dass ich hier war.

Coralie hatte mir versichert, dass Besucher an der Universität willkommen waren, und dass ihre umfangreiche Bibliothek der Öffentlichkeit zur Verfügung stand. Ihr war die Ironie ihrer Aussage gar nicht aufgefallen, und ich hatte es gemieden, sie darauf hinzuweisen. Mir war sehr wohl bewusst, wie viel ich ihrer Freundlichkeit zu verdanken hatte.

Doch ihre Worte hallten in mir nach, als ich über die Straße eilte und mich den Toren näherte, die denen der Akademie so ähnlich sahen. Wie viele Menschen des gemeinen Volkes hatten diese Türschwellen übertreten, die nicht ihre Dienste als Diener anboten? Mit Sicherheit war nie jemand hergekommen, um in die Bibliothek zu gehen.

Innerhalb des Tores gab es einen kleineren Abschnitt, der geöffnet werden konnte, ohne das ganze Ding aufschieben zu müssen, und ich glitt dankbar hindurch. Als ich das tat, schwoll der Stolz für Jasper in mir wieder an. Ich war durch einen immer noch unerklärlichen Unfall hier. Aber Jasper hatte sich seinen Platz unter der Elite verdient. Er hatte sein ganzes Leben lang hart gearbeitet, um seine naturgegebene Begabung zu verfeinern, bis sein Verstand alles enthalten würde, das er brauchte, um in einer Welt der geschriebenen Worte bestehen zu können. Sobald er seinen Abschluss hätte, könnte er einen Handelsbetrieb leiten, mit den Magierhändlern konkurrieren oder sogar irgendeine offizielle Position bekleiden.

Die Universität verfügte über einen noch größeren Vorhof als die Akademie. Drei Springbrunnen waren darüber verteilt, jeder blubberte und platschte trotz des kalten Wetters. Und anders als die Akademie, die nur aus einem einzelnen großen Hauptgebäude und wenigen kleinen Nebengebäuden bestand, setzte sich die Universität aus mehreren imposanten Konstruktionen zusammen, die durch bogenförmige Durchgänge miteinander verbunden waren.

Ich zögerte und sah zwischen ihnen hin und her. Irgendwie hatte ich nicht damit gerechnet, dass sie so groß sein würde.

»Kann man dir helfen?«, fragte eine freundliche Stimme zu meiner Rechten.

Ich drehte mich um und sah einen großgewachsenen jungen Mann, der sich flüchtig vor mir verbeugte.

»Wir freuen uns immer, wenn wir unseren reizenden Besuchern in unserem bescheidenen Reich des Lernens weiterhelfen können.«

Das kleinere Mädchen neben ihm schnaubte. »*Reizend* trifft es bei dir ganz gut, Edmond.«

Ich errötete und widerstand dem Drang, mein Kleid glattzustreichen. Heute Morgen hatte ich mir extra viel Mühe bei der Wahl meines Outfits und dem Herrichten meiner Haare gegeben, aber ich hatte es für meinen Bruder getan, nicht um jemand anderes zu beeindrucken. Ich wollte, dass er mich in den feinen Klamotten sah, die ich von der Akademie bekommen hatte, damit er auch etwas von dem Stolz spürte, den ich für ihn empfand. Natürlich würde der nur so lange anhalten, bis ich ihm erzählte, in welchem Schlamassel ich saß, doch das hatte mich nicht davon abgehalten, es wenigstens zu versuchen.

»Das schmerzt«, sagte Edmond zu seiner Freundin und legte sich dramatisch die Hand über sein Herz.

Ich konnte mich gerade noch davor zurückhalten, ihn mit hochgezogenen Augenbrauen zu betrachten. Er schien eher für eine Karriere als Schauspieler geeignet zu sein als ein Akademiker zu werden. Mein Blick wanderte über die riesige Universität.

»Ich könnte tatsächlich etwas Hilfe gebrauchen«, sagte ich. »Ich suche nach meinem Bruder, er studiert hier.«

Das dritte Mitglied der kleinen Gruppe betrachtete mich aus zusammengekniffenen Augen. »Wie ist sein Name?«

Sein misstrauischer Blick und das genervte Auftreten erinnerten mich daran, dass sie alle drei Magier sein mussten. Wann hatte ich mich so daran gewöhnt, unter ihresgleichen zu sein, dass ich mit ihnen sprach, ohne über ihren Status nachzudenken?

Als du das erste Mal Macht mit einem gesprochenen Wort deinem Willen gebeugt hast, erwiderte eine Stimme in mir. Ich streckte meine Schultern zurück und warf ihm einen ebenso kalten Blick zu.

»Sein Name ist Jasper.«

»Warum überrascht mich das nicht?« Der Arrogante von

ihnen drehte sich um, als wäre unsere Unterhaltung seiner Meinung nach zu Ende.

Plötzlich besorgt biss ich mir auf die Lippe. Unter all unserem Stolz hatten meine Familie und ich nie daran gedacht, wie es dem armen Jasper erging, wenn er den ganzen Tag von denen umgeben war, die ihn als minderwertig betrachteten. Hatte er eine Coralie, um ihm zu helfen, oder musste er alles allein ertragen? Ich wünschte, ich hätte eine Möglichkeit gefunden, ihn früher zu besuchen.

Doch Edmonds Ausdruck schwankte nur für einen kurzen Moment.

»In diesem Fall suchst du diese Tür dort.« Er deutete auf eine Seitentür des nördlichen Flügels. »Wir bescheidenen Junior-Studenten haben unsere Zimmer dort.«

Wieder schnaubte das Mädchen. »Bescheiden? Du?«

Edmond schubste sie leicht, und die beiden fingen an, sich humorvoll zu necken.

Ihr mürrischer Begleiter seufzte. »Ich kann nicht glauben, dass wir immer noch hier rumstehen.«

Edmond und das Mädchen nickten mir zu, es war nicht direkt freundlich, noch war es unhöflich, bevor sie dem Weckruf ihres Freundes folgten. Als sie das Tor erreichten, hörte ich das Mädchen flüstern: »Eine Sekunde, hat sie gerade gesagt, sie ist Jaspers *Schwester*?«

Sie versuchte, noch einen Blick auf mich zu erhaschen, aber ihr Freund zog sie mit sich auf die Straße, danach hörte ich nichts mehr von ihnen. Ich atmete tief durch und eilte zu der mir gezeigten Tür, um Jasper zu finden, bevor ich noch mehr Magiern begegnete. Sie ließ sich einfach aufschieben und führte mich in einen langen Flur, von dem zahlreiche Türen abgingen.

Ich wandte mich an einen Diener, der zufällig vorbeikam, um nach meinem Bruder zu fragen, und nach einer kurzen Pause führte der Mann mich zu einem Raum, der etwa auf der Hälfte des Flures lag. Ich klopfte an und konnte meine Aufregung kaum zügeln, während ich wartete, bis eine vertraute Stimme »Herein« rief.

Ich platzte ins Zimmer und warf mich in seine Arme.

»Uff!« Jasper stolperte zurück, bevor er sein Gleichgewicht wiederfand. »Elena?«

Er zog sich zurück und starrte mich verwundert an, während ich seine schlanke Gestalt beäugte.

»Isst du auch genug?«

Er lachte. »Du klingst wie Mutter. Warum bin ich nicht überrascht? Muss ich dich wieder daran erinnern, dass ich *dein* älterer Bruder bin?«

Ich schaute mich im Zimmer um und war überrascht, einige luxuriöse Details zu erkennen. Es war kein Bett in Sicht, doch eine Tür schien in einen weiteren Raum zu führen. Ich wusste, dass Jasper für seine Verpflegung selbst aufkommen musste, doch der Betrag schien mir nicht für eine solche Suite zu reichen. Die Universität war ihren Studenten gegenüber spendabler als die Akademie.

»Das ist hübsch«, sagte ich.

Jasper sah sich um. »Ja, ich schätze, es ist ganz okay. Aber du solltest nicht hier sein. Komm, wir gehen in mein Zimmer.«

»Dein Zimmer?« Trotz meiner Verwirrung folgte ich ihm zurück in den Flur. »War das nicht dein Zimmer? Ich habe einen Diener gefragt, wo ich dich finde, und er hat mich hergeführt. Und du warst dort …«

Jasper öffnete eine Tür, die weiter hinten im Flur lag, und scheuchte mich in ein kleines Einzelzimmer. Hier standen ein schmales Bett, ein Schreibtisch und eine Aufbewahrungstruhe.

»Das waren Gregorys Räumlichkeiten.«

»Gregory? Wer ist das? Und warum warst du in seinem Zimmer?« Ich durchquerte den Raum und blickte aus dem einzigen Fenster. Da wir im Erdgeschoss waren, hatte er nicht dieselbe Aussicht wie ich in der Akademie, aber er konnte dennoch in einen hübschen Hof mit mehreren Bäumen und noch einem kleinen Brunnen hinausblicken. Das war zumindest etwas.

»Er ist einer der anderen Blassblut-Studenten.«

Ich drehte mich zu ihm. Aus dem Mund meines Bruders klang dieser Begriff seltsam, er hatte ihn noch nie in meiner Anwesenheit gesagt.

»Im Moment gibt es nur drei von uns an der ganzen Universität. Gregory, Clara und mich. Clara hat ein Stipendium, genau wie ich.« Er schüttelte seinen Kopf. »Sie ist einfach brillant, also ist es wenig überraschend. Aber wie du weißt, deckt das Stipendium nur die Studiengebühren ab. So wie ich muss ihre Familie die restlichen Ausgaben zusammenkratzen.« Er gestikulierte um sich. »Deshalb das einfache Zimmer. Gregory hingegen ...« Er schüttelte den Kopf.

»Ein reiches Blassblut?«, fragte ich. Einer von der Sorte, die es sich leisten konnte, Zauber von den Magiern einzukaufen, vermutete ich. Die Art, über die ich mir kaum bewusst gewesen war, dass es sie überhaupt gab, bevor ich die große Welt außerhalb von Kingslee kennengelernt hatte.

»Ganz genau.« Jasper schüttelte den Kopf. »Armer Kerl.«

»Arm?« Ich beäugte ihn skeptisch. »Hast du nicht gerade genau das Gegenteil gesagt?«

»Na ja, nicht arm im Sinne von Geld. Zumindest nicht nach unseren Standards. Aber er ist nicht wirklich clever genug, um hier zu sein. Für ihn ist es ein ständiger Kampf. Seine Familie sucht nach einem Weg, in dieser Welt weiter nach oben zu gelangen, weshalb sie sich nicht mit einer einfachen Lehrstelle für ihn zufriedengeben wollten – nicht mal in dem gut laufenden Transportunternehmen der Familie. Also ist er hier.«

»Oh.« Ich dachte darüber nach. »Ich weiß immer noch nicht, warum du in seinem Zimmer warst.«

Jasper zuckte mit den Schultern. »Seine Familie unterstützt

ihn finanziell, aber er wusste, dass er nie in der Lage sein würde, im Unterricht mitzuhalten. Also gibt er das Geld für Nachhilfe aus, anstatt Diener anzuheuern – die von der Universität angestellten kümmern sich nur um die grundlegendsten Aufgaben, also heuern die meisten Studenten noch zusätzlich jemanden an.«

»Nachhilfe?« Ich versuchte mir einen Magier vorzustellen, der bereit war, einem Blassblut Nachhilfe zu geben.

Jasper lachte. »Bevor ich hierhergekommen bin, wäre ich genauso skeptisch gewesen. Aber es gibt immer verschiedene Hierarchien. Wie, glaubst du, können sich die weniger wohlhabenden Magier selbst die Dienste von Dienern leisten?«

Ich dachte an Coralie und ihre Rede davon, Zauber zu verkaufen. Nachhilfe zu geben könnte für die ärmeren Studenten weniger erniedrigend sein.

»Gregory kann sich nicht an alles aus dem Unterricht erinnern, so wie Clara und ich. Also lesen ihm seine Nachhilfelehrer die zugeteilten Texte noch einmal vor. Er ist ein guter Mensch und lässt Clara und mich bei den Nachhilfestunden dabei sein, wenn wir für ihn als seine fehlenden Diener herhalten.«

Mein vielsagender Blick ließ ihn lachen. »Ich kann dir versichern, dass ich schon Schlimmeres getan habe, als Besorgungen zu machen oder als Laufbursche herzuhalten. Die arme Clara muss seine Zimmer putzen, bis sie glänzen, also könnte es schlimmer sein.«

Ich hob meine Augenbrauen und wollte schon einen Vortrag darüber halten, wie sich ein Gentleman verhalten würde, doch er schnitt mir hastig das Wort ab.

»Oh, keine Sorge. Sie hat mir versichert, dass ihr das lieber ist, als kreuz und quer durch die Universität und die Stadt laufen zu müssen.«

Ich betrachtete Jaspers attraktives Gesicht, als er lachte. Das könnte natürlich der Fall sein. Es war aber genauso möglich, dass

Clara meinem Bruder gefallen wollte. Und ich hoffte auf Letzteres. Jasper brauchte jemanden, der geistig mit ihm mithalten konnte, und in Kingslee hatten die Chancen schlecht gestanden, so jemanden zu finden.

Ich hoffte nur, dass meine Eltern nicht enttäuscht sein würden, wenn er sie ebenfalls mochte. Vielleicht hatten sie heimlich gehofft, dass er ein Mädchen finden würde, das aus einer Familie wie Gregorys kam.

Ich sah mich noch einmal im Zimmer um, bevor ich meinen Bruder fixierte.

»Du scheinst nicht überrascht zu sein, mich zu sehen.«

»Natürlich bin ich überrascht. Und erfreut, aber das versteht sich von selbst.« Er grinste mich an, doch ich studierte ihn immer noch skeptisch.

»Oh, du bist überrascht, mich heute Morgen hier zu sehen, aber du bist nicht ansatzweise so überrascht, wie du sein solltest.«

Ein Schatten huschte über sein Gesicht. Er setzte sich aufs Bett und klopfte auf den Platz neben sich. Als ich mich ebenfalls niederließ, drehte er sich mit besorgtem Blick zu mir.

»Ich wusste, dass du an der Akademie bist, falls du das meinst. Ich wäre dich auch besuchen gekommen, aber ich war mir nicht sicher, wie die Dinge um dich stehen, und ich wollte es nicht noch schlimmer machen … Ich hatte gehofft, dass du vielleicht deinen Weg hierher finden würdest.«

Ich senkte meinen Blick und verschränkte die Finger in meinem Schoß. »Also weißt du … was passiert ist? Mit mir? Du hast es gehört?«

Jasper lachte, doch im Gegensatz zu vorher klang es ungewöhnlich hart. »Machst du Witze? Ein Blassblut, das einen Zauber durch ein gesprochenes Wort freisetzt, und ihr Bruder ist zufällig einer der zwei einzigen Blassblüter im Königreich, denen in den letzten fünf Jahren ein Stipendium an der Universität angeboten wurde? Sowohl die Roten als auch die Grauen saßen mir im Nacken.«

Ich sah ihn panisch an, doch er schüttelte den Kopf.

»Entspann dich, sie haben nichts gefunden. Natürlich nicht. So eine Position, wie ich sie habe, bekommt man nicht, wenn man nicht seine Grenzen respektiert. Wie groß die Verführung auch sein mag, ich halte mich von Büchern fern.«

Er zog eine Grimasse und ich konnte mir gut vorstellen, wie schwer das in einer Umgebung wie dieser sein musste, wenn man einen Verstand wie den seinen besaß. Zweifellos könnte er sich das Lesen selbst beibringen, in einem Bruchteil der Zeit, die ich gebraucht hatte.

»Sie beobachten uns Blassblut-Studenten hier ohnehin schon wie die Falken«, sagte er.

»Ich bin überrascht, dass sie euch überhaupt aufgenommen haben«, murmelte ich.

Er zuckte mit den Schultern, sein Ausdruck wurde zynisch. »Nun, sie müssen dem gemeinen Volk einige Privilegien gönnen, oder nicht? Um ihren guten Willen zu demonstrieren.«

»Tun sie das?«

Er lachte über meinen finsteren Blick und zog an meinem Haar, wie er es früher immer getan hatte.

»Na ja, sie haben *dich* in der Akademie aufgenommen, oder etwa nicht? Wenn das kein Zugeständnis ist …«

Ich rollte mit den Augen und warf ein Kissen nach ihm, was ich nicht im Geringsten bereute, als es von ihm abprallte und eine besonders große Staubwolke in einer Ecke des Zimmers aufwirbelte.

Sein Gesicht wurde wieder ernst, und er sah mich aufmerksam an.

»Aber ganz im Ernst, El, ich hoffe, dass du auf dich aufpasst.«

Ich nickte, doch sah nach unten, um meine Röte zu verbergen. Ich versuchte wirklich aufzupassen. Nur hatte ich meine Zunge nicht immer unter Kontrolle.

Er neigte seinen Kopf, um meinem Blick zu begegnen. »Ich meine es ernst, Elena. Das hier ist nicht Kingslee, wo du sagen kannst, was du willst.«

Ich zog eine Grimasse. Er kannte mich einfach zu gut.

»Oder machen kannst, was du willst. Du hast es hier mit einflussreichen Leuten zu tun, und im Gegensatz zu der Universität gibt es für deine Anwesenheit keinen Präzedenzfall.« Er zögerte. »Ich habe von der Explosion gehört.«

Mein Kopf zuckte nach oben. »Das hast du?«

Er nickte, immer noch auf mein Gesicht fokussiert. »Überrascht dich das?« Wieder machte er eine Pause. »Ich weiß nicht, wie es an der Akademie läuft, aber Elena …« Plötzlich stand er auf und ging zum Fenster, durch das er einen Moment nach draußen spähte, bevor er sich wieder mir zuwandte.

Ich wartete mit gerunzelter Stirn ab. Diesen ernsten, besorgten Jasper war ich nicht gewohnt. »Elena, es liegen viele Augen auf dir. Mächtige Augen. Was du getan hast … ist nicht nur ungewöhnlich, es ist beispiellos. Davon wurde noch nie gehört. Nicht mal geträumt. Es gibt … viele Meinungen dazu.«

Mein Blick wurde finster. »Was soll das bedeuten?«

Er biss sich auf die Lippe. »Achte einfach darauf, was du tust. Und auf dein Mundwerk.« Er tadelte mich mit einem ernsten Blick.

Ich seufzte. »Das versuche ich ja, wirklich. Glaub mir, mir ist durchaus bewusst, wie *unmöglich* ich bin. Aber Jasper, das kommt mir alles so sinnlos vor, wenn ich nicht herausfinden kann, wie ich es gemacht habe.«

»Erzähl mir davon«, sagte er, und schon bald schüttete ich all meine Probleme vor ihm aus, erleichtert, endlich auf ein Paar freundliche und vertraute Ohren zu treffen. Und sie gehörten zu jemandem, dem ich schon länger vertraute als mir selbst.

Doch trotz seines scharfen Verstandes konnte Jasper mir keine Ratschläge geben, als ich fertig war.

»Ich halte die Ohren offen«, versprach er, »aber ganz ehrlich, du bist mir bereits voraus, wenn du lesen kannst.« Der eifersüchtige Schimmer in seinen Augen sorgte dafür, dass ich mich schlecht fühlte, weil ich nichts tat, außer mich zu beschweren.

»Jasper, ich wünschte –«

»Sag es nicht. Es gibt einfach Dinge, die können nicht sein. Und deine Explosion beweist das. Unmögliche Wunder sind nur begrenzt vorhanden.«

Ich umarmte ihn aus einem Impuls heraus, dann lehnte ich mich wieder zurück. Mein knurrender Magen erinnerte mich daran, wie viel Zeit vergangen war. Irgendwo in der Ferne ertönte eine Glocke und Jasper stand auf.

»Tut mir leid, ich habe kein Essen hier, das ich dir anbieten könnte, kleine Schwester. Und leider dürfen wir keine Gäste mit in den Speisesaal bringen. Aber ich befürchte, ich muss ohnehin los. An den Nachmittagen unserer freien Tage haben wir immer eine Nachhilfestunde.«

Ich erhob mich ebenfalls. »Mach dir keine Sorgen um mich, ich bin nur froh, dass ich dich sehen konnte. Und ich werde zurückkommen, sobald ich kann.« Ich verzog nachdenklich die Lippen. »Ich weiß nur nicht, wann das sein wird.«

»Du passt auf dich selbst auf und kümmerst dich nicht um mich«, sagte er und umarmte mich hastig. »Findest du den Weg hier raus?«

Ich sah ihn amüsiert an. »Ich mag kein Genie sein, Jasper, aber so kompliziert war das auch wieder nicht.«

Er grinste mich an, bevor er mich aus seinem Zimmer scheuchte und den Flur hinuntereilte, in die entgegengesetzte Richtung als die, aus der ich das Gebäude betreten hatte. Ich beobachtete ihn, bis er um eine Kurve verschwunden war, bevor ich seufzte und mich auf den Weg zum Ausgang machte.

Es hatte gutgetan, ihn zu sehen, aber der Ausdruck auf seinem Gesicht, als er mich gewarnt hatte, vorsichtig zu sein, hatte mir nicht gefallen. Und erst jetzt fiel mir auf, dass ich ihn nicht um eine Erklärung gebeten hatte. Genau das brauchte ich – noch mehr undefinierte Bedrohungen, um die ich mir Sorgen machen musste.

Ich trat auf den Hof hinaus und zog meinen dicken Mantel fester um mich, um den scharfen Wind abzuschirmen, der aufgekommen war. Mit gesenktem Kopf eilte ich auf das Tor zu.

»Elena?« Der überraschte Ausruf zog meinen Blick nach oben. Wer hier kannte sonst noch meinen Namen?

Doch die große Gestalt, die in der Nähe an einer der Mauern lehnte, gehörte nicht zur Universität. Als ich wie erstarrt stehen blieb und ihn anstarrte, zuckten Lucas' Augen zur Seite. Ich hörte mehrere Stimmen, die zuvor durch den Klang des Windes verborgen geblieben waren, und drehte mich, um seinem Blick zu folgen.

Doch er drückte sich bereits von der Wand ab und kam auf mich zu. Er griff nach meinem Arm und zog mich dahin zurück, wo er zuvor unter dem gebogenen Durchgang gestanden hatte. Ich stolperte hinter ihm her, zu überrascht von dem kribbelnden Gefühl, das von seiner Hand auszugehen schien und sich den Weg durch meinen Ärmel bahnte, um mich zu wehren oder zu protestieren. War ihm genauso bewusst wie mir, dass wir uns noch nie zuvor berührt hatten, nicht mal im Zweikampf? Der Prinz von Ardann bildete kein Paar mit dem Blassblut.

Er nahm wieder seine vorherige Position an der Wand ein und hielt mich fest, sodass wir uns gegenüberstanden und mein Körper nur noch einen Hauch davon entfernt war, sich gegen seinen zu drücken. Ich versuchte, ruhig zu atmen, während ich mich verzweifelt daran erinnerte, wer er war, und zu wem diese breiten Schultern und starken Arme gehörten.

Als ich meinen Blick hob, sah er mit versteinerter Miene auf mich herab. Doch als ich gerade meinen Mund öffnen und eine Erklärung einfordern wollte, zuckten seine Augen wieder zur Seite.

Als ich versuchte, mich zu drehen, um ebenfalls in den Hof zu sehen, festigte sich sein Griff um meinem Arm. Ich seufzte, doch

Jaspers Warnung war noch frisch in meinem Gedächtnis, also unterließ ich es, mich freizukämpfen.

Stattdessen lauschte ich, schnappte Teile einer Unterhaltung auf, die zwischen den Windböen zu hören waren. Es war nicht genug, um dem folgen zu können, was gesagt wurde, doch als ein Name an meine Ohren drang, erstarrte ich. Mein Mund öffnete sich überrascht und plötzlich war ich froh, versteckt zu sein.

Auch nachdem die Stimmen weitergewandert und der deutliche Klang des Öffnen und Schließen des Tores erklungen war, hielt Lucas mich weiterhin fest. Nur fiel sein Blick jetzt nicht mehr über meine Schulter, sondern lag auf meinem Mund. Hastig schloss ich ihn.

Für einen Moment blieben wir so stehen, hielten an unserer komischen Position fest, die schon fast eine Umarmung war. Mein Herz raste, obwohl ich nicht klar genug denken konnte, um herauszufinden, warum. Sollte ich vor etwas Angst haben? Vor etwas anderem als der Botschaft in Lucas' hellen Augen, die ich nie ganz verstehen konnte?

»Hat jemand … War das … General Griffith?«, brachte ich schließlich heraus. Schon sein Name war ein Synonym für die Front und alles, vor dem ich mich in meinem alten Leben am meisten gefürchtet hatte.

Lucas nickte, seine Augen lösten sich von meinem Gesicht, als er mich nach hinten schob. Doch seine Hand blieb leicht auf meinem Arm liegen, als befürchtete er, ich würde dem General nachlaufen wollen.

»Aber ich dachte, er wäre an der Front?«

»Das war er.« Lucas' Augen zuckte immer noch über den Hof, obwohl ein schneller Blick von mir ausreichte, um zu zeigen, dass er leer war. Die Bewohner der Universität waren zweifellos wie mein Bruder in den Speisesaal geeilt.

»Aber was macht er hier?«

Lucas zuckte mit den Schultern. »Ich könnte mir vorstellen, dass er sich mit Jessamine berät. Oder Julian besucht.«

Als er meinen verwirrten Ausdruck sah, stieß er einen ungeduldigen Laut aus. »Der ältere Sohn des Generals. Der Bruder der Zwillinge. Er stattet der Universität einen kurzen Besuch ab.«

»Oh.« Ich versuchte, ihn nicht anzustarren, oder irgendwas zu sagen, das meinem Bruder nicht gefallen würde, trotz meines wachsenden Unmuts. Woher sollte ich wissen, wer Julian war?

Lucas schüttelte seinen Kopf. »Du bist wie ein Kind, du weißt rein gar nichts. Wessen grandiose Idee war es, dich aus der Akademie zu lassen?«

Ich richtete mich auf und zog meinen Arm aus seinem Griff.

»Was machst du überhaupt hier?« Er sah mich stirnrunzelnd an. »Das ist so ziemlich der letzte Ort, an dem du sein solltest.«

»Mir wurde gesagt, die Universität ist für die Öffentlichkeit geöffnet«, sagte ich kalt und gab mir Mühe, mich an meinen Vorsatz zu halten, meine Zunge zu hüten.

Lucas stieß ein Lachen aus. »Du bist wohl kaum die Öffentlichkeit, Elena.«

Ich atmete hörbar ein und wurde nur allzu stark an Coralies unbedachte Worte erinnert. Dachten diese Magier wirklich, dass außer ihnen niemand auf der Welt existierte? *Nein – nur, dass sie die Einzigen sind, auf die es ankommt.*

»Niemand hat mich aus der Akademie gelassen«, zischte ich. »Ich nehme mir nur meinen freien Tag, wie jeder andere auch. Und zu deiner Information, ich habe meinen Bruder besucht. Mir war nicht bewusst, dass ich dir Bericht darüber erstatten muss, wohin ich gehe.«

Lucas rieb sich mit der Hand über sein Gesicht. »Richtig, ich hatte deinen Bruder ganz vergessen.«

Ich stockte, mein Herz stolperte, Angst mischte sich unter meine Wut. Lucas wusste von Jasper? Die Worte meines Bruders dröhnten durch meinen Kopf. *Elena, es liegen viele Augen auf dir. Mächtige Augen.*

Und aus irgendeinem Grund hatte der Prinz mich aus dem Weg von General Griffith gezogen. Er hatte mich vor einem dieser mächtigen Augenpaare bewahren wollen.

Seine Worte hatten ein Stechen in mir hinterlassen. Ich wusste wirklich nichts über die Welt, in der ich jetzt lebte. Törichterweise hatte ich vergessen, dass die Blase der Akademie in einem viel größeren Becken umhertrieb, und dass diese Blase jeden Augenblick platzen und die Flut hereinbrechen könnte.

Ich öffnete meinen Mund, doch Lucas' frustrierter Blick ließ mich verstummen. Was wahrscheinlich besser so war, da ich das Zimmer meines Bruders erst vor ein paar Minuten verlassen und meinen Worten bereits wieder freien Lauf gelassen hatte.

Ich wirbelte herum, eilte über den Hof und durch das Tor. Und diesmal rief keine Stimme meinen Namen, und es griff auch keine Hand nach mir, um mich zurückzuhalten.

Danach hielt ich mich im Unterricht zurück, erinnerte mich immer wieder an die Warnung meines Bruders. Es half meinen Nerven auch nicht, dass ich jedes Mal, wenn ich Lucas sah, seine Hand auf meinem Arm spürte und daran erinnert wurde, wie nah sein Gesicht dem meinen gewesen war. Ging ich recht in der Annahme, dass er mich hatte beschützen wollen? Und wenn ja, warum?

Ich entdeckte seinen Blick noch öfter als sonst auf mir, doch er unternahm keinen Versuch, mich auf unsere Begegnung in der Universität anzusprechen. Da es keine weiteren unkontrollierten

Ausbrüche gab, fanden die anderen Schüler nach und nach auf ihre alten Plätze zurück, nur Natalya und Lavinia hielten stur möglichst großen Abstand zu mir.

Obwohl ich mir keine neuen Bücher von Jocasta hatte geben lassen, hatte sie mir bereits genug Lesestoff gegeben, damit ich mich im Schriftlehreunterricht nicht mehr völlig verloren fühlte. Und endlich kam der Tag, an dem Redmond eine Frage stellte und ich ohne nachzudenken den Mund öffnete, um sie zu beantworten.

Er machte eine lange Pause, atmete langsam durch und studierte mich aus zusammengekniffenen Augen, konnte jedoch keinen Makel an meiner Antwort finden.

»In der Tat«, sagte er matt und machte mit dem Unterricht weiter.

Coralie grinste mich triumphierend an, doch ich bereute bereits, den Mund aufgemacht zu haben und würde es sicher nie wieder tun. Das Letzte, was ich wollte, war, Redmonds Zorn auf mich zu ziehen.

Doch dann sah ich, wie Lucas mich vom Nebentisch aus anstarrte. Und er sah sehr verärgert aus. Hart hielt ich seinen Blick, selbstbewusst und unnachgiebig. Danach versuchte ich, in jeder Stunde eine Frage zu beantworten. Offenbar musste der Prinz daran erinnert werden, dass es auch intelligente Personen unter dem gemeinen Volk gab.

Alle paar Tage suchte ich die Bibliothek auf, um mich mit Walden zu beraten. Jedes Mal erklärte er mir eine neue Strategie, die ich ausprobieren sollte, und führte mich Schritt für Schritt in seinem Büro an, doch meine Worte blieben matt und leblos.

Der Enthusiasmus des Bibliothekars blieb ungebrochen, als würde er sich jedes Mal freuen, einer noch größeren Herausforderung gegenüberzustehen. Einmal kam ich eher als geplant und erwischte ihn dabei, wie er murmelnd durch die Regalreihen lief und mit sich selbst sprach, während seine wachen Augen über die Buchrücken flogen.

Bei diesem Besuch traf ich auch auf Jocasta, und ihre missbilligenden Augen folgten mir. Danach kam ich nie wieder zu früh. Mein Lesen war gut genug geworden und ich brauchte ihre Übungen nicht mehr, außerdem war Walden ein viel angenehmerer Lehrer, als sie es gewesen war.

Im Training ging das Gerücht um, dass wir bald mit echten Schwertern arbeiten würden, und ich war froh, dass dieser Tag noch nicht gekommen war. Ich hatte endlich angefangen, Fortschritte mit dem Stab zu machen, und im Angesicht meines Scheiterns bezüglich meiner anderen Fähigkeiten war es schön, einen Teil in meinem Leben zu haben, in dem ich mich nicht völlig unfähig fühlte.

An einem besonders kalten Tag, kurz vor der Wintersonnenwende, ging Coralie nach dem Frühstück direkt zu Acacia statt zum Kampftraining.

»Wenn ich bei ihr war, bin ich so gut wie neu«, versprach sie durch ihre tränenden Augen und die laufende Nase.

Ich sah sie mitfühlend an und fragte mich, wie sie es überhaupt aus dem Bett geschafft hatte. Wie anders die Grippesaison doch war, wenn man einen Heiler zur Hand hatte, bevor sich die Krankheit verbreiten konnte. Ich fragte mich, wie es Clementine zu Hause ging, und wie oft sie in den kalten Monaten bereits krank gewesen war. Kamen meine Eltern zurecht, wenn ich nicht zu Hause war, um mich um sie zu kümmern?

Wir hatten angenommen, dass nur ein Winter zwischen meiner voraussichtlichen Abreise zum Krieg und Jaspers Abschluss liegen würde. Und danach wollte meine Familie zu ihm in die Hauptstadt ziehen, wo wir Zugang zu Kliniken hatten, in denen es Heiler gab. Sobald wir natürlich die horrende Gebühr angespart hätten.

Die Gedanken an meine Schwester lenkten mich auf dem Weg zum Trainingsplatz ab, bis mir plötzlich dämmerte, dass Coralies Abwesenheit bedeutete, dass ich keinen Trainingspartner hatte. Ein schneller Blick in die Runde zeigte mir, dass sie nicht die

Einzige war, die von der Krankheit niedergestreckt worden war. Die ruhige Saffron war nirgendwo zu sehen, doch ihr Cousin riss Scherze über den teilnahmslosen Thornton.

Als er schließlich rief, dass wir uns zu Paaren zusammenfinden sollten, erwartete ich ein peinliches Hin und Her, wenn alle versuchten, mir aus dem Weg zu gehen, doch Finnian schlenderte fröhlich in meine Richtung.

Ich nickte ihm unbeholfen zu und hob meinen Stab, bevor ich entschied, dass ich einen Versuch starten sollte, seine Freundlichkeit zu erwidern.

»Coralie ist bei Acacia«, sagte ich. »Saffron auch? Das Wetter ist grauenvoll.«

Finnian nickte. »Ich befürchte, ihr fällt es schwerer, sich anzupassen. So beißend kalt wird es bei uns zu Hause nicht.«

»Wo kommt ihr her?«

»Torcos. Das liegt im Norden. Man folgt der Nordstraße bis kurz vor den nördlichen Wäldern.«

Ich biss mir auf die Zunge, um keine spitze Antwort zu geben. Er versuchte nur freundlich zu sein, und wollte mit dem Kommentar nicht auf meinen mangelhaften Geographiekenntnissen herumreiten.

Als Thornton uns zur ersten Übung aufforderte, verstummten wir und spielten uns in eine gleichmäßige Abfolge aus Schlägen und Abwehrtechniken ein. Als er zum freien Kampf aufrief, schwitzte ich leicht, meine Hände krampften um den Stab.

Doch zu meiner Überraschung hielt ich ihm Stand und konnte trotz Finnians Geschicklichkeit sogar ein paar Treffer landen. Und als der Unterricht schließlich zum Ende kam, grinste Finnian und klopfte mir tatsächlich auf den Rücken.

»Gut gekämpft«, sagte er.

Ich starrte ihn an, war sprachlos, dass ein anderer Lehrling außer Coralie mich freiwillig angefasst hatte. Dann erinnerte ich mich daran, dass es noch einen weiteren Lehrling gab, der mich berührt hatte. Einmal.

Meine Augen wanderten zu Lucas. Seine Trainingspartner wechselten von Stunde zu Stunde, doch nur Weston und Dariela hatten es jemals geschafft, einen Treffer gegen ihn zu landen. Normalerweise kämpfte er sehr konzentriert und war der am besten Trainierte und Stärkste der Klasse.

Zu meiner Überraschung ruhte sein Blick auf mir. Schnell wandte ich mich von ihm ab, aber nicht, bevor ich beobachten konnte, wie sich seine Augen bei Finnians nächsten Worten verengten.

»Keine Sorge«, sagte der Nordländer und zwinkerte mir zu. »Diesen Effekt habe ich öfter.«

»Was?« Ich richtete meinen Blick wieder auf ihn und versuchte, meine Gedanken zu ordnen.

»Das muss dir nicht peinlich sein. Ich mache die Damen oft sprachlos.«

Er nahm eine komische Pose ein und ich konnte nicht anders, als zu lachen.

»Ich werde es mir merken.«

»Tu das.« Er ging entspannt neben mir her, als wir uns auf den Weg zurück in die Akademie machten. »Aber ganz ehrlich, du hast dich gut entwickelt. Als du hier angefangen hast, warst du wirklich schrecklich.« Er lachte, doch es schien nicht böse gemeint zu sein, vor allem nicht nach seinem Kompliment.

Und ich war selbst überrascht, wie weit ich es geschafft hatte. Ich hatte angenommen, dass Coralie es ruhig mit mir angehen ließ, aber nach meinem Training mit Finnian war ich mir nicht mehr so sicher.

»Einige der anderen nörgeln rum, weil Thornton uns alle Grundlagen wiederholen lässt, bevor er uns an die spaßigen Sachen heranlässt«, fuhr Finnian fort, »aber das hat einen Grund.«

»Ja?«

»Mein Vater sagt, Thornton vertraut keinem anderen Lehrer, nur sich selbst. Und er hat geschworen, dass kein Lehrling die Akademie ohne ausreichende Kampffähigkeiten verlassen wird. Also beharrt er darauf, alle hier wie Anfänger zu behandeln und von ganz vorne anzufangen.«

Ich zuckte zusammen, als ich mich an die vielen blauen Flecken erinnerte, die ich zu Anfang bei jedem Training davongetragen hatte. Und die fehlenden Anweisungen von Thornton. All diese Magier mochten denken, dass er auf Anfängerniveau begann, aber ich wusste es besser.

»Heißt das, er war schon hier, als dein Vater auf der Akademie war?«, fragte ich, weil ich keinen Streit mit Finnian anfangen wollte, wenn er schon freiwillig neben mir ging und sich mit mir unterhielt, als wäre ich einfach ein anderer Lehrling.

»Meine Güte, nein«, sagte Finnian und gluckste. »Thornton mag schon etwas in die Jahre gekommen sein, aber so alt ist er noch nicht. Aber mein Vater neigt dazu, seinen Mund geschlossen und seine Ohren offen zu halten. Er meint, auf diese Weise kann man eine Menge lernen.«

Er grinste in meine Richtung und lud mich ein, über seinen selbstironischen Witz zu lachen.

»Er klingt wie meine Mutter.« Ich rollte mit den Augen, und Finnian lachte.

»Um ehrlich zu sein, kann ich mir vorstellen, dass es hilfreich ist, wenn man ein Herzog ist und Zugang zu den Treffen des Magischen Konzils hat«, fügte Finnian hinzu, und sämtliches Gefühl der Zusammengehörigkeit löste sich in Luft auf.

»Dein Vater ist ein Herzog?« Die Worte klangen etwas quietschig, also räusperte ich mich.

»Herzog Dashiell von Callinos, Leiter der Heiler«, sagte Finnian stolz, trotz seiner vorherigen Scherze.

Ich hatte gewusst, dass Finnian und Saffron zu den Callinos gehörten, aber irgendwie war der Status ihres Vaters an mir vorbeigegangen. Ich biss mir auf die Lippe und betrachtete Calix, der vor uns lief. Unser Jahrgang mochte ungewöhnlich klein sein, aber auch sehr erhaben.

Elena, es liegen viele Augen auf dir. Mächtige Augen.

Ich verstummte, was Finnian nicht zu bemerken schien, denn er hielt einen konstanten Fluss von Worten aufrecht, während wir das Gebäude umrundeten und durch den Eingang traten.

»Elena!« Eine hektische Bewegung vor mir war die einzige Warnung, bevor Coralie in mich krachte und mich beinahe umgehauen hätte.

»Wow, hey«, sagte Finnian und lachte, als er seine Arme ausstreckte, um uns beide aufzufangen. »Ich weiß, wir sind herrlich, und du hast uns zweifellos vermisst, aber so lange waren wir auch nicht weg.«

Coralie richtete sich auf und ignorierte ihn, ihre Füße tippelten auf der Stelle.

»Was ist denn mit dir los?«, fragte ich.

»Acacia hat mir gesagt, dass ich mich heute Vormittag noch ausruhen soll. Sie meinte, die Heilung bräuchte Zeit, um zu wirken.« Sie schaute zu Finnian. »Bei Saffron war es genauso. Was bedeutet, dass wir es zuerst erfahren haben.«

Sie grinste uns beide an und wedelte mit einem dicken Bogen Pergament vor unseren Gesichtern. Finnian schnappte es sich und überflog schnell seinen Inhalt, bevor er es mir reichte. Er hob beide Augenbrauen.

»Edle Geste. Aber ich denke, wir hätten nichts anderes erwarten sollen. Also hat der ganze Jahrgang eine bekommen?«

Coralie grinste und umarmte sich selbst. »Ja. Sogar du, Elena. Sie haben sie nur halb unter unseren Türen durchgeschoben, also habe ich nachgesehen, um sicher zu sein. Aber nur wir aus dem ersten Jahr.«

Darauf schien sie besonders stolz zu sein, aber ich hörte nur mit halbem Ohr hin, während ich versuchte, langsam die Worte auf etwas zu lesen, das wie eine Einladung aussah. Schließlich sah ich zu den beiden auf.

»Ich bin nicht sicher, ob ich das verstehe.«

»Oh, das ist nur eine Einladung zur Feier der Wintersonnen-wende im Palast.« Wieder fing Coralie an, auf der Stelle zu tanzen.

Als ich immer noch verwirrt aussah, seufzte sie.

»Im Palast findet zur Sommersonnenwende die größte Feier statt. Alle Magier im Königreich werden eingeladen, auch wenn natürlich nicht alle jedes Jahr dafür anreisen können. Aber die Feier zur Wintersonnenwende ist anders. Die ist exklusiver. Eine Einladung zu erhalten, ist eine Ehre, ein Zeichen königlicher Gunst. Das ist die wohl eleganteste Veranstaltung, und dieses Jahr soll es sogar noch extravaganter werden als sonst.«

»Warum?« Ich sah zwischen ihnen und dem Pergament in meiner Hand hin und her. »Und wenn es so eine Ehre ist, warum werde ich dann eingeladen?«

»Wegen Lucas natürlich.« Coralie grinste und zog mir ihre Einladung aus den Händen. »Er hat an dem Tag nach der Winter-sonnenwende Geburtstag, also feiert die Königsfamilie ihn bei dieser Veranstaltung. Deshalb ist sie kleiner und exklusiver. Und dieses Jahr wird er achtzehn. Ich wette, es wird grandios! Ich kann es kaum erwarten, meiner Familie davon zu erzählen. Meine Schwester wird ganz grün vor Neid werden.«

»Wir wurden eingeladen, weil wir seine Klassenkameraden sind«, erklärte Finnian, der offenbar bemerkt hatte, wie verloren ich mich immer noch fühlte.

»Na ja, du hättest wahrscheinlich ohnehin eine Einladung bekommen, Finnian«, sagte Coralie. »Aber auf keinen Fall wäre ich unter normalen Umständen eingeladen worden.«

Finnian zuckte mit den Schultern. »Diese Veranstaltungen sind immer voll von spießigen Alten, die missbilligend auf uns Jugendliche herabschauen. Und ich muss immer mit Natalya tanzen.« Er zog eine Grimasse und versuchte offensichtlich, Coralie zum Lachen zu bringen.

Sie folgte dem nur allzu gerne, hakte ihren Arm unter meinen und zog mich in Richtung des Speisesaals, während Finnian hinter uns her schlenderte.

»Ja, aber dieses Jahr werden wir alle da sein«, sagte sie über ihre Schulter zu ihm. »Und ich habe vor, einen absolut wundervollen Abend zu verbringen.«

Er schüttelte seinen Kopf, doch grinste sie an, als er an uns vorbeiging und seinen üblichen Platz an einem anderen Tisch einnahm. Als Coralie und ich uns setzten, blinzelte sie plötzlich und sah schnell zwischen Finnian und mir hin und her.

»Warte. Haben du und Finnian tatsächlich miteinander geredet, als ich euch gefunden habe? Hast du mit ihm trainiert?«

Ich registrierte ihre Worte kaum, als ich sie anstarrte und mich ein tiefes Grauen überkam.

»Vergiss das. Ich kann nicht zu der Feier im Palast gehen. *Was sollte ich dafür anziehen?*«

»Ich bin mir immer noch nicht sicher.« Ich zupfte an den langen Röcken, doch Coralie schlug meine Hand weg.

»Lass das! Du siehst perfekt aus. Dank mir.« Sie sah mit sich selbst sehr zufrieden aus, und ich konnte ihr kaum widersprechen.

Die Wahrheit war, dass ich ihr insgeheim zustimmte – zumindest ein bisschen. Sie hatte mir ein grünes Kleid geliehen, welches das Grün meiner Augen hervorhob, das sonst nur in Momenten hoher Aufregung durchschimmerte. Und selbst das schlichte Braun meiner Haare sah elegant aus, als sie sanft gewellte Strähnen mein Gesicht umrahmen ließ.

Aber das bedeutete trotzdem nicht, dass ich es für eine gute Idee hielt. Ich hatte meinen Ausflug zur Universität nicht vergessen. Weder die Warnungen meines Bruders noch meine katastrophale Begegnung mit Lucas war in meiner Erinnerung verblichen.

Der Prinz hatte mir gesagt, dass die Universität so ziemlich der letzte Ort war, an dem ich sein sollte, und mein Bauchgefühl sagte mir, dass der Palast der eine andere Ort war, bei dem es noch schlimmer wäre. Doch diesmal konnte Lucas mir keinen Vorwurf machen. Nicht, wenn seine eigene Familie mich eingeladen hatte.

In der Woche vor der Wintersonnenwende war der Prinz auffällig abwesend gewesen, obwohl der Unterricht während der Festivitäten in der Stadt weitergelaufen war. Offenbar übertrumpften seine royalen Pflichten seine Studien doch gelegentlich.

Doch den Tag der Wintersonnenwende hatten wir tatsächlich frei, und ich wusste, dass Coralie und ich nicht die Einzigen waren, die den Großteil des Tages damit verbrachten, sich auf die Feier am Abend vorzubereiten. Obwohl die meisten Mädchen sich tagsüber nach Hause geschlichen hatten. Nur Araminta wartete am Eingang der Akademie auf uns und sah noch nervöser aus als sonst.

Natürlich waren wir drei nicht allein. Thornton, Redmond, Walden, Jocasta und Lorcan waren ebenfalls zu der Feier eingeladen worden, und Clarence hatte seinen Tag nirgendwo anders verbringen können, weil seine Familie in irgendeiner Stadt zu weit weg wohnte.

Heute Morgen hatte ich gehofft, mich zu Jasper schleichen zu können, doch stattdessen hatte ich Besuch von einem zierlichen, charmanten Mädchen bekommen, das ein paar Jahre älter war als ich, und sich als Clara vorstellte.

»Er war besorgt, dass du versuchen würdest, ihn zu besuchen«, sagte sie mit einem freundlichen Lächeln. »Aber wir haben unerwartet ein paar Tage frei bekommen, und er hat sich entschlossen, nach Hause zu gehen und eure Familie zu besuchen.«

»Oh, wie schön.« Ich versuchte, meine Enttäuschung darüber herunterzuschlucken, dass sie alle ohne mich zusammen waren. Sie würden so froh sein, ihn zu sehen, und jetzt würden sie immerhin eindeutige Informationen über meinen Verbleib erhalten.

Clara selbst war auf dem Weg, um den Tag mit ihrer Familie zu verbringen, die in Corrin wohnte, doch bevor sie ging, überreichte sie mir ein kleines Päckchen von Jasper. Ich wusste nicht, woher er das Geld für die wunderschöne Haarnadel darin hatte, aber ich wünschte, ich hätte mir etwas einfallen lassen, um ihm auch ein Geschenk kaufen zu können.

Sie mochte nicht aus Juwelen gemacht sein, wie zweifellos die Accessoires der anderen Gäste, aber ich trug meine Haarnadel mit Stolz und war froh, bei meinem ersten Besuch im Palast etwas bei mir zu haben, das mich an meine Familie erinnerte.

Als die Kutschen auf dem Hof vorfuhren, berührte ich sie und zog Stärke aus der Liebe meines Bruders. Ich hatte erwartet, dass wir zu Fuß gehen würden, aber Coralie hatte mir versichert, dass wir in unserer feinen Aufmachung nicht über die Straße marschieren konnten. Wie sich herausstellte, schickte der Palast Kutschen zur Akademie, und wir reisten zusammen mit den Lehrern an.

Während der lächerlich kurzen Fahrt linste ich aus dem Fenster. Ich war erst einmal zuvor in einer Kutsche gefahren, und die Erinnerungen daran drangen sich haltlos in meinen Verstand. Ich rückte meine Röcke zurecht, unter denen meine eleganten Tanzschuhe hervorlugten, und schüttelte den Kopf.

Unterschiedlicher als bei meiner letzten Reise hätte ich nicht aussehen können. Und trotzdem war ich fast genauso nervös. Ich versuchte, mich daran zu erinnern, dass ich auf dem Weg zu einer Party war, nicht zu meiner möglichen Hinrichtung, aber mein rasendes Herz schien darin keinen Unterschied zu sehen.

Mächtige Augen liegen auf dir, Elena.

Coralie hatte mich über die wichtigen Persönlichkeiten informiert, die heute Abend anwesend sein würden und fast ausschließlich zu den vier großen Magierfamilien gehörten. General Griffith von Devoras war immer noch in der Hauptstadt, und anscheinend hielt Lucas es nicht länger für nötig, mich vor ihm zu verstecken, da er zweifellos zusammen mit

Natalya und Calix sowie seinem anderen Sohn Julian auftauchen würde.

Leider würde General Thaddeus von Stantorn auf jeden Fall auch dort sein, immerhin war er der Cousin von Königin Verena. Zusätzlich zu seinem Dienstrang. Ich konnte mir vorstellen, dass alle Mitglieder des Magischen Konzils anwesend sein würden.

Wie Thaddeus hatte ich die Herzogin Jessamine von Callinos, Leiterin der Universität, Herzog Lennox von Ellington, Leiter der Gesetzesvollstreckung, und Herzogin Phyllida von Callinos, Leiterin der Sucher, bereits kennengelernt. Aber ich musste zugeben, dass ich neugierig war, den Herzog Dashiell, ebenfalls von Callinos, zu sehen, der sowohl Leiter der Heiler als auch Finnians Vater war.

Finnian verhielt sich weiterhin so, als hätten wir schon immer miteinander geredet, grüßte mich freundlich im Unterricht und bei den Mahlzeiten, und trainierte gelegentlich mit mir, wenn Coralie ein Paar mit Saffron bildete. Ständig warfen Natalya und Lavinia uns missbilligende Blicke zu, wenn er das tat, aber es schien, als würde sein Status – oder eher der seines Vaters – sie davon abhalten, ihr Verhalten ihm gegenüber zu verändern.

Stattdessen erhöhten sie die Anzahl der schnippischen Kommentare, die sie murmelten, wenn ich in Hörweite war. Doch es fiel mir leicht, sie zu ignorieren, und ich nahm es gerne hin, wenn ich im Austausch dafür zwei neue Lehrlinge bekam, die bereit waren, meine Anwesenheit zu tolerieren – denn es schien, als würde seine zurückhaltende Cousine Finnians Beispiel folgen.

Die Leiter der Botaniker, Windarbeiter und Baumeister würden bei den Feierlichkeiten ebenfalls dabei sein, und ich hätte nichts dagegen, Herzog Magnus von Ellington zu treffen, wenn es sich ergeben sollte. Die Ellingtons waren die Netteren – eher reich als politisch orientiert, zumindest sagten das meine Freunde. Und Acacia und Walden schienen diese Meinung ebenfalls zu vertreten.

Aber die hochmütige, verschlossene Dariela warf mich immer aus der Bahn. Würde Herzog Magnus wie sie sein oder war sie die Ausnahme in ihrer Familie?

Auf ein Zusammentreffen mit Herzogin Annika von Devoras oder Herzog Casimir von Stantorn würde ich gerne verzichten. Ich hatte bereits genug Mitglieder der Devoras und der Stantorns kennengelernt.

Und natürlich wartete eine andere Person am Ende dieser Reise. Ich versuchte, nicht an Prinz Lucas zu denken – egal, wie oft mein Verstand es versuchte –, doch ich schaffte es nicht, die aufkeimende Neugier in mir zu unterdrücken. Trotz allem wollte ein Teil von mir den Prinzen in seinem häuslichen Umfeld sehen, am Hofe. Obwohl es lächerlich erschien, anzunehmen, dass eine Nacht meine Fähigkeit, ihn zu verstehen, maßgeblich verändern würde – oder eher meine mangelnde Fähigkeit.

Viel zu bald hielt die Kutsche vor einer breiten, geschwungenen Marmortreppe an. Für eine solch feine Veranstaltung besaß ich keinen passenden Mantel, aber Coralie hatte mir versichert, dass wir für den kurzen Weg keinen brauchen würden. Allerdings bedeutete das, dass wir so schnell wir konnten über die Stufen eilten, um uns aus der eisigen Nachtluft zu bringen.

Schon draußen bekam ich einen Eindruck von strahlendem Licht, aber das war nichts im Vergleich zu dem, was uns im Palast selbst erwartete. Ein riesiger Eingang wurde von mehr Kerzen erhellt, als ich zählen konnte, ihr Licht wurde von dem makellosen weißen Marmor reflektiert. Treppen führten nach oben, und ein Heer von Dienern geleitete uns über sie in einen genauso prunkvollen, riesigen Ballsaal.

Hinter den Türen gab es ein kleines Podest, auf dem wir einen Moment innehielten und alles in uns aufnahmen, bevor wir die vier flachen Stufen zum Boden des Ballsaals hinuntergingen. Der weiche rote Läufer auf den Stufen passte zum Rot der Vorhänge, die die Wände bedeckten. Unvorstellbare goldene Kronleuchter schwebten in der Luft – bestimmt wurden sie von komplexen

Zaubern dort oben gehalten –, und überall, wo ich hinsah, schimmerten goldene Akzente in ihrem Licht.

Rot und gold. Es bestand kein Zweifel, dass dies ein königliches Event war. Ohne es zu bemerken, suchten meine Augen die Menge ab, bis sie an einer Person hängenblieben, die sogleich bekannt und vollkommen anders wirkte.

An der Akademie fiel Prinz Lucas bereits auf. Alles von den perfekten dunklen Haaren bis zu seiner Haltung verriet, dass er anders war. Aber jetzt … Jetzt sah er wirklich aus wie ein Prinz.

Er trug etwas, das wie eine Uniform aussah, rot mit einer goldenen Schärpe über seiner Brust, und hohe schwarze Stiefel. Auf seinem ordentlichen Haar ruhte ein kleiner goldener Reif, und der hochmütige, distanzierte Ausdruck, den ich bei ihm an meinem ersten Tag beobachtet hatte – und danach an so vielen anderen – wirkte noch ausgeprägter.

Wenn ich ihn noch nie zuvor gesehen hätte, hätte ich es nie gewagt, ihn anzusprechen. Eigentlich hatte ich immer noch nicht vor, mich ihm zu nähern, obwohl wir offiziell Klassenkameraden waren. Ich konnte gut auf seine herablassende Art verzichten, wenn ich mich ohnehin schon so fehl am Platz fühlte.

»Sieh mal!«, flüsterte Coralie und zupfte an meinem Arm.

Ich ließ mich von ihr zu einer Wand führen, vor der ein langer Tisch mit endlosen Delikatessen stand. Ich bewunderte eine Eisskulptur – ein gefrorener Schwan, der bereit schien, sich in den Kampf zu stürzen, perfekt mit all seinen Details –, aber Coralie wurde immer noch von dem eingenommen, was zu Anfang ihre Aufmerksamkeit auf sich gezogen hatte.

»Das ist unglaublich«, sagte sie.

Schließlich richtete ich meinen Blick auf das, was sie angezogen hatte. Ein komplexer, vielschichtiger Brunnen aus flüssiger Schokolade.

»Ähm, ja bitte«, sagte sie, nahm eine der winzigen goldenen Tassen, die davor arrangiert waren, und hielt sie unter den Fluss.

Ich machte einen Schritt zurück. Noch etwas, das offensichtlich von unsichtbarer Magie betrieben wurde. Aus irgendeinem Grund dimmte das meine Lust, es zu konsumieren. War es nur die Königsfamilie, die ihre Gäste so unterhielt, oder hatten alle Magier die Kraft und Energie für solch nutzlose Zauber übrig?

»Willkommen«, sagte eine Stimme hinter uns, die uns beide herumwirbeln ließ.

So viel zu meinem Plan, dem Prinzen aus dem Weg zu gehen. Sein gesamtes Auftreten vermittelte reinste Langeweile, als würde er nur seine Pflichten als Gastgeber erfüllen und jeden Gast begrüßen – auch die, die er nicht mochte.

Doch als ich seinem Blick begegnete, brannte er sich in mich und ließ mich fast einen Schritt zurückwanken.

»Ihr seid gekommen«, sagte er mit tiefer Stimme und Enttäuschung in seinen Augen.

»Natürlich.« Coralie lächelte ihn breit an, anscheinend erhielt sie nicht dieselbe Nachricht von seinem Ausdruck wie ich. »Es war uns eine Ehre, eingeladen worden zu sein. Oh, und herzlichen Glückwunsch!«

Er brachte ein mechanisches Lächeln zustande, doch war immer noch auf mich fokussiert. Als ich weiter nur schweigend dastand, trat Coralie gegen meinen Fuß.

»Ah, vielen Dank für die Einladung«, brachte ich heraus.

Lucas' Augen blitzten auf. »Ich habe dich nicht eingeladen.«

Ich erstarrte, doch wurde durch ein Kichern von einer unklugen Antwort abgehalten.

»Natalya. Lavinia.« Coralie begrüßte sie durch zusammengepresste Zähne und nickte unseren beiden Klassenkameradinnen knapp zu.

Keine von ihnen hielt es für nötig, die Begrüßung zu erwidern, doch sie gesellten sich zu uns und ließen ihre kunstvollen Röcke um ihre Beine schwingen. Beide trugen teuer aussehenden Schmuck um ihre Hälse und in ihrem Haar, und in ihren Kleidern blitzten goldene Akzente auf.

»Ich wusste, dass es nicht deine Idee gewesen sein konnte,

Lucas.« Natalya rollte mit den Augen, bevor sie ihren herablassenden Blick gegen mich richtete. »Kein Prinz würde jemanden einladen, der sich so anzieht.«

Ich machte mich groß und öffnete meinen Mund, um etwas zu erwidern, das ganz und gar nicht weise gewesen wäre. Es war eine Sache, wenn sie permanent mich beleidigten, aber dieses Kleid gehörte Coralie – der freundlichsten Person, die ich je getroffen hatte.

Doch Lucas ergriff das Wort, bevor ich etwas herausbringen konnte.

»Ganz im Gegenteil, ihr seht alle entzückend aus. Meine Feier wird durch eure Anwesenheit nur verschönert.« Dann verbeugte er sich, seine Bewegung schloss uns alle vier mit ein.

Coralie, deren Mund nach Natalyas unverhohlener Beleidigung offengestanden hatte, errötete vor Freude, also schluckte ich meine Antwort herunter. Wenn ihr die gelangweilten, höfischen Umgangsformen – die so offenkundig unaufrichtig waren – nicht auffielen, dann würde ich sie nicht darauf hinweisen.

»Wenn ihr mich entschuldigen würdet …« Mit einer weiteren knappen Verbeugung zog Lucas sich zurück und machte sich daran, die nächsten Gäste zu begrüßen. Offensichtlich hatte er seine Pflicht bei uns erfüllt.

»Nun, ganz offensichtlich meinte er nicht *dich*«, sagte Natalya.

»Er war nur höflich.« Lavinia spitzte die Lippen und warf mir einen finsteren Blick zu.

Ich schüttelte nur meinen Kopf. »Ist das wirklich euer Ernst? Ich dachte, eure Familien sind wichtig oder so. Ist das alles nicht unter eurer Würde?«

Sie beide schäumten vor Wut, doch in diesem Augenblick schlenderte Calix zu uns herüber und blickte fragend auf seine Schwester hinunter.

»Nat? Was treibst du hier?« Sein verächtlicher Blick huschte von Kopf bis Fuß über mich.

»Natürlich folgt sie dem Adel, Calix«, sagte ich und lachte. »Wie sie es immer tut.«

Calix hob eine Augenbraue. »Das Kätzchen hat Krallen.« Er lächelte. »Pass besser auf, Kätzchen, heute Nacht liegen Löwen auf der Lauer.«

Er schnappte sich beide Mädchen an ihren Ellbogen und zog sie mit sich.

»Nun«, sagte Coralie nach einem Augenblick der Stille. »Ich weiß nicht, was heute Abend in alle hier gefahren ist. Bin ich die einzige Person, die einfach nur eine schöne Zeit genießen will?«

»Ich weiß, woran es liegt.« Ich seufzte. »Es liegt an mir. In der Akademie haben sie sich an mich gewöhnt, aber es ist etwas ganz anderes, mich hier im Palast zu sehen.« Ich breitete meine Arme aus. »Hier gehöre ich wirklich nicht hin.«

Coralie sah mich unbehaglich an. Ich wusste, dass sie mir nicht zustimmen wollte, aber sie konnte sich auch nicht dazu durchringen, etwas anderes zu behaupten.

Schon seit unserer Ankunft spielte das Orchester, Paare wirbelten über die Tanzfläche, und als wir schweigend dastanden, näherte sich ein junger Mann. Er verbeugte sich vor Coralie und hielt ihr einladend die Hand entgegen.

»Würdest du mit mir tanzen?«

Coralie biss sich auf die Lippe und sah zu mir.

»Geh nur.« Ich scheuchte sie mit einer Handbewegung los. »Du bist hier, um eine schöne Zeit zu haben, schon vergessen?«

Ihr Ausdruck war immer noch zaghaft, doch als sie sich dem Magier zuwandte, verwandelte er sich in ein strahlendes Lächeln.

»Sehr gerne. Ich bin übrigens Coralie, ein Lehrling an der Akademie.«

»Ah, das erklärt, warum ich dich noch nie gesehen habe. Ich bin an der Universität.«

Er führte sie davon, zusammen verschwanden sie in der Menge. Mein Blick wanderte zurück zu dem Tisch, und ich überlegte, mir einen Teller zu nehmen, nur um mich nicht ganz so hilflos zu fühlen.

Doch als meine Augen auf Dariela fielen, die gar nicht weit weg stand, ging ich stattdessen zu ihr. Es war eine spontane Laune, wirklich, denn an der Akademie hatten wir noch nie miteinander gesprochen. Aber als ich sie in dieser veränderten Umgebung sah – wo sie ebenso alleine stand wie ich – traf mich der Gedanke, dass sie einsam wirkte.

Und mir wurde bewusst, dass sie immer etwas einsam aussah, selbst wenn sie mitten in einer Menge stand. Sie mochte bei den Zwillingen und ihren Freunden sitzen, aber sie war wie Lucas – bei ihnen und doch weit entfernt.

Ich setzte ein Lächeln auf und ging zu ihr, begrüßte sie und machte ihr ein Kompliment für ihr Kleid, weil ich annahm, dass es ein guter Anfang wäre. Sie starrte mich in stiller Überraschung an, und ich fing bereits an, das spontane Mitgefühl zu bereuen, das mich hergebracht hatte.

»Danke«, sagte sie nach einer langen Pause, bevor wir beide wieder in unser Schweigen fielen. Ich versuchte, mir noch etwas anderes einfallen zu lassen, was ich zu ihr sagen könnte, doch dann nickte sie mir einmal zu und verschwand. Ich zuckte zusammen und überlegte, doch wieder zum Essen zurückzukehren.

»Elena von Kingslee«, sagte eine raue Stimme, bevor ich dem nachgehen konnte. »Du hast dir bereits einen Namen gemacht, junge Dame.«

Langsam drehte ich mich um. Die beiden Männer vor mir trugen offene Roben, unter denen sie ihre Uniformen zur Schau stellten. Heute Abend waren nur zehn Personen anwesend, die Roben trugen, und ich musste nicht auf das Gold und Silber vor mir achten, um zu wissen, wer sie waren.

General Thaddeus erkannte ich wieder, und der Mann neben ihm – der, der mich angesprochen hatte – konnte nur General Griffith sein, Leiter des Militärs von Ardann. In meinem Augenwinkel entdeckte ich Natalya und Calix im Ballsaal, sie beobachteten uns. Lavinia war verschwunden – wahrscheinlich tanzte sie –, doch ein größerer Junge hatte sich zu ihnen gesellt. Er teilte Natalyas dunkleren Hautton und war zweifellos ihr älterer Bruder Julian.

Ich seufzte. Ich hätte wissen sollen, dass die Zwillinge noch nicht fertig mit mir waren. Ich war mir fast sicher, dass ich es ihnen zu verdanken hatte, diesen beiden Männern gegenüberzustehen. Etwas verspätet senkte ich meinen Kopf, was auch als kleine Verbeugung durchgehen konnte.

»Ja, Sir, ich bin Elena.«

»Kleiner, als ich mir vorgestellt habe«, sagte er, seine abschätzenden Augen wanderten über mich und zeigten deutlich, dass er nicht nur in Bezug auf meine Körpergröße enttäuscht war.

»Ich bin ein sechzehnjähriges Mädchen, was habt Ihr erwartet? Eine Riesin?«

Meine hitzige Antwort ließ seine Augenbrauen nach oben zucken, und ich wünschte mir, meine Worte zurücknehmen zu können. Die Schemen meiner Klassenkameraden lauerten auf der anderen Seite des Saals, doch ich musste mich daran erinnern, dass dieser Mann viel mehr war als nur ihr Vater. Er war einer der mächtigsten zehn Magier des Königreichs. Warum hatte ich immer noch nicht gelernt, meine Zunge zu kontrollieren?

»Ich war leider anderweitig beschäftigt, um mir selbst ein Bild des Zeugnisses deiner Kraft zu machen«, sagte General Griffith. »Doch Thaddeus hier sagte mir, dass es keine Zweifel daran gibt.« Sein Ton ließ vermuten, dass sein eigentliches Geschäft natürlich von viel größerer Wichtigkeit war als alles andere, was hier vor sich ging.

Ich machte mich groß und hielt meinen Mund fest verschlossen, entschlossen, kein weiteres Wort zu sagen, solange ich nicht direkt gefragt wurde.

»Aber natürlich faszinieren mich solch neue Fähigkeiten«,

fuhr der General fort. »Vielleicht könntest du mich mit einer kleinen Demonstration beglücken.«

»W ... Was?«, stammelte ich und vergaß meinen Vorsatz bereits wieder. »Eine Demonstration? Hier?«

Er grinste breit. »Warum denn nicht? Ich bin ein viel beschäftigter Mann, und hier sind wir, zur selben Zeit am selben Ort. Wenn sich uns solche Augenblicke bieten, dann müssen wir sie ausnutzen.«

Ich sah mich panisch um, doch niemand würde mir zur Hilfe eilen. Ich schluckte.

»Natürlich nichts Destruktives«, sagte Thaddeus scharf, seine kalten Augen bohrten sich in mich. »Ein kleiner Zauber würde ausreichen. Vielleicht etwas Dekoratives?«

Ich zögerte noch immer. Mit einem solchen Szenario hatte ich nicht gerechnet, und ich war nicht gewillt, die Wahrheit zuzugeben. Würde ich sofort als Betrügerin von der Akademie fliegen? Besaßen diese beiden Generäle die Macht dazu? Und was würde mit mir – einer Normalgeborenen, die lesen konnte – passieren, wenn dem so wäre?

Ich sah mich in der Hoffnung um, Lorcan irgendwo entdecken zu können, aber er war nirgendwo zu sehen. Stattdessen fiel mein Blick auf Lucas. Obwohl sich der halbe Ballsaal zwischen uns befand, lag seine Aufmerksamkeit klar und deutlich auf uns. Vielleicht hatte ich mich darin geirrt, wer General Griffith zu mir geschickt hatte. Vielleicht waren es nicht seine Kinder, sondern Lucas, der mir zeigen wollte, warum ich heute Abend nicht hätte herkommen sollen. Warum ich mich hätte verstecken sollen, wie er es sich offensichtlich von mir wünschte, trotz des Protokolls, aufgrund dessen ich eine Einladung erhalten hatte.

»Na los«, sagte der General mit trügerisch sanfter Stimme. Calix hatte erwähnt, dass heute Abend Löwen anwesend sein würden, und sein Vater erinnerte mich sehr deutlich an ein Raubtier, das sich auf seinen Angriff vorbereitete. »Du lernst seit mehreren Monaten an der Akademie. Bestimmt kannst du einen kleinen Zauber kreieren, ohne den ganzen Palast niederzureißen?«

Ich leckte mir über die Lippen.

»Tatsächlich kann ich das nicht.«

Der General zuckte zurück. »Du kannst es nicht?« Nichts an der Überraschung auf seinem Gesicht wirkte echt. »So, so, dann werde ich wohl ein Wörtchen mit Lorcan reden müssen. Wie es scheint, war er nachlässig.«

»Oder sie behauptet es nur«, murmelte Thaddeus. »Sie hatte keine Probleme damit, die halbe Akademie zu zerstören.«

Wohl kaum die Hälfte. Doch es gelang mir, diese Worte herunterzuschlucken, bevor sie mir über die Lippen kommen konnten.

»Generäle, einen schönen Abend Ihnen beiden«, sagte eine kalte Stimme.

Als ich mich umdrehte, wäre ich bei meinem plötzlichen Versuch, einen Knicks für den Neuankömmling zu machen, beinahe gestolpert. Die Königin – das musste einfach Königin Verena sein – nickte kaum merklich in meine Richtung. Rubine blitzten an ihrem Hals und ihrer Krone auf, und obwohl sie nicht größer war als ich, nahm ihr goldenes Kleid dreimal so viel Platz ein wie meins. Ich machte noch einen Schritt zurück.

Ein großes, elegantes Mädchen, einige Jahre älter als ich, stand neben ihr. Das Diadem in ihrem Haar war verschnörkelter als der Reif, den Lucas trug, und an ihrer Identität bestanden genauso wenig Zweifel. Wieder machte ich einen Knicks, diesmal etwas eleganter, vor Lucas' älterer Schwester – Kronprinzessin Lucienne.

Beide Frauen hatten dasselbe dunkle, fast schwarze Haar wie Lucas, aber ihre Augen waren braun, mit goldenen Punkten gesprenkelt. Mein Blick zuckte wild umher, während ich mich fragte, ob sich König Stellan auch noch zu uns gesellen würde. Doch ich entdeckte eine hochragende Krone und den Mann, der sie trug, in einiger Entfernung, tief in eine Unterhaltung mit Lorcan und Jessamine vertieft.

Ich atmete erleichtert auf, auch wenn sich in mir die Befürchtung breitmachte, dass sie möglicherweise über mich sprachen. Doch diesen Gedanken schüttelte ich wieder ab. Ein Blick in diesen Ballsaal sollte ausreichen, um mich daran zu erinnern, dass sich nicht alles nur um mich drehte.

Der König hatte strohblondes Haar und die grünen Augen seines Sohnes, doch seine beiden Kinder schienen seine Größe geerbt zu haben. Widerwillig wanderten meine verräterischen Augen zu Lucas und bemerkten die Ähnlichkeit, die er zu seinen beiden Eltern hatte. Er beobachtete mich immer noch.

Ich habe es kapiert!, wollte ich ihn durch den Saal hinweg anschreien. *Ich habe verstanden, dass ich nicht hierher gehöre. Weder in den Palast noch in die Akademie. Du musst nicht alle Leute zu mir schicken, um mich davon zu überzeugen.*

Die Stimme der Königin lenkte meine Aufmerksamkeit von ihrem Sohn ab. »Gibt es eine Demonstration?«

»Wie es scheint nicht, Eure Majestät.« General Griffith verbeugte sich leicht. »Lorcan scheint sie ganz ohne Grund weggesperrt zu haben.«

»Interessant.« Der Blick der Königin wanderte über mich, und ich vergrub meine zitternden Hände in meinen Röcken. Sie mochte nicht so groß sein wie der Rest ihrer Familie, aber deshalb strahlte die Königin keinesfalls weniger Autorität aus.

Ich versuchte mir einzureden, dass ich mir die Härte auf ihrem Gesicht nur einbildete – mein Verstand wollte mich austricksen, aufgrund ihrer familiären Ähnlichkeit zu Thaddeus –, aber sicher war ich mir nicht. Wenigstens sah die Prinzessin offener aus und beäugte mich neugierig.

»Du kannst uns diesen Gefallen wirklich nicht tun, Mädchen? Nicht mal für deine Königin?«

Wieder machte ich einen Knicks. »Ich versichere Euch, dass ich es würde, wenn ich es könnte, Eure Hoheit, Eure Majestät.«

»Wie schade.« Die Königin stieß ein leises Seufzen aus und schaffte es, dass sogar das elegant klang. »Da kann man sich fast fragen …« Sie wandte sich abrupt den beiden Generälen zu. »Auf ein Wort, Gentlemen?«

Sie verbeugten sich beide vor ihr, bevor sie sich zu viert entfernten. Die Menge teilte sich vor ihnen, als sie auf den König und die beiden Schulleiter zugingen. Nur Thaddeus blickte noch einmal warnend zu mir zurück.

Ich schluckte und sah mich um. Viele andere neugierige Blicke lagen nun auf mir, doch niemand näherte sich mir. Ich warf einen Blick über die Schulter auf den Tisch mit den Köstlichkeiten, aber konnte mir nicht länger vorstellen, etwas davon in meinem aufgewühlten Magen behalten zu können.

Ich huschte am Rand des Saales entlang und schob mich durch einen nur leicht geöffneten roten Vorhang auf einen breiten, leeren Balkon. Ich atmete die kühle Nachtluft ein, lehnte mich gegen das Geländer und hob mein Gesicht zu den Sternen.

Mit geschlossenen Augen konzentrierte ich mich auf meine Atmung.

Ich hatte es immer wieder versucht, doch ich konnte keinen Zugang zu meiner Macht finden. Vielleicht würde mich Lorcan nun doch nach Hause gehen lassen.

Doch auch ohne mich umzusehen und mich selbst daran zu erinnern, wo ich stand – und in welcher Gesellschaft ich mich befand –, war mir bewusst, wie unmöglich dieser Traum war. Trotz all meiner Anstrengungen gehörte ich nicht hierher. Doch nachdem ich zumindest teilweise in diese Welt aufgenommen worden war, konnte ich nicht einfach in mein altes Leben zurückkehren. Das würden sie mir niemals erlauben. Und ich musste zugeben, dass mir diese Vorstellung ebenfalls schwerfiel. Meine Welt hatte sich zu sehr erweitert, um wieder nur auf Kingslee beschränkt zu werden.

Langsam, ganz langsam, beruhigte sich mein rasendes Herz, und meine Atmung wurde gleichmäßiger. Ich hatte zugelassen, mich mit dem neuen Leben an der Akademie wohlzufühlen, doch das war nur eine Illusion gewesen. Im Grunde hatte sich nichts verändert. Meine Situation war immer noch genauso unsicher wie an dem Tag, als ich hier angekommen war. Irgendwie hatte ich es geschafft, zu überleben.

Ein leises Geräusch ließ mich aufhorchen, ich riss die Augen auf. Ich war hier draußen doch nicht allein.

KAPITEL 16

Lucas lehnte seitlich am Geländer, seine Augen lagen auf meinem Gesicht. Wie lange beobachtete er mich schon?

Ich zuckte zurück, nur meine Hände blieben auf der steinernen Brüstung, mein Griff verkrampfte sich.

»Bist du hergekommen, um mir zu sagen, dass ich gehen soll?« Ich gestikulierte auf den verlassenen Balkon. »Die Nachricht ist bereits angekommen.«

Lucas seufzte. »Bist du immer so streitlustig? Oder nur bei mir?«

»Bist du immer so unhöflich? Oder nur bei mir?«

Sein Blick löste sich von mir, und er fuhr sich mit der Hand übers Gesicht.

»Ich hätte nicht hierherkommen sollen«, murmelte er.

»Nein, wahrscheinlich nicht.« Ich lehnte mich wieder nach vorne gegen das Geländer und schaute zu den Sternen auf. »Jemand könnte uns sehen und denken, dass du freiwillig Zeit mit mir verbringst.«

Das brachte ihn tatsächlich zum Lachen. »Und ich schätze, sie hätten damit recht. Zumindest glaube ich nicht, dass mich jemand gezwungen hat, hier rauszukommen.«

Ich drehte mich zu ihm. »Warum bist du dann hier?«

Trotz all meiner Bemühungen lagen meine Nerven noch immer blank, und ich hatte nicht die Energie, mich mit einer weiteren Konfrontation auseinanderzusetzen. Wenn er doch nur weggehen und mich allein lassen würde.

Doch die Intensität seiner Augen hielt mich gefangen. Seine Haltung wirkte plötzlich angespannt und nervös, trotz seiner lässigen Pose.

»Ich weiß nicht genau.« Er machte eine Pause. »Ich schätze, ich wollte wissen, warum *du* hier bist.«

»Nun, noch vor kurzem hätte ich gesagt, weil du mich eingeladen hast. Aber jetzt weiß ich es besser.«

Ich wollte vom Balkon stürmen, aber selbst mit Lucas schien es hier sicherer zu sein als bei der Menge, die drinnen auf mich wartete. Und ein kleiner Teil von mir wollte seine Antwort hören. Um zu erfahren, welche Entschuldigung er für sein unhöfliches Verhalten vorbringen wollte – wenn überhaupt.

»Nein, ich wäre nicht so töricht gewesen.« Schließlich löste sich sein Blick von meinem und er starrte in die Nacht hinaus. »Ich wünschte, ich wüsste, wer meine Mutter auf diese Idee gebracht hat.«

Ich biss mir auf die Lippe und studierte sein Gesicht, während er wegschaute. Also hatte Königin Verena mich eingeladen. Warum? Weil es zum Protokoll gehörte und ich zufällig in Lucas' Jahrgang war? Oder war von vornherein geplant gewesen, eine Demonstration von mir zu verlangen? Eine Demonstration, mit der ich nicht hatte dienen können. Aber warum hatte sie in dem Fall nicht einfach die Akademie aufgesucht?

»Nun, es tut mir leid, deine Geburtstagsfeier mit meinem niederen Selbst und meinem unangemessenen Kleid ruiniert zu haben.«

Seine Augen zuckten zurück zu meinen, bevor sie mein Outfit betrachteten. Seine Wangen verfärbten sich leicht, bevor er sich wieder abwandte.

»Ich meinte, was ich vorhin gesagt habe, Elena. Du siehst reizend aus. Du bringst mich bestimmt nicht in Verlegenheit, wenn es das ist, was du denkst.«

Ich rollte mit den Augen, um die Tatsache zu verschleiern, dass ich diejenige war, die verlegen war. Ich wusste, dass ich nicht mit ihm mithalten konnte. Nicht heute Abend, wo er durch und durch der Prinz war.

»Eure Aufrichtigkeit war oh so deutlich, Eure Hoheit.«

»Willkommen in der Welt des Hofes, Elena. Unaufrichtigkeit ist ein Spiel, das hier gespielt wird, und heute Abend liegen viele Augen auf uns.« Er sah mich unverwandt an. »Aber was lässt dich glauben, dass meine Unaufrichtigkeit an dich gerichtet ist?«

Dieses Mal wandte ich mich ab, konnte seinen Blick nicht ertragen. Was für ein Spiel spielte er jetzt wieder?

»Hör mal, es ist wirklich nicht nötig, dass du hier draußen bist«, sagte ich. »Deine Nachricht war laut und deutlich.«

Er runzelte die Stirn. »Welche Nachricht?«

»Die Generäle. Deine Mutter. Ich habe es verstanden. Ich gehöre nicht hierher. Ich kann nicht schreiben, ich habe keine Kontrolle. Ich bin keine von euch. Du kannst sicher sein, dass ich nie wieder zurück zum Palast kommen werde.«

Er runzelte immer noch die Stirn, doch mein letzter Satz hellte sein Gesicht auf. »Ist das ein Versprechen?«

Meine Hände krampften sich an die Balustrade und ich schluckte meine instinktive Antwort herunter. Er mochte mich dazu bringen wollen, meine Worte in einem Anflug von Wut zurückzunehmen, aber dieses eine Mal würde ich den Mund halten – weil ich wirklich nicht die Absicht hatte, jemals hierher zurückzukehren.

»Das würde es mir sicherlich um einiges einfacher machen«, fügte er leise hinzu, als ich still blieb. »Ich nehme nicht an, dass deine Laune annehmbar genug ist, um mir zu versprechen, dich ganz auf die Akademie zu beschränken?«

Ich warf ihm einen finsteren Blick zu. »Versuchst du, mich in eine freiwillige Gefangene zu verwandeln, Lucas? Denn ich muss sagen, ich wäre nicht bereit, dabei mitzuspielen.«

»Nein.« Er stieß einen leisen, frustrierten Laut aus. »Ich versuche nur, dich …«

Ich wartete, doch er brachte seinen Satz nicht zu Ende.

»Was? Mich zu kontrollieren? Mich zu verstecken? Mich wegzusperren? Was versuchst du, Lucas?«

Er schloss seine Augen. »Ich versuche nur, dafür zu sorgen, dass alle in Sicherheit sind. Ich weiß nicht, warum du so entschlossen bist, mich daran zu hindern.«

Ich schnappte nach Luft. »Einmal. Ich habe einmal die Kontrolle verloren. Und seitdem nie wieder einen Stift in die Hand genommen. Ich würde *niemals* –«

Er schüttelte seinen Kopf. »Das meine nicht …«

Wieder wartete ich, und wieder sprach er nicht weiter.

»Wenn du Lorcan davon überzeugen kannst, mich gehen zu lassen, kehre ich umgehend nach Hause zurück. Dann wärst du mich für immer los.«

»Was?« Er stutzte, und jetzt waren es seine Hände, die sich fester um den Stein vor uns klammerten.

Ich beobachtete, wie die Muskeln in seinen Armen sich anspannten, wie seine Knöchel sich weiß färbten, und versuchte, so zu tun, als hätte seine Anwesenheit hier im Halbdunkel keine Wirkung auf mich. Ich wünschte, ich könnte nach dem dekorativen Schwert an seiner Hüfte greifen und mich von ihm losschneiden.

»Das ist nicht … Das wäre katastrophal.« Seine Worte überschlugen sich. »Elena, das ist eine grauenvolle Idee.«

»Ja, irgendwie scheinen das alle so zu sehen.« Ich seufzte. »Niemand will mich hier haben, aber gehen kann ich auch nicht. Es ist ein Dilemma, meinst du nicht auch?«

Als er nichts sagte, murmelte ich mehr zu mir selbst: »Es ist nur noch für ein weiteres Jahr.«

»Ein Jahr?« Er sah mich scharf an. »Was meinst du?«

Ich zuckte nur mit den Schultern. Ich fühlte mich nicht dafür verantwortlich, ihm die Notwendigkeit meines Wehrdienstes zu erklären. Die Tatsache, dass er es nicht verstand, war nur ein weiteres Anzeichen für die riesige und unüberbrückbare Kluft zwischen uns. Zwischen dem gesamten gemeinen Volk und den Magiern.

»Elena.« Er stieß sich vom Geländer ab, machte einen Schritt nach vorne und legte seine Hände auf meine Schultern. »Du kannst die Akademie nicht verlassen.«

Seine Finger brannten sich durch den dünnen Stoff meines Kleides, seine Augen loderten.

»Ich gehe nirgendwohin«, sagte ich. »Vorerst.«

Er stöhnte. »Elena! Warum kannst du nicht das tun, was das Beste für dich ist? Warum kannst du dir nicht hin und wieder auf die Zunge beißen?«

Irgendwie entglitt mir ein Lachen. »Jetzt klingst du wie meine Mutter.«

Er stöhnte wieder und trat zurück. »Großartig.« Doch während er mich beobachtete, schlich sich ein kleines Lächeln auf sein Gesicht. »Ich kann mir vorstellen, was du für eine Herausforderung für sie gewesen sein musst.«

Ich verdrehte die Augen und wandte mich wieder zu den Sternen. »Es scheint, als wäre ich geboren worden, um eine Herausforderung für alle zu sein.«

»Nein, anscheinend wurdest du geboren, um etwas vollkommen Einzigartiges zu sein.«

Als ich zur Seite schaute, sah ich seinen berechnenden, prüfenden Blick.

»Geh wieder rein, Lucas«, sagte ich leise. »Bevor jemand merkt, dass du weg bist und herkommt, um nach dir zu suchen.«

Ein Schatten legte sich über sein Gesicht, dann kehrte seine royale Maske wieder an ihren Platz zurück. Er schenkte mir eine kleine Verbeugung.

»Sehr wohl. Wenn das dein Wunsch ist.«

Er ging zur Tür hinüber, blieb jedoch kurz vor ihr stehen, den Vorhang bereits in seiner Hand.

»Elena …«

Was auch immer er hatte sagen wollen, wurde von einem lauten Rumpeln und einem scharfen Krachen verschluckt. Ich erhaschte noch einen Blick auf sein überraschtes Gesicht, bevor mich ein bekanntes Gefühl überkam. Dann erzitterte der Balkon, die Steine barsten unter meinen Füßen und das ganze Ding fiel in sich zusammen. Inmitten der Marmorblöcke fiel ich in die Tiefe.

Während ich fiel, drifteten meine Gedanken nutzloserweise zu einem Schutzzauber, den wir letzte Woche im Unterricht gelernt hatten. Ich wusste, dass jeder meiner Klassenkameraden eine kleine Rolle Pergament irgendwo bei sich trug und genau auf einen solchen Notfall vorbereitet war. Nur ich blieb schwach und wehrlos.

Während ich weiter fiel, rammte ich einen Steinbrocken, und die Worte suchten sich ihren verzweifelten Weg über meine Lippen.

»Beschütz mich!«

Macht strömte aus mir heraus und alles wurde langsamer. Die kalte Nachtluft verschwand und ich schwebte in Wärme gehüllt auf den Boden zu. Ein paar Marmorblöcke prallten von mir ab, dann wurde es still. Nachdem auch der letzte Rest des Balkons still auf dem Boden lag, landete ich sanft auf der Spitze des Schutthaufens.

Meine Füße zitterten und ich rutschte aus, landete schwer auf allen vieren. Doch anstatt gegen den harten Stein zu krachen, fiel ich in eine weiche Wärme. Doch als ich dort kniete und keuchte, löste sie sich auf. Gebrochener Marmor schnitt in meine Hände und Knie.

Ich erhob mich auf meine Füße und balancierte zitternd auf einem großen Steinblock. *Lucas!* Der plötzliche Gedanke hätte mich beinahe stolpern lassen, als ich mich panisch umsah. War er weit genug weggewesen, um dem Unfall zu entgehen?

Als ich nach oben blickte, sah ich den flatternden roten Vorhang, der die Tür abschirmte, die jetzt ins Nichts führte. Über das klaffende Loch beugte sich der Prinz, sein Gesicht war angstverzerrt.

»Elena!«

»Es … Es geht mir gut.« Ich winkte ihm zögerlich zu, bevor ich meinen Arm hilflos wieder sinken ließ.

Im Innern des Ballsaals ertönte ein Aufruhr, doch der Prinz achtete nicht darauf. Stattdessen zog er ein zusammengerolltes Stück Pergament hervor. Er zerriss es, stopfte die zwei Hälften zurück in seine Jacke und trat in die offene Luft.

Mein Protestschrei erstarb, als er nicht herunterstürzte, sondern aufrecht in der Luft schwebte, als stünden seine Füße auf einem unsichtbaren Balkon. Ich beobachtete, wie er sich langsam dem Boden näherte, auf einer Plattform aus Luft.

Jetzt, da meine anfängliche Panik verflogen war, konnte ich die Macht seines Zaubers spüren, die sich unter seinen Stiefeln sammelte. Das Gefühl erinnerte mich an das, was ich gespürt hatte, als der Balkon angefangen hatte, nachzugeben. Es war dasselbe Bewusstsein von kontrollierter Macht, das den Raum erfüllte, wenn meine Klassenkameraden einen Zauber entfesselten.

Der Zauber, den ich auf dem Balkon gespürt hatte, war subtiler und viel raffinierter als die Arbeit des Prinzen gewesen, aber doch unverkennbar. Hatte er es auch gespürt? War er sogar dafür verantwortlich?

Doch als seine Füße den Boden kurz vor dem Trümmerhaufen berührten, kletterte er sofort zu mir und legte eine stützende Hand um meinen Ellbogen. Der Schock und die Angst auf seinem Gesicht reichten aus, um diesen Gedanken gleich wieder von mir zu schieben.

Ich brachte ein zittriges Lächeln zustande. »Das hast du aber nicht im Unterricht gelernt.«

»Ich bin ein Prinz, schon vergessen?« Er erwiderte mein Lächeln nicht, stattdessen schien er mich nach Anzeichen für Verletzungen zu kontrollieren. »Wie hast du …?«

Seine Worte brachen ab, als wir uns mit großen Augen anstarrten. Wir wussten beide, wie ich überlebt hatte. Ein finsterer Ausdruck legte sich über sein Gesicht.

»Du hast einen Schutzschild heraufbeschworen. Verbal. Du hast gezaubert, Elena.« Er atmete scharf ein. »Hast du uns verheimlicht –«

»Was? Nein! Natürlich nicht.« Ich entzog meinen Ellbogen seinem Griff und kletterte den Haufen aus zerbrochenem Marmor hinunter, bis ich festen Boden unter den Füßen hatte. Er folgte mir, und ich wandte mich zu ihm.

»Ich schätze, Notsituationen bringen es in mir hervor. Ihr hättet mich in der Akademie einfach mal aus einem Fenster werfen sollen.«

Er fuhr sich mit der Hand durchs Haar. »Entschuldige. Der Schock …«

Ich hob eine Augenbraue. »Hast du dich gerade bei mir *entschuldigt*? Wo wir gerade von Schocks sprechen!«

Ein zögerliches Lächeln kräuselte seine Lippen, aber Rufe von oben zogen seine Aufmerksamkeit auf sich.

»Eure Hoheit!«

»Lucas!«

»Was ist passiert?«

Er winkte ihnen zu, doch machte keine Anstalten, ihnen antworten zu wollen. Wenige Sekunden später kamen mehrere Leute aus den Türen des Erdgeschosses gelaufen. Die rotgoldenen Uniformen der Königlichen Garde schwärmten aus, und ihr General ließ ebenfalls nicht lange auf sich warten.

»Was ist hier passiert?«, brüllte Thaddeus, bevor er die Zerstörung und dann uns beide betrachtete. Seine Augen verengten sich und mehrere Wachen kamen auf mich zu, doch Lucas bewegte sich ebenfalls. Es war nur ein einzelner Schritt in meine Richtung, eine subtile Bewegung, doch sie brachte ihn an meine Seite. Die Wachen zögerten, blickten zwischen dem Prinzen und ihrem General hin und her.

König Stellan erschien neben Thaddeus, die Wachen standen stramm und ich machte einen eiligen Knicks.

»Lucas! Was ist hier los?« Der gesamte Fokus des Königs lag auf seinem Sohn.

Lucas streckte kaum merklich seine Schultern zurück. »Der Balkon ist eingebrochen, Vater. Wir können froh sein, dass nicht mehr Leute draußen waren, als es passiert ist.«

Ihre Blicke schienen noch mehr zu übermitteln, aber der König nickte nur. »Ich habe deine Nutzung der Macht gespürt.«

Bezog sich der König auf die andere Macht? Diejenige, die den Balkon zum Einstürzen gebracht hatte? Falls er diesen Zauber ebenfalls gespürt hatte, schien er gewillt zu sein, Lucas' öffentliche Erklärung zu akzeptieren, dass es ein einfacher Zusammenbruch gewesen war – zumindest vorerst und vor all den Zeugen.

»Was für ein Glück, dass Ihr zur Stelle wart, um den Fall abzuschwächen, Eure Hoheit«, sagte Thaddeus. »Sonst hätte es noch eine Tragödie gegeben.« Seine Augen verweilten auf mir und ließen mich vermuten, dass er es nicht zu tragisch gefunden hätte, solange ich das einzige Opfer gewesen wäre.

»Mir wäre es lieber gewesen, wenn mein Sohn nicht auf seinen persönlichen Vorrat an Zaubern hätte zurückgreifen müssen.« Die Kälte in der Stimme des Königs ließ den General erstarren. »Mir wäre es lieber gewesen, wenn die Wachen ihren Job gemacht hätten.«

Thaddeus verbeugte sich vor dem König. »Natürlich, mein Herr. Ich werde der Situation persönlich auf den Grund gehen. Ich werde umgehend Teams losschicken, um die anderen Balkone auf ihre Stabilität oder mögliche Schwächen prüfen zu lassen.«

Ich öffnete meinen Mund, um damit herauszuplatzen, dass der Einsturz kein Unfall gewesen war, doch Lucas' Hand schoss zur Seite und griff so fest um meinen Arm, dass ich ihn überrascht wieder schloss. Als die Aufmerksamkeit aller sich wieder auf uns legte, hing seine Hand wieder an seiner Seite. Doch ich schwieg weiter.

»Es scheint mir«, sagte Lucas mit ruhiger Stimme, »als wäre eine gründliche Prüfung des gesamten Palastes von Nöten. Vorzugsweise in Zusammenarbeit mit einem Team von Baumeistern. Immerhin ist es schon Generationen her, dass die Baumeister diesen Ort errichtet haben.«

»Ein ausgezeichneter Vorschlag«, sagte der König. »Thaddeus, dafür tragt Ihr die Verantwortung.«

Der General verbeugte sich erneut, bevor er sich abwandte und den Wachen Befehle zurief – seit der Ankunft des Königs waren es immer mehr geworden. Viele von ihnen liefen jetzt in verschiedene Richtungen davon, und erst als die meisten verschwunden waren, drehte er sich wieder zu uns.

»Natürlich wird Prinz Lucas zu seiner Geburtstagsfeier zurückkehren wollen«, sagte Thaddeus. »Aber ich kann mir vorstellen, dass die junge Dame noch unter Schock steht. Ich könnte meine Männer anweisen, sie –«

Lucas' Blick wurde finster, doch welcher Teil der Rede dafür verantwortlich war, konnte ich nicht sagen. Und bevor er oder jemand anderes antworten konnte, meldete sich ein Neuankömmling zu Wort.

»Ich versichere Euch, das wird nicht nötig sein, Thaddeus.« Lorcan hatte sich zu uns gesellt, flankiert von Jocasta und Walden. Meine Erleichterung, als ich ihre vertrauten Gesichter vor mir sah, überraschte mich.

»Elena ist unsere Schülerin und natürlich werden wir dafür Sorge tragen, dass sie sicher zurück zur Akademie findet.«

Thaddeus' Augen zuckten, doch er nickte knapp. »Nun gut. Wenn das so ist, gibt es Wichtigeres, um das ich mich kümmern muss.«

Er eilte davon, und Lorcan winkte mich zu sich, bevor er sich vor dem König und Lucas verbeugte. »Eure Majestät, Eure Hoheit. Ich hoffe, Ihr werdet unseren plötzlichen Aufbruch von Eurer entzückenden Feier verzeihen.«

König Stellan neigte seinen Kopf in Richtung der drei Lehrer. »Nein, natürlich. Bitte nehmt unsere Entschuldigung für diesen unglücklichen Vorfall entgegen. Natürlich werden wir sicherstellen, dass so etwas nicht noch einmal vorkommt.«

Ich schnappte hörbar nach Luft. War das sein Ernst? Ich war diejenige, die auf dem Balkon gestanden hatte, als er zusammengebrochen war, und ich stand direkt vor ihm. Richtete er seine Entschuldigung wirklich an einen Magier, der bei dem sogenannten Unfall nicht mal anwesend gewesen war?

Natürlich tat er das. Ich wusste nicht, warum mich das so überraschte.

Ich erwischte Lucas dabei, wie er mir einen nervösen Blick zuwarf, und verengte meine Augen. Ich mochte meine Probleme haben, mich vor ihm zurückzuhalten, aber selbst ich wusste es besser, als in Anwesenheit des Königs meine Kontrolle zu verlieren.

Sobald der König und Lucas verschwunden waren, erschien Coralie wie aus dem Nichts, und nur mit Mühe konnte ich sie davon überzeugen, auf der Feier zu bleiben.

»Es geht mir gut, wirklich«, versicherte ich ihr. »Bitte bleib und hab genug Spaß für uns beide.«

»Sie ist in guten Händen«, sagte Lorcan mit einem halb amüsierten, halb verzweifelten Blick zu ihr.

»Geh!« Ich schubste sie sanft, und widerwillig verschwand sie in Richtung des Ballsaals.

»Elena, wenn ich bitten darf.« Lorcan deutete mir an, ihm zu folgen, die anderen beiden Lehrer gingen neben uns.

Ich wurde das Gefühl nicht los, dass sie meine Schutzschilde waren, als sie mich vom Hof des Palasts den kurzen Weg zur Akademie scheuchten. Wir warteten nicht darauf, dass uns eine Kutsche einsammelte, und in dem nutzlosen Versuch, die Kälte fernzuhalten, schlang ich die Arme um meinen Oberkörper.

Keiner von uns sagte etwas, wofür ich dankbar war, denn ich war zu durcheinander, um zusammenhängende Sätze zu bilden. In den letzten Stunden waren viel zu viele verrückte Dinge passiert, als dass ich sie alle hätte verarbeiten können.

Ohne zu protestieren ließ ich zu, dass sie mich in Lorcans Büro führten, und ließ mich in den nächsten Stuhl sinken. Bei der Wärme, die sich hier über mich legte, schloss ich für einen Moment meine Augen. Ich versuchte, mich auf eine Reihe Fragen vorzubereiten, die zweifellos gleich auf mich niederprasseln würden, doch die erste schien nicht an mich gerichtet zu sein.

»Hat einer von euch etwas gespürt?«

Als ich meine Augen öffnete, lag Lorcans Blick auf den beiden anderen Lehrern.

»Abgesehen von den beiden Zaubern des Prinzen«, betonte er, »sondern davor. Als der Balkon zusammengebrochen ist.«

Jocasta und Walden tauschten einen Blick aus. Walden zuckte mit den Schultern, während Jocasta nervös von einem Fuß auf den anderen trat.

»Vielleicht? Das ist schwer zu sagen. Auf der Feier wurden zu viele Zauber angewendet, um das mit Sicherheit sagen zu können.«

Lorcan rieb sich über sein Kinn. »Ja, das hatte ich befürchtet.« Er ging an uns vorbei und ließ sich in den Sessel hinter seinem Schreibtisch fallen. »Oh, ich hege keinen Zweifel daran, dass Thaddeus entsprechend ermitteln wird, aber ich kann mir nicht vorstellen, dass er etwas findet. Auf jeden Fall nichts Eindeutiges.«

Ich blinzelte und sah zwischen den Dreien hin und her. Nur Jocasta schaute in meine Richtung, zwischen ihren Brauen hatte sich eine Falte gebildet, doch sie sprach mich nicht direkt an. Anscheinend war die Anwesenheit einer Augenzeugin für sie nicht von Belang. Zumindest nicht, wenn ich diese Augenzeugin war.

Ich stand abrupt auf. Walden zuckte zusammen und eilte zu mir, um meine Hand zu halten.

»Und du bist auch ganz sicher unverletzt, meine Liebe? Was für ein schreckliches Erlebnis! Zum Glück war Lucas zur Stelle.«

Die Wärme, die er ausstrahlte, linderte meinen Ärger über die Annahme, dass Lucas mich gerettet haben musste – in dieser Sache schienen sich alle einig zu sein, und ich brachte ein Lächeln zustande. Ich konnte ihm wohl kaum einen Vorwurf machen, wenn er sich so sehr anstrengte, meine Kräfte zu entfesseln, und das ohne jeglichen Erfolg. Ich fühlte mich sogar ein wenig schuldig, ihm nicht sofort die Wahrheit darüber zu erzählen, was wirklich geschehen war, nachdem der Balkon in sich zusammengebrochen war.

»In der Tat«, sagte Lorcan gedankenverloren. »Wir müssen mit dem Prinzen sprechen, sobald er zur Akademie zurückgekehrt ist. Da er bei dem Vorfall anwesend war, könnte er etwas gespürt haben.«

Mein Blick verengte sich. Bei Lorcan fiel es mir nicht so schwer, ihm die Wahrheit zu verschweigen, und jetzt würde ich mich ihm gegenüber bestimmt nicht mehr öffnen.

»Ich gehe ins Bett«, sagte ich stattdessen.

Seine Augen zuckten zu mir. »Natürlich. Das ist sicher eine weise Entscheidung. Und ich denke, für die Zukunft wäre es besser, wenn du dich auf das Grundstück der Akademie beschränkst.«

Ich hob meine Augenbrauen. »Ist das ein Befehl? Ist es mir verboten, die Akademie zu verlassen?«

Lorcan trommelte mit seinen Fingern auf dem Schreibtisch.

»Unsere Schüler sind keine Gefangenen. So etwas wäre beispiellos und wir versuchen ...« Er runzelte die Stirn. »Sagen wir, ich empfehle dir dringend –«

»Ich werde darüber nachdenken«, sagte ich mit matter Stimme.

Lorcans Augen verengten sich, doch er erwiderte nichts, winkte mich nur mit einer einzelnen Bewegung aus dem Zimmer. Ich verließ sein Büro und erklomm die Stufen, während mein Verstand sich noch immer drehte. Meine Füße fanden ihren gewohnten Weg, während ich mit dem Kopf ganz woanders war.

Ich hatte ein Anschwellen von Macht gespürt, bevor der Balkon zusammengekracht war, da war ich mir sicher. Doch der Zauber schien zu subtil gewesen zu sein – und zu verloren in dem Meer aus anderen Zaubern –, als dass die anderen sich seiner Quelle oder sogar Existenz bewusst sein konnten.

Und ich hatte mich selbst mit einem gesprochenen Zauber gerettet. Darin war ich mir sicher, obwohl ich keine Erklärung dafür hatte, wie ich das bewerkstelligt hatte. Außerdem musste dieser zweite Zauber von mir kontrollierter gewesen sein als der erste, weil alle Lucas dafür verantwortlich zu machen schienen.

Alles, was ich jetzt tun wollte, war, es noch mal zu versuchen. Vielleicht hatte die mir bevorstehende Katastrophe etwas in mir ausgelöst. Das hoffte ich auf jeden Fall, da sich meine Kräfte bisher nur in Momenten extremen Stresses gezeigt hatten, und das war alles andere als ideal.

Aber Vorsicht hielt mich davon ab, es heute Nacht noch einmal zu versuchen. Der Zusammenbruch des Balkons hatte die Erinnerung an die niederprasselnden Steinmauern in der Bibliothek wieder aufgefrischt. Ich sollte warten, bis ich Walden um Hilfe bitten konnte. Er konnte eine Art Schutzschild erzeugen, bevor ich anfing, zu experimentieren.

Jetzt, wo wir uns auf zwei Vorfälle stützen konnten, würden wir vielleicht einen gemeinsamen Aspekt finden, der meine Fähigkeiten entfesselte.

Trotz meiner Aussage, ins Bett gehen zu wollen, konnte ich mich nicht dazu überwinden, mich tatsächlich hinzulegen, als ich mein Zimmer erreichte. Sogar meine Räumlichkeiten fühlten sich zu einengend an, weshalb ich bald durch die verlassenen Flure streifte, in denen mir aufgrund der Feier zur Wintersonnenwende niemand begegnen würde.

Ich beschränkte meine Schritte auf den linken Flügel, vermied es, den Bereich des zweiten Lehrjahres auf der anderen Seite der Treppe zu betreten. Viele von ihnen feierten die Wintersonnenwende bestimmt bei ihren Familien, aber ich wollte kein Risiko eingehen, jemanden dort anzutreffen. Beim ersten Anzeichen von meinen Klassenkameraden, die zurück-kehrten, würde ich in mein Zimmer eilen. Ich vermutete, dass Coralie zu mir kommen und anklopfen würde, aber ich hatte vor, meinen Schlaf vorzutäuschen. Ich war noch nicht bereit, über das zu reden, was geschehen war. Nicht, bis ich herausge-funden hatte, wie ich meine Fähigkeiten richtig entfesseln konnte.

Es schlug Mitternacht – die Wintersonnenwende war vorbei –, aber ich erwartete noch lange niemanden zurück. Die Festivitäten würden noch bis lange in die Nacht andauern. Und ich wusste, dass sich meine Klassenkameraden zu sehr darauf gefreut hatten, um jetzt schon nach Hause zu gehen.

Nach Hause. Dieser Gedanke ließ mich innehalten. Wann war die Akademie zu meinem Zuhause geworden? Ich schüttelte mich. Das hier war nicht mein Zuhause, und das durfte ich nie vergessen. Meine Gedanken wanderten zu meinem echten Zuhause, und ich wünschte, ich hätte den Ausdruck auf Clemmys Gesicht sehen können, als Jasper heimgekommen war, um sie zu überraschen. Wie glücklich sie alle jetzt sein mussten. Wie glück-lich ich wäre, wenn ich nur bei ihnen sein könnte.

Ich ließ zu, einen Moment lang von dem Mysterium um meine Fähigkeiten und den seltsamen Vorfällen am Hofe abzulas-sen, und verweilte stattdessen in Kingslee. Ich war erst ein paar

Monate fort, und doch verängstigte es mich, wie sehr die Erinnerungen an mein Zuhause bereits verblassten.

Ein leises Geräusch hinter mir ließ mich herumwirbeln. Hatte ich meine Chance verpasst, zu flüchten, bevor die anderen Schüler zurückgekommen waren?

Doch der Anblick der Gestalt, die aus den Schatten trat, traf mich vollkommen unvorbereitet.

»Lucas? Was machst du denn hier?«

Er machte einen Schritt auf mich zu, und ich trat einen zurück.

»Hast du deine Suite nicht beim vierten Jahrgang? Was machst du hier oben?«

»Nach dir sehen.« Er machte noch einen Schritt nach vorne, und ich wieder einen zurück.

»Du solltest nicht hier sein. Du solltest bei deiner Geburtstagsfeier sein.«

Er zuckte nur mit den Schultern und trat noch weiter an mich heran. Dieses Mal traf ich mit dem Rücken an die Wand, direkt neben dem großen Fenster am Ende des Flurs. Das Mondlicht fiel über uns, als er schließlich den Abstand zwischen uns schloss.

»Ich bin gekommen, um nach dir zu sehen«, wiederholte er.

»Warum?«, fragte ich mit sehr viel zittrigerer Stimme, als ich beabsichtigt hatte. Das war das zweite Mal heute Nacht, dass ich mich im Mondlicht wiederfand, viel zu nah am Prinzen.

»Elena.« So, wie seine Stimme meinen Namen umspielte, wusste ich jetzt schon, dass es mich in meinen Träumen heimsuchen würde. »Du standest auf dem Balkon, als er zusammengebrochen ist. Und du hast dich mit deinen Worten gerettet. Hast du überhaupt eine Vorstellung, wie unglaublich …« Er schüttelte seinen Kopf. »Offensichtlich hast du die nicht.«

Ich verspannte, doch als sein Blick auf meine Lippen fiel, fehlten mir die Worte. Wenn er doch nur einen Schritt zurücktreten würde, dann könnte ich vielleicht wieder klarer denken. Und an etwas anderes als wie unsagbar gut und imposant er aussah – immer noch in seiner Uniform von der Feier. Und wie sehr ich ihn dafür hasste, so auszusehen, wo ich ihn doch alles andere als leiden konnte.

»Du hast es gespürt, oder?«, zwang ich mich schließlich zu sagen.

Er zog seinen Blick zu meinen Augen, auf seiner Stirn bildeten sich Falten.

»Deinen Zauber? Ja, natürlich.«

»Nein, davor. Als der Balkon anfing, in sich zusammenzustürzen.«

»Oh. Das.« Er stützte sich mit einem Arm an der Wand hinter mir ab und studierte mein Gesicht. »Du hast es auch gespürt?«

»Ja, das habe ich.« Irgendwie brachte ich diese Worte heraus, obwohl ich mich kaum noch daran erinnerte, zu atmen. Dann rief ich mir ins Gedächtnis, dass er sich nur mit einer Hand abstützte. Ich war nicht gefangen. Ich konnte gehen, wann immer ich wollte. Sobald meine Beine wieder wussten, wie das ging.

»Nicht-Magier können keine Macht spüren, weißt du?«

»Warte, wirklich?« Das schockte mich genug, um mich aus meiner Lähmung zu befreien. Wie hatte ich das nicht wissen können? *Natürlich, weil Magier keine Bücher über die Normalgeborenen und ihre Erfahrungen schreiben.*

Also konnte ich nicht sicher schreiben, aber ich konnte die Nutzung von Macht spüren. Ein Punkt dafür, einer dagegen. Ich wünschte, mir wäre die Bedeutung schon eher bewusst gewesen, während all der Zeit, in der ich an mir gezweifelt hatte.

»Du bist ein Mysterium, Elena.«

Er betrachtete mich mit so einer Faszination, dass ich beide Hände auf seine Brust legte und ihn von mir drückte. Kraftvoll. Ich war kein Rätsel, das zur Unterhaltung eines Prinzen dienen sollte.

Er gab nach, ließ seinen Arm fallen und trat einen Schritt zurück.

»Das wahre Mysterium ist, warum der Balkon zusammengebrochen ist.« Ich starrte ihn hart an. »Und ob geplant war, dass du dich immer noch darauf befindest oder nicht.«

Sein Ausdruck veränderte sich nicht, und ich wusste, dass er darüber bereits nachgedacht hatte. Als er nicht antwortete, seufzte ich.

»Du hast nichts gesagt. Zu Thaddeus. Dass es kein Unfall war. Und über mich.«

»Thaddeus ist …«

»Dein Cousin?«

»Ein Stantorn.«

»Was soll das bedeuten?«

Er zuckte mit den Schultern, als würden ihm die Worte fehlen. »Geh ins Bett, Lucas. Oder zurück zu deiner Party. Ich brauche und will dich nicht hier haben.«

Seine Hand schloss sich um meinen Arm, hielt mich zurück. Seine Augen suchten die meinen.

»Du hast dich nicht verletzt? Bei dem Fall? Überhaupt nicht?«

»Wie du sehen kannst.« Ich machte eine ausschweifende Geste über meinen Körper, die ich sofort bereute, als seine Augen meiner Bewegung folgten. Ich trug immer noch das grüne Kleid und wünschte mir jetzt meine normalen schlichten Klamotten und einen dicken Mantel. Der Prinz wirbelte viel zu viele Gefühle in mir auf. Ich wünschte, ich könnte mich vor ihm verstecken, damit ich mich nie wieder mit ihnen befassen musste.

»Denkst du, du könntest das noch mal schaffen?«

»Was … Fallen?«

Doch meine sarkastische Bemerkung schien nicht ausreichend zu sein. Ich dachte nach. »Ganz ehrlich? Ich weiß es nicht.«

Seine Lippen öffneten sich leicht, aber er nickte nur gedankenverloren. Ich zog mich zurück, bevor er mich auffordern konnte, ihn auf dem Laufenden zu halten, oder was auch immer. Ich schuldete ihm nichts.

Doch als ich meine Zimmertür erreichte, stockten meine

Schritte. Ich erinnerte mich daran, wie er im Palast zu mir gehalten hatte, wie er zu mir getreten und die Wachen davon abgehalten hatte, sich mir zu nähern. Ich sah ihn über meine Schulter hinweg an.

»Herzlichen Glückwunsch, Lucas«, sagte ich leise.

Das Mondlicht erhellte sein überraschtes Gesicht, und ich deutete auf den dunklen Himmel außerhalb des Fensters.

»Es ist nach Mitternacht. Heute ist dein Geburtstag, oder?«

Er nickte langsam, und ich lächelte sanft.

»Dann herzlichen Glückwunsch, Prinz.«

Ich hörte noch sein Seufzen, als ich die Tür hinter mir schloss.

KAPITEL 18

Den Lehrlingen wurde der Tag nach der Wintersonnenwende frei gegeben. Viele hatten die Nacht bei ihren Familien verbracht, weshalb wir beim Frühstück nur eine kleine Gruppe waren. Lucas war nicht dabei. War er nach unserem Gespräch zum Palast zurückgekehrt und hatte gefeiert?

Ich war versucht, Coralie danach zu fragen, doch erinnerte mich daran, dass mir egal war, was er getan hatte. Meine Freundin hatte bis in die frühen Morgenstunden getanzt und es kaum nach unten geschafft, um sich einen Teller zu richten, bevor das Essen abgeräumt wurde.

Ihre Erschöpfung rettete mich vor einem endlosen Strom aus Fragen – der wahrscheinlich trotzdem noch früh genug kommen würde. Doch ich nutzte die Ablenkung des Essens, um mich so schnell wie möglich wegzuschleichen. Ich hatte Pläne für meinen freien Tag.

Als ich die Doppeltür aufschob, sah ich, dass ich die einzige Schülerin war, die an diesem freien Tag in die Bibliothek gekommen war. Was perfekt zu meinen Plänen passte. Vorausgesetzt der leitende Bibliothekar hatte sich nicht auch freigenommen.

Doch als ich an Waldens Bürotür klopfte, erklang ein verschlafenes »Herein«.

»Ah, Elena, ich hätte wissen sollen, dass du es bist.« Er deutete mir an, auf einem der Stühle vor seinem Schreibtisch Platz zu nehmen. »Und wie fühlst du dich heute Morgen? Konntest du dich vollständig erholen?«

Ich ignorierte seine Fragen, war zu nervös für Smalltalk. Ich lehnte mich auf meinem Stuhl nach vorn und legte meine Hände auf die Knie.

»Lucas hat mich nicht gerettet, Walden.«

Er blinzelte und runzelte die Stirn. »Tut mir leid, ich verstehe nicht ganz …«

»Gestern Abend. Als der Balkon zusammengebrochen ist. Lucas hat mich nicht gerettet. Ich habe mich selbst gerettet.« Ich erwähnte die Macht nicht, die ich im Vorfeld gespürt hatte. Davon schienen sie schon eine Vermutung zu haben, und jetzt war ich zu sehr auf meine eigenen Fähigkeiten konzentriert, als dass ich mich länger damit aufhalten wollte.

»Du …« Walden blinzelte erneut und beugte sich über seinen Schreibtisch. »Du hast dich selbst gerettet? Mit einem Zauber. Verbal?«

Ich warf ihm einen ungeduldigen Blick zu. »Nein, mit einem schriftlichen, den ich bei mir getragen habe. Natürlich verbal!«

Keiner der anderen Lehrer wäre von meinem Sarkasmus begeistert gewesen, doch er lachte nur.

»Aber Elena, das sind unglaubliche Neuigkeiten. Warum hast du uns das gestern Abend nicht erzählt?«

»Mich hat niemand gefragt.« Ich rutschte auf meinem Stuhl etwas zurück und versuchte, nicht zu sehr wie ein launisches Schulkind auszusehen.

Walden schüttelte seinen Kopf. »Nein, das haben wir nicht. Unser Fehler, wie es scheint. Aber jetzt erzähl mir alles. Alles.«

Und genau das tat ich.

»Ich will es noch mal versuchen«, sagte ich, nachdem ich fertig war. »Aber ich will zuerst, dass du einen Schutzschild errichtest.«

Walden lächelte. »Weise Entscheidung.« Er verbrachte einen Moment damit, sich durch seinen Schreibtisch zu wühlen, bevor er ein kleines Stück Pergament hervorzog und es schnell entzweiriss. Ein Schwall aus Energie wurde freigesetzt und formte eine Kuppel, in deren Mitte mein Stuhl stand.

»Das sollte ausreichen«, sagte er.

Aber zehn Minuten später sackte ich in meinem Platz zusammen. »Tut mir leid, dass du einen deiner Zauber verschwendet hast. Ich spüre absolut keinen Unterschied zu unseren anderen Versuchen.«

»Gib noch nicht auf«, erwiderte er und tippte sich an die Lippen. »Gehen wir es noch mal durch. Jeder Gedanke, jedes Wort, jede Bewegung.«

»Nun, ich stürzte neben riesigen Steinblöcken durch die Luft. Also erinnere ich mich nicht an alles so genau.«

Er lächelte. »Gib dein Bestes.«

Ich wiederholte erneut alles, wobei ich diesmal darauf achtete, was genau mir durch den Kopf gegangen war, als der Boden unter meinen Füßen nachgegeben hatte.

»Du hast also an einen normalen Schutzzauber gedacht. Und dann hast du deinen eigenen Zauber ausgesprochen. Aber es waren nicht dieselben Worte ...«, murmelte er mehr zu sich selbst, als er das Geschehene aus jedem Blickwinkel betrachtete.

Ich richtete mich auf. »Moment. Du hast recht. Ich habe an die Worte gedacht, die ich im Schriftlehreunterricht gesehen habe. Erst vor zwei Tagen habe ich Coralie dabei beobachtet, wie sie sie geschrieben hat. Ich konnte die Worte vor mir sehen. Und dann habe ich sie ausgesprochen.«

Er musterte mich mit gerunzelter Stirn. »Aber du sagtest, du hast nur zwei Worte ausgesprochen.«

»Ja.« Ich kaute auf meiner Lippe herum, während ich darüber nachdachte. »Ich habe nicht alle Worte ausgesprochen. Aber ich habe zwei von denen verwendet, die ich gesehen habe.«

»Aber was ist mit dem ersten Vorfall? Bei dir im Dorf. Wir suchen nach Gemeinsamkeiten, und damals konntest du noch nicht lesen.«

»Nein, das konnte ich nicht …« Ich verengte meinen Blick. »Aber ich habe etwas gesehen. Etwas Gedrucktes, das ein Magier fallen gelassen hatte. Ein … Ein Plakat oder so etwas? Ich bin mir nicht sicher, wie ich es nennen würde. Kommt dir das vielleicht bekannt vor?«

»Ein Plakat?« Walden beäugte mich neugierig. »Das klingt eher nach einem dieser Nachrichtenblätter, die manche der Fachgebiete unbedingt in Umlauf bringen wollen, wenn sie ein Problem lösen möchten.«

»Gibt es davon denn viele? Wäre es möglich, diese Dinge irgendwo zu finden?«

»Wir bewahren Kopien davon in der Bibliothek auf, zur Dokumentation.«

Ich setzte mich kerzengerade hin. »Weißt du, welches davon Magier am Anfang des Herbstes bei sich hatten?«

Walden stand langsam auf, sein Ausdruck wirkte verwirrt, aber neugierig. »Warte hier.«

Er war mehrere Minuten verschwunden, und als er zurückkam, hatte er lediglich drei Blätter Pergament in den Händen. Ich schnappte sie ihm aus der Hand, ehe er sie mir überhaupt hinhalten konnte, und überflog sie nacheinander.

Das erste ließ ich nach kurzer Zeit wieder fallen, doch an das zweite klammerte ich mich mit zitternden Händen.

»Sieh dir das an.« Ich hielt es Walden vors Gesicht.

Er griff nach meinem Handgelenk und hielt es ruhig, um das Blatt genauer betrachten zu können.

»Das sieht für mich wie ein ganz normales Anti-Kallorway-

Schreiben aus. Hin und wieder denkt das Militär, dass der Enthusiasmus für den Konflikt nachlässt und bringt diese Dinger in Umlauf. Was hat das mit dir zu tun?«

»Damals konnte ich noch nicht lesen. Mit Sicherheit weiß ich es nicht. Aber sieh dir die erste Zeile an.« Ich tippte mit meinem Finger darauf, bevor mir bewusst wurde, dass mein Geplapper vermutlich wenig Sinn ergab. Ich zwang mich, tief durchzuatmen und sprach langsamer weiter.

»Vielleicht erinnerst du dich an die Männer, die den Laden meiner Familie angegriffen haben, weil sie glaubten, die Magier hätten Schriften zurückgelassen. Nun, das stimmt. Das haben sie. Eine von diesen Nachrichten. Sie wurde von einem kleinen Kind gefunden und hätte unser ganzes Dorf ins Unglück stürzen können. Aber glücklicherweise haben ihn ein paar der älteren gefunden, bevor irgendein Schaden angerichtet wurde.« Ich sah ihn an.

»Und ich war auch dabei. Wir haben es natürlich sofort verbrannt. Aber vorher konnte ich einen kurzen Blick darauf werfen. Da ich noch nicht lesen konnte, bedeutete es mir nicht viel, aber ich denke, es muss dieses hier gewesen sein. Es kommt mir bekannt vor. Und was noch wichtiger ist, sieh dir die erste Zeile an.«

Wieder hielt ich es ihm entgegen.

STOPPT die kallorwegianische Aggression!

Der fettgedruckte Titel war mir sofort ins Auge gefallen, genau wie damals, als ich noch nichts davon hatte verstehen können.

»Das habe ich gesehen«, sagte ich. »Ich habe die Buchstaben vor mir gesehen, bevor ich den Männern befohlen habe, stehen zu bleiben. Und sieh, was da steht!«

Walden wippte mit großen Augen auf seinen Fersen zurück. »Und gestern Abend hast du an den schriftlichen Zauber deiner Freundin gedacht und zwei Worte davon ausgesprochen. Aber das ist bemerkenswert. Ich hätte nie gedacht … Wenn du nicht lesen konntest …«

»Wir müssen es ausprobieren.« Ich stand auf und stellte sicher, dass ich immer noch den leichten Druck des Schildes um mich herum spüren konnte.

»Soll ich etwas für dich schreiben? Was soll ich schreiben?« Walden vibrierte beinahe vor Aufregung, als er zurück hinter seinen Schreibtisch eilte.

Doch er musste nichts für mich schreiben. Etwas Einfaches konnte ich mir auch ohne schriftliche Vorlage vorstellen. Nachdem er die Kuppel des Schildes verlassen hatte, machte ich einen einzelnen Schritt nach vorne, der Kokon seiner Macht folgte mir und legte sich über eine halbleere Teetasse, die auf seinem Schreibtisch stand. Ich starrte sie an und rief mir ein einzelnes Wort vor Augen.

»Koche!« Ich widerstand dem Drang, theatralisch auf die Tasse zu zeigen.

Eine Woge aus Macht erfüllte die Luft um mich, drang in jede Ecke des Raumes vor, der sich unter dem Schild befand. Als sie die Tasse erreichte, zerbrach diese mit einem lauten Knall, kochender Tee spritzte bis an die Decke und tropfte dann auf mich herunter.

Ich schnappte nach Luft, erleichtert, dass die Tropfen nur auf meinem Arm landeten und meine langen Ärmel mich davor schützten, verbrüht zu werden. Schuldbewusst blickte ich nach oben auf die herabtropfende Flüssigkeit und dann nach unten auf die Scherben der Tasse.

Trotzdem konnte ich das Grinsen nicht unterdrücken, das sich auf meinem Gesicht ausbreitete. »Ich habe es geschafft. Ich habe es tatsächlich geschafft. Ich habe herausgefunden, wie ich meine Fähigkeiten kontrollieren kann.«

Walden hüstelte. »An der Kontrolle müssen wir vielleicht noch arbeiten.«

Doch als ich meinen Blick zu ihm hob, lächelte er.

»Gut gemacht, Elena. Wirklich sehr gut gemacht.«

Natürlich fing die eigentliche Arbeit jetzt erst an.

»Offensichtlich hast du ein immanentes Maß an Kontrolle«, sagte Walden, als er eine neue Tasse Tee auf einen Beistelltisch stellte und ihn in die Mitte des Raumes schob. »Sonst hätte dein Versuch in einem Desaster enden können … Wenn alle Flüssigkeiten innerhalb meines Schutzschildes angefangen hätten zu kochen.« Er hob seinen Blick und sah mich ernst an. »Einschließlich deines Blutes.«

Ich schluckte schwer, bevor er weitersprach.

»Aber das entspricht dem, was wir bereits bei deinen anderen beiden Zaubern gesehen haben. Normalerweise würde eine Kontrolle wie diese ohne Training auf einen sehr mächtigen Magier hinweisen. Aber in deinem Fall können wir nicht wissen, ob es sich dabei nur um ein Nebenprodukt davon handelt, wie sich deine Kräfte manifestieren. Natürlich können wir ohne andere Testpersonen kaum bedeutungsvolle Rückschlüsse ziehen …«

Seine Stimme ging in ein unverständliches Murmeln über, wie sie es manchmal tat, wenn er einem technischen Gedankengang folgte. Ich räusperte mich, er zuckte zusammen und hob seinen Blick.

»Ah, richtig.« Er grinste. »Zu unserem Test.«

Wir arbeiteten den ganzen Tag daran. Trotz seines Gemurmels über ein höheres Kontrolllevel stellte sich heraus, dass meine Zauber in etwa so funktionierten wie die meiner Klassenkameraden. Wenn ich die Macht genau lenken wollte, musste ich spezifisch sein. Und um spezifisch sein zu können, musste ich zunächst ein paar einschließende Worte sprechen, die die Macht zurückhielten, bis ich die gesamte Struktur des Zaubers ausgesprochen hatte.

Nur war es viel schwieriger, mir die Worte vernünftig vor Augen zu führen, bevor ich sie aussprach, wenn es sich um längere Sätze handelte, ganz zu schweigen von ganzen Absätzen. Am Ende des Tages war ich vollkommen ausgelaugt und hatte nichts Komplizierteres zustande gebracht, als das Wasser in meiner sechsten Teetasse erfolgreich zu erhitzen.

»Bei allen anderen klingt es so, als wären die verbalen Zauber der Schlüssel zu allem«, sagte ich, während ich mürrisch den Dampf beobachtete, der sich von der Flüssigkeit erhob. »Aber mir scheint das nicht sehr praktikabel zu sein. Ein normaler Magier kann einen vorbereiteten Zauber innerhalb von einer Sekunde anwenden. Aber wie soll ich das schaffen, wenn ich mehrere Sätze aussprechen muss? Und ich muss sie mir dabei auch noch bildlich vorstellen. Ich kann sie wohl kaum vorbereiten und einlagern! Diese Fähigkeit wird sehr nützlich sein, wenn mich das nächste Mal wieder jemand von einem Gebäude werfen will.«

Walden sah mich scharf an, doch dann schüttelte er den Kopf. »Gib dir mehr Zeit, meine Liebe. Du hast heute schon großartige Fortschritte gemacht.«

Ich versuchte zu lächeln, doch ich fühlte, wie schief es aussehen musste. Ich wünschte, ich könnte meine Begeisterung von heute Morgen zurückerlangen, doch die Erschöpfung zog mich runter. Mein Kopf fühlte sich verworren an, und hinter meinen Schläfen breitete sich ein stechender Kopfschmerz aus, der schnell an Intensität zunahm.

Ich hatte gehofft, schon weiter zu sein. Denn obwohl mir bewusst war, dass ich zweimal Erfolg bei hastig ausgesprochenen Zaubern gehabt hatte, veränderte es alles, die Gefahren dahinter zu verstehen. Ich würde es nicht noch einmal wagen, einen Zauber mit einem einzigen Wort heraufzubeschwören. Und in meinem Hinterkopf lauerte auch noch das Wissen, dass jemand versucht hatte, mich umzubringen. Oder möglicherweise Lucas. Was nur wenig beruhigend war, da ich hier mit ihm lebte und wir jeden Tag zusammen lernten. Und wenn er das Ziel gewesen war, hatte sich derjenige, wer auch immer hinter dem Angriff steckte, offenbar keine Sorgen darüber gemacht, mich zusammen mit ihm aus dem Weg zu räumen.

Ich hatte gedacht, dass ich sicher wäre, sobald ich den Zugang zu meinen Kräften gefunden hatte, doch wie sich herausstellte, war es noch viel komplizierter.

»Was für eine Überraschung«, murrte ich in mich hinein. »Ich hätte es wissen müssen.«

Als die Glocke zum Abendessen läutete, stolperte ich benommen aus Waldens Büro. An der Tür blieb ich stehen, um ihm für seine Mühe zu danken – immerhin hatte er seinen ganzen freien Tag an mich verloren –, und er klopfte mir leicht auf die Schulter.

»Elena …« Er hielt inne und schüttelte den Kopf. »Geh und ruh dich aus. Das hast du dir verdient.«

Ruhe klang nach einer guten Idee, aber mein Bauch hatte andere Prioritäten.

»Da bist du ja!« Sobald meine Füße mich wie von allein in den Speisesaal getragen hatten, stürzte Coralie sich auf mich. »Ich habe dich schon überall gesucht.« Sie schien sich von ihrer Erschöpfung erholt zu haben.

»Ich war bei Walden.« Er hatte angeordnet, dass uns das Mittagessen in sein Büro gebracht wurde, also hatte ich Coralie seit dem Frühstück nicht mehr gesehen.

Sie rollte mit den Augen. »Den ganzen Tag? Es war ein Feiertag, Elena. Den solltest du nicht nur mit Lernen verbringen.«

Ich zuckte mit den Schultern und füllte meinen Teller. Sie studierte mich aufmerksam, also stellte ich ihr schnell eine Frage, in der Hoffnung, sie von mir abzulenken.

»Wie war es gestern Abend noch auf der Feier?«

Sie klatschte in die Hände, ihre Augen strahlten.

»Vollkommen und absolut unglaublich. Ich habe getanzt und getanzt und gegessen und noch mehr gegessen. Und mit dem nettesten meiner Tanzpartner bin ich sogar in die Gärten rausgegangen. Er ist Student an der Universität.« Sie kicherte. »Und vielleicht habe ich mir von ihm einen Kuss gestohlen.«

Ich unterdrückte ein Stöhnen. Hoffentlich war das nicht der Start einer neuen Schwärmerei, wie sie die Mädchen in Kingslee oft hatten. Eine, bei der ihre Freunde die ellenlangen Auflistungen der Vorzüge ihres Schwarms ertragen mussten, zusammen mit den endlosen Fragen, wie hoch das Interesse von dessen Seite aus war.

»Sein Name war Edmond«, fügte sie noch hinzu.

Der Name kam mir bekannt vor. »Warte. Vielleicht habe ich ihn tatsächlich schon getroffen. War er groß und schien eher ein Schauspieler als ein Akademiker zu sein?«

»Das ist er!« Coralie klammerte sich an meinen Arm. »Kennt dein Bruder ihn? Wenn du Jasper das nächste Mal siehst, kannst du ihn für mich etwas fragen? Ob Edmond irgendetwas erwähnt hat, meine ich.«

»Mein Bruder ist in Kingslee, erinnerst du dich?«

»Aber wenn er zurückkommt?«

Ich nickte zögerlich. Ich bezweifelte, dass Edmond immer noch von einer Tanzpartnerin von der Wintersonnenwende reden würde, wenn mein Bruder zurückkehrte – wenn sie überhaupt befreundet waren, worin ich mir absolut nicht sicher war. Und mir gefiel der Gedanke nicht, der Überbringer schlechter Nachrichten zu sein. Allerdings konnte ich ihr auch nicht eine so innige Bitte ablehnen.

Coralie nahm mehrere Bissen und schien mit meiner wenig enthusiastischen Antwort zufrieden zu sein, bis sie sich plötzlich zu mir drehte und vorwurfsvoll mit ihrer Gabel auf mich zeigte.

»Glaub bloß nicht, dass du mich ablenken kannst! Du standest auf einem Balkon, der zusammengebrochen ist! Ich will alles hören.« Sie senkte ihre Stimme und ließ ihren Blick über die anderen Tische streifen, die wesentlich besser besetzt waren als beim Frühstück. »Alle reden davon, wie alt der Palast ist, und was es für ein Glück war, dass der Prinz ein Desaster abwenden konnte. Aber glaub bloß nicht, dass es einigen bestimmten Leuten entgangen ist, dass du alleine mit Lucas auf dem Balkon gewesen sein musst.« Sie warf mir einen bedeutungsschweren Blick zu, während meine Gedanken zurück zu den beiden Generälen wanderten, die zusammen mit der Königin und der Prinzessin an ihrer Seite über mir aufragten.

Doch Coralies Augen zuckten vielsagend zu dem Tisch, an dem Lucas saß, zusammen mit den Zwillingen, den beiden Stantorns Lavinia und Westen und der brillanten, aber distanzierten Dariela. Mein Puls beruhigte sich auf sein normales Tempo. Wenn das die Leute waren, die sie meinte, dann konnten sie denken, was sie wollten, wenn es nach mir ging.

Besonders da Lucas und ich keinen Hehl aus unserer Verachtung füreinander machten. Ich konnte mir nicht vorstellen, dass irgendjemand von ihnen sich lange Gedanken über den Prinzen und mich machen würde. Nicht, wenn jeder Einzelne von ihnen offensichtlich der Meinung war, dass ich zu unwürdig war, um ihre kostbare Akademie zu besuchen, und mit ihnen als ach so wichtige Magier zu interagieren.

Es gab gefährlichere Leute, um die ich mir Sorgen machen musste. Und nicht nur Leute. Nach meinem Durchbruch wurde mein Verstand von einer völlig neuen Sorge eingenommen. Nachdem ich einen ganzen Tag trainiert und mich gezwungen hatte, mir die Worte vorzustellen, sah ich immer noch Buchstaben hinter meinen Augen tanzen. Ein gefährliches Phänomen, das ich in den Griff bekommen musste, bevor ich aus Versehen eines der Wörter aussprach und damit die halbe Akademie abriss.

Ich konnte nur froh sein, dass mir als Kind nicht die Möglichkeit gegeben wurde, zu lesen. Analphabet zu sein hatte mir zweifellos schon oft das Leben gerettet.

»Um Mitternacht wurde sein riesiger Kuchen angeschnitten und der König hielt eine Rede über seinen Sohn.« Coralie hatte wieder angefangen, über die letzte Nacht zu sprechen. »Und dann hat Lucas eine Dankesrede gehalten. Und dann ist er verschwunden.«

Sie warf mir einen aufgeregten und verschwörerischen Blick zu, als erwarte sie, dass ich mich mit ihr zusammen in Spekulationen vertiefte. Leider half nichts davon mir bei meinem Vorhaben, nicht an Lucas zu denken. Oder ihn anzusehen. Oder mit ihm zu reden. Oder über ihn zu reden.

Ich erwiderte nichts.

»Also, was glaubst du, wo er hingegangen ist?« Coralie wartete geduldig, doch als ich immer noch nichts sagte, spekulierte sie weiter. »Ich habe Natalya mit Lavinia reden hören. Sie war gar nicht glücklich. Abgesehen von Dariela hat Lucas mit keiner Schülerin der Akademie getanzt. Und ich glaube, dass Natalya davon überzeugt war, dass er nur bis nach Mitternacht warten wollte, um sie zu fragen. Du hättest die gemeinen Sachen hören sollen, die sie über die arme Dariela gesagt hat.«

Jetzt konnte ich einem schnellen Blick zu ihrem Tisch nicht mehr widerstehen. Dariela sah völlig unbeeindruckt aus – wie eigentlich immer –, und es schien ein freundlicher Frieden zwischen allen Parteien zu herrschen.

»Ich weiß nicht, ob ich Dariela als arm bezeichnen würde«, sagte ich. »Sind die Ellingtons nicht außerordentlich reich? Außerdem ist sie groß und hübsch und absolut brillant. Ich wette, sie wird mal Leiterin in ihrem Fachbereich, ganz egal, wofür sie sich entscheidet.«

Coralie zuckte mit den Schultern. »Die meisten von ihnen sind reich, aber haben irgendwo ärmere Cousins. Aber mit Dariela hast du recht. Sie ist eindeutig keine arme Cousine.« Sie grinste. »Und das macht das Ganze so genial. Natalya will sie nicht verärgern, aber sie ist trotzdem bei Weitem ihre größte Konkurrentin. Ich glaube, deshalb ist sie zu dir besonders fies – du bist ihr einziges sicheres Ventil.«

Ich verdrehte die Augen. »Ich bin mir ziemlich sicher, dass ich für ihre Gemeinheiten mir gegenüber selbst verantwortlich bin. Ich bin eine Normalgeborene, schon vergessen? Und darüber hinaus bin ich vollkommen nutzlos und unfähig, einen einzigen Zauber …«

Meine Worte verstummten, als ich mich plötzlich daran erinnerte, dass das nicht länger der Fall war. Ein winziger Funke meines früheren Hochgefühls kämpfte sich durch meine Erschöpfung.

Coralie starrte mich an.

»Warte«, flüsterte sie und lehnte sich zu mir. »Was bedeutet dieser Blick?« Ihre Augen weiteten sich. »Du hast gesagt, du warst den ganzen Tag bei Walden … Erzähl mir nicht, dass du es geschafft hast!«

Ich zögerte für einen kurzen Augenblick und biss mir auf die Lippe, bevor die Worte in einem Flüstern aus mir heraussprudelten.

»Ja, ich habe es geschafft. Ich kann verbale Zauber kreieren. Ich habe es tatsächlich geschafft!«

»Oooooh!« Coralie senkte schuldbewusst ihre Stimme, als ich ihr einen bösen Blick zuwarf.

Mehrere andere Lehrlinge spähten mit beschränkter Neugier zu uns herüber, doch ein Blick bohrte sich in mich. Lucas' Augen waren scharf, sein Ausdruck abschätzend. Ich wandte mich schnell wieder ab und schüttelte vor Coralie den Kopf.

»Bitte erzähl es noch niemandem. Ich bin noch nicht bereit dafür. Ich will an meiner Kontrolle arbeiten, bevor ich neue Anfragen für eine Demonstration bekomme.« Ich rümpfte die Nase.

»Demonstration?«

Ich erzählte meiner Freundin, was am Abend zuvor geschehen war, noch bevor der Balkon zusammengebrochen war.

»Oh, wow! Beide Generäle *und* die Königin *und* Prinzessin Lucienne? Ich bin froh, dass ich da schon weg war, sonst wäre ich noch in Ohnmacht gefallen.«

»Vielen Dank auch.«

»Oh.« Sie grinste. »Ich meinte natürlich, ich hätte dir treu zur Seite gestanden, ein Bild purer Erhabenheit, Stärke und Unterstützung.«

Ich schüttelte grinsend den Kopf und leerte meinen Teller. »Ich kann nicht glauben, wie müde ich jetzt bin. Ein Tag geübt und ich fühle mich, als hätte ich seit einer Woche nicht geschlafen.«

»Ein Tag? Wie meinst du das?« Coralie schob sich mehrere volle Gabeln in den Mund, um ihren Teller ebenfalls zu leeren, während ich ihr von meinem Übungstag erzählte.

»Warte, was?«, nuschelte sie, weil sie den Mund noch voll mit Essen hatte. Sie machte eine Pause, um schnell zu kauen und zu schlucken. »Du hast kurz nach dem Frühstück herausgefunden, wie es funktioniert. Und dann hast du *den ganzen Tag* trainiert?«

Ich nickte, meine Stirn legte sich in Falten, als ich sie irritiert ansah.

»Ja? Na und?«

»Na und?! Elena, zaubern ist kräftezehrend. Das ist der Grund, warum die Ausbildung an der Akademie so lange dauert. Wir müssen unsere Ausdauer und Geschicklichkeit und Kontrolle trainieren. Warum, glaubst du, geben Magier so ungerne ihre eigenen Zauber ab? Natürlich haben wir den Aufwand, wenn wir sie kreieren und nicht, wenn wir sie anwenden, aber trotzdem … Es ist unglaublich kräftezehrend. Erinnerst du dich noch daran, wie es mir ging, als wir im Unterricht tatsächlich mit dem Kreieren angefangen haben?«

Ich schüttelte meinen Kopf. »Ich war doch bei Jocasta. Wochenlang.« Ich überlegte. »Und zwar direkt, nachdem ich hier angekommen war. Es gibt nichts, womit ich es hätte vergleichen können. Ich schätze, alle sahen etwas müde aus, aber ich erinnere mich an nichts Besonderes.«

»Elena.« Coralie senkte ihre Stimme noch weiter. »Lucas ist mit Abstand der Beste unseres Jahrgangs in der Schriftlehre – auch wenn Dariela schnell aufgeholt hat. Ich bin mir ziemlich sicher, dass er Privatunterricht bekommt, seit er sechzehn geworden ist. Normalerweise wird das nicht gerne gesehen, auch nicht wenn die Schüler weit vorm Herbst ihren sechzehnten Geburtstag feiern, aber ich schätze, die Regeln gelten für die Königsfamilie nicht. Aber selbst er könnte keinen *ganzen Tag* damit verbringen, pausenlos Zauber zu kreieren, und danach immer noch laufen können – geschweige denn eine zusammenhängende Unterhaltung führen.«

Ich rutschte unbehaglich auf meinem Stuhl herum. »Ich schätze, die verbalen Zauber funktionieren anders.«

»Vielleicht …« Coralies große Augen machten mich nervös.

»Ich bin wirklich müde. Ich denke, ich sollte jetzt ins Bett gehen.« Ich stand auf, aber zögerte, bevor ich ging. »Denk dran – kein Wort zu niemandem.«

»Bestimmt nicht.« Coralie lächelte verschmitzt. »Aber ich kann es kaum erwarten, bis du es den anderen zeigst.«

Und ich musste zugeben, dass dieser Gedanke auch mich einnahm, als ich schließlich ins Bett krabbelte. Zumindest bis mein Kopf das Kissen berührte und sich der Schlaf sofort über mich legte.

Ich verschlief das Frühstück und hätte auch das morgendliche Training verpasst, wenn Coralie nicht unaufhörlich gegen meine Tür gehämmert hätte, bis ich aus dem Bett stolperte und sie hineinließ.

»Elena! Du bist noch nicht mal angezogen!«

Ihr entsetzter Ausdruck drängte mich zum Handeln und bald war ich angekleidet, hatte meine Robe übergeworfen und eilte auf unseren üblichen Trainingsplatz zu. Es war schon lange her, dass ich das letzte Mal das Frühstück verpasst hatte, aber die zusätzliche Ruhe war es wert gewesen. Ich fühlte mich erholt und lebendig, alles in mir brannte darauf, weitere Zauberversuche zu unternehmen.

Ich war so voller Energie, dass ich es schaffte, Finnian mit meinem Stab komplett niederzustrecken. Thornton, der in diesem Augenblick an uns vorbeigegangen war, blieb tatsächlich stehen und verzog schmerzlich sein Gesicht.

»Gut gemacht«, presste er hervor, bevor er davoneilte.

Ich kicherte, als ich Finnian wieder hoch half. »Hast du gesehen, wie viel Kraft es ihn gekostet hat, das zu sagen?«

Finnian rieb sich über seinen Rücken und schüttelte den Kopf. »Jemand hat heute aber sehr gute Laune.«

Sogar das Herumsitzen im Schriftlehreunterricht war nicht so unangenehm wie sonst, und ich beantwortete nicht nur eine Frage, sondern drei, was Redmond gar nicht gefiel. Ich lauschte aufmerksam allem, was er zu sagen hatte, und überlegte, wie ich es auf meine eigenen Fähigkeiten anwenden könnte. Doch ich hatte bereits Ideen für meinen nächsten Versuch mit Walden.

Nur die zusammengekniffenen Augen des Prinzen – die sich viel zu sehr auf mich fokussierten – schafften es, meine gute Laune zu dämpfen. Was ging in seinem Kopf vor? Hatte er jemandem von meinem Zauber im Palast erzählt? Hatte er den Verdacht, dass ich Zugang zu meinen neuen Fähigkeiten gefunden hatte?

Doch sobald der Unterricht vorbei war, verdrängte ich ihn aus meinen Gedanken und eilte in die Bibliothek, während Coralie mir Ermutigungen zuflüsterte. Sie hatte mit mir kommen wollen, um mich in Aktion zu sehen, doch ich hatte sie davon überzeugen können, noch zu warten, bis ich die Dinge besser unter Kontrolle hatte.

Später beim Abendessen lächelte sie mitfühlend, als sie meine niedergeschlagene Miene sah. »Ist es nicht gut gelaufen?«

Ich dachte über ihre Frage noch. »Nein, es lief gut.«

Als sie mich ungläubig ansah, seufzte ich.

»Ich bin nur eine Närrin. Ich hatte gehofft, ich würde mich schneller verbessern, aber ich weiß, dass es eine Menge Arbeit wird. Ich bin mir sicher, dass ich es schaffen werde.« Ich versuchte mich genauso zu überzeugen wie sie.

Sie schüttelte nur ihren Kopf und wandte sich wieder ihrem Essen zu. »Du denkst nur so, weil du nicht weißt, wie die Dinge normalerweise funktionieren. Du hast schon unglaubliche Fortschritte gemacht, Elena. Ernsthaft. Das ist unglaublich.«

Walden hatte noch immer keinen Kommentar über meine Ausdauer gemacht, weshalb ich vermutete, dass Coralie, was das anging, etwas übertrieben hatte, aber was meine Fortschritte betraf, hatte sie recht. Vor allem, nachdem es monatelang überhaupt keine Entwicklung gegeben hatte, raste ich jetzt regelrecht daher. Alles, was ich brauchte, war mehr Geduld.

Aber es fiel mir schwer, geduldig zu sein, wo ich doch endlich mit dem Rest meines Jahrgangs aufholen wollte. Ich konnte es kaum erwarten, meine neuen Fähigkeiten in der Klasse unter Beweis zu stellen.

Doch je mehr Tage vergingen, desto klarer wurde mir, dass es noch Wochen dauern könnte, bevor ich diesen Punkt erreichen würde, trotz der engagierten Hilfe von Walden. Tatsächlich bezweifelte ich, es noch vor dem Frühling zu schaffen.

Also behielt ich meinen Fortschritt für mich.

Aber ich kam weiter voran. Mir unterliefen immer weniger Fehler, weil ich langsam heraushatte, in welcher Geschwindigkeit ich mir die Worte vor Augen führen musste, um sie richtig aussprechen zu können. Ich schaffte sogar recht lange und genaue Zauber.

Aber ich musste sie natürlich vorher auswendig lernen – zumindest, wenn ich nicht vor mich hin stammeln und etwas Wichtiges vergessen wollte. Also verbrachte ich viel Zeit damit, mir die Worte, die ich brauchte, einzuprägen.

Doch nach all der Zeit, die ich mit dem Üben verbrachte,

konnte ich kaum noch an etwas denken, ohne dass die Buchstaben vor meinem geistigen Auge erschienen. Also verbrachte ich noch mehr Zeit damit, meine Worte in Gedanken zu unterdrücken, wenn ich nicht gerade trainierte, damit sie nicht ungeplant und in gefährlichen Momenten auftauchten.

Dieses Risiko war Waldens größte Sorge, weshalb er häufig mein Tempo zügelte, bis ich sicher war, dass ich nicht versehentlich irgendeine unkontrollierte Macht in seinem Büro losließ.

In der eigentlichen Bibliothek hielt ich mich jetzt kaum noch auf, weil ich immer direkt zu seiner Tür eilte. Aber eines Tages hielt Jocasta mich auf meinem Weg nach draußen auf.

»Ich habe dich hier schon eine Weile nicht mehr gesehen.« Sie schaute mich mit gerunzelter Stirn an.

Ich erwiderte ihren Blick ausdruckslos. »Was meinst du? Ich bin jeden Tag hier.«

»Nein, hier in der Bibliothek, meine ich.«

»Oh.« Ich sah mich nach einer Fluchtmöglichkeit um, um diesem Gespräch entgehen zu können. »Nun, ich schätze, ich habe keinen Unterricht hier, und …«

Sie studierte mich.

»Aber ich wusste deine Hilfe wirklich zu schätzen. Dass ich lesen kann, verdanke ich dir …« Eine Weile hatte ich mich gefragt, ob sie beleidigt war, weil ich ihre Nachhilfe fallen gelassen hatte, um mit Walden zu arbeiten. Allerdings schien sie diese Aufgabe nie besonders gemocht zu haben.«

Ich trippelte nervös von einem Fuß auf den anderen.

Jocasta seufzte. »Es ist dein Leben, Elena. Ich schätze, ich bin einfach etwas überrascht.«

Ich starrte sie an.

»Als ich angefangen habe, dich zu unterrichten, hast du dich so sehr auf das Lernen gefreut. Darauf, Geheimnisse zu entschlüsseln. Ich habe dich sogar einmal murmeln hören, dass die Worte dich rufen würden.«

Ich brachte ein schiefes Grinsen zustande, verlegen, weil sie das mitangehört hatte. Damals hatte ich noch gedacht, dass jeder dieses Gefühl hatte, doch jetzt fragte ich mich, ob es an meinen unterdrückten Fähigkeiten gelegen haben könnte, dass sie diesen Effekt auf mich hatten.

Jocasta zuckte mit den Schultern. »Du scheinst großartige Fortschritte zu machen, aber ich schätze …«

Ich runzelte die Stirn. Keiner meiner anderen Lehrer hatte etwas erwähnt, also war ich mir nicht sicher gewesen, ob Walden sie auf dem Laufenden gehalten hatte. Er wusste, dass ich aufholen wollte, bevor es sich herumsprach, doch vermutlich sollte es mich nicht überraschen, dass die stellvertretende Leiterin der Bibliothek wusste, was in ihrem eigenen Reich vor sich ging.

»Ich schätze, ich dachte einfach, du hättest ein größeres Interesse am Lesen, als nur deine Kräfte zu entfesseln«, beendete sie schließlich ihren Satz. Als ich immer noch einfach nur dastand, deutete sie auf die Bücherreihen hinter sich. »Ich habe dir Bücher über die Schriftlehre gegeben, weil ich wusste, dass du das für den Unterricht brauchen würdest, aber diese Bibliothek hält noch viel mehr bereit. Und unseren Schülern steht alles offen.«

Ich biss mir auf die Innenseite meiner Wange und konnte ihren Blick plötzlich nicht mehr ertragen. Sie hatte recht. Ich war wie besessen davon, meine Kräfte zu kontrollieren und meine Klassenkameraden einzuholen. So sehr, dass ich meine anfängliche Aufregung, alle Geheimnisse zu entschlüsseln, die dieser Ort bereithielt, vergessen hatte.

»Die Glocke zum Abendessen hat bereits geläutet«, sagte ich, bevor ich noch etwas zum Abschied murmelte und aus dem Zimmer floh. Jocasta war nie sehr geduldig mit mir gewesen, weshalb es nicht nötig war, dass ihre schlechte Meinung von mir mich jetzt so sehr mitnahm.

Ich sollte daran gewöhnt sein. Mit Ausnahme von Walden, Coralie, Finnian und möglicherweise auch Saffron hielten hier alle nur sehr wenig von mir. Okay, Damon und Acacia vielleicht nicht, aber die sah ich so selten, dass sie kaum zählten.

Trotzdem verfolgte mich ihr enttäuschtes Gesicht, was vielleicht der Grund dafür war, dass ich die Warnzeichen nicht bemerkte, bevor mich etwas Hartes am Kopf traf und mich nach vorne auf den Boden des Flurs warf.

»Wirklich?«, hörte ich eine unbeeindruckte Stimme. Es war ein Mädchen, doch durch das Klingeln in meinen Ohren konnte ich nicht erkennen, wer genau. »So weit ist es schon mit uns gekommen?«

Ich drehte mich um und kroch rückwärts, um mich von der Bedrohung zu entfernen. Fünf Gestalten ragten über mir auf.

»Das geht jetzt schon ein halbes Jahr so, Dariela«, sagte Weston, der fast genauso gelangweilt klang wie die vorherige Sprecherin, aber um einiges rachsüchtiger. »Also musste es offensichtlich so weit mit uns kommen. Von uns wird erwartet, die Klasse mit einem normalgeborenen Mädchen zu teilen, das keinerlei Kontrolle hat. Ich dachte, wir könnten es unseren Älteren überlassen, sie loszuwerden, aber aus irgendeinem Grund scheinen sie nicht zu handeln. Und da meine Nachricht an ihrem ersten Tag im Kampftraining nicht angekommen zu sein scheint, würde ich sagen, ist es an der Zeit, ihr noch einmal zu zeigen, dass sie hier nicht willkommen ist.«

Ich war zu sehr auf sein Gesicht konzentriert, um die Bewegung zu meiner Rechten zu bemerken. Calix' Fuß erwischte meine Mitte, warf mich gegen die Steinwand zurück, begleitet von einem Knacken.

Ich stöhnte, doch kaum war der Laut mir über die Lippen gekommen, trat er noch mal zu. Ein stechender Schmerz breitete sich in meiner Seite aus und gesellte sich zu dem Pochen in meinem Kopf. Ich versuchte, mich in eine aufrechte Position zu drücken und auf das monatelange Kampftraining zurückzugreifen, doch ein neuer Tritt schickte mich wieder auf alle viere. Vier von ihnen hatten mich jetzt umrundet, hielten mich zwischen sich und der Wand gefangen. Meine Sicht hatte angefangen zu verschwimmen, doch es war nicht schwer, die Zwillinge und die beiden Stantorn-Cousins zu erkennen. Anscheinend hatte ich falschgelegen, als ich sie im Vergleich mit meinen anderen Sorgen als harmlos abgestempelt hatte.

»Ich habe keine Zeit für diesen Blödsinn«, sagte Dariela. »Ich bin hier, um zu lernen. Wenn ihr euch ein bisschen ablenken wollt, von mir aus. Aber ich bin raus.« Sie entfernte sich über den Flur in Richtung des Speisesaals.

Doch sie war noch nicht ganz außer Sicht, als eine neue Gestalt auftauchte. In einem kurzen Anflug von Hoffnung dachte ich, es könnte einer der Lehrer oder meiner Freunde sein, doch dann erkannte ich die Silhouette.

»Lucas weiß, dass wir recht haben«, sagte Lavinia, als sie dem Neuankömmling zunickte, doch ihre Stimme klang nicht sehr überzeugt. Ich hätte Coralies Warnungen ernster nehmen sollen. Offenbar hatte der Hass meiner Klassenkameraden, denen es nicht gefiel, wie ich in ihre Welt eingedrungen war, zu einer heftigeren Reaktion geführt, als ich erwartet hatte.

Ich schaute an Lucas vorbei, hoffte, dass er nicht allein war, doch sonst erschien niemand. Ich war später zum Essen dran, als mir bewusst gewesen war. Meine Augen wanderten wieder zu ihm, doch mein stilles Flehen wurde von einem Fuß in meinen Rippen unterbrochen, der meinen Kopf gegen die Steine der Wand knallen ließ. Ich wimmerte – der einzige Laut, den ich noch hervorbringen konnte – und legte einen Arm um meine Mitte, während ich mit der anderen Hand versuchte, meinen Kopf zu schützen.

»Ich kann dir versichern, dass ich meine unbewaffneten Klassenkameraden nicht schlagen würde«, sagte die Stimme des Prinzen.

Calix schnaubte nur. »Prinzen machen sich nicht die Hände schmutzig, Lavinia. Dafür haben sie doch uns. Nicht, dass wir unsere Hände benutzen würden.« Er grinste hämisch, als er ausholte, um erneut zuzutreten.

Als ihre Angriffe nur aus Worten bestanden hatten, hatten die Jungs sich damit zufriedengegeben, es ihrer Schwester und Cousine zu überlassen. Aber genau wie an meinem ersten Tag mit Weston hatten sie offenbar keinerlei Hemmungen, mitzumachen, wenn es körperlich wurde.

Obwohl ich es besser wusste, wanderte mein Blick instinktiv zu Lucas. Ein finsterer Ausdruck lag in seinen Augen, als er mit geballten Fäusten auf uns zukam. Ich hatte den Eindruck, dass er angreifen wollte – aber mich oder Calix? Wie immer verwirrte er mich nur.

Wut durchströmte mich, und mit ihr ein Gefühl von Macht. Die anfängliche Überraschung und der Schmerz hatten jeden Gedanken an Selbstverteidigung aus meinem Kopf vertrieben, aber jetzt erinnerte ich mich daran, dass ich nicht das hilflose, normale Mädchen war, für das sie mich hielten.

Ungefragt erhoben sich die einschließenden Worte vor meinen Augen und ich sprach sie aus – in meiner Eile überschlugen sie sich fast. Calix hielt inne und warf Weston einen irritierten Blick zu.

Sein Zögern gab mir die Zeit, die ich brauchte, um meinen Zauber zu vervollständigen. »Schütze meinen Körper vor Tritten und erwidere den Angriff –«, im letzten Augenblick realisierte ich, dass ich mich stärker konzentrieren musste, und zwang neue Buchstaben vor mein inneres Auge. »... gegen meine vier

Angreifer, ohne ernsthafte Verletzungen zu verursachen. Entfesseln.«

Als ich das letzte Wort aussprach, erblühte die Macht um mich herum und hüllte mich in eine Blase. Zur selben Zeit schossen vier Ranken nach außen und stießen Calix, Natalya, Lavinia und Weston von mir fort. Sie alle prallten mit voller Wucht an die gegenüberliegende Wand, Lucas war gerade noch rechtzeitig ausgewichen, um nicht von ihnen mitgerissen zu werden.

Keuchend verharrte ich auf dem Boden, der Schmerz pochte immer noch durch mich hindurch, während unsere Blicke ineinander verankert waren. Er drehte sich nicht um, um nach seinen Freunden zu sehen, und ich konnte den Ausdruck in seinen Augen nicht erraten. Denn Begeisterung konnte es wohl kaum sein.

Dann löste er seinen Blick von meinem und verschwand über den Flur, ohne einen weiteren auf die anderen zu werfen, die alle stöhnend an der Wand lehnten.

Ich sah ihm nach. Wenigstens war ich noch bei ausreichendem Verstand gewesen, meinen Zauber im letzten Moment anzupassen. Trotz all meiner Wut gegen ihn wäre es unklug, einen Prinzen anzugreifen.

Genauso fatal wie es gewesen wäre, meinen Zauber vage genug zu halten, um einen Lehrling aus einer einflussreichen Magierfamilie ernsthaft zu verletzen. Wenn ich mehr Zeit gehabt hätte, hätte ich es so hinbiegen können, dass sie überhaupt keinen Schaden davongetragen hätten, aber der lähmende Schmerz in meiner Mitte und meinem Kopf machte es schwer, meine fehlende Konzentration zu bedauern.

Ich schaffte es, mich auf die Füße zu kämpfen, doch meine Arme schlangen sich um meine Mitte und aufrecht stehen war keine Option. Leicht schwankend starrte ich meine zusammengesunkenen Gegner an.

»Ich mag eine Normalgeborene sein, aber ich habe Kontrolle. Also würde ich euch empfehlen, mich in Ruhe zu lassen.«

Alle vier starrten mich an, offenbar gelähmt vor Schreck.

Ich zuckte mit den Schultern, die kleine Bewegung ließ mich zusammenzucken, und schlurfte den Flur entlang. Ich hatte erst eine kurze Distanz zurückgelegt, als ich schnelle Schritte hörte und jemand neben mich eilte, um meinen Arm über seine Schulter zu legen.

»Du bist auf den Beinen und kannst dich bewegen, das ist ein gutes Zeichen«, sagte Acacia mit ruhiger Stimme. »In dem Fall sollten wir dich in mein Büro bringen.«

Ich ließ mich vorwärts führen und stöhnte, als sie mich auf einem der Stühle absetzte.

»Du siehst ja noch schlimmer aus als an dem Tag, an dem wir uns kennengelernt haben«, sagte sie und grinste tatsächlich, als sie eine Reihe von Pergamenten aus ihrer Robe und verschiedenen Schubladen zog.

»Du bist ein Monster.« Ich stöhnte.

Als sie das erste Pergament zerriss, legte sich ihr kalter Nebel über mich und brachte betäubende Erleichterung.

»Ich nehme alles zurück«, sagte ich. »Du bist die Heldin der Akademie.«

Immer noch grinsend schüttelte sie den Kopf und zerriss ein weiteres Pergament, das wesentlich länger war als die, die sie an meinem ersten Tag in diesem Raum benutzt hatte. Ich versuchte, das knirschende Geräusch zu ignorieren, das meiner Fähigkeit, wieder frei zu atmen, vorausging.

Sie zerriss noch zwei weitere, und ich konzentrierte mich darauf, tief einzuatmen, als sich ihr letzter Nebel über mich legte. Als das Gefühl abebbte, hob ich vorsichtig den Stoff meiner Kleidung an und studierte meine Seite. Die Haut sah hell und makellos aus, nicht mal ein blauer Fleck war mehr zu sehen.

»Weißt du, der erste Jahrgang hat ein ruhiges Jahr hinter sich.« Sie wuselte herum, entsorgte die zerrissenen Stücke Pergament und schloss ihre Schubladen. »Aber ich hatte erwartet, zumindest dich öfter hier zu sehen.«

»Ähm, danke?« Ich sprang auf meine Füße. »Aber vergiss nicht mein episches Scheitern in der Bibliothek.«

»Nein, in der Tat. Wie könnte ich das vergessen? Es hat Wochen gedauert, meine Zauber wiederherzustellen, die ich für dich und Jocasta verbraucht habe. Das waren die ganz großen.« Sie warf mir einen gespielt ernsten Blick zu.

»Elena?« Coralie platzte in den Raum. »Da bist du! Ich habe etwas von einem Kampf gehört. Zum Glück war Acacia zur Stelle.«

Acacia schüttelte den Kopf. »Sah für mich eher wie eine ordentliche Tracht Prügel aus.« Sie betrachtete mich. »Gibt es noch mehr Schüler, die meine Aufmerksamkeit erfordern?«

Ich schüttelte den Kopf. Wenn einer der anderen ernsthaft verletzt worden wäre, hatte ich keine Zweifel daran, dass sie bereits in dieses Zimmer gestürmt wären, um noch vor mir behandelt zu werden.

»Komm, du hast das ganze Abendessen verpasst, aber ich habe dir etwas zur Seite gestellt.« Coralie winkte mich zu sich.

Ich murmelte Acacia meinen Dank zu und schlurfte zu ihr hinüber. Erst als ich schon lange gegangen war, fragte ich mich, woher sie überhaupt gewusst hatte, dass ich Hilfe brauchte und wo sie mich finden würde.

Ich wusste nicht, wer geredet hatte – ich konnte mir nicht vorstellen, dass einer der anderen unbedingt ihren Angriff und die darauffolgende Niederlage hatten öffentlich machen wollen –, aber irgendwie hatte es sich herumgesprochen. Geflüster und Blicke verfolgten mich, genau wie an meinen ersten Tagen hier, und nach dem Desaster in der Bibliothek.

Und als ich am nächsten Morgen zum Kampftraining erschien, schickte Thornton mich sofort wieder weg.

»Du wirst in Lorcans Büro erwartet«, sagte er, während Natalya mich hämisch angrinste.

Ich ignorierte sie. Sie und die anderen drei waren mir heute Morgen ausgewichen, und zwei von ihnen hatten sichtbare Schürfwunden, weshalb ich ein kleines Schmunzeln nicht unterdrücken konnte.

Um Lorcans Reaktion machte ich mir viel größere Sorgen. Hatte einer von ihnen den Zwischenfall gemeldet? Ich konnte mir gut vorstellen, wie sie es beschrieben hätten, und bezweifelte, dass ihre Geschichte viel Ähnlichkeit mit der Wahrheit gehabt hätte.

Doch als ich an die Bürotür des Akademieleiters klopfte, empfing dieser mich mit einem breiten Grinsen.

»Also, wie es scheint, hast du uns etwas verschwiegen, Elena.« Er deutete auf einen Stuhl, auf dem ich mich niederließ. »Ich vermute, deine Übungen mit Walden haben endlich Früchte getragen.«

Ich schluckte und nickte, wartete darauf, dass er auf die Auseinandersetzung des Vorabends zu sprechen kam. Allerdings sagte er nichts dazu.

»Natürlich bin ich von dieser Entwicklung begeistert.« Er fixierte mich mit einem ersten Blick. »Aber zukünftig werden du und Walden mich auf dem Laufenden halten müssen.«

Ich nickte und war froh zu hören, dass Walden mein Vertrauen tatsächlich bewahrt hatte.

»Nun.« Lorcan klatschte in die Hände. »Ich denke, eine Demonstration wäre angebracht.«

Er ließ mich einen Zauber kreieren, der mehrere kleine Objekte auf seinem Schreibtisch anheben und durch den Raum schweben ließ. Kurz darauf erschien ein finster dreinblickender Redmond, der mich mehrere Pergamentfetzen in Brand stecken ließ. Ich hatte erwartete, dass Lorcan Einspruch dagegen erheben würde, doch der kritzelte lediglich einen Schutzzauber auf, den er zerriss, sobald er das letzte Wort geschrieben hatte.

Kaum hatte Lorcan einen Krug Wasser über den brennenden Haufen geleert, platzte Jessamine, die Leiterin der Universität, ins Zimmer.

»Sie hat es geschafft?« Ihre Augen zuckten herum, bis sie auf mir landeten. »Ich bin sofort aufgebrochen, als ich die Nachricht erhalten habe.«

»Ich dachte mir fast, dass Euch das rennen lassen könnte«, sagte Lorcan mit einem amüsierten Funkeln in den Augen.

Jessamine beäugte die durchweichte, schwarze Masse auf dem Fußboden. »Was habe ich verpasst?«

Also wiederholte ich die beiden Demonstrationen, während die drei mich mit verschiedenen Leveln der Begeisterung beobachteten. Und sobald die beiden Leiter sich in ein Gespräch vertieften und nur so mit Fachwörtern um sich warfen, gab sogar Redmond nach und beteiligte sich an der Diskussion. Irgendwann wurde sogar Walden hinzugezogen und über die Entwicklung unserer Übungen befragt, und wie viele weniger erfolgreiche Methoden wir ausprobiert hatten.

Mich fragte niemand etwas, also zog ich mich bald auf einen Stuhl in der Ecke des Raumes zurück. Ich konnte nicht allem folgen, was gesagt wurde, und nach einer Weile gab ich ganz auf, es zu versuchen, bis sich Jessamine plötzlich an mich wandte.

»Du. Elena.« Sie runzelte die Stirn. »Bist du müde?«

»Ja«, antwortete ich, weil mich die ganze Sache hier wirklich ermüdete.

Sie nickte, als hätte sie nichts anderes erwartet, und richtete ihre Aufmerksamkeit wieder auf ihre Diskussion. Walden warf mir einen seltsamen Blick zu, und erst mit etwas Verspätung wurde mir bewusst, was sie eigentlich gemeint haben musste. Hatten diese vier kleinen Zauber mich erschöpft?

Die Antwort darauf wäre eigentlich Nein gewesen. Tatsächlich fühlte ich mich viel weniger erschöpft als ich es sonst um diese Uhrzeit nach dem Kampftraining gewesen wäre. Allerdings gab ich mir nicht die Mühe, sie zu korrigieren. Sie waren alle schon viel zu interessiert in mir, und wenn das, was Coralie mir erzählt hatte, der Wahrheit entsprach, würden diese Neuigkeiten die Situation nur noch verschlimmern.

Wenn sie mehr wissen wollten, sollten sie darüber nachdenken, mich in ihre Unterhaltung mit einzubeziehen.

Das Läuten der Mittagsglocke riss mich aus meinem Halbschlaf, den mein zu langes Herumsitzen mit sich gebracht hatte. Lorcan blickte gerade lange genug auf, um mich geistesabwesend zu entlassen, bevor sie sich wieder ganz ihrer Unterhaltung widmeten.

Walden lächelte mir freundlich zu, aber die anderen beiden schienen gar nicht zu bemerken, wie ich mich leise aus dem Raum schlich. Als ich jedoch den Speisesaal betrat, wurde meine Anwesenheit sofort wahrgenommen. Ein überraschtes Keuchen erklang an dem Tisch, der für gewöhnlich von dem Prinzen und seinen hochgeborenen Gefährten besetzt wurde.

»Sie ist immer noch hier!«, sagte Natalya in einem gut hörbaren Flüstern.

Ich ließ mich auf meinen Platz neben Coralie gleiten, die dem anderen Tisch einen bösen Blick zuwarf, bevor sie sich an mich wandte.

»Und? Steckst du in Schwierigkeiten?«

Ich schüttelte den Kopf. »Es wurde nicht mal erwähnt. Sie waren viel zu aufgeregt, weil ich es geschafft habe, Zugang zu meinen Fähigkeiten zu finden. Ich musste alles Mögliche für sie demonstrieren, und dann kam Jessamine an und die Unterhaltung wurde zu technisch für mich.«

Coralie schüttelte ihren Kopf. »Irgendjemand will wirklich, dass du hierbleibst. Und das macht viele von denen da drüben verrückt.« Sie grinste.

»Ich bin mir ziemlich sicher, wer dafür verantwortlich ist.

Lorcan und Jessamine – für sie bin ich ein faszinierendes Objekt, das sie studieren können.«

Coralie ignorierte mich, ihre Augen lagen immer noch auf Lucas' Tisch. »Weißt du, es ist irgendwie befriedigend zu sehen, dass sie etwas nicht so hinbiegen können, wie es ihnen passt. Sollen sie einen Eindruck davon bekommen, wie es ist, nicht in eine der vier großen Familien hineingeboren worden zu sein.«

Ich hob eine Augenbraue. »Versuch mal, normalgeboren zu sein.«

»Nein, danke«, sagte Finnian, als er mir gegenüber Platz nahm. »Nichts für ungut, Elena.« Er grinste mich an und ich konnte nicht anders, als es zu erwidern, obwohl ich die Augen verdrehte.

Finnian mochte genauso wie die anderen das Kind einer mächtigen Familie sein – abgesehen von Lucas –, aber irgendwie war es unmöglich, ihn nicht zu mögen.

Coralie lächelte ihn ebenfalls an, doch dann warf sie mir einen entschuldigenden Blick zu. »Tut mir leid, Elena. Manchmal vergesse ich das.«

»Manchmal?« Ich versuchte, nicht zu viel Wut in meine Stimme zu legen, weil ich wusste, dass sie eigentlich nicht an sie gerichtet war. Aber manchmal sickerte es einfach durch. »Wie wäre es mit rund um die Uhr? Ihr alle. Ihr habt keine Ahnung, wie es dem Rest von uns ergeht. Wir müssen ohne die Ressourcen auskommen, die ihr für selbstverständlich haltet. Ohne die Möglichkeit zu haben, einander Nachrichten zu schreiben oder Aufzeichnungen führen zu können.«

Sie starrten mich beide überrascht an, während ich meine Schimpftirade losließ.

»Ihr verhaltet euch so, als wären wir Idioten, aber mir scheint es eher so, dass wir klüger sind als die meisten von euch. Das müssen wir sein, um überleben zu können. Stellt euch mal vor, wie viel Können es erfordert, ein Geschäft ohne schriftliche Notizen oder die Hilfe von Magie zu führen. Und viele von uns

Normalgeborenen machen genau das. Wir geben unser Wissen von Generation zu Generation weiter, ohne Hilfe einer Akademie oder Universität. Und trotz alledem, wisst ihr, wie oft jemand von euch Magiern tatsächlich direkt mit mir spricht? Ihr fragt lieber einen anderen Magier, der bei einem Vorfall nicht mal anwesend war, nach Antworten auf eure Fragen, wenn ich direkt daneben sitze und alle Antworten kenne!«

Ich hielt inne, um Luft zu holen.

»Ich rede mit dir«, sagte Finnian, der von meinem plötzlichen Ausbruch nicht beunruhigt wirkte, obwohl er weit von seinem üblichen scherzhaften Ton entfernt war.

Das nahm mir die Luft aus den Segeln. »Ich weiß, dass du das tust. Du und Coralie seid meine einzigen Freunde.« Ich fuhr mir mit der Hand übers Gesicht. »Ich hätte das nicht an euch ablassen dürfen. Ihr seid nicht das Problem – wirklich nicht. Die Tatsache, dass ihr hier mit mir sitzt, beweist das.«

»Nun, du hast nicht Unrecht«, sagte er und nahm vollkommen ruhig einen Bissen.

»Wirklich?«, fragte ich misstrauisch, doch er sah mich mit ernstem Blick und klaren Augen an.

»Nichts von dem, was du gesagt hast, ist falsch. Und wir vergessen es, ständig. Sogar meine Familie.«

»Sogar deine Familie?« Ich runzelte verwirrt die Stirn.

»Sein Vater ist der Leiter der Heiler, erinnerst du dich?«, sagte Coralie mit gedämpfter Stimme. »Sie leiten die Kliniken in allen großen Städten. Und die Kliniken sind für jeden geöffnet.«

»Für jeden, der bezahlen kann«, murrte ich, bevor ich mir auf die Zunge beißen konnte.

»Ja, sie verlangen eine Gebühr.« Finnian seufzte. »Sonst würden sie völlig überlaufen werden und wir hätten nicht genug Ressourcen, um alle behandeln zu können.« Er zog eine Grimasse. »Magier arbeiten nicht umsonst, und unsere Energie ist begrenzt. Besonders wenn so viele Heiler beim Militär benötigt werden.«

Ich öffnete meinen Mund, doch er sprach bereits weiter.

»Und ja, ich weiß, dass es dort auch nicht genug Heiler gibt. Aber es ist immer noch besser, als gar keine zu haben, so viel ist sicher.«

Ich nickte widerwillig. Es starben ohnehin viel zu viele, und ohne Zweifel würde die Kraft der Heiler zunächst für die verwundeten Offiziere genutzt werden – und der Posten eines Offiziers beim Militär konnte nur von Magiern besetzt werden. Aber wenigstens mussten die Normalgeborenen, die bei ihrem Militärdienst verwundet wurden, keine Gebühr für einen Heiler bezahlen.

Erst vor einem Jahr war ein Junge nach Kingslee zurückgekehrt und hatte Geschichten darüber erzählt, wie sein ganzer Arm vollständig nachgewachsen war. Das hatte meiner Familie Hoffnung gegeben, dass die Heiler auch Clementine kurieren konnten – sobald Jasper einen gut bezahlten Job gefunden hatte und wir die Gebühren bezahlen konnten.

»Abgesehen von dem ein oder anderen Magier, der seine Zauber verkauft, sind die Heiler die einzige Fachrichtung, die ihre Dienste aktiv dem gewöhnlichen Volk anbieten«, fügte Coralie hinzu. »Deshalb sind Heiler oft verständnisvoller, was die Blassblüter betrifft.«

»Wir sind nicht die Einzigen, die helfen«, fuhr Finnian fort. »Von der Arbeit der Baumeister und Botaniker und Windarbeiter profitieren alle – Straßen werden gebaut, Ernten gesichert und so weiter. Aber ich muss zugeben, dass sie das auf Befehl des Königshauses und des Magischen Konzils hin tun. Einer einzelnen Person würden sie mit ihrer Arbeit nicht helfen.«

»Zumindest keiner normalgeborenen Person«, sagte ich und bedachte ihn mit einem vielsagenden Blick. »Ich wette, wenn deine Familie Hilfe beim Bau eines Hauses oder der Rettung einer Farm bräuchte, wären viele bereit zu helfen.«

Finnian zog eine Grimasse. »Wir würden gar nicht darum bitten müssen. Es gibt viele Magier bei den Callinos, die allen möglichen Disziplinen nachgehen und uns in ihrer Freizeit helfen würden.«

Coralie seufzte. »Das ist der Unterschied zwischen den großen Familien und dem Rest von uns. Wir sind auf uns selbst angewiesen, und da sind nicht immer die richtigen Fähigkeiten dabei.« Sie sah zu mir herüber. »Aber ich schätze, irgendwelche Fähigkeiten sind immer noch besser als keine.«

Ihr zuliebe brachte ich ein Lächeln zustande. »Tut mir leid, dich so angegriffen zu haben, Coralie. Du bist eindeutig die offenste Person hier.« Ich seufzte. »Und ich schätze, das deprimiert mich manchmal.«

»Und doch sitze ich hier«, sagte Finnian leise.

Mein Kopf wirbelte herum und ich begegnete seinem festen Blick.

»Du bringst einen Umbruch zu uns, Elena. Und wenn die neuesten Gerüchte über deine Aktivitäten wahr sind, dann wird es bald noch viel mehr Veränderungen geben.« Er hob eine Augenbraue, und ich nickte zaghaft.

»Ah.« Er lehnte sich in seinem Stuhl zurück, sein Gesicht erhellte sich, als er mich mit neuem Interesse musterte. »Also kannst du wirklich verbal Zauber heraufbeschwören?«

Als ich wieder nickte, wanderte sein Blick zu Coralie. »Ich habe dieses seltsame Gefühl, dass unsere Welt ganz anders aussehen könnte, wenn du deinen Abschluss machst, Elena. Unterschätze nicht den Unterschied, den eine einzelne Person machen kann.«

Gerne hätte ich mich von seinen Worten aufmuntern lassen, aber ihm war offensichtlich nicht bewusst, dass ich auf keinen Fall meinen Abschluss machen würde. Meine Zeit reichte nur, bis ich achtzehn wurde. Und da der Frühling uns bereits erreicht hatte – was bedeutete, dass mein siebzehnter Geburtstag mit schnellen Schritten näherkam –, blieb mir nur noch ein weiteres Jahr.

KAPITEL 20

Redmond ignorierte mich im Schriftlehreunterricht noch immer so gut er konnte, und ich nahm die unerwartete Gnadenfrist dankbar entgegen. So hatte ich eine Entschuldigung, um meinen Privatunterricht mit dem sehr viel freundlicheren Walden fortzusetzen.

Doch ich versuchte, unsere Übungsstunden auf die Zeit nach dem offiziellen Unterricht zu reduzieren. Meine restliche Freizeit verbrachte ich damit, durch die Bibliothek zu streifen oder es mir in meinem Zimmer mit einem Buch gemütlich zu machen. Das Lesen war mir so lange schwergefallen und anstrengend gewesen, dass ich kaum glauben konnte, wie viel Freude es mir jetzt bereitete. Ich hätte Jocastas Leseübungen niemals fallen lassen dürfen, um mich ausschließlich auf meine neuen Kräfte zu konzentrieren.

Doch ich brauchte Jocasta nicht mehr, damit sie mir Bücher gab. Stattdessen nutzte ich meine Freiheit zu lesen, was auch immer ich lesen wollte. Von Geschichte über Politik bis hin zu Märchen. Es war mir schleierhaft gewesen, wie jemand wertvolles Schreibmaterial für etwas so Unpraktisches hatte verschwenden können. Doch sobald ich das erste verschlungen hatte, verstand ich, warum. Sie mussten für die Magierkinder das sein, was die Geschichtenerzähler für den Rest von uns darstellten – Tore zu einem magischen Land, in dem alles möglich war. Ein Land, das der Realität gerade genug ähnelte, um sich in unseren Herzen und Köpfen festzusetzen.

Obwohl meine Privatstunden bei Walden nun viel weniger intensiv waren, bestand der Hauptunterschied in ihnen nun darin, dass Lorcan oder Jessamine dabei nach Belieben anwesend waren, manchmal sogar mit anderen Akademikern der Universität im Schlepptau, um meine Bemühungen zu beobachten. Ich gab mein Bestes, sie zu ignorieren, aber wenn sie mich beobachteten, waren meine Ergebnisse immer schlechter als sonst.

Doch offenbar schnitt ich noch nicht zu schlecht ab.

Am Tag meines siebzehnten Geburtstages wurde ich noch vor dem Frühstück von einem Klopfen an meiner Zimmertür geweckt. Verschlafen kletterte ich aus dem Bett, zog sie auf und wäre beinahe überrascht zurückgestolpert. Doch stattdessen warf ich mich nach vorne in die Arme meines Bruders.

»Alles Gute zum Geburtstag«, sagte er, wuschelte mir durchs Haar und erwiderte meine Umarmung. Als ich keine Anstalten machte, ihn loszulassen, schob er mich rückwärts in mein Zimmer und sah sich neugierig um.

»Nette Aussicht.« Er ging zum Fenster und schaute hinaus.

Immer noch im Halbschlaf murmelte ich meine Zustimmung und sagte ihm, dass er sich nicht vom Fleck bewegen sollte, während ich mich anzog. Bald trug ich mein normales Outfit einschließlich der Robe und saß auf meinem Bett, während er auf einem der Stühle platzgenommen hatte.

»Wie bist du hier hoch gekommen?«, fragte ich.

»Ich bin auf jemanden namens Damon gestoßen? Sobald ich ihn davon überzeugt hatte, dass ich wirklich dein Bruder bin, und auch noch die Information herausgegeben habe, dass du Geburtstag hast, hat er mir gezeigt, in welchem Zimmer ich dich finde.«

»Wie war die Wintersonnenwende bei euch?«, fragte ich neugierig. »Wie ging es Clemmy? Ich hoffe, sie war nicht krank! Und Mutter und Vater? Waren sie alle überrascht, dass du da warst?«

Er lächelte. »Es gab all die Tränen und Geschichten, die man sich nur wünschen kann.« Sein Gesicht wurde etwas ernster. »Wir hätten uns nur gewünscht, dass du auch da gewesen wärst.«

Ich nickte, doch sprach schnell weiter, weil ich nicht wieder darüber nachdenken wollte. »Aber wenigstens konntest du ihnen ein paar Neuigkeiten über mich verraten. Und ich habe dein Geschenk bekommen. Ich habe es sogar getragen, als ich ...« Ich brach ab. Über die Feier im Palast wollte ich ebenso wenig reden.

»Ja, ich habe davon gehört«, sagte Jasper grimmig. Seine ganze gute Laune von vorhin schien wie weggeblasen. »Na ja, nichts von deinen Accessoires, aber ...«

Ich betrachtete ihn, und Unbehagen machte sich in mir breit. »Du bist nicht hier, um mir zum Geburtstag zu gratulieren, oder?«, flüsterte ich.

Er zog eine Grimasse. »Ich bin nicht *nur* deswegen hier.« Er machte eine Pause, doch als ich nichts erwiderte, fuhr er fort.

»Ich bin erst zwei Tage nach der Wintersonnenwende zurückgekehrt, aber es wurde immer noch darüber gesprochen. Du würdest nicht glauben, was für Theorien im Umlauf sind. Da alle wissen, dass du meine Schwester bist, habe ich nicht alle gehört, aber Clara hat es mir erzählt.«

»Ich kann es mir denken.« Ich seufzte. »Wie viele Leute müssen glauben, dass ich es irgendwie geschafft habe, den Balkon zum Einstürzen zu bringen, um ein Attentat auf den Prinzen zu verüben?« Glücklicherweise schien niemand mit richtiger Autorität auf diesen Gedanken gekommen zu sein – hauptsächlich, weil sie an meiner Kompetenz zweifelten, überhaupt dazu fähig zu sein –, aber ich konnte mir gut vorstellen, welche anderen Gerüchte an einem Ort wie der Universität noch umgehen konnten.

»Glücklicherweise nicht so viele«, sagte Jasper.

»Ich hoffe, dass sie dir das Leben meinetwegen nicht schwer machen.«

Er zuckte mit den Schultern. »Nicht mehr als sonst auch.«

Ich zuckte zusammen, doch er streckte seine Hand aus und zupfte an meinem Haar.

»Mach dir um mich keine Sorgen, kleine Schwester. Ich bin hart im Nehmen.«

»Was glauben sie dann?«, fragte ich.

»Dass du Glück hattest und der Prinz dich gerettet hat. Oder zumindest haben sie das gedacht. Aber jetzt gibt es neue Gerüchte. Wodurch ich mich fragte, ob es wirklich so geschehen ist.«

Er fixierte mich mit einem scharfen Blick, doch ich konnte ihn nicht erwidern und starrte in meinen Schoß.

»Also ist es wahr?« Er lehnte sich zurück und pfiff leise. »Meine Schwester – eine Magierin!«

»So in der Art.«

Dann lehnte er sich wieder nach vorn. »Soll das heißen, du kannst es nicht kontrollieren?«

»Nein, ich kann es kontrollieren. Und ich werde jeden Tag besser. Bald werde ich meine Klassenkameraden eingeholt haben, aber ich habe andere Einschränkungen als sie. Was nicht bedeutet, dass sie mich als eine der ihren ansehen.«

»Nein.« Sein Gesicht wurde hart. »Und genau deshalb bin ich hergekommen. Tut mir leid, dass es so früh war, aber ich musste herkommen, bevor meine Kurse starten.«

Er machte eine Pause und fuhr sich mit der Hand durchs Haar, bevor er aufstand und sich neben mir aufs Bett setzte.

»Du musst vorsichtiger sein, Elena.«

»Was meinst du?«

»Ich meine, dass es nichts gibt, was diesen Leuten mehr Angst macht als jemand, der über Kräfte verfügt, die sie nicht haben. Und – sogar noch schlimmer – wenn diese Person eine

Normalgeborene ist. Jemand, der überhaupt keine Kräfte haben sollte.«

»Vielleicht tut es ihnen gut, eine Geschmacksprobe davon zu bekommen, wie das Leben für den Rest von uns ist«, sagte ich trotzig.

Doch er beugte sich vor und griff nach meiner Schulter.

»Das ist kein Spiel, Elena.« Seine Stimme war leise und eindringlich. »Es geht hier um dein Leben – und vielleicht auch die Leben von uns allen. Ich sage dir, dass du dafür sorgst, dass sich sehr mächtige Leute unwohl fühlen. Und je stärker du wirst, desto unbehaglicher wird es ihnen werden.«

Ich schluckte. Ich wurde beobachtet. Ich wurde immer beobachtet. Wie oft musste ich es hören, um es wirklich zu verinnerlichen? Immer wieder sagte ich mir, dass sich seit meiner Ankunft hier nichts verändert hatte, dass ich nach wie vor vorsichtig sein musste, und dann ließ ich mich ablenken und vergaß die Vorsicht von Neuem. Als ich hier angekommen war, hätte ich nie gedacht, dass es so leicht wäre, dem falschen Gefühl von Sicherheit zu vertrauen.

Ich erinnerte mich an meinen kürzlichen Ausbruch im Speisesaal – ausgerechnet vor einem Sohn eines der Mitglieder des Konzils – und legte mir stöhnend die Hände übers Gesicht.

»Was soll ich tun?«, fragte ich, meine Stimme wurde durch meine Hände gedämpft. »Sie wissen über meine Kräfte Bescheid. Ich kann nicht einfach aufhören, sie zu benutzen.«

»Nein.« Er seufzte. »Aber du kannst kontrollieren, wie stark sie ihnen erscheinen. Ich habe …« Er machte eine Pause, bevor er weitersprach. »Ich habe ein weniger verbreitetes Gerücht gehört. Ist es möglich, dass du einen verbalen Zauber genutzt hast, um eine ganze Gruppe anderer Lehrlinge abzuwehren? Lehrlinge aus den großen Familien?«

Ich stöhnte erneut. »Das hat es bis an die Universität geschafft?«

Er schüttelte mit großen Augen seinen Kopf. »Also ist das auch wahr? Ich war mir nicht sicher …«

»Sie haben mich angegriffen! Ich musste mich verteidigen.«

»Vermutlich.« Er schüttelte seinen Kopf, sein besorgter Ausdruck enthielt einen Hauch von Belustigung. »Wäre es dir möglich, dir keine weiteren Feinde zu machen, Elena?«

Ich sah ihn mit hochgezogenen Augenbrauen an. »Wie hat das bei dir an der Universität funktioniert, Jasper?«

Widerwillig musste er lachen. »Du hast mich erwischt.« Er lehnte sich wieder zurück und sah mich an. »Was geben wir nur für ein Paar ab. Warum konnten wir nicht normal sein, in Kingslee bleiben und den Laden übernehmen? Wie jeder andere auch.«

Ich seufzte, doch dann schlich sich ein hinterlistiger Gedanke in meinen Kopf. Trotz all der Gefahren – und nicht nur für mich –, wollte ich das wirklich? Jetzt, da ich die Welt des Lesens kannte. Eine Welt der Macht. Jetzt, da ich vier Angreifer nur mit meinen Worten abwehren konnte … Wünschte ich mir da wirklich mein normales Leben zurück?

Aber das könnte ich vor Jasper niemals zugeben. Vor dem ehrlichen, treuen, zuverlässigen Jasper, der nie etwas anderes getan hatte, als hart zu arbeiten – zum Wohle unserer Familie. Niemand von uns hatte ihn je gefragt, ob er sein ganzes Leben zurücklassen wollte, um zur Universität zu gehen, wo er wahrscheinlich ausgegrenzt und sich über ihn lustig gemacht wurde. Und er hatte sich nie beschwert, nicht ein Mal.

Ich hatte nicht den geringsten Zweifel daran, dass er das alles ohne zu zögern wieder aufgeben würde, wenn das Wohl seiner Familie davon abhinge. Ich mochte den Mund aufmachen, wenn ich lieber hätte schweigen sollen, aber Jasper hatte das nie getan. Ganz egal, wie oft er sich über die Ignoranz derer, die ihn umgaben, geärgert haben musste.

Eine Welle der Liebe überkam mich, und ich beugte mich vor, um ihn zu umarmen.

»Ich verdiene dich nicht, Jasper.«

Er löste sich von mir und sah mich verwirrt an. »Ich bin mir ziemlich sicher, dass heute dein Geburtstag ist und nicht meiner. Ich bin derjenige, der dir Komplimente machen sollte.«

Ich zuckte mit den Schultern. »Du verdienst mehr Lob als ich.«

Er runzelte die Stirn und sah mir direkt in die Augen. »Ich sagte, dass du deine Stärke verstecken sollst, Elena. Nicht, dass du tatsächlich schwach bist. Du bist unglaublich und einzigartig und wahrscheinlich das Beste, was Ardann je passiert ist. Es ist mir eine Ehre, dein Bruder zu sein. Daran darfst du nie zweifeln. Zweifle nicht an dir selbst. Sei nur vorsichtig. Pass auf dich auf.«

Ich schniefte und wischte mir eine Träne von der Wange. »Siehst du? Mein Standpunkt wurde gerade untermauert.«

Er schüttelte seinen Kopf und rollte mit den Augen, bevor seine Hand in der Tasche seines Mantels verschwand.

»Oh, das hätte ich fast vergessen. Ich habe etwas für dich.« Er hielt ein kleines, in schlichtes Material eingewickeltes Paket in die Höhe.

Ich nahm es langsam entgegen. »Du hast mir schon zur Wintersonnenwende ein Geschenk gemacht. Und ich hatte gar nichts für dich. Wie kannst du dir das leisten?«

Er lächelte. »Das ist nicht von mir. Das ist von der ganzen Familie. Ich habe es aufbewahrt, seit ich zurückgekommen bin.«

Vorsichtig packte ich es aus, bis ein kleines Holzkästchen, das mit kunstvollen Schnitzereien verziert war, in meine Hand fiel. Ich schnappte nach Luft.

»Das ist wunderschön.« Ich fuhr mit meiner Hand über das Holz. »Die Schnitzereien habt ihr selbst gemacht, nicht wahr?«

Er grinste einfach nur weiter. »Öffne es.«

Ich drehte den kleinen Schlüssel in dem winzigen Schloss um. Im Inneren befand sich ein kleines Papiergewicht – ein farbenfroher und glänzender Stein, der poliert worden war, bis er strahlte.

»Vater dachte, so etwas könntest du gebrauchen. Jetzt, da du lesen kannst.«

Neben dem Stein lag ein Beutel, den ich nicht öffnen musste, um zu wissen, was sich darin verbarg.

»Ja! Winterwenden-Kekse!«

Jasper grinste. »Ich weiß, dass die Wintersonnenwende jetzt schon länger vorbei ist, aber ich wusste auch, dass dir das nichts ausmachen würde.«

»Eindeutig nicht. Die habe ich vermisst. Niemand hier bereitet sie zu.«

Unsere Mutter machte die besten Winterwenden-Kekse in Kingslee. Harte, unzerstörbare Dinger, die sich monatelang hielten – außer man tauchte sie in Tee, dann wurden sie weich und absolut köstlich. Meine Hand strich über die Tasche, mir lief bereits das Wasser im Mund zusammen, als ich etwas Kleines und Weiches entdeckte, das unter ihnen emporragte. Ich zog die kleine Wollpuppe hervor. Die Art, die ich für Clemmy gemacht hatte, als sie noch klein gewesen war.

Jede von ihnen war nur so groß wie einer meiner Finger gewesen, doch ich hatte sie so detailliert wie möglich gestaltet. Sie hatte sich eine ganze Familie von ihnen gewünscht – eine Puppe von jedem von uns – und hatte sie behalten, obwohl sie schon lange aus dem Alter herausgewachsen war. Zitternd atmete ich ein.

Es war Clementine selbst. Sie hatte mir die Puppe geschickt, die sie selbst repräsentieren sollte.

»Sie vermisst dich«, sagte Jasper leise.

»Ich vermisse sie auch«, entgegnete ich unter Tränen.

Als die Glocke zum Frühstück ertönte, stand Jasper abrupt auf.

»Ich muss los!«

Ich wischte mir über die Augen und nickte, als ich den Deckel der Schachtel wieder senkte und abschloss. Ich zog den Schlüssel heraus und verstaute ihn sicher in meiner Tasche.

»Ich auch.«

Wir umarmten uns ein letztes Mal, bevor wir aus dem Zimmer und die Stufen hinunter eilten. Jasper fing sich mehrere neugierige Blicke ein, aber niemand stellte seine Anwesenheit infrage, und bald war er durch die Eingangstür verschwunden und wieder auf dem Weg zur Universität.

Ich schaffte es kaum in den Speisesaal, bevor Coralie auf mich losging.

»Elena!« Sie schüttelte mich leicht, bevor sie mir um den Hals fiel. »Warum hast du mir nichts erzählt?«

»Ähm …« Ich starrte sie an. »Dir was erzählt?«

»Dass du heute Geburtstag hast!« Sie warf mir einen bösen Blick zu. »Das sind also die Informationen, die du vor deinen Freunden versteckst. Ich bin schwer verletzt.«

»Oh. Das.« Ich studierte ihr Gesicht. »Tut mir leid, ich wollte nicht –«

Sie brach in Gelächter aus. »Ich mache doch nur Witze. Heute ist dein Geburtstag! Heute darfst du nicht in Schwierigkeiten geraten.«

»Hast du das auch Redmond gesagt? Oder Thornton?«

Sie rümpfte die Nase. »War das nicht dein Bruder, der da gerade gegangen ist? Ich schätze, er war hier, um dir zu gratulieren. Solltest du nicht bessere Laune haben?«

Der winzige Schlüssel wog schwer in meiner Tasche und ließ mich an die Habseligkeiten meiner Familie denken, die jetzt in meinem Zimmer auf mich warteten.

»Du hast recht.«

»Habe ich das?« Coralie sah so schockiert aus, dass ich lachen musste.

»Jetzt machst du, dass ich mich schlecht fühle. Ich bin mir sicher, dass du oft recht hast.«

»Habe ich das?« Doch sie sah abgelenkt aus, als sie mich auf meinen üblichen Stuhl schob und jemandem zuwinkte, den ich nicht sehen konnte.

Finnian erschien und nahm mir gegenüber Platz, Saffron ließ sich auf den Stuhl neben ihm sinken. Sie hatte noch nie zuvor bei uns gesessen.

»Herzlichen Glückwunsch«, sagte sie leise, und Finnian wiederholte die Glückwünsche etwas herzlicher.

»Danke.« Ich grinste sie beide an. »Jetzt sagt mir noch, dass das Training und der Schriftlehreunterricht heute für mich ausfällt und es wird ein richtig guter Geburtstag werden.«

Finnian verzog theatralisch das Gesicht. »Diese Möglichkeiten liegen außerhalb meiner Macht – selbst für unser liebes Geburtstagskind.«

»Aber wir haben dir das Zweitbeste besorgt«, sagte Coralie und ließ sich auf ihren Stuhl fallen.

Plötzlich stand ein Diener neben mir, der einen kunstvollen, mit Schokolade überzogenen Kuchen trug. Er stellte ihn vor mir ab und murmelte mir Glückwünsche zu.

Mit großen Augen wandte ich mich an Coralie. »Ich dachte, du hast gerade erst erfahren, dass ich Geburtstag habe. Von Damon, wie ich vermute.«

»Das habe ich.« Sie strahlte. »Aber wir sind Magier, schon vergessen?«

Ohne darüber nachzudenken, wich ich zurück, was Finnian zum Lachen brachte. »Wir haben ihn nicht selbst gemacht, keine Sorge.«

Coralie rollte mit den Augen, und ich atmete erleichtert auf. Er sah köstlich aus, aber nur die fähigsten Magier konnten genießbares Essen aus dem Nichts erzeugen, und so sehr ich Coralie auch liebte …

»Natürlich nicht! Ich meinte nur, wir haben Geld, du Doofi. Ein bisschen in manchen Fällen, viel in anderen.« Sie warf Finnian einen bedeutungsvollen Blick zu. »Wir haben einen der Diener zum Bäcker geschickt, so schnell er laufen konnte.«

»Der sieht unglaublich aus.« Ich betrachtete ihn näher. »Zu gut, um ihn zu essen.«

»Sei nicht albern. Kein Kuchen ist zu gut, um ihn zu essen.« Coralie sah aus, als würde sie gleich anfangen zu sabbern, als sie die Delikatesse vor mir fixierte.

»Aber es ist erst morgens«, sagte ich.

»Aber es ist dein Geburtstag«, konterte sie. »Und an Geburtstagen gibt es keine unpassende Uhrzeit für Kuchen.«

»Versprecht mir nur, dass ihr nicht anfangt, zu singen.« Ich warf ihr einen ernsten Blick zu.

»Also eigentlich …« Finnian öffnete seinen Mund und holte tief Luft. Fast hätte ich mich quer über den Tisch auf ihn gestürzt.

Doch Coralie hielt mich zurück, bevor ich meine Vorderseite mit Kuchen besudeln konnte.

»Entspann dich, Elena. Er neckt dich nur.«

»Das macht er gerne«, sagte Saffron und schmunzelte ihren Cousin an.

»Was soll ich sagen?« Finnian breitete seine Arme aus. »Ich kann einfach nicht anders.« Er sah nicht im Geringsten reumütig aus.

Obwohl es noch so früh war, war der Kuchen wohl das Leckerste, was ich je gegessen hatte, und ich bestand darauf, dass Clarence und Araminta, die am Nebentisch saßen, auch ein Stück davon bekamen. Clarence sah überrascht aus – er hatte während des Frühstücks gelesen und die Ankunft des Kuchens nicht mitbekommen –, aber nahm das Stück gerne entgegen. Araminta folgte seinem Beispiel, obwohl sie leicht verängstigt wirkte und ihren Blick zu dem einzigen anderen Tisch wandern ließ, der in unserer Reihe besetzt war.

»Oh, ignorier die einfach«, sagt Coralie fröhlich. »Ausnahmsweise sind sie mal neidisch auf uns.«

Und Lavinia ertappte ich tatsächlich dabei, wie sie ihren sehnsüchtigen Blick über den Schokoladenturm vor mir gleiten ließ. Doch Natalya zerrte sie schnell an unserer lachenden Gruppe vorbei, als sie kurz darauf den Saal verließen. Die anderen folgten ihnen.

»An deinem Geburtstag darfst du nicht zu spät kommen«, sagte Coralie und zog mich auf meine Füße. »Geh du vor, während ich mich um die Reste kümmere.«

Finnian warf ihr einen gespielt ernsten Blick zu, der sie zum Kichern brachte. »So meinte ich das nicht. Es ist immer noch viel über. Die Diener werden ihn bis zum Mittagessen aufbewahren.«

Wieder schob sie mich von sich, also machte ich mich langsam auf den Weg zur Tür, nur um festzustellen, dass eine Person von Natalyas Gruppe noch nicht gegangen war. Als ich die Tür erreichte, wäre ich fast gegen Lucas' Schulter gestoßen, doch als ich ihn erkannte, wich ich im letzten Moment aus.

Er trat durch die Tür und nach kurzem Zögern folgte ich ihm. Doch draußen blieb er stehen und sah zu mir zurück.

»Herzlichen Glückwunsch«, sagte er leise.

Ich starrte ihn einfach nur an. Es war das erste Mal seit dem Angriff im Flur, dass wir miteinander sprachen.

Er zuckte mit den Schultern und schenkte mir ein Lächeln, das beinahe gequält wirkte. »Du hast mir auch gratuliert, also …«

Seine Worte erinnerten mich an die Zweifel, die ich in der Nacht verspürt hatte, als wir allein im Mondlicht gestanden hatten. Der sich einschleichende Gedanke, dass er vielleicht doch nicht so schlimm war, wie ich anfangs vermutet hatte. Aber sein späteres Verhalten hatte dieses Missverständnis aus dem Weg geräumt.

Ich starrte durch ihn hindurch, ging an ihm vorbei und eilte auf die Eingangstür zu, zum Kampfunterricht.

»Elena«, rief er mir leise nach. Trotz der geringen Lautstärke drang seine Stimme mit Leichtigkeit an meine Ohren.

Ich stockte. Doch ich fand nie heraus, was er hatte sagen wollen. In diesem Moment stieß ein offizieller Bote die Tür auf und betrat die Eingangshalle, Mitglieder der Königlichen Garde flankierten ihn auf beiden Seiten.

Ich blickte zu Lucas zurück, in dem Glauben, dass sie seinetwegen hier sein mussten, doch hinter seinem sonst so selbstsicheren Auftreten lag Verwirrung. Als ich wieder nach vorne schaute, starrten sie mich an.

Ich starrte zurück.

»Elena von Kingslee?«, fragte der Bote.

»Ja, das bin ich.«

»Hiermit wirst du geladen, vor das Magische Konzil zu treten. Wir werden dich umgehend dorthin begleiten.«

KAPITEL 21

Ein Keuchen hinter mir verriet, dass Coralie die Tür des Speisesaals rechtzeitig erreicht hatte, um die Worte des Boten zu hören. Doch ich schaute nicht zurück. Wie lange hatte ich schon damit gerechnet? Zu lange.

Ich trat vor, stolz, dass ich nicht schwankte oder zögerte. Meine zitternden Hände ließ ich allerdings in meiner Robe verschwinden.

Der Bote nickte und machte auf dem Absatz kehrt, doch die beiden Wachen traten vor, offensichtlich in der Absicht, jetzt mich anstelle des Mannes zu flankieren. Ich spürte eine Präsenz, als jemand neben mich trat und die beiden Männer innehalten ließ. Nachdem sie einen Blick ausgetauscht hatten, kehrten sie auf ihre alten Plätze zurück.

Diesen Effekt würde Coralie vermutlich nicht haben. Als ich zur Seite blickte, sah ich Lucas mit mir Schritt halten, seine zusammengekniffenen Augen galten den Wachen als Warnung davor, sein Handeln infrage zu stellen oder sich ihm zu nähern.

»Was machst du?«, flüsterte ich aggressiv, doch er sah mich nur kühl an und hob eine Augenbraue.

»Mir war nicht bewusst, dass ich dir Rede und Antwort schuldig bin, Elena.«

Ich verkniff mir meine Antwort, als eine der Wachen uns über die Schulter hinweg ansah, und ging weiter, wobei ich den Blick starr geradeaus gerichtet hatte. Auch nicht das kaum hörbare Geräusch – fast wie ein Kichern – neben mir, ließ mich zurück zum Prinzen schauen.

Der Bote bedeutete mich in eine wartende Kutsche – hatten sie angenommen, dass ich mich wehren würde und die kurze Distanz nicht zu Fuß zurückgelegt werden konnte? Die goldenen Roben der Wachen wiesen sie als Offiziere aus – Magier – also war es wahrscheinlich so. Keiner der drei Männer machte Anstalten, mir ins Innere zu folgen. Der Prinz hingegen stieg ohne zu zögern hinter mir ein.

Ich lehnte mich zurück und starrte ihn finster an. Als er meinen Blick lediglich teilnahmslos erwiderte, richtete ich meine Aufmerksamkeit auf das Fenster. Wir hatten schon fast den Palast erreicht – die Fahrt war lächerlich kurz –, als die Worte aus mir herausplatzten.

»Weißt du irgendwas hierrüber?«

»Nein.« Er klang ernst und beinahe … besorgt.

Die Worte meines Bruders hallten in meinem Kopf wider. Ich hatte sie wirklich beherzigen wollen, doch war mir keine Zeit dazu geblieben. Und jetzt würde ich vielleicht nie die Chance dazu bekommen. Ich hoffte nur, dass es, was auch immer geschehen würde, sich nicht auf meine Familie auswirken würde. Ganz egal, was passierte, dieses Mal musste ich meine Zunge hüten.

»Du solltest so wenig wie möglich sprechen«, sagte Lucas plötzlich.

Sofort verspürte ich den rebellischen Wunsch, seinen Rat zu ignorieren, aber ich drängte ihn bestimmt zur Seite. Das war zu wichtig, um mich von diesen engstirnigen Gefühlen leiten zu lassen. Ich ließ meine Hand in meine Tasche gleiten und klammerte mich an den Schlüssel darin. Ich konnte das hier schaffen. Für meine Familie.

Meine zweite Ankunft im Palast hätte nicht unterschiedlicher sein können als die erste. Keine brennenden Kerzen hießen uns willkommen, obwohl es heute sehr bewölkt war. Und es warteten auch keine Diener, um uns herein zu begleiten. Stattdessen erschienen sechs weitere Wachen, diesmal welche des einfachen Volks, die auf die Befehle der Offiziere warteten.

Als der Prinz aus der Kutsche stieg und seinen Platz an meiner Seite einnahm, fielen sie hinter ihren Vorgesetzten zurück und folgten uns in Zweierreihen. Der Bote war verschwunden, jetzt führte Lucas unsere Schritte an.

Meine Angst überschattete den Großteil meiner Neugier, dennoch stellte ich fest, dass das Rot und Gold der Feier zum Dekor des restlichen Palastes passte – wo ich auch hinblickte, roter Samt und strahlendes Gold hoben sich von dem weißen Marmor ab. Diesmal gingen wir nicht über die Treppen nach oben, sondern durch eine zweite Tür in einen langen Flur. Wir passierten riesige, kunstvolle Türen, von denen ich mir vorstellen konnte, dass sie in den Thronsaal führten, aber Lucas' Schritte wurden nicht langsamer. Zumindest das ließ mich erleichtert aufatmen.

Stattdessen führte er uns zu einer normalgroßen Tür am Ende des Flurs. Nur das vergoldete Muster an der Klinke und dem Türrahmen zeigte, dass dieser Raum etwas Besonderes sein musste.

Lucas hielt einen Moment inne, sah auf mich herunter, und ich dachte, er wollte mich fragen, ob ich bereit wäre. Doch entweder lag ich falsch oder ihm war bewusst geworden, wie sinnlos so eine Frage gewesen wäre, denn er drückte ohne ein weiteres Wort die Klinke herunter und ging mir voraus in den Raum.

»Lucas.« Wenn König Stellan überrascht über die Anwesenheit seines Sohnes war, ließ er es sich nicht anmerken.

»Vater.« Der Prinz nickte seinem Vater zu und dann den anderen Anwesenden, bevor er den langen Tisch passierte und direkt hinter dem König Platz nahm. Ein ovaler Tisch – der König saß am Kopfende in einem kunstvollen hölzernen Stuhl mit einer alles überragenden Rückenlehne und massiven Armstützen – nahm den Großteil des Raumes ein. Auf jeder der gebogenen Seiten standen fünf weniger markante Sitzgelegenheiten, und eine weitere auffällige am anderen Ende des Tisches, um die sich die eleganten Stoffe des Kleides der Königin ergossen. Trotz seiner Größe schien der Stuhl in ihnen unterzugehen.

Alle zehn der verbleibenden Plätze waren besetzt – offensichtlich von den Mitgliedern des Magischen Konzils. Lorcan machte keine Anstalten, meinem Blick zu begegnen, obwohl ich wusste, dass er meine Ankunft wahrgenommen hatte.

Ich ließ meinen Blick über sie schweifen. Beide Generäle studierten mich unentwegt – Thaddeus mit offener Feindseligkeit und Griffith mit vorsichtigem Interesse. Aber genau wie Lorcan gab Jessamine sich nicht die Mühe, mich anzusehen. Anscheinend war sie zu sehr an mich gewöhnt, um noch neugierig zu sein.

Ich ließ meine Augen über die verbliebenen sechs wandern und versuchte, sie einzuordnen. Phyllida von den Suchern – die mir, wenn auch schwach, noch im Gedächtnis geblieben war – trug ihre glatten braunen Haare immer noch fest zurückgebunden. Der andere Callinos – Herzog Dashiell von den Heilern – war leicht zu erkennen, obwohl ich ihn bei den Feierlichkeiten zur Wintersonnenwende nicht kennengelernt hatte. Er sah seinem Sohn zu ähnlich, um ihn verwechseln zu können. Ich fragte mich, ob diese Ähnlichkeit dazu beitrug, dass ich glaubte, von ihm größere Freundlichkeit ausgehen zu sehen.

Die einzige andere Frau – sie trug die grüne Robe der Botaniker – musste Herzogin Annika von Devoras sein. Sie sah General Griffith so ähnlich, dass ich mich fragte, ob sie Cousins oder sogar Geschwister waren. Sie saß neben Herzog Lennox, Leiter der Gesetzesvollstreckung, in seiner roten Robe – ein weiteres mir bekanntes Gesicht. Am Ende meines Tests hatte er mir gegenüber freundlicher gewirkt, doch davon war jetzt nichts mehr zu sehen. Es war schwer zu glauben, dass er ein Verwandter des offenen und freundlichen Walden sein sollte.

Danach blieben nur noch zwei übrig. Einer trug eine blaue Robe und musste Herzog Magnus von den Windarbeitern sein – ein Ellington, genau wie Lennox, obwohl man ihnen ihre Verwandtschaft nicht ansehen konnte. Er betrachtete mich skeptisch, Unsicherheit lag in seinen Augen, was mich hoffen ließ, dass er seine Meinung noch nicht festgelegt hatte.

Die pfirsichfarbene Robe des verbleibenden Herzogs – dieselbe Farbe des Baumeisters, der die Bibliothek nach meinem zerstörerischen Kontrollverlust wieder aufgebaut hatte – wirkte an dem Mann mit dem ernsten Gesicht fehl am Platz. Es war jedoch keine Überraschung, dass Herzog Casimir ein Stantorn war. Wie auch immer die Fronten aussehen würden – wenn es tatsächlich welche geben sollte –, ich hatte keinen Zweifel, dass er sich gegen mich wenden würde.

Als der König sich räusperte, zuckte mein Blick zu ihm.

»Bitte nimm Platz, Elena von Kingslee.«

Ich regte mich nicht, war nicht sicher, wohin ich gehen sollte, bis eine der Wachen mir andeutete, auf einem der Stühle Platz zu nehmen, die sich über eine der Wände erstreckten. Die beiden Offiziere in ihren goldenen Roben saßen in meiner Nähe und waren die einzigen anderen Zeugen dieses Treffens.

»Ihr habt diese Versammlung einberufen, General Thaddeus.« Die Ansprache des Königs klang offiziell, wenn auch leicht gelangweilt. Als wäre er lieber woanders. Dem Glanz in seinen Augen nach zu urteilen, war dies eine berechnete Täuschung. »Ich übergebe das Wort an Euch.«

Thaddeus nickte langsam und ließ seinen Blick in die Runde schweifen. »Wie Ihr wisst, hat es einige Zeit gedauert, das ganze Konzil zusammenzubringen, aber einige von uns waren der

Meinung, dass diese Angelegenheit nicht ohne die Anwesenheit sämtlicher Mitglieder geregelt werden konnte.«

Die Richtung, in die er seine vernichtende Miene gerichtet hatte, ließ vermuten, dass Lorcan keine unerhebliche Schuld an seinem Unmut trug. Der Leiter der Akademie erwiderte seinen Blick kühl.

Dann fuhr der General fort. »Mir ist zu Ohren gekommen, dass sich bei einer Schülerin des ersten Lehrjahres, die auf den Namen Elena von Kingslee hört ...«

Trotz der Ernsthaftigkeit dieser Situation musste ich ein Schnauben unterdrücken. *Die auf den Namen Elena hört?* War das sein Ernst?

»... neue Fähigkeiten unbekannten Ausmaßes manifestiert haben, und diese Fähigkeiten mit gewalttätigem Vorsatz in Anwesenheit eines Mitglieds der Königsfamilie angewendet wurden.«

Ich erstarrte. Jedes Verlangen, Humor in dieser Situation zu finden, verblasste auf der Stelle. Ich sah zu Lucas hinüber. Er sah unbeteiligt aus, aber bei den Worten des Generals hatte ich ein kleines Zucken an ihm beobachtet. Er war überrascht. Wer auch immer dem Leiter der Königlichen Garde von der Auseinandersetzung in der Akademie erzählt hatte, er war es nicht gewesen.

Warum verlieh mir das einen winzigen Hauch von Erleichterung?

Lorcan stieß einen abfälligen Laut aus. »Oh, um Himmels willen, Thaddeus, wir sind hier nicht bei einer offiziellen Anhörung vor Gericht. Sind all diese Formalitäten wirklich notwendig? Oder versucht Ihr nur zu überspielen, dass die betreffende Schülerin tatsächlich *keine* Gewalt gegen ein Mitglied der Königsfamilie angewendet hat?«

Zum Glück hatte ich inmitten meiner Tracht Prügel noch klar genug denken können, sonst hätte ich mich nicht mal mehr auf dieses winzige Körnchen Verteidigung stützen können.

»Die Gewalt mag nicht gegen den Prinzen gerichtet worden

sein«, General Griffith verneigte sich leicht in Lucas' Richtung, »aber als Vater zweier der Opfer ist das für mich nur eine kleine Erleichterung.«

Ah. Natürlich. Daher hatte Thaddeus von dem Vorfall erfahren. Warum wollte es nicht in meinen Kopf gehen, dass meine Klassenkameraden nicht einfach nur andere sechzehnjährige Schüler waren wie ich? Ich zuckte leicht zusammen, als mir bewusst wurde, dass ich nicht mehr sechzehn war. Seit heute. Na herzlichen Glückwunsch.

»Wenn ich mich recht erinnere«, sagte Phyllida mit ihrer ruhigen Stimme, die ich damals bereits gehört hatte, »sind Auseinandersetzungen zwischen Lehrlingen an der Akademie nicht gerade eine Seltenheit.« Sie warf einen wissenden Blick zu Herzog Lennox, der ihr gegenüber saß, und für einen Augenblick sah es so aus, als müsse er ein Grinsen unterdrücken. Waren sie Klassenkameraden gewesen?

»Zwischen normalen Lehrlingen mag das der Fall sein«, sagte Thaddeus. »Aber dieses Mädchen ist kein normaler Lehrling. Ihre Stärke ist uns nicht bekannt – genauso wenig wie ihre Kontrolle.«

Jessamine rollte mit den Augen. »Wirklich, Thaddeus? Das Mädchen ist jetzt seit wie vielen Monaten an der Akademie? Wollt Ihr wirklich behaupten, ihr habt Sorgen um ihre Kontrolle?«

Thaddeus warf ihr einen finsteren Blick zu. »Mir ist durchaus bewusst, dass Ihr und Lorcan das Subjekt Eurer Studien in Eurer Nähe behalten wollt, Jessamine. Weshalb es Euch vielleicht entgangen ist, mir über ihren Kontrollverlust zu berichten – der zu einem signifikanten Schaden an der Akademie und einem der Lehrer dort geführt hat –, oder von ihrem kürzlichen Angriff auf ihre Mitschüler.«

»Angriff ist so ein starkes Wort, Thaddeus.« Jessamine verzog abgeneigt das Gesicht.

»Wie würdet Ihr es dann nennen?« Er forderte sie weiter mit seinem Blick heraus.

»Und warum sollte ich Euch über diese Vorfälle informieren, Thaddeus?«, fragte Lorcan. »Jessamine hätte wohl noch weniger Grund dazu. Darf ich Euch daran erinnern, dass wir alle zugestimmt haben, dass Elena als Lehrling unter meine Obhut fällt?«

»Nicht alle von uns waren mit dieser Entscheidung zufrieden«, erwiderte der General gereizt.

»Und es waren auch nicht alle von uns anwesend«, fügte General Griffith hinzu. »Es war alles in Ordnung, solange das Mädchen keine großen Aktivitäten gezeigt hat. Oder die Fähigkeit, überhaupt Magie kontrollieren zu können. Wenn Ihr sie dortbehalten wolltet, um zu lernen, wie man mit Stöcken kämpft, wäre mir das mehr als recht. Aber wie es scheint, hat sich die Situation verändert …«

Er drehte sich leicht auf seinem Stuhl, um mich anzusehen, was er das erste Mal tat, und ich versuchte, so harmlos wie möglich zu wirken. Trotz meines Drangs ihn anzuschreien und ihm zu sagen, dass mein Name nicht *das Mädchen* war.

»Das hat sie in der Tat«, sagte Thaddeus. »Sogar der Zwischenfall bei den Feierlichkeiten zur Wintersonnenwende könnte nun infrage gestellt werden. Und wieder einmal war der Prinz bei dieser Gelegenheit viel zu nah an einer möglichen Bedrohung.«

»Jetzt übertreibt Ihr es, Thaddeus.« Das erste Mal, seit ich den Raum betreten hatte, erklang Dashiells dunkle Stimme. »Viele von uns waren am besagten Abend anwesend. Und was auch immer dieses Mädchen sein oder nicht sein mag, sie ist immer noch im ersten Lehrjahr. Es ist unmöglich, dass sie den Balkon zum Einstürzen gebracht hat, ohne dass jemand von uns es gespürt hätte. Das Feingefühl, das für eine solche Tat nötig wäre, kann sie sich unmöglich angeeignet haben.«

Mein Blick wanderte zu Lucas, und ich sah, dass er ihn erwiderte. *Jemand* hatte den Balkon zum Einstürzen gebracht, und aus irgendeinem Grund schien das Konzil nichts darüber zu wissen.

Dashiell sah über den Tisch hinweg zu Lorcan, und ich erinnerte mich, dass er ebenfalls ein Callinos war, genau wie der Leiter der Akademie. »Habe ich nicht recht, Lorcan? Dieses Mädchen verfügt nicht über derart ausgeprägte Fähigkeiten?«

»Ganz bestimmt nicht. Sie hinkt, wenn überhaupt, hinter ihren Mitschülern an der Akademie hinterher. Es gibt … Beschränkungen für ihre verbale Verwendung der Zauber. Wir arbeiten immer noch – natürlich in Zusammenarbeit mit unseren Kollegen an der Universität – an einer Lösung zur Entwicklung und Umgehung von –«

»In Ordnung, Lorcan, wir werden Euch beim Wort nehmen«, unterbrach der König ihn. »Es ist nicht nötig, eine Eurer technischen Ansprachen zu halten.«

Ich biss mir auf die Innenseite meiner Wange. *Sie* arbeiteten an einer Lösung, um meine Fähigkeiten richtig nutzen zu können? Ich hätte schwören können, dass Walden und ich die ganze Arbeit machten … Ich regte mich leicht auf meinem Platz, doch blieb still.

»Genau das ist das Problem, Eure Majestät«, sagte Herzog Casimir, um seinen Stantorn-Kollegen zu unterstützen. »Wir alle wissen, wie Lorcan und Jessamine sind, wenn sich ihnen ein neues und schweres Problem präsentiert, das sie studieren können. Dadurch wurden sie schließlich für ihre Positionen ausgewählt. Aber können wir uns wirklich darauf verlassen, dass sie die uns gegenüberstehende Bedrohung richtig einschätzen?«

Er ließ seinen Blick über die Gesichter wandern, die am Tisch saßen. »Ich gebe zu, dass ich neugierig war, als ich das erste Mal davon hörte. Sogar aufgeregt, als ich über die möglichen Folgen nachdachte. Aber es ist mittlerweile offensichtlich geworden, dass diese neue Manifestation nicht mächtiger ist als unsere aktuellen Fähigkeiten. Im Gegenteil, es ist sogar schwerer zu kontrollieren.« Seine kalten Augen legten sich wieder auf mich, und es kostete mich alle Mühe, nicht anzufangen, unter ihm zu erzittern.

»Es ist noch viel zu früh, um das Potenzial ihrer Kräfte zu bestimmen.« Jessamine seufzte. »Und wieder dieses Gerede über Kontrolle. Wir konnten beobachten –«

»Ich rede nicht nur von Kontrolle im traditionellen Sinne«, sagte Casimir. »Wir müssen auch darüber nachdenken, was es bedeutet, dass dieses Mädchen eine Normalgeborene ist. Aufgezogen unter dem gemeinen Volk.« Er machte eine deutliche Pause, doch niemand ergriff das Wort. »Nicht vertraut mit unserer Lebensweise.«

Ich musste sämtliche Willenskraft aufbringen, die ich innehatte, um mir auf die Zunge zu beißen, als sich die meisten Köpfe zu mir drehten und mich studierten, als wäre ich ein wildes Tier, das sich in ihre Mitte verirrt hatte. Ich verstand die Bedeutung seiner Worte genauso gut wie jeder andere hier.

Ich war normalgeboren und deshalb nicht auf ihrer Seite. Ich könnte sie ablehnen. Ich könnte einen Grund haben, meine Macht und meine Fähigkeiten gegen sie zu verwenden. Mir konnte nicht getraut werden.

Genau das war ihre Sorge. Und was hatte ich getan? Exakt das, wovor sie sich am meisten fürchteten.

»Ganz genau«, warf Thaddeus ein. »Und ihr Gebrauch von Macht außerhalb der Wände des Klassenzimmers unterstreicht diesen Punkt ganz ausgezeichnet. Sie ist keine von uns, und es ist viel zu gefährlich, ihr weiteres Training zu erlauben. Jessamine hat es selbst gesagt – wer weiß, welches Ausmaß ihre Kräfte annehmen könnten, wenn wir diese Farce weiterlaufen lassen?«

Jessamine tauschte einen schnellen Blick mit Lorcan aus, und ich zuckte innerlich zusammen. Sie hatte ihm nur weitere Munition gegen mich geliefert – und die hatte er gerne entgegengenommen.

»Ich weiß nicht, General«, ertönte Lucas' ruhige Stimme.

Der gesamte Tisch drehte sich zu ihm. Dem Ausdruck auf

ihren Gesichtern nach zu urteilen, konnte ich erkennen, dass zumindest manche ihn ganz vergessen hatten.

»Ihr sagtet, dass die Auseinandersetzung Beweis dafür ist, dass sie keine von uns ist«, fuhr er fort. »Aber so erscheint es mir nicht. Immerhin war sie wohl kaum die Initiatorin.« Er warf einen bedeutungsschweren Blick zu General Griffith. »Und ich glaube, dass wir im zweiten Jahr aktiv dazu ermutigt werden, einander anzugreifen, mit der Macht, die wir aufbringen können. Ist das nicht so?«

Er schaute zu Lorcan, sein Gesicht wirkte offen, als wäre es eine ernstgemeinte Frage.

»In der Tat, Eure Hoheit«, antwortete dieser.

»Dann klingt es für mich, als hätte sie sich genau so verhalten wie eine von uns.« Er sah sich unter den Anwesenden um. »Nur ein Gedanke, den ich hatte.«

»Was soll dieser Nonsens darüber, dass sie nicht die Initiatorin war?«, fragte Griffith nur knapp davon entfernt, einem Mitglied der Königlichen Familie einen vernichtenden Blick zuzuwerfen. »Ich versichere Euch –«

»Vergesst nicht, dass ich bei diesem Vorfall anwesend war, General, wie Ihr geschätzter Kollege uns zu Beginn dieses Treffens hingewiesen hat. Und als Augenzeuge kann ich Euch versichern, dass die Lehrlinge aus den Magierfamilien die Initiatoren dieser Gewalttat waren. Außerdem haben sie sehr viel weniger physische Verletzungen davongetragen als ihr Opfer.«

Mehrere Augenpaare wanderten zurück zu mir, und ich spürte, wie die Bedeutung des Wortes »Opfer« sich über den Raum legte, zusammen mit einem Bild von mir, wie ich grün und blau geschlagen wurde. Es war ein Zeugnis von Schwäche. Und genau das brauchte ich jetzt.

Herzog Magnus runzelte die Stirn, seine blaue Robe raschelte, als er auf seinem Stuhl herumrutschte. »Das klingt immer mehr danach, als wären wir wegen eines belanglosen Vorfalls herge- rufen worden. Und einige von uns haben dafür wichtige Arbeit unterbrochen – wie Ihr wisst, ist Erntezeit.« Er tauschte einen Blick mit Annika in der grünen Robe aus. »Es kommt mir fast so vor, als wären wir hierherbestellt worden, um eine Rangelei unter Schülern der Akademie zu diskutieren. Wohl kaum eine Angelegenheit, die die Aufmerksamkeit des gesamten Konzils erfordert.« Er warf Lorcan einen missbilligenden Blick zu.

»Ich habe darauf bestanden, dass alle anwesend sind«, sagte Lorcan ruhig. »Ganz genau aus dem Grund, weil es eine Rangelei unter Schülern der Akademie war. Es ist beispiellos, dass auch nur ein Teil des Konzils versucht, sich in eine so unbedeutende interne Angelegenheit in einem unserer Zuständigkeitsbereiche einzumischen.« Sein Blick lag ungebrochen auf Magnus. »Ich kann mir nicht vorstellen, dass Ihr eine solche Änderung unserer Vorgehensweise des Konzils unterstützen würdet.«

Magnus lehnte sich gedankenverloren in seinem Stuhl zurück.

»Ich erkenne Eure Sorgen, Lorcan.« Er schaute über den Tisch zu Thaddeus, bevor sein Blick zu Lucas wanderte. »Ich vermute, die Anwesenheit des Prinzen unter dem ersten Jahrgang hat für Verwirrung seitens Thaddeus gesorgt. Als Leiter der Königlichen Garde und so weiter.«

»Mitglieder der Königlichen Familie haben schon immer die Akademie besucht.« Lorcans Augen verengten sich. »Und kein vorheriger Leiter musste sich mit derartigen Beleidigungen auseinandersetzen.«

»Beleidigungen?« Magnus' Augenbrauen wanderten nach oben.

»Die Andeutung, dass die Akademie nicht entsprechend ausgerüstet ist, um die dort lernende Person zu schützen.«

»Oh, beruhigt Euch wieder, Lorcan«, sagte Lennox. »Niemand hat angedeutet, dass Ihr nicht für Euren Job geeignet wärt.«

»Haben sie das nicht?« Nun hob Lorcan die Augenbrauen. »Mir scheint es so, als würden sie genau das andeuten wollen.«

»Genug«, sagte der König, der ihre Unterhaltung schweigend verfolgt hatte. Sein Blick begegnete kurz dem der Königin, die genauso zurückhaltend gewesen war, aber was auch immer er darin erkannte, ließ ihn nicht innehalten. »Es reicht mir vollkommen aus, wenn mein Sohn uns versichert, dass nie eine Gefahr für ihn bestand oder ihm gegenüber Bedrohungen oder Aggressionen gezeigt wurden.«

Seine Augen wanderten zu mir, und ich erstarrte, vergaß sogar zu atmen.

»Was die normalgeborene Schülerin angeht ... Sie kann nicht ohne weiteres Training ihrer Kontrolle entlassen werden. Die Frage, die sich uns stellt, ist also, ob sie weiterhin ein Lehrling bleiben soll oder ob sie wie eine Kriminelle behandelt und weggesperrt werden sollte, wie wir es mit einem abtrünnigen Magier tun würden.«

Lennox räusperte sich. »Das wäre kein einfaches Unterfangen, Eure Majestät. Für normale Gefangene der Magierfamilien würde es ausreichen, die vorbereiteten Zauber zu entfernen sowie die Möglichkeit, neue Schriften anzufertigen. Aber wenn die Zauber verbal kreiert werden ...«

»Also reden wir hier von Exekution?« Die Königin hob eine einzelne Augenbraue.

Ein eisiger Griff legte sich um mein Herz. Ich hatte nie ein Wort gelesen, bis sie mir die Erlaubnis dazu gegeben hatten. Dafür konnten sie mich jetzt nicht hinrichten. Oder doch?

Hektisch zuckten meine Augen über den Tisch und versuchten, ihre Ausdrücke zu lesen. Als mein Blick zu Lucas huschte, sah ich einmal mehr, dass er mich anstarrte, etwas Kraftvolles und Beunruhigendes brannte in seinen Augen.

»Ich bin dazu geneigt, die Dinge so zu sehen wie Lorcan«, sagte der König und gab mir Hoffnung. Aber sein nächster Satz machte sie wieder zunichte. »Dies ist eine Angelegenheit, die innerhalb Eurer Fachrichtungen geklärt werden sollte, und nichts, was die Sicherheit unseres Königreichs betrifft. Deshalb werde ich es Eurer Abstimmung überlassen. Selbstverständlich halte ich mir bei einer Stimmengleichheit vor, die entscheidende abzugeben. Es geht also um die Frage, ob sich das Konzil in Lorcans Führung der Akademie einmischt bezüglich der Frage, ob eine normalgeborene Schülerin, die eine neue Art der Magier zu sein scheint, die Akademie weiterhin besuchen darf. Wenn das Konzil dafür stimmt, sich aus den Angelegenheiten herauszuhalten, wird das Mädchen, Elena von Kingslee, zur weiteren Untersuchung durch Lorcan und Jessamine an der Akademie bleiben. Eine Abstimmung gegen die allgemeine Aufnahme von normalgeborenen Schülern, egal unter welchen Umständen, wird die notwendige Exekution des betreffenden Mädchens nach sich ziehen.«

»Natürlich stimme ich dafür, dass sich das Konzil *nicht* in meine Führung der Akademie einmischt«, sagte Lorcan schnell. »Wie es schon immer war.«

»Genau wie ich«, sagte Jessamine.

»Und ich«, sagte Phyllida.

»Und ich«, fügte Dashiell nach einer etwas längeren Pause hinzu.

Also hielten alle Callinos zusammen. Das war keine große Überraschung.

»So sehr ich meinen Kollegen auch respektiere«, sagte Thaddeus, seine Stimme klang, als würde diese Aussage ihm Schmerzen zufügen, »ich kann nicht ruhigen Gewissens dafür stimmen, dass eine potenzielle Gefahr für die Königsfamilie bestehen bleibt. Ich stimme für ein Verbot von normalgeborenen Schülern an der Akademie.«

»So wie ich«, sagte Casimir und stützte sein Familienmitglied sogar noch schneller als die vier Callinos es getan hatten.

General Griffith atmete tief ein, dann nickte er. »Genau wie ich. Das Königreich kann es sich nicht erlauben, sich einer Bedrohung von innen stellen zu müssen, wenn wir so sehr damit beschäftigt sind, die Gefahren von außerhalb abzuwenden.«

Er schaute zu Annika hinüber, die einmal nickte.

»Dem stimme ich zu.«

Also hielten Stantorn und Devoras zusammen. Auch keine große Überraschung. Ich schaute zu Lucas, war zu angespannt, die Mitglieder des Konzils direkt anzusehen, und sah seinen Blick zwischen Lennox und Magnus Ellington hin und her zucken. Jetzt hing alles von ihnen ab.

KAPITEL 22

Lennox schaute auf den Tisch hinunter, ignorierte die intensiven Blicke der anderen Leiter. Nach einem Moment schaute er zu Magnus auf, und etwas schien zwischen ihnen zu passieren.

Ich hielt den Atem an, die Spannung drohte mich zu überwältigen, als der Moment sich in die Länge zog.

»Mir sind die Gesetze unseres Königreichs anvertraut worden«, sagte er schließlich. »Und ich kann keine Exekution anleiten, wo kein Verbrechen begangen wurde. Genauso wenig würde ich eine Veränderung unserer Handhabung der verschiedenen Disziplinen gutheißen. Natürlich würde ich nicht zögern zu handeln, sollte das Mädchen, Elena, gegen ein Gesetz verstoßen. Und ich bin mir sicher, dass Lorcan ebenso wenig zögern würde, sie mir in einem solchen Fall auszuhändigen.«

Er nickte Lorcan zu, und Lorcan nickte zurück. Dann wandte er sich an die anderen Anwesenden.

»Und ich kann Ihnen allen versichern, dass meine Disziplin in einem solchen Fall mehr als fähig wäre, unsere Pflichten zu erfüllen, egal welche Fähigkeiten dieses Mädchen in der Zwischenzeit erlangt hat.«

Kurz huschte ein Lächeln über Lorcans Gesicht. Der Leiter der Akademie war clever gewesen, diese Angelegenheit als eine Herausforderung seiner Fähigkeiten und die Ausführung seiner Tätigkeit darzustellen. Seine Gegner hatten nicht bemerkt, dass ihre Zweifel nicht nur Lorcan infrage stellten, sondern auch Lennox und dessen Fähigkeit, die Gesetze umzusetzen, für den Fall, dass ich abtrünnig wurde.

Magnus nickte langsam.

»Ich stimme mit meiner Sippe. Und ich hoffe, dass ich vor meiner üblichen Frühlingstour durch das Königreich nicht noch einmal herbestellt werden muss.«

Er erhob sich, verbeugte sich vor dem König, dann vor der Königin und verließ den Raum.

Ich sackte auf meinem Stuhl zusammen, mein Kopf drehte sich und mein Atem ging kurz und schnell. All das, und nichts würde sich ändern. Ich würde weiter die Akademie besuchen.

Zum Glück – wenn man die Alternative bedenkt!, flüsterte mein Verstand.

Sofort danach verließ Lucas den Raum zusammen mit seinen Eltern. Er hielt nicht inne, als er an mir vorbeiging, doch ich spürte seinen brennenden Blick. Lorcan deutete mir an, ihn zu begleiten, und wir kehrten beinahe schweigend zur Akademie zurück.

»Heute ist mein Geburtstag«, sagte ich, als wir durch die Vordertür in den Eingangsbereich des Gebäudes traten.

Ich hatte keine Ahnung, was mich dazu veranlasst hatte, zu sprechen.

Lorcan hielt inne und sah mich mit einem erschrockenen Ausdruck in seinen Augen an.

»Oh.« Für eine Minute starrten wir einander einfach nur an. »Alles Gute.«

»Danke.«

Er räusperte sich. »Das tut mir sehr leid …« Er gestikulierte in Richtung des Palasts. »Und das an deinem Geburtstag.«

Ich zuckte mit den Schultern. »Hätte schlimmer laufen können.«

Es folgte ein weiterer Augenblick, in dem wir uns schweigend gegenüberstanden, während uns beiden sehr wohl bewusst war, was hätte sein können. Ich dachte darüber nach, ihm für seine Bemühungen zu danken, doch der Wunsch erstarb schnell wieder. Er hatte es für sich getan, nicht für mich.

Er räusperte sich noch einmal, nickte mir zu und verschwand in Richtung seines Büros.

Der Frühling erwärmte weiter die Luft, und um die Akademie herum wurde es grün. Es kam der Tag, an dem wir unsere Stöcke gegen stumpfe Übungsschwerter austauschten, und ich mich wieder ganz unten in der Klasse wiederfand. Doch diesmal hatte ich Gesellschaft. Weder Clarence noch Araminta schienen jemals zuvor eine Klinge geschwungen zu haben, und auch Coralie und Saffron hatten nur bedingte Vorkenntnisse.

Doch es war leichter zu ertragen, weil ich in Schriftlehre endlich aufgeholt hatte. Mein Sonderunterricht mit Walden endete, und ich übte nun an der Seite meiner Klassenkameraden und kreierte gesprochene Zauber in der Klasse. Redmond bot mir nur wenig Unterstützung an, also musste ich selbst herausfinden, wie ich die Methoden, die er lehrte, anpassen konnte.

Allerdings bekam ich meine Rache, denn jetzt besuchten Lorcan und die Akademiker der Universität unseren Unterricht, um meine Entwicklung zu beobachten. Sie machten oft Vorschläge – und das nicht nur mir gegenüber. Viele von ihnen hatten alle möglichen Ideen, wie man die Stunde besser gestalten könnte, wodurch Redmond einen Großteil seiner Zeit damit verbrachte, mürrisch durch die Akademie zu schlurfen.

Ich freute mich über die neuen Herausforderungen, die die Änderung des Unterrichts mit sich brachte, weil ich mich sonst gelangweilt hätte. Im Gegensatz zu dem Tempo, das Walden und ich an den Tag gelegt hatten, ging im Unterricht alles im Schneckentempo voran. Nach einer Weile fand ich heraus, dass die meisten Schüler unser Level bereits ermüdend fanden, und das langsame Vorgehen dafür gedacht war, nach und nach ihre Ausdauer aufzubauen. Lediglich Lucas und Dariela wirkten nur selten ausgelaugt, und ich entdeckte die Akademiker oft dabei, wie sie sie interessiert musterten.

Ich wurde während des Unterrichts von Ungeduld anstatt Erschöpfung heimgesucht, aber ich erinnerte mich an Jaspers Worte und verbarg sie. Bald fiel ich in einen Rhythmus und kreierte nicht mehr als die verlangten Standardzauber, wobei ich immer sicherging, dass nichts, was ich tat, mich von der Masse abheben würde. Vor niemandem erwähnte ich, dass die wenigen Zauber, die wir im Unterricht durchführen mussten, mich mit reichlich Energie zurückließen.

Wenn Jessamine persönlich anwesend war, beobachtete sie mich mit berechnenden Augen, aber sie stellte mich nie in Frage oder deutete an, dass ich mich zurückhalten würde. Und die einzige andere Person, die mich stets misstrauisch beäugte, redete überhaupt nicht mit mir. Lucas und ich hatten nie über das Treffen des Konzils gesprochen, bei dem über mein Schicksal entschieden wurde, also bezweifelte ich, dass er eine einfache Unterhaltung mit mir über meine Fortschritte halten würde.

Ich lieh mir ein Buch nach dem anderen aus der Bibliothek aus, um meinen Geist wach zu halten, obwohl Coralie mich für verrückt erklärte, mir zusätzliche Arbeit aufzuhalsen. Allerdings las sie schon seit ihrer Kindheit und hielt die Themen, mit denen ich mich beschäftigte, für langweilig. Ich machte mir nicht den Aufwand, es ihr zu erklären.

Nach unserer Unterhaltung mit Finnian im Speisesaal gab sie sich beträchtliche Mühe, sensibler in Bezug auf das Leben der Normalgeborenen zu sein, aber ganz verstand sie es immer noch nicht. Wie konnte sie auch?

Aber ich konnte spüren, wie sich meine Welt ausdehnte – mit jedem neuen Buch, das ich las. Das Königreich Kallorway, die kurzen Erwähnungen des mysteriösen Sekali-Reiches, die Geschichte unseres Konflikts, die Geschichte der Königsfamilie, die Geschichte der Magier und ihrer Fähigkeit zu zaubern – all das faszinierte mich. Die Strukturen der großen Magierfamilien und die magischen Disziplinen selbst, unsere Wirtschaft, sogar Geografie, hielten mich in ihrem Bann. Wie viel mehr man aus einer Karte lernen konnte, wenn diese mit Worten bestückt war.

Jetzt, da ich angefangen hatte, konnte ich nicht mehr aufhören. Mein Appetit nach Wissen war unersättlich, und meine Fortschritte bei den verbalen Zaubern gerieten ins Stocken, weil ich mich zu wenig auf sie konzentrierte.

Aber an einem warmen Frühlingstag, als ich es nicht mehr aushielt, mich in meinem Zimmer einzusperren und zu lesen, schlenderte ich nach dem Unterricht durch die Bibliothek, ein Buch klemmte unter meinem Arm. Der Anblick all der älteren Lehrlinge, die hier studierten, erregte meine Aufmerksamkeit. Manche von ihnen saßen allein, aber viele hatten sich zu kleinen Gruppen zusammengefunden. Die größte davon hatte sich in einem kleinen Raum versammelt, ähnlich dem, in dem Jocasta und ich gesessen hatten, als sie mir das Lesen beigebracht hatte.

Die Erinnerung daran ließ mich innehalten, ein Schauer lief mir über den Rücken, doch die Neugier trieb mich weiter vorwärts. Die Tür stand weit offen und ich direkt davor, während ich lauschte, wie Jocasta zu den Lehrlingen sprach.

»Der menschliche Körper hat Grenzen, die selbst ein Heiler nicht umgehen kann. Die grundlegendste davon ist das Energielevel, und das ist auch der Grund dafür, weshalb sich ein Patient ausruhen muss, nachdem eine größere Heilung stattgefunden hat. Deshalb kann sich ein Magier beim Zaubern nicht an seine Grenzen bringen und dann einfach wieder selbst zu voller Stärke heilen.«

Ihr Blick zuckte zu mir, doch ihr Ausdruck veränderte sich

nicht, und sie unterbrach ihren Vortrag auch nicht.

»Bis nächste Woche hätte ich gern einen Aufsatz darüber, wie sich die Grenzen des menschlichen Körpers auf die Arbeit der Heiler auswirken. Schüler der Grundstufe, ihr befasst euch in euren Aufsätzen mit den Grenzen unseres Verständnisses vom Energielevel und den Gründen, warum wir bisher nicht in der Lage waren, sie durch den Einsatz von Macht wieder aufzufüllen. Fortgeschrittene Schüler, ihr werdet die verschiedenen Stadien von Krankheiten und Verletzungen diskutieren, in denen ein Heiler keinen Einfluss mehr auf die Genesung des Patienten hat. Einschließlich einer Zusammenfassung, wie die Fähigkeiten des Heilers diesen Wert beeinflussen.«

Während sie die Aufgaben verteilte, machten sich die Schüler Notizen auf Pergamenten, die vor ihnen lagen.

»Abgabetermin ist heute in einer Woche, wenn wir zu einer Gastvorlesung von Herzog Dashiell zusammenkommen.«

Mehrere Schüler tauschten aufgeregte Blicke aus. Vermutlich wandte sich der Leiter der Heiler nicht oft an Schüler, die diese Disziplin erlernen wollten.

Nachdem Jocasta sie entlassen hatte, strömten sie, in leise Gespräche vertieft, aus dem Raum. Diejenigen, die mich bemerkten, ignorierten mich, bis Jocasta selbst aus dem Zimmer kam.

»Du musst nicht vor der Tür herumlungern, Elena«, sagte sie. »Der Unterricht steht jedem offen.«

»Aber ich bin noch im ersten Lehrjahr. Ich wähle noch keine Fachrichtung.«

Sie zuckte mit den Schultern. »Der Unterricht ist jahrgangsübergreifend. Das muss er sein, wenn so viele Schüler von Jahr zu Jahr ihren Schwerpunkt wechseln. Wir vergeben ganz einfach verschiedene Aufgaben unter den Anfängern und den fortgeschrittenen Schülern. Und ein Großteil des Kurses wird ohnehin unabhängig voneinander durchgeführt.«

Sie kicherte. »Wenn das nicht so wäre, würden Walden und ich gar nicht mehr hinterherkommen. Deshalb sind wir auch auf

Gastsprecher aus den Fachrichtungen selbst angewiesen. Obwohl das für gewöhnlich nicht die Leiter übernehmen.«

Sie schenkte mir einen bedeutungsschweren Blick. »Und wir hätten nie die Zeit gefunden, dir Einzelnachhilfe zu geben, so wie wir es mittlerweile beide getan haben.«

Ich presste meine Lippen zusammen und verkniff es mir, sie darauf hinzuweisen, dass es nicht mein Vorschlag gewesen war, dass sie mich unterrichten sollte. Unabhängig davon, wessen Entscheidung das gewesen war, hatte sie viele Stunden dafür geopfert, mit mir zu lernen – und ihre einzige Belohnung dafür war eine Nahtoderfahrung gewesen, an der ich die Schuld trug. Und offenbar hatte mein Wechsel zu Walden ihren Arbeitsaufwand nur verlagert, da sie seine anderen Schüler übernehmen musste, damit er die Zeit für mich aufbringen konnte.

Doch bevor ich antworten konnte, wanderten ihre Augen über meine Schulter.

»Du bist ein bisschen spät dran, Lucas.«

Ich widerstand dem Drang herumzuwirbeln, aber der Prinz trat trotzdem in mein Sichtfeld.

»Ich bitte um Verzeihung, es gab eine Angelegenheit am Hof, um die ich mich kümmern musste. Ich hörte, Dashiell wird uns einen Besuch abstatten? Und dass es eine Aufgabe für uns gibt?«

Sie nickte. »Abgabe heute in einer Woche. Ein Aufsatz über die Grenzen des menschlichen Körpers und wie sie die Arbeit der Heiler beeinflussen. Insbesondere die Grenzen unseres Verständnisses der Energielevel und warum wir sie nicht mit dem Gebrauch von Macht wieder auffüllen können.«

Ihre Augen wanderten wieder zu mir. »Denk über das nach, was ich gesagt habe, Elena.« Dann nickte sie und schlenderte in Richtung ihres Schreibtischs vorn in der Bibliothek davon.

Lucas bewegte sich nicht. »Also, worüber sollst du nachdenken?«

Ich betrachtete ihn mit gerunzelter Stirn. Dachte er plötzlich, dass wir Freunde waren? Ich reckte mein Kinn nach oben.

»Ich werde ihrem Unterricht beitreten.«

»Das erste Jahr wählt noch keine Schwerpunkte.«

»Du bist auch im ersten Jahr.«

In seinen Augen blitzte etwas auf, das wie Resignation aussah. »Ja, das bin ich.«

Wie sehr verärgerte es ihn, dass sich sein Start in der Akademie verzögert hatte? Ich verengte meinen Blick. Dachte er, er wäre besser als der Rest von uns, weil er ein Jahr älter war? Dass er fähiger war?

»Dann sieht es so aus, als könnten Lehrlinge des ersten Jahres teilnehmen. Ich schätze, wir sehen uns im Unterricht.«

»Das schätze ich auch.« Sein kühler Blick löste sich nicht von mir, also machte ich auf dem Absatz kehrt und marschierte aus der Bibliothek.

Erst als ich mein Zimmer erreichte, wurde mir bewusst, dass, wenn ich wirklich dem Unterricht beitreten wollte, ich mich nach Büchern über Heilung und Energielevel hätte umsehen sollen. Ich seufzte. Jetzt hatten die anderen Schüler die Bibliothek wahrscheinlich schon leergeräumt.

Ich genoss es, zu lesen. Aber wollte ich mir wirklich noch einen weiteren Kurs aufhalsen? Ich schüttelte über mich selbst den Kopf. Das spielte keine Rolle. Nachdem ich mich von Lucas hatte ködern lassen und verkündet hatte, dass ich mich dem Kurs anschließen würde, konnte ich keinen Rückzieher mehr machen.

Doch als ich an diesem Abend ins Bett ging, entschied ich, dass ich auch ohne ihn dieselbe Wahl getroffen hätte. Die anderen Schüler hatten noch viel Zeit. Sie würden bis zu ihrem Abschluss noch drei ganze Jahre Fachrichtungen studieren können. Aber mir blieb nur noch weniger als ein Jahr bis zu meinem achtzehnten Geburtstag. Wenn ich bis zum nächsten Jahr warten würde, hätte ich nur noch sechs Monate. Und irgendwie konnte ich mir vorstellen, dass die Fähigkeit, Heilungszauber anzuwenden, sich an der Front als praktisch erweisen würde.

KAPITEL 23

Der Gedanke an meine Einberufung spornte mich weiter an, sodass ich auch den Kurs der Fachrichtung des Militärs belegte, obwohl mich die ganze Sache irritierte. Warum würde ein Magier sich entschließen, zum Militär zu gehen und ein Offizier zu werden, wenn das mit an Sicherheit grenzender Wahrscheinlichkeit dazu führte, an der Front zu landen? Vermutlich taten das nur diejenigen, die gerne Dinge in die Luft jagten.

Es war eine seltsame Kombination, an einem Tag zu lernen, wie man Dinge zerstörte, und am nächsten zu erfahren, wie man heilte, aber zweifellos würden sich beide Fähigkeiten als praktisch erweisen. Und wenigstens bohrten sich Lucas' Augen nicht in mich, wenn sich der Kurs mit den Lehrlingen des Militärs versammelte. Seine zweite Disziplin war die Gesetzesvollstreckung. Nicht, dass ich besonders darauf geachtet hätte.

Ein paar der einfachen Heilungszauber probierte ich in der Privatsphäre meines Zimmers an mir selbst aus, doch für die Zauber, die beim Militär benutzt wurden, hatte ich keinen Ort, um mit ihnen zu experimentieren. Sogar die weniger gewalttätigen, die dazu genutzt wurden, um die Bewegungen des Feindes zu verfolgen oder die eigenen Truppen zu verbergen, ließen sich in der Akademie nicht anwenden.

Aber Coralie versicherte mir, dass sich im zweiten Jahr reichlich Gelegenheiten zum Üben bieten würden.

»Der Kampfunterricht wird sich in die Arena verlagern, erinnerst du dich?« Sie erzitterte. »Und dann werden wir sowohl mit Waffen als auch Zaubern kämpfen. Ich habe jetzt schon Angst, gegen Dariela oder Weston antreten zu müssen. Die werden mich in Stücke reißen.«

Ich bemerkte, dass sie offensichtlich versuchte, nicht in meine Richtung zu schauen.

»Ich muss nicht daran erinnert werden, was sie mit mir anstellen, wenn sie die Gelegenheit dazu bekommen«, sagte ich. »Was noch ein Grund mehr für mich ist, jetzt schon mit dem Lernen anzufangen. Ihr könntet euch mir anschließen.«

»Das ist eigentlich eine ziemlich clevere Idee«, sagte Finnian über den Tisch hinweg.

Ich beäugte ihn. »Aber lass mich raten – keiner von euch wird es tun.«

Er grinste. »Du willst doch immer, dass wir uns mehr Mühe geben, die Normalgeborenen zu verstehen. Nun, hier mal eine Einsicht in uns magisch Geborene: Es ist eine alte Tradition an der Akademie, möglichst viel Arbeit aus dem Weg zu gehen. Lehrlinge studieren und perfektionieren diese Technik schon seit Jahren.« Er zwinkerte mir zu.

»Lucas besucht die Kurse auch.«

Er winkte ab. »Oh, der Adel ist nicht so wie wir. Bestimmt ist dir das mittlerweile aufgefallen.«

Ich warf ein Brötchen nach ihm und gab meine Überzeugungsversuche auf.

Meine Studien nahmen so viel meiner Zeit ein, dass ich die Akademie nicht mehr verlassen hatte, seit ich vor das Magische Konzil geschleppt worden war. Doch an einem besonders warmen Tag, kurz vor Ende des Frühlings, war der blaue

Himmel einfach zu verführerisch, um herumzusitzen und zu lesen.

Coralie war irgendwohin verschwunden – sie hatte schon lange die Hoffnung aufgegeben, unseren Ruhetag mit mir zu verbringen, also machte ich mich alleine auf den Weg. Der Vorgeschmack auf den kommenden Sommer erinnerte mich daran, dass die Akademie über die wärmeren Monate in diesem Jahr geschlossen werden würde und ich hoffentlich die Möglichkeit haben würde, nach Hause zu meiner Familie zurückzukehren. Ich konnte mir vorstellen, wie Clemmy reagieren würde, wenn ich zu Hause ankam und zugeben musste, dass ich in einem knappen Jahr fast nichts von der Hauptstadt gesehen hatte.

Ich wünschte, ich hätte etwas Geld, um meiner kleinen Schwester etwas Schönes von einem der Stadtmärkte zu kaufen, aber es gab keine Möglichkeit für mich, etwas zu verdienen. Selbst wenn ich in der Lage gewesen wäre, geschriebene Zauber zu kreieren, war es Lehrlingen verboten, sie zu verkaufen, bevor sie ihren Abschluss und den vollen Magierstatus erreicht hatten. Natürlich würden sich nur wenige dazu entscheiden, wenn der Zeitpunkt gekommen war. Und auch wenn es erlaubt wäre, würde es mir nicht viel nützen. Es sei denn, ich fand jemanden, der den Zauber sofort brauchte und kein Stück Papier in seinen Besitz nehmen wollte, um es später nach eigenem Belieben anzuwenden.

Ich erwartete ohnehin nicht, je meinen Abschluss zu machen, doch ich ertappte mich dabei, wie ich in Tagträume abdriftete, in denen ich meine Dienste verkaufen konnte, während ich an den Villen der Magierfamilien vorbeieilte, die die Straße neben der Akademie säumten. Heilung erschien mir die sinnvollste Wahl zu sein, und ich nahm mir erneut vor, den Kurs erst zu beenden, wenn ich gezwungen war, die Akademie zu verlassen.

Ich hatte die Zauber bereits herausgesucht, die Clemmy heilen könnten. Manche der einfacheren, die einige ihrer Beschwerden lindern könnten, lagen im Rahmen meiner aktuellen Fähigkeiten. Aber das tieferliegende Problem ihres schwachen Immunsystems zu kurieren, wäre sehr viel komplizierter. Wahrscheinlich würde es eine Ausbildung im Fachbereich der Heiler erfordern, bevor diese Art von Kontrolle und Verständnis des menschlichen Körpers erreicht werden konnte.

Mir gefiel der Gedanke, nur ein paar Worte sprechen zu müssen und sofort sehen zu können, wie es ihr besser ging, aber die Worte von Herzog Lennox erinnerten mich daran, dass ein solcher Versuch – auch wenn es nur um die Heilung einer einfachen Erkältung ging – töricht wäre. Obwohl die anderen Lehrlinge unter der Aufsicht ihrer Familien weiter ihre Fähigkeiten ausbauen durften, bezweifelte ich stark, dass dasselbe auch für mich galt. Keiner der Magier würde wollen, dass ich außerhalb der aufmerksamen Augen der Akademie irgendwelche Zauber kreierte. Und ich hatte nicht vor, den Stantorns und Devoras einen Grund zu liefern, mich verhaften zu lassen.

Als die Zäune, die die Magiervillen schützten, den Platz für Schaufenster freigaben, verlangsamte ich meine Schritte. Es waren viel vornehmere Läden, als ich je besuchen würde, auch wenn ich das Geld dafür gehabt hätte, doch interessant fand ich sie trotzdem.

Durch die großen Glasscheiben blickte ich auf wunderschöne Stoffe, funkelnden Schmuck und exotische Gewürze und Delikatessen. Ein ganzer Laden war mit komplexen und aufwendigen Kinderspielsachen gefüllt und in einem anderen gab es jedes Schreibmaterial, das man sich vorstellen konnte.

Als ich ein Geschäft passierte, in dem sich ein Bücherregal an das nächste reihte, wurden meine Schritte besonders langsam. Der Ladenbesitzer lächelte mir einladend durch die Scheibe zu, und ich zog mich schnell zurück, eilte davon, bevor mir bewusst wurde, dass ich meine weiße Robe trug. Kein Wunder, dass er eher freundlich als bedrohlich ausgesehen hatte. Er musste denken, dass ich aus einer Magierfamilie stammte.

Er musste selbst aus einer Magierfamilie kommen – vielleicht aus einer der weniger bedeutenden –, um sein Leben umgeben von Worten verbringen zu dürfen.

Als die Geschäfte endeten, fing der Stadtteil an, in dem die Normalgeborenen lebten, und ich verlieh meinen Schritten wieder mehr Tempo. Das war der Bereich, den ich hatte besuchen wollen. Der Ort, von dem meine Familie träumte, eines Tages dort zu wohnen.

Ich machte mir einen Spaß daraus, die Funktionen der freistehenden roten Sandsteingebäude zu erraten, an denen ich vorbeikam. Zumindest eins sah wie eine Heilklinik aus, und eins war als Zentrum der Gesetzesvollstreckung gekennzeichnet, wobei das unter dem gemeinen Volk bekannte Symbol verwendet wurde. Ein kleiner Park in der Nähe lockte mich von der Straße, das Gras war übersät von rennenden, lachenden Kindern, doch meine Nase lenkte mich weiter. Ich musste in der Nähe eines Marktes sein.

Als ich mich auf die Suche machte, gefiel mir der Gedanke, dass meine Familie in unmittelbarer Nähe zu all diesen Reichtümern leben würde. Wie viel einfacher wäre ihr Leben hier in Corrin, als in der Enge von Kingslee gefangen zu sein und mit der nicht enden wollenden Arbeit in ihrem Laden kämpfen zu müssen.

Bald öffnete sich zu einer Seite der Marktplatz, geschäftiges Treiben vermischte sich mit den Trödlern, die gemütlich umherschlenderten, sich unterhielten und die Stände abklapperten. Mein knurrender Magen ließ mich wünschen, mir in der Akademie etwas zum Mittagessen eingepackt zu haben, aber dafür war es zu spät.

Ich stürzte mich ins Getümmel, bereit, mich durch sie hindurch zu kämpfen, wie ich es immer bei Versammlungen im Dorf hatte tun müssen, aber zu meiner Überraschung teilte sich die Menge vor mir. Niemand schien mir besonders viel Aufmerksamkeit zu schenken, aber irgendwie öffnete sich der Raum vor mir, egal, wohin ich ging.

Für einen Augenblick beunruhigte mich das und ich betrachtete die Leute um mich herum verwirrt. Doch dann gab mir ein weißes Aufflackern einen mentalen Tritt. Ich hatte vergessen, meine Robe abzulegen.

Ich wünschte, ich hätte sie in der Akademie zurückgelassen. Ich hatte ein paar Stunden unter meinesgleichen verbringen wollen, aber hier war ich offensichtlich fehl am Platz. Die fehlende Neugier ließ vermuten, dass ich nicht der erste Lehrling oder Universitätsstudent war, dem das Geld für die gehobenen Magierläden fehlte, aber das bedeutete noch lange nicht, dass ich hierhin gehörte.

Ich wollte den Leuten, denen ich begegnete, zurufen: »Ich bin keine Magierin!«, doch ich biss mir auf die Zunge.

Immerhin bewies meine Robe das Gegenteil. Ich war eine Magierin – auch wenn die Magier selbst mich nicht akzeptieren wollten. Und die Bedeutung davon traf mich mit blendender Wucht. Ich hatte mich darauf gefreut, bald nach Hause zurückzukehren, doch in meinem Dorf würde ich genauso wenig untertauchen können wie hier. Ich war eine Art Hybrid geworden, hangelte mich am Rande der Magierwelt entlang und wartete permanent darauf, dass sie sich gegen mich wandten, doch unter dem gemeinen Volk war ich auch nicht mehr Zuhause.

Da ich kein Geld hatte, um irgendwas zu kaufen, und auch keine Anonymität genießen konnte, verließ ich den Markt bald wieder. Zurück auf der Straße fügte ich mich in den Verkehr aus Pferden, Karren, Kutschen und auch anderen Fußgängern ein. Wenn mir die entgegenkommenden Leute hier aus dem Weg gingen, konnte ich mir wenigstens einreden, dass sie einem Pferd oder einer Unebenheit im Kopfsteinpflaster ausweichen wollten.

Der graue Stein der großen Gebäude in diesem Stadtteil erschien farblos, doch die zahlreichen Blumenkästen glichen das wieder aus. Ich erinnerte mich daran, sie schon bemerkt zu haben, als ich im Herbst das erste Mal durch Corrin gefahren war. Jetzt blühten sie und strahlten Freundlichkeit aus.

Ich versuchte, mich auf die Blumen zu konzentrieren, da sie keine Augen hatten, die mir ausweichen konnten, doch eine herausstechende Stimme lenkte meine Aufmerksamkeit zurück auf die Straße.

»Lass mich in Ruhe, Frau!«

Ein Mann in einer roten Robe schubste eine Normalgeborene von sich, die ihm zu nahe gekommen war. Ihr Gesicht war tränenüberströmt und hysterisch, und sie schien sich der Szene nicht bewusst zu sein, die sie ihm machte.

»Aber ich sage Euch, ich muss ein Verbrechen melden.«

»Sehe ich aus wie ein Büroangestellter? Weg von mir.«

»Aber er entkommt!«

Der Mann starrte auf die Frau herunter. »Ist. Mir. Egal. Euresgleichen wendet sich ständig gegeneinander. Es gibt Wichtigeres, um das ich mich kümmern muss.«

Ich stockte, als ich ihn schockiert anstarrte. Er trug eine rote Robe und war offensichtlich die Stufen des großen Sandsteingebäudes heruntergekommen, an dem das Symbol der Gesetzesvollstreckung prangte. Er hatte seine Disziplin selbst gewählt. Wie konnte er so gefühllos sein, wenn ein Verbrechen gemeldet wurde?

Wut kochte in mir hoch. Offenbar kümmerte er sich nur um die Vergehen, die gegen Magier begangen wurden.

Ich trat vor, wollte ihn konfrontieren, doch er versetzte der Frau einen letzten Stoß – fest genug, um sie zu Boden gehen zu lassen – und stürmte davon, bevor ich ihn hätte erreichen können.

Trotzdem eilte ich weiter vorwärts, um der Frau wieder auf die Beine zu helfen, doch eine Wache in roter Uniform und ein Angestellter – das waren die normalgeborenen Mitglieder der Gesetzesvollstreckung – kamen bereits die Stufen des Gebäudes heruntergeeilt, um ihr zu helfen. Meine Beine trugen mich immer noch weiter, der Zorn machte es mir unmöglich, einfach weiterzugehen, doch dann legte sich eine feste Hand um meinen Arm.

Ruckartig blieb ich stehen und wandte mich den vertrauten grünen Augen zu.

»Lass mich los!« Jetzt richtete sich meine Wut gegen den Prinzen, doch weder zuckte er zurück noch kam er meiner Forderung nach.

»Sie will keine Hilfe von dir.« Seine Stimme klang weicher, als ich erwartet hatte, und ließ mich innehalten, während ich ihn verwirrt anblinzelte.

»Was meinst du …?«

Er deutete auf meine weiße Robe, woraufhin ich mir ein frustriertes Stöhnen verkniff. Wie hatte ich die schon wieder vergessen können?

Meine Wut ebbte ab und ich entspannte mich unter seinem Griff, sofort ließ er mich los und trat einen Schritt zurück. Als ich noch einen Blick in Richtung der Frau warf, sah ich, wie sie in dem Gebäude verschwand.

Ich zitterte immer noch, da mir auch das kleinste Ventil für meine Wut verwehrt worden war. Ich wünschte, ich hätte irgendetwas tun können, um ihr zu helfen.

»Was machst du hier?«, fragte ich und wandte mich wieder Lucas zu. »Bist du mir gefolgt?«

Er hob seine Augenbrauen, und sofort kam ich mir dumm vor. Natürlich, der Prinz von Ardann hatte nichts Besseres zu tun, als mir den ganzen Tag nachzulaufen.

»Ich hatte etwas in der Stadt zu erledigen. Hin und wieder muss ich mich um Angelegenheiten kümmern, weißt du«, sagte er, und ich glaubte, einen Hauch von amüsierter Herablassung darin zu entdecken.

»Dann nehme ich an, du bist an Anblicke wie diesen gewöhnt«, fauchte ich zurück. »Und natürlich würde es dir nie in den Sinn kommen, einzuschreiten und den Mann daran zu erinnern, was seine Aufgaben bei der Strafverfolgung umfassen.«

Lucas schüttelte den Kopf. »Deine Abneigung gegenüber

Magiern ist zu offensichtlich, Elena. Vielleicht solltest du daran arbeiten.«

»Und du solltest vielleicht an deiner Abneigung gegen uns Normalgeborene arbeiten. Immerhin stellen wir die Mehrheit der Untertanen deiner Familie dar.«

»Vielleicht.« Er klang nicht überzeugt. »Aber ich bin nicht derjenige, dessen Leben davon abhängt.«

»Nein – ihre Leben hängen davon ab!« Ich starrte ihn an und atmete schwer, während mein Verstand versuchte, meinen Mund einzuholen. »Warte. Was soll das heißen, mein Leben hängt davon ab?« Hatte sich etwas verändert, seit das Konzil dafür gestimmt hatte, mich in Ruhe zu lassen?

»Du erinnerst dich doch an das Magische Konzil, oder nicht?« Er hob skeptisch eine Augenbraue. »Einige sehr wichtige Leute arbeiten sehr hart daran, dich versteckt und sicher zu halten – trotz deines offensichtlichen Desinteresses, sie dabei zu unterstützen. Vielleicht kannst du wenigstens so tun, als würdest du dich anstrengen, etwas weniger wie eine Bedrohung zu wirken.«

»Sehr wichtige Leute? Wer? Du?«

Als er mir zuzwinkerte, errötete ich. Wo war das hergekommen?

»Lorcan würde mir einfallen«, sagte er schließlich. »Oder ist dir nicht aufgefallen, wie wenig er sich mit deinem Studium befasst? Wie langsam er dich deine Fähigkeiten weiterentwickeln lässt?« Er gluckste. »Es muss ihn umbringen, seine Neugier in Zaum zu halten, aber er wusste schon immer, wie man das Spiel auf lange Sicht am besten spielt. Meistens wirkt er wie ein gedankenverlorener Akademiker, aber er versteht die Intrigen am Hof besser als die meisten. Ich war erstaunt, dass er es geschafft hat, das Treffen des Konzils so lange hinauszuzögern.«

Ich zuckte mit den Schultern, obwohl seine Worte Unbehagen in mir auslösten. Plötzlich hatte ich das Gefühl, sämtliche Gespräche mit dem Leiter der Akademie neu beurteilen zu müssen.

»Zu schade, dass er es nicht für immer aufschieben konnte«, murmelte ich.

»Nein, es war unausweichlich.« Lucas sah mich mit harten Augen an. »Aber es ist sehr viel Zeit vergangen. Selbst diejenigen, die gegen deine Anwesenheit an der Akademie waren, hatten sich mittlerweile an den Gedanken gewöhnt – ob es ihnen bewusst ist oder nicht.«

»Woher weißt du das alles? Ich nehme an, Lorcan hat sich mit dir beraten?« Ich legte sämtlichen Sarkasmus in meine Stimme, den ich aufbringen konnte.

»Nein, natürlich nicht.« Er seufzte. »Aber ich weiß, wie er denkt. Mitglieder des Magischen Konzils können ihre Positionen über Jahrzehnte halten. Du kannst dir sicher sein, dass es für meine Familie von großer Bedeutung ist, zu verstehen, wie sie im Innern arbeiten.«

Ich blieb still, dachte über seine Worte nach. In den Monaten hier hatte ich so viel gelernt, aber er sorgte dafür, dass ich mich jung und dumm und naiv fühlte. Manche Dinge konnte man nicht aus Büchern lernen, und die Welt der Magier hielt so viele Feinheiten parat, die ich nicht verstand.

Ich sah mich überrascht um. Ich war mir nicht ganz sicher, wie er es geschafft hatte – er hatte mich auf jeden Fall nicht noch mal berührt –, aber irgendwie hatte Lucas uns beide während unserer Unterhaltung in Bewegung gesetzt. Wir waren schon ein ganzes Stück über die Südstraße gelaufen und gingen Richtung Norden auf die Akademie zu.

Er war genauso angezogen wie ich, in unsere Lehrlingsroben gehüllt, und als ich ihn von der Seite her musterte, traf mich ein plötzlicher Gedanke.

»Wo sind Eure königlichen Wachen, Eure Hoheit?«

Als ich angefangen hatte, zu sprechen, war sein Blick zu mir gewandert, doch jetzt wandte er sich wieder ab. Er antwortete nicht.

Ich schüttelte den Kopf. »Erzähl mir nicht, deine Angelegenheiten waren doch nicht so offiziell? Wer von uns ist jetzt leichtsinnig?«

Er verengte seine Augen, doch hatte keine Zeit zu antworten, bevor ein breiter Arm mich packte und in eine Seitengasse schleuderte.

KAPITEL 24

Ich stolperte und wäre beinahe gefallen, als der eiserne Griff mich von der Hauptstraße zerrte. Bevor ich mich orientieren oder sehen konnte, wer mich gepackt hatte, legte sie ein zweites Paar Arme grob um mich und zerrte mich seitlich durch eine Tür. Der erste Mann folgte uns und schlug sie hinter sich zu.

Der zweite Angreifer ragte über mir empor, seine Umklammerung presste mich fest gegen seinen Oberkörper, meine Arme waren an meinen Seiten gefangen. Endlich schrie ich, es war durch meinen Schock verzögert worden, doch das führte dazu, dass der erste Mann mir hart ins Gesicht schlug. Mein Kopf schnellte zur Seite und für einen kurzen Augenblick verschwamm meine Sicht. Dann meldete sich das monatelange Kampftraining und meine Instinkte übernahmen die Kontrolle.

Ich schleuderte meinen Kopf zurück und rammte meinen Schädel gegen den Hals meines Entführers. Er keuchte auf, sein Griff lockerte sich, und ich stampfte mit voller Wucht auf seinen Fuß. Er taumelte leicht, ich schob mich nach vorne und war frei.

Doch der Mann vor mir trat ohne zu zögern vor und griff nach meinem Arm. Ich blockte ihn ab, ohne darüber nachdenken zu müssen, duckte mich in der nächsten Sekunde unter seinem Ellbogen hindurch und verpasste ihm einen Schlag in den Rücken.

Er stolperte nach vorn gegen den zweiten Mann, doch beide hatten sich schnell wieder gefasst. Aber die Sekunde, die sie dafür brauchten, konnte ich nutzen, um mich hastig umzusehen. Wir standen in einem großen, leeren Gebäude, dessen Einzelheiten sich in dem gedimmten Licht verloren. Bestimmt irgendeine Art Lagerhaus, das aktuell leer stand, bis auf ein paar Kartons, die an einer Wand lehnten.

Ich wirbelte herum, suchte nach der Tür, doch als ich sie entdeckte, rutschte mir das Herz in die Hose. Zwischen mir und dem Ausgang standen zwei weitere Männer. Und sie kamen bereits näher, um ihren Kameraden zu helfen.

Ich schoss zur Seite, meine Schritte hallten laut durch den Raum. Irgendwo musste es noch einen anderen Ausgang geben. Aber die beiden Männer rannten ebenfalls und versuchten mir den Weg abzuschneiden. Ich versuchte, noch schneller zu laufen, doch der Größere der beiden erwischte mich und schickte mich krachend zu Boden.

Ich konnte meinen Sturz abfangen, landete auf meinen Armen, doch er hatte mich am Knöchel erwischt und hielt seinen festen Griff bei, obwohl ich wie wild um mich trat.

»Nicht loslassen«, rief eine dunkle Stimme hinter uns. »Ich will die Bezahlung für sie haben, egal, wie sehr sie sich wehrt.«

Ich trat weiter wild um mich, versuchte mich nach vorne zu ziehen, doch der Mann kletterte über mich und drückte mich auf den Boden.

»Was ist mit dem anderen?«, fragte eine zweite Stimme, offensichtlich vorsichtiger als die erste.

»Sullivan und Matthews bleiben, um sich um alle zu kümmern, die versuchen, uns zu folgen, schon vergessen?«

Ich ließ meinen Körper erschlaffen, um meinen neuen Angreifer in einem Gefühl der Sicherheit zu wägen und einen neuen Fluchtversuch zu starten. Aber er bewegte sich nicht, war zu abgelenkt von der Unterhaltung seiner Kollegen.

»Ja, aber er könnte nicht so schwach sein, und niemand hat je einen zweiten –«

Ein splitterndes Krachen hallte durch den weiten Raum, als die Tür aufschwang und gegen die Wand donnerte. Der Mann über mir zuckte leicht zusammen, und ich versuchte, mich auf meine Hände und Knie hochzudrücken, während ich reflexartig den Kopf drehte, um zu sehen, was vor sich ging.

Lucas stand im offenen Türrahmen, seine weiße Robe hob sich grell von der Finsternis im Innern ab. Seine Augen schossen durch den Raum, bevor sie auf mir landeten. Ich glaubte, einen Funken Verwirrung auf seinem Gesicht zu erkennen, als er mich kämpfen sah, und dann rief er mir etwas über die Entfernung zu.

»Elena! Was machst du denn? Du musst ZAUBERN!«

Wieder erschlaffte ich, als ein Funken in mir entzündet wurde. Was hatte ich mir dabei gedacht? Hatte ich es wirklich schon wieder vergessen?

Lucas griff in seine Robe, als er offensichtlich nach einem seiner eigenen Zauber suchte, aber ich wartete nicht ab, um zu sehen, was er tun würde. Ich flüsterte die einschließenden Silben und rief mir das Bild eines Zaubers vor Augen, den ich im Kurs des Militärs gesehen, aber noch nie ausprobiert hatte. Meine Worte überschlugen sich, ich sprach so schnell ich konnte.

»Alle Angreifer innerhalb dieses Gebäudes außer Gefecht setzen. Entfesseln.«

Macht pulsierte aus mir, breitete sich in dem leeren Raum aus, stärker als alles, was ich je gespürt hatte. Ihre Verbindung zu mir blieb bestehen, ich konnte fühlen, wie sie nach allem griff, was sich ihr in den Weg stellte.

Der Mann über mir schrie auf und wurde schlaff. Ich drückte mich nach oben und schob ihn zur Seite, wo er dumpf auf den Boden aufschlug. Ich kämpfte mich gerade rechtzeitig auf die

Knie, um zu sehen, wie die Wirkung meiner unsichtbaren Kraft auf die anderen traf.

Der große Mann, der mich in das Gebäude gezerrt hatte, beugte sich stöhnend nach vorne, bevor er in die Knie ging und nach vorne fiel, wo er reglos liegen blieb. Die anderen beiden hatten versucht, wegzulaufen, waren tiefer in das Lagerhaus geflohen, aber die Macht erreichte sie und ließ beide stumm auf den Boden krachen.

Jetzt waren sie alle bewusstlos, aber die Macht versiegte noch nicht. Ich spürte, wie sie sich nach einem letzten Opfer ausstreckte, und meine Augen begegneten entsetzt Lucas' Blick. Ihn hatte ich nicht in meinen Zauber mit einbeziehen wollen.

Entweder spürte er meine Macht oder er wurde von seinen Instinkten gewarnt, auf jeden Fall ließ er zwei der Pergamentrollen in seiner Hand fallen. Mit rasender Geschwindigkeit zerriss er eine dritte, und sofort spürte ich, wie meine Kraft auf eine Barriere seiner eigenen Macht traf.

Einen Moment lang schwebte meine Welle der Macht über ihm, doch eine unsichtbare Blase hielt sie davon ab, ihn zu erreichen, bis sie schließlich schwächer wurde und erstarb.

Ich kniete immer noch an Ort und Stelle und starrte ihn keuchend an. Er sah regelrecht erschüttert aus, so hatte ich ihn noch nie gesehen, doch er erholte sich schnell und bückte sich, um die zwei unberührten Zauber wieder einzusammeln, die er fallengelassen hatte. Er stopfte sie zurück in seine Robe und eilte zu mir.

Er hielt mir eine Hand entgegen, um mir aufzuhelfen, doch ich ignorierte sie und drückte mich ohne Hilfe auf die Beine.

»Sind sie … tot?« Ich stupste den Mann, der mir am nächsten war, mit meinem Fuß an.

Lucas kniete sich hin, um ihn zu untersuchen, bevor er zum nächsten ging.

»Nein, nicht tot. Nur bewusstlos. Und der sieht so aus, als

hätte er ein paar gebrochene Knochen.« Er nickte zu dem, der neben mir lag.

Trotz meiner Bemühungen, ruhig zu bleiben, zitterte ich am ganzen Körper. Ich war erleichtert, dass sie nicht tot waren, aber der Rest tat mir absolut nicht leid. Wer weiß, was sie mit mir vorgehabt hatten?

»Was sollen wir mit ihnen machen?«, fragte ich.

Als er zu mir aufsah, zuckte ich mit den Schultern.

»Du hast Gesetzesvollstreckung belegt. Ich kenne das Protokoll für eine solche Situation nicht.«

»Ich bin der Prinz von Ardann und du die erste sprechende Magierin der Geschichte. Ich denke, wir sollten zur Akademie zurückkehren und es den Roten überlassen, hier aufzuräumen.«

Sprechende Magierin. Ich fühlte, wie mir ein kleiner Schauer über den Rücken lief. Ich betrachtete die herumliegenden Gestalten. Ich hatte das getan. Ich hatte das mit meinen Worten geschafft.

Lucas legte seine Hände auf meine Schultern, spürte das Zittern, das mich durchfuhr. »Das war ein sehr starker Zauber. Es ist kein Wunder, dass du dich schwach fühlst. Komm.«

Er zog mich in Richtung der Tür, und ich ließ es zu. Wir umrundeten den Körper des größten Mannes, ohne ihn anzusehen. Als wir in die Gasse hinaustraten, mussten wir zwei weiteren Körpern ausweichen. Sullivan und Matthews, vermutlich. Ich sah sie mir nicht genauer an.

»Danke ... dass du mir geholfen hast«, sagte ich mit leichter Verspätung.

Lucas bedachte mich mit einem nachdenklichen Blick. »Ich war mir nicht sicher, ob du mich wirklich brauchen würdest. Aber dann dachte ich, falls sie einen Magier dabei haben ...« Er runzelte die Stirn. »Was ist passiert?«

Ich zuckte mit den Schultern, zu beschämt, die Wahrheit zuzugeben. Das Kampftraining hatte instinktiv die Führung übernommen, meine Muskeln hatten auf die monatelangen Übungen reagiert. Aber meine anderen Fähigkeiten waren mir im Eifer des Gefechts vollkommen entfallen. Genau wie ich immer wieder meine weiße Robe vergessen hatte, als ich durch die Stadt geschlendert war.

»Das waren dreiste Diebe«, sagte er nach einer Weile. »Besonders wenn sie es auf einen Lehrling der Akademie abgesehen hatten.«

Ich schwankte, als wir auf die Hauptstraße abbogen, und wäre beinahe über eine lose Bodenplatte gestolpert. Als ich mein Gleichgewicht zurückerlangt hatte, starrte ich ihn ungläubig an.

»Das waren keine Diebe.«

Er sah mich an, über seinen Augen lag ein Schatten. »Natürlich waren sie das. Was sollen sie sonst gewesen sein?«

»Sie waren hinter mir her.«

Er hatte mich schon lange wieder losgelassen, doch nun hob er seinen Arm erneut und tätschelte meine Schulter.

»Es ist ganz natürlich, dass du das denkst, besonders während du noch so geschwächt bist. Aber trotz der Anstrengungen der Roten gibt es immer noch Verbrechen in Corrin, weißt du? Es gibt immer Leute, die denken, sie können machen, was sie wollen.«

Seine Augen schienen noch eine andere Nachricht als die seiner Worte zu übermitteln, aber die Wut, die in mir brannte, machte mich zu ungeduldig, um es zu verstehen. Mein Zittern hatte aufgehört, was bestätigte, was ich bereits vermutet hatte – meine physische Reaktion war ein Schock gewesen, keine Erschöpfung, weil ich meine Macht benutzt hatte. Ich fühlte mich müde und wund, aber nicht übermäßig, insbesondere, weil das Adrenalin des Schreckens noch immer durch mich strömte.

Ich deutete auf meine Robe. »Wirklich? Du denkst, ein Lehrling wäre ein gutes Ziel für eine Bande Straßenräuber? Deine Meinung der Intelligenz des gemeinen Volkes ist sogar noch geringer, als ich dachte.«

Lucas sah mich finster an. »Verteidigst du sie jetzt etwa?«

»Natürlich nicht!« Ich erwiderte seinen Blick. »Aber irgendjemand hat ihnen gesagt, ich wäre schwach. Sie haben nicht erwartet, dass ich mich gegen sie verteidigen kann. Sie hatten es definitiv auf mich abgesehen.«

Zwei Wachen in roten Roben erschienen an der Straßenecke vor uns. Lucas erhöhte sein Tempo, aber warf mir einen warnenden Blick über seine Schulter zu, bevor wir sie erreichten.

»Diebe gibt es überall, Elena. Lass nicht zu, dass deine Fantasie mit dir durchgeht.«

Ich kochte so dermaßen vor Wut, dass sogar mir die Worte fehlten, als er die Wachen anhielt, um den Überfall zu melden, und er sie zu den sogenannten Dieben lotste. Diese Männer erkannten ihren Prinzen, im Gegensatz zu den Kriminellen, und machten sich sofort auf den Weg, ohne ihn infrage zu stellen.

Einer von ihnen schlug sogar vor, uns eine Eskorte zu bestellen, die uns zurück zur Akademie begleiten würde, aber Lucas lehnte das Angebot ab.

»Seht zu, dass diese Männer so schnell wie möglich verhaftet werden. Wie Sie sehen werden, bin ich durchaus in der Lage, mich zu verteidigen.« Er lächelte, doch es klang eher wie eine Drohung.

Beide Wachen nickten und eilten in die von ihm angegebene Richtung davon. Keiner deutete an, dass wir sie begleiten sollten.

Sobald die Männer verschwunden waren, machte sich Lucas wieder auf den Weg zur Akademie, und ich musste mich beeilen, um mit ihm Schritt zu halten.

»Denkst du ernsthaft, dass das ein zufälliger Überfall war?«, zischte ich ihm zu. »Und ich nehme an, du denkst auch, dass der Balkon einfach so eingestürzt ist?« Meine Worte trieften nur so vor Verachtung. »Was bist du? Ein Idiot?«

Seine Schritte wurden langsamer und er warf mir einen durchdringenden Blick zu. Wir hatten nie richtig über diesen Vorfall und das subtile Gefühl von Macht, das dem vorausgegangen war, gesprochen. Das, was wir beide gespürt haben mussten.

»Ich weiß nicht, was ich denken soll, Elena. Und wenn du wüsstest, was gut für dich ist, würde es dir ebenfalls so ergehen. Deshalb sage ich es noch einmal. Es ist bedauerlich, dass die Diebe dich angegriffen haben. Sie müssen sehr verzweifelt gewesen sein, einen Lehrling ins Visier zu nehmen. Aber zweifellos werden andere Kriminelle zukünftig zweimal nachdenken, bevor sie etwas Derartiges versuchen.«

Ich blinzelte ihn an, und meine Wut verschwand. Scham trat an ihre Stelle, als mir bewusst wurde, dass ich es wieder einmal nicht geschafft hatte, die subtilen Signale dieser Welt zu verstehen, über die ich noch so wenig wusste. Lucas glaubte nicht unbedingt, dass es Diebe waren, er dachte nur, dass es am sichersten wäre, an dieser Geschichte festzuhalten, bis wir weitere Informationen hatten. Und dass wir sicherstellen sollten, dass wir die gleiche Version erzählten.

Dann kehrte ein Hauch der Wut zurück. Konnte er nicht mal mit mir offen darüber reden? Zweifellos war es unter seiner Würde, eine solche Angelegenheit offen mit einer Normalgeborenen zu diskutieren.

Ich war überrascht, als sich die Akademie in mein Sichtfeld schob. Waren wir schon so weit gelaufen? Lucas trat zur Seite, sodass er mich beim Gehen streifte. Dann glitt seine Schulter plötzlich unter meinen Arm. Diese unerwartete Handlung von ihm hätte mich beinahe wieder zum Stolpern gebracht, doch er hielt mich fest.

»Das war ein starker Zauber, den du kreiert hast«, sagte er. »Du musst völlig erschöpft sein. Es ist unglaublich, dass du es noch selbst zur Akademie zurückgeschafft hast.«

Als ich zu ihm aufblickte und erkannte, wie nah mir seine Augen waren, fing mein Herz an zu rasen. Hastig wandte ich mich wieder ab, ohne die Warnung, die in ihnen lag, verarbeiten zu können. Doch nach einem Augenblick nickte ich. Ich würde mich nicht wieder zur Idiotin machen. Ich verstand seine Warnung, auch wenn er sie nicht vernünftig aussprechen wollte.

»Und vielleicht solltest du vor unseren Lehrern nicht erwähnen, wie sehr du diesen Zauber verkürzt hast.« Jetzt lag ein Hauch Belustigung in seiner Stimme.

Ich hob meinen Blick wieder zu seinem, doch diesmal konnte ich dem Effekt seines Gesichts, das so nah an meinem war, widerstehen.

»Ich stand etwas unter Zeitdruck, weißt du?«

Er schüttelte seinen Kopf. »Es war mein Ernst, als ich sagte, dass du Glück hattest, dass es dich nicht zur vollkommenen Erschöpfung getrieben hat. Es war riskant, so unkontrollierte, gewalttätige Magie anzuwenden.«

Ich errötete ein wenig und wandte mich ab. Das war nicht meine Absicht gewesen. Ich hatte aus Angst heraus gehandelt und die meisten Beschränkungen des ursprünglichen Zaubers ausgelassen. Als ich mich daran erinnerte, drängte sich ein anderes Bild in meinen Verstand.

»Wirst du es jemandem sagen?«

»Was soll ich jemandem sagen?«

»Dass mein Zauber auch dich angegriffen hat.« Ich biss mir auf die Lippe. »Ich verstehe immer noch nicht, warum das passiert ist. Das war nicht meine Absicht, das schwöre ich.«

»Elena.« Er klang müde. »Es gibt einen Grund, warum wir vier Jahre an der Akademie verbringen, um unsere Geschicklichkeit und Kontrolle zu trainieren. Und wir platzen nicht einfach mit den erstbesten Worten heraus, die uns einfallen. Es hat seine Gründe, weshalb einige von uns denken, dass eine sprechende Magierin gefährlich sein könnte.«

Ich erwiderte nichts, war zu eingenommen von dem Titel, den er das erste Mal in dem Lagerhaus benutzt hatte.

»Du hast alle Angreifer in deinen Zauber mit einbezogen«, sagte er, nachdem er mein Schweigen offenbar als weitere Verwirrung verstanden hatte. »Du hast ihn nicht auf *deine*

Angreifer reduziert. Ich war dort, um deine Entführer anzugreifen – was mich zu einem Angreifer gemacht hat.«

»Oh.« Meine Stimme klang kleinlaut, und ich hasste es. Aber er hatte recht. Ich hatte meine Worte nicht genug durchdacht, und wenn er nicht so schnell mit seinem Schutzzauber gewesen wäre …

»Tut mir leid.«

Er zuckte kaum merklich zusammen. Ich konnte es nur wahrnehmen, weil er sich immer noch an meine Seite drückte, um mich zu stützen.

»Hast du dich gerade bei mir *entschuldigt?*«

Meine Augen flogen wieder zu den seinen, und das Lachen, das sich in ihnen spiegelte, raubte mir fast den Atem. Doch ich zwang mich dazu, das Gesicht zu verziehen, als mir bewusst wurde, dass er meine eigenen Worte von der Wintersonnenwende zitiert hatte.

Bevor mir jedoch eine clevere Antwort einfallen konnte, führte er uns durch die Eingangstür der Akademie. Mehrere Lehrlinge waren im Flur unterwegs.

»Was ist denn mit dir passiert?«, erklang Natalyas halb schockierte, halb herablassende Stimme, ihre Augen flogen zwischen Lucas und mir hin und her.

Einen Moment lang starrte ich sie verwirrt an, bevor ich an meiner einst weißen Robe hinunterblickte – jetzt war sie schmutzig, zerrissen und von mehreren großen Schürfwunden an meinen Armen blutverschmiert.

Lucas trat schnell zur Seite, was mich schwanken ließ. Erst als jemand in der Ferne nach Acacia rief, holte mich das ganze Erlebnis ein.

Als die Heilerin eintraf, war Lucas bereits verschwunden.

Alle an der Akademie gaben sich mit Lucas' Erklärung des Vorfalls zufrieden – oder zumindest taten sie so –, und ich hielt diesbezüglich meinen Mund. Lucas hatte mich daran erinnert, dass ich, ganz im Gegensatz zu ihm, diese Leute oder ihre komplizierte Dynamik nicht verstand. Ich konnte nicht entscheiden, mit wem es sicher wäre, mich zu unterhalten.

Okay, abgesehen von Coralie, aber was konnte sie schon tun? Nichts außer sich Sorgen machen, und sie war bereits besorgt genug. Das erste Jahr würde Mitte des Sommers vorbei sein, aber nicht, bevor wir nicht die Abschlussprüfungen hinter uns gebracht hätten, und unsere Lehrer hatten bereits angefangen, von ihnen zu sprechen – in der Regel auf finstere und bedrohliche Weise.

Ich nahm nichts davon ernst – ich hatte nicht das Bedürfnis, mir bei diesen Leuten ein höheres Ansehen zu verdienen oder mich um ihre Gunst zu bemühen, in der Hoffnung, nach dem Abschluss eine bessere Stelle zu bekommen. Doch schließlich schaffte es Coralie doch, mich mit ihren Sorgen anzustecken.

»Entspann dich, Coralie. Bitte.« Ich reichte ihr eine Extraportion Nachtisch, weil ich das Gefühl hatte, dass sie es gebrauchen konnte. »Du machst mich noch ganz verrückt. Ich verspreche dir, dass ich in dem unwahrscheinlichen Fall, dass du nicht bestehst, das erste Jahr mit dir wiederholen werden.«

»Wiederholen?« Sie starrte mich ausdruckslos an. »Passiert das an den normalen Schulen, wenn man durchfällt?«

Ich starrte genauso blank zu ihr zurück. »Natürlich. Was soll denn sonst passieren?«

Sie senkte ihre Stimme. »Die Roten.«

»Die Roten? Was hat die Gesetzesvollstreckung mit einem durchgefallenen Lehrling zu tun?«

»Es gibt nicht viele Dinge, die gefährlicher sind als ein Magier, der nicht fähig ist, Kontrolle zu erlernen.« Sie schüttelte ihren Kopf. »Alle magisch Geborenen müssen die Akademie besuchen, und jeder, der versagt, wird weggesperrt. Für immer. Ohne weiteren Zugang zu geschriebenen Worten.«

Ich gaffte sie an, mein Mund stand offen. »Eingesperrt? Weil man in der Schule durchgefallen ist?« Ich schloss meinen Mund und schluckte schwer, als sich das Bild von Herzog Lennox vor mir erhob. Was hatte er beim Magierkonzil gesagt? Dass mich einzusperren nicht so einfach wäre wie bei anderen Magiern. Dass Exekution die einzige sichere Option wäre …

Coralie musste den Horror auf meinem Gesicht gesehen haben, denn sie schluckte schnell ihr Essen herunter und tätschelte beruhigend meine Hand.

»Aber wir werden nicht durchfallen. Im ersten Jahr machen sie es besonders einfach, weil sie wissen, dass wir noch Anfänger sind. Es ist nicht so, dass sie sich wünschen, dass jemand durchfällt.«

Diese Vorstellung verfolgte mich über die nächsten paar Tage, bis mir eine neue Interpretation des Angriffs in den Sinn kam. Als ich die Bibliothek betrat, um an dem neuesten Heilungsaufsatz zu arbeiten, war mein Geist so von diesem Gedanken eingenommen, dass meine Füße mich in den hinteren Teil der

Bibliothek führten, bevor ich mich überhaupt entschlossen hatte, wohin ich wollte.

Eine einsame Gestalt lernte an einem einzelnen Tisch, wie er es immer um diese Uhrzeit tat. Alle wussten, dass man seinen königlichen Freiraum respektieren musste. Alle, außer mir.

Ich ließ mich auf dem Stuhl auf der anderen Seite des Tisches fallen und lehnte mich nach vorn, meine Ellbogen ruhten auf der Tischplatte.

»Was, wenn es ein Test war?«

»Entschuldigung?« Er sah mich aus zusammengekniffenen Augen an, anscheinend war er nicht an Unterbrechungen gewöhnt.

Ich ignorierte seinen Blick und senkte meine Stimme. »Der Überfall. Was, wenn es ein Test war?«

»Ein Test?« Er runzelte die Stirn? »Für was?«

»Meine Fähigkeiten. Meine Kontrolle.« Ich atmete tief ein. »Wie wahrscheinlich es ist, dass ich die Abschlussprüfungen bestehe.«

Ich beobachtete, wie Verständnis seine Augen erfüllte, gefolgt von einem nachdenklichen Ausdruck. Allerdings erwiderte er nichts.

»Du hast sie beim Konzil gehört. Sie glauben nicht daran, dass ich sicher weggesperrt werden kann. Wenn ich gegen irgendein Gesetz verstoße, werde ich exekutiert. Und ich habe gerade herausgefunden, dass Magier an der Akademie nicht durchfallen dürfen. Was für ein einfacher Weg, mich loszuwerden – natürlich nur solange man sicher sein könnte, dass ich nicht bestehe.«

»Das klingt ein bisschen weit hergeholt, Elena.«

»Würdest du das auch sagen, wenn es um dein Leben gehen würde?«

»In Anbetracht der Tatsache, dass es mich bei diesen beiden Angriffen auf dich auch beinahe erwischt hat …«

Ich rümpfte die Nase. »*Beinahe* ist nicht das Gleiche wie

tatsächlich. Und du hast keinen Grund, dir Sorgen zu machen. Du würdest niemals durchfallen. Aber was, wenn ich es tue?«

Er betrachtete mich ruhig. »Dann fall nicht durch.«

Ich gaffte ihn an, aber er wandte sich einfach wieder dem Buch vor sich zu.

»Das ... Das ist alles?«

Er zuckte mit den Schultern und sah jetzt mit leicht verärgertem Ausdruck auf. »Was genau hast du erwartet, dass ich sagen würde, Elena? Du machst dir Sorgen, was geschieht, wenn du durchfällst. Also fall nicht durch.«

Ich erhob mich. »Von all den unausstehlichen –«

Als er eine Augenbraue hob, wirbelte ich herum und stürmte aus der Bibliothek. Vergiss die Exekution. Auf keinen Fall würde ich jetzt noch durchfallen. Stattdessen hatte ich jede Absicht, als eine der Besten der Klasse abzuschneiden. Das würde es einem gewissen arroganten, gefühllosen, unausstehlichen Kerl zeigen ...

Kurz dachte ich darüber nach, meine freiwilligen Kurse wieder fallen zu lassen, um mich stattdessen voll und ganz auf die Abschlussprüfungen konzentrieren zu können. Aber Jocasta bedachte mich mit einem Blick, als würde sie bereits erwarten, dass ich die Kurse jeden Augenblick wieder verlassen würde, und zusammen mit dem lästigen Anblick von Lucas – der wie immer jeden Tag dort auftauchte – konnte ich mich nicht dazu überwinden.

Also kehrte ich eines Abends spät in die Bibliothek zurück, entschlossen, noch ein klein wenig mehr zu lernen, bevor ich ins Bett gehen würde. Mittlerweile fühlte ich mich wie Jasper, da ich härter arbeiten musste als alle anderen, ohne dabei Notizen machen zu können. Wie er das alles schaffte, ohne lesen zu können, war mir schleierhaft.

Die meisten Lichter in der Bibliothek waren bereits gelöscht worden, und ich fragte mich nervös, ob Lehrlinge um diese Uhrzeit noch hier sein durften. Doch am Ende des Raumes schien ein goldenes Glühen, also machte ich mich mit leisen Schritten auf den Weg. Bestimmt würde kein Licht mehr brennen, wenn die Bibliothek geschlossen wäre. Und die Tür war ebenfalls offen gewesen.

Ein einzelner Lehrling studierte allein im hinteren Teil des Raumes, an seinem üblichen Platz. Ich hielt einen Moment inne, unentschlossen und unbeholfen, bis Lucas aufsah und mir einen so herausfordernden Blick zuwarf, dass ich mein Kinn in die Luft reckte und an dem Tisch gegenüber von ihm Platz nahm.

Er sah mich weiter schweigend an, doch als ich ein Buch hervorzog und anfing zu lesen, spürte ich, wie seine Augen sich wieder auf das Pergament vor ihm richteten. So verharrten wir stumm für die nächsten zwei Stunden, bis meine Augen so müde wurden, dass ich mich geschlagen gab und auf den Weg ins Bett machte.

Sobald ich das tat, schloss Lucas sein Buch ebenfalls und folgte mir aus der Bibliothek. Allerdings sagte er nichts, und sobald ich ihn auf den Stufen hinter mir gelassen hatte, verschwand er auf der Etage des vierten Jahrgangs in seiner Suite.

Am nächsten Abend traf ich wieder auf ihn. Und am Abend darauf. An diesem dritten Abend wurden wir von Walden unterbrochen, der durch die Bibliothek schlenderte, Stühle gerade rückte und nach zurückgelassenen Büchern Ausschau hielt. Er pfiff fröhlich vor sich hin, doch hörte abrupt auf, als er uns sah.

»So, so, Vorbereitung auf die Abschlussprüfungen, nehme ich an.« Er lächelte uns an. »Wisst ihr, genau genommen ist die Bibliothek so spät nicht mehr für Schüler geöffnet.«

Lucas bedachte ihn mit einem Blick, der so voll von königlicher Überlegenheit und Erwartungen war, dass ich meinen Kopf schüttelte und hastig anfing, meine Bücher zusammenzupacken, um dem Bibliothekar zu zeigen, dass wenigstens einer von uns ihn in seinem Reich respektierte.

Doch er schüttelte den Kopf und hob eine Hand, um mich aufzuhalten.

»Nein, nein, so kaltherzig bin ich nicht. Und ich kann doch meinen liebsten Lehrling nicht durchfallen lassen.« Er zwinkerte mir zu, und ich widerstand dem Drang, Lucas ein hämisches Grinsen zuzuwerfen. Anscheinend überschlugen sich nicht alle, um sich um die Gunst des Prinzen zu bemühen.

Nachdem wir uns einen Moment unterhalten und er mir mehrere Bücher empfohlen hatte, mit dem deutlichen Hinweis, dass sie mir bei Redmonds Prüfung helfen könnten, machte sich Walden wieder auf den Weg.

Lucas beobachtete ihn, als er ging.

»Er ist schrecklich freundlich«, sagte er, sobald der Bibliothekar verschwunden war.

»Ungewöhnlich, nicht wahr?«, sagte ich süßlich. »Für einen Magier. Aber manchmal überraschen die Leute dich.«

Lucas sah mich ausdruckslos an. »Und manchmal tun sie das nicht.«

Ich schaute auf mein Buch hinunter, wollte nicht, dass er sah, wie sehr seine Worte mich getroffen hatten. Es spielte keine Rolle, wie hart ich arbeitete – für Leute wie ihn würde es nie genug sein.

»Du scheinst extrem besorgt wegen den Abschlussprüfungen zu sein«, sagte Lucas und ließ mich überrascht wieder aufblicken. Anscheinend hatte Waldens Besuch seine Zunge gelockert.

»Ich denke, die Gründe dafür sind offensichtlich«, antwortete ich.

»Ich denke nur, dass, wenn deine kleine Theorie stimmt, du dir um mehr Sorgen machen musst als nur um die Abschlussprüfungen.«

»Was soll das bedeuten?« Er hatte meine volle Aufmerksamkeit.

»Nur dass, wenn der Angriff wirklich ein Test war, du bestanden hast. In welchem Fall dein geheimnisvoller Feind alles andere als zufrieden sein wird. Mal angenommen, das, was sie wollen, ist dein Tod.«

»Viele Leute wollen meinen Tod, das weißt du.«

Er zuckte mit den Schultern. »Das ist nichts Persönliches, Elena. Das ist Politik. Und in der Politik verändert sich ständig etwas. Nur weil sie das noch vor einem Moment wollten, muss das nicht bedeuten, dass sie es jetzt immer noch tun.«

Ich schloss mein Buch, ohne mir die Seite gemerkt zu haben. »Oh Mann. Wie erträgst du das nur?«

Eine sanfte Falte bildete sich zwischen seinen Augen. »Ich habe keine Wahl. Genau wie du. Wir haben uns unser Leben nicht ausgesucht.«

Ich schob mein Buch zur Seite und griff blind nach dem nächsten, nur damit meine Hände etwas zu tun hatten. Seine Worte gaben mir dasselbe Gefühl wie vor ein paar Monaten, als ich erfahren hatte, dass seine Familie ihn für den Entbehrlichen hielt. Wieder erinnerte ich mich daran, dass ich nichts mit dem Prinzen gemeinsam hatte – nicht wirklich.

»Aber für dich hat es Vorteile, oder nicht?« Ich starrte ihn über die Tische hinweg an. »Wenn du zum Beispiel ein Verbrechen meldest, stößt dich niemand zur Seite.«

Er seufzte und rieb sich über sein Gesicht, als würde ich ihn ermüden. Ich hielt meinen Blick aufrecht.

»Verantwortung und Privilegien gehen Hand in Hand. Das war schon immer so.«

Ich schüttelte den Kopf. »Du meinst Macht. Macht und Privilegien gehen Hand in Hand. Verantwortung ist das, was diejenigen mit der Macht haben *sollten*. Wie zum Beispiel sichergehen, dass das Gesetz alle gleich behandelt.«

»Gleich?« Er lachte. »Werd erwachsen, Elena. Niemand wird jemals gleich behandelt. Wir sind alle Produkte unserer Geburt, unserer Fähigkeiten und unserer Entscheidungen. Nicht unbedingt in dieser Reihenfolge.«

Beinahe hätte ich ihn angeschrien. »Glaubst du, das wüsste ich nicht? Ich bin eine Normalgeborene, schon vergessen? Ich musste meiner Schwester beim Husten und Leiden zusehen, wie sie immer schwächer wurde, jedes Mal, wenn die kleinste Grippe in unserem Dorf umging, in dem Wissen, ihr nicht helfen zu können. Weil kein Heiler sich dazu herablassen würde, in ein Dorf wie unseres zu kommen – wo niemand reich genug ist, um die Gebühren zu bezahlen. Ich habe gesehen, wie Familien auseinandergebrochen sind, weil sie die wohl schwerste Entscheidung treffen mussten – welches ihrer Kinder sollte sich opfern und die Wehrpflicht antreten. Ich habe die Mütter weinen sehen, nachdem sie sich von ihren Jungs verabschiedet hatten.« Ich machte eine Pause, als mir das Herz in die Hose rutschte. »Natürlich sind es nicht immer die Jungs.« Meine Stimme wurde leiser. »Ich weiß alles darüber, wie es ist, nicht gleich zu sein. Und vielleicht glaube ich deshalb, dass es die Pflicht derer ist, die Macht besitzen, nach Gleichberechtigung zu streben.«

Lucas starrte mich an, sein Gesicht war verzerrt und für einen Augenblick dachte ich, ich wäre zu ihm durchgedrungen. Dann antwortete er.

»Wehrpflicht? Du hättest wohl kaum ein schlechteres Beispiel auswählen können, um deinen Standpunkt zu untermauern. Ardann ist in diesem Krieg nicht der Aggressor. Wir kämpfen gegen Kallorway, um zu überleben. Wenn wir verlieren, würde das ganze Königreich darunter leiden.«

»Das lässt sich leicht sagen, wenn man nicht zu denen gehört, die zum Kämpfen gezwungen werden.«

Er starrte mich ungläubig an. »Wie lange bist du jetzt hier, Elena? Wie viele Stunden hast du in dieser Bibliothek verbracht? Wie kannst du immer noch so wenig über uns wissen?«

Ich richtete mich auf, holte bereits wütend Luft, doch er sprach weiter.

»Warum, glaubst du, verbringen wir den halben Tag mit Kampftraining? Du bist sauer, weil ihr Normalgeborenen ein Mitglied jeder Familie opfern müsst? Sieh dich doch mal um! Jeder magisch Geborene in diesem Königreich besucht diese Akademie, und dennoch gibt es so wenige von uns. Aus jeder normalgeborenen Familie muss einer in den Kampf ziehen, das ist wahr. Aber jeder einzelne Magier muss das ebenfalls. Ansonsten hätten wir keine Chance, Kallorway zurückzuhalten.«

Die wütende Antwort, die mir bereits auf den Lippen gelegen hatte, verebbte. »Warte … Was?«

Er schüttelte seinen Kopf. »Vier Jahre an der Akademie. Zwei an der Front. Und dann schreibt man sich an der Universität oder für eine Ausbildung bei einer Disziplin ein. Unsere Leben beinhalten weniger Wahlmöglichkeiten und mehr Struktur als die meisten der euren.«

»Die meisten der *unseren*? Letztens war ich noch die sprechende Magierin – eine von euch. Jetzt bin ich eine von ihnen. Was davon ist es, Prinz?«

Er stieß ein langes Seufzen aus, plötzlich wirkte er wieder müde. »Ich weiß es nicht. Sag mir Bescheid, wenn du dich entschieden hast.«

Mein Blick löste sich von seinem Gesicht, ich war noch immer überwältigt von seiner Offenbarung. Wie konnte etwas so Wichtiges an mir vorübergegangen sein? Ich dachte an viele Unterhaltungen hier an der Akademie zurück, suchte nach Hinweisen, die ich übersehen hatte. War ich wirklich so selbstbezogen gewesen?

»Das spricht euch nicht von der Verantwortung gegenüber dem Rest des Königreichs frei«, murmelte ich, noch nicht bereit, die Sache ganz auf sich beruhen zu lassen.

»Absolution?« Er lachte finster. »Nein, ich vermute nicht, dass jemand von uns die hat.«

Für den Rest des Abends sprach keiner von uns ein weiteres Wort.

~

Die Tage wurden unerträglich warm, aber nicht mal Coralie versuchte, uns aus dem stickigen Gebäude zu locken. Sie, Finnian und Saffron hatten angefangen, sich in den Freistunden nach dem Schriftlehreunterricht zu mir in die Bibliothek zu gesellen, um für die Abschlussprüfungen zu lernen. Neben einer längeren geschriebenen Arbeit wurde von ihnen zusätzlich erwartet, drei verschiedene Zauber zu kreieren – wobei sowohl die Kreation als auch die Durchführung vor den Prüfern bewerkstelligt werden musste.

Eines Tages nach dem Unterricht hatte Redmond mich zur Seite genommen und mich darüber informiert, dass ich dieselben Fragen in einem anderen Raum beantworten musste. Ich würde den Prüfungsbogen vorlesen und dann mündlich vor dem Prüfungsausschuss antworten. Sobald dieser mündliche Test bestanden war, würde ich vor demselben Ausschuss meine Zauber demonstrieren müssen.

Ich fragte nicht, warum ein Ausschuss dafür nötig war. Dem Interesse nach zu urteilen, das bisher an meinen Fortschritten gezeigt wurde, konnte ich mir gut vorstellen, wie begehrt die Plätze dafür waren. Wie viele von ihnen würden hoffen, mich versagen zu sehen? Vielleicht würden sie sogar versuchen, die Prüfung in diese Richtung zu lenken?

Redmonds Gesicht machte deutlich, wie wenig es ihm gefiel, einen seiner Schüler anders behandeln zu müssen. Besonders eine Ausnahme für mich machen zu müssen, schien ihm beinahe physische Schmerzen zu bereiten. Aber da ich mit meinem Schreibverbot wohl kaum eine schriftliche Arbeit ablegen konnte, war ich nicht sicher, welche andere Option ihm lieber gewesen wäre. Abgesehen davon, mich direkt durchfallen zu lassen, wenn er die Möglichkeit dazu hätte. Er war der einzige Lehrer von den Stantorns, also wäre das vermutlich seine

Entscheidung gewesen. Zweifellos war Lorcan zu meinen Gunsten eingesprungen.

Die Zwillinge und die Stantorn-Cousins ignorierten mich jetzt größtenteils, weil sie zu abgelenkt von ihren eigenen Studien waren, um Zeit und Energie für ihre üblichen schnippischen Kommentare aufzuwenden. Während Lucas und ich unsere Studien in der Bibliothek fortgesetzt hatten, hatte Dariela – obwohl sie keine anderen Anzeichen dafür zeigte, über ihre Position an der Spitze der Klasse besorgt zu sein – sich zu unserer abendlichen Lerngruppe dazugesellt. Ihre Anwesenheit machte keinen Unterschied, da Lucas und ich seit unserem Streit in der Nacht, als Walden uns gefunden hatte, keine richtige Unterhaltung mehr geführt hatten. Es bedeutete nur, dass wir jetzt zu dritt dort saßen und schweigend lernten.

Der blasse, akademische Clarence blieb für sich, obwohl ich ihn gelegentlich mit riesigen Bücherstapeln aus der Bibliothek stapfen sah. Ich persönlich war der Meinung, dass er seine freie Zeit besser mit zusätzlichem Kampftraining hätte verbringen sollen.

Die fehlenden Sticheleien der Zwillinge und ihrer Freunde waren nicht das einzige Anzeichen für den ausgleichenden Effekt der Abschlussprüfungen. Die arme, ängstliche Araminta schien ihre Sorge, mit mir in Verbindung gebracht zu werden, überwunden zu haben, um sich zu unserer nachmittäglichen Lerngruppe dazuzugesellen. Wenn ich sah, wie ihre Hand zitterte, während sie Notizen abschrieb, und wie sie stotterte, wenn wir uns gegenseitig mündlich abfragten, wünschte ich, dass ich demjenigen, wer auch immer sich dieses unerbittliche und bestrafende System ausgedacht hatte, meine Meinung kundtun könnte.

Araminta mochte Probleme haben, mit dem Rest der Klasse mitzuhalten, aber ich hatte noch nie gesehen, wie sie die Kontrolle über einen ihrer Zauber verloren hatte. Dafür war sie nicht waghalsig genug. Bei ihr konnte ich mir genauso wenig vorstellen, dass sie jemandem Schaden zufügen würde, wie bei Clemmy.

Clementine. Der Gedanke an meine Schwester baute mich immer auf und verlieh mir einen zusätzlichen Energieschub. Sobald wir alle Prüfungen hinter uns gebracht hätten, würden wir für den Rest des Sommers entlassen werden. Was bedeutete, dass ich mein Zuhause und meine Familie besuchen würde. Nach fast einem ganzen Jahr stand ich so kurz davor, sie alle wiederzusehen.

Jasper würde über die Sommerpause an der Universität bleiben, lernen und seine übrige Zeit für gelegentliche Jobs in der Stadt nutzen, um sein Zimmer und die Verpflegung für das nächste Jahr bezahlen zu können. Aber vielleicht würde er es schaffen, sich zur Sommersonnenwende nach Hause zu schleichen, so wie er es im Winter getan hatte.

Irgendwie verstrichen die Wochen. Jeden Tag, wenn ich abends ins Bett fiel, tat mein Kopf weh – zu überladen mit Fragen, Antworten und dem Einprägen von Zaubern –, und ich träumte jede Nacht von den Prüfungsfragen. Mittlerweile war ich endlich geübt genug mit dem Schwert, dass ich keine Gefahr mehr lief, mir versehentlich selbst den Arm abzuschneiden, aber ich hing immer noch hinter dem Rest der Klasse hinterher.

Finnian hatte zugestimmt, Saffron, Coralie und mich zusätzlich zu trainieren, also trafen wir uns alle eine Stunde vor dem Frühstück. Seit Wochen hatte keiner von uns genug geschlafen, aber all unsere Beschwerden darüber, müde zu sein, hielten uns nicht davon ab, jeden Tag noch mehr zu trainieren. Es schien, dass die legendäre Fähigkeit der Lehrlinge, sämtlicher Mehrarbeit aus dem Weg zu gehen, nicht die Prüfungsvorbereitungen mit einschloss.

Und dann kam der große Tag.

Am Morgen würden wir unsere Kampfprüfung ablegen und die für die Schriftlehre am Nachmittag, genau wie an einem normalen Unterrichtstag. Und obwohl wir alle angespannt und nervös waren, konnten wir froh sein, uns nicht den ganzen Vormittag körperlich verausgaben zu müssen. Stattdessen würde es zu einem einzigen Kampf mit einem anderen Schüler kommen, der von Lorcan und Thornton überblickt wurde. Und die Akademie hatte Erbarmen mit uns gehabt und uns für diesen Morgen eingetragen, bevor die älteren Lehrlinge ihre eigenen Kampfprüfungen ablegen würden.

»Nimm mich nur nicht zu sehr auseinander«, sagte Coralie mürrisch zu mir, als wir alle auf den staubigen Trainingsplatz zuschlenderten, nachdem wir mit unterschiedlichem Erfolg versucht hatten, unser Frühstück herunterzubekommen.

Ich schnaubte. Coralie hatte sich stark verbessert, seit wir das Training mit dem Schwert angefangen hatten, und war viel besser als ich.

»Wohl eher nicht. Du bist diejenige, die mir versprechen sollte, Gnade walten zu lassen.«

»Entspannt euch. Ihr werdet euch beide gut schlagen.« Finnian sah ruhig und unbeeindruckt aus und war der Einzige von uns, der sein Frühstück verschlungen hatte, als wäre es ein ganz normaler Tag. Allerdings war er auch der Sohn eines Herzogs und trainierte schon seit Jahren den Schwertkampf. Nur Lucas, Weston, Calix oder Dariela hätten eine Chance, mit ihm mitzuhalten.

Insgeheim tat Saffron mir leid, weil sie gegen ihren Cousin antreten musste. Ich hoffte, dass Coralie und ich wenigstens etwas besser abschneiden würden, weil wir uns ansatzweise ebenbürtig waren.

Doch nachdem wir den Trainingsplatz erreicht und eine kurze Aufwärmübung zusammen mit unseren Klassenkameraden hinter uns gebracht hatten, traf uns alle ein Schock.

Thornton studierte mit ausdruckslosem Gesicht das Stück Pergament in seiner Hand und verkündete: »Der erste zufällig ausgeloste Kampf wird zwischen Lucas und Araminta stattfinden.«

Araminta stand wie erstarrt da und sah aus, als würde sie gleich ohnmächtig werden, während Coralie, Saffron und ich entsetzte Blicke austauschten. Zufällig zugewiesen? Niemand hatte erwähnt, dass wir nicht gegen unsere üblichen Partner antreten würden.

Lucas trat vor, sein Gesicht war genauso teilnahmslos wie das von Thornton, sein stumpfes Übungsschwert lag locker in seiner Hand. Araminta machte keine Anstalten, sich zu ihm zu gesellen.

Thornton räusperte sich, sein Ausdruck würde wütend. »Wir haben nicht den ganzen Tag Zeit, Araminta. Bitte tritt vor, um zu deiner Prüfung anzutreten.«

Irgendwie schaffte das arme Mädchen es, seine Beine in Bewegung zu setzen, doch als sie das tat, sah sie hilflos zu unserer Lerngruppe zurück. Ich schenkte ihr den ermutigendsten Blick, den ich aufbringen konnte, und versuchte, meinen eigenen Schrecken darüber, gegen wen ich antreten musste, zu verbergen. Es musste funktioniert haben, denn ihr Griff wurde fester und sie schob ihre Schultern zurück.

Natürlich half das nicht viel. Lucas hatte vielleicht keine so gewalttätige Ader wie Weston, aber er war der geübteste

Schwertkämpfer unseres Jahrgangs. Und er gab sich nicht die Mühe, Araminta zu schonen. Sie schaffte es, ihn zweimal zu blocken und einen eigenen, eher schwachen Angriff vorzunehmen. Dann blitzte sein Schwert auf und obwohl ich nicht gesehen hatte, was genau passiert war, flog ihre Waffe durch die Luft, und seine stumpfe Klinge lag an ihrer Kehle.

»Ergib dich«, sagte er, und sie wollte nicken, bis sie sich an das Schwert an ihrem Hals erinnerte und mit quietschiger Stimme sagte: »Ich ergebe mich.«

»Okay, das war einfach nur deprimierend«, flüsterte Coralie mir zu. »Aber wenn sie es damit geschafft hat zu bestehen, dann sollten wir auf der sicheren Seite sein.«

Thornton machte sich einige Notizen auf seinem Pergament, dann rief er die nächsten beiden Namen auf, ohne seinen Blick zu heben. »Finnian und Dariela.«

Lorcan lächelte, zweifellos freute er sich auf einen wesentlich interessanteren Schwertkampf, und ich hörte, wie Calix murmelte: »Das könnte gut werden.«

Und natürlich wurde es das. Die beiden boten einen noch ausgeglicheneren Schlagabtausch, als ich ihn von Coralie und mir erhofft hatte – nur dass ihre Fähigkeiten viel fortgeschrittener waren. Sie parierten und schlugen zu, duckten sich und trieben einander für volle fünfzehn Minuten über den Trainingsplatz, bevor Dariela ein gekonnter Schlag gelang, der Finnian entwaffnete und sie zum Todesstoß ansetzte.

Ihre Schwertspitze lag an seinem Herzen, als er grinste – er war kaum außer Atem – und rief: »Ich ergebe mich.«

Lorcan applaudierte sogar, und Thornton ließ sich zu einem trockenen »Ausgezeichnet« hinreißen. Das war vermutlich das erste Mal, dass er sich vor uns zu einem so hohen Lob hinreißen lassen hatte.

Bei meinem Glück bin ich als Nächste dran, dachte ich, aber zu meiner Erleichterung wurde ich noch nicht aufgerufen.

Saffron und Clarence wurden genannt, und das Mädchen aus

dem Norden sah mehr als erleichtert aus, als sie den Namen ihres Kampfpartners hörte.

Finnian klopfte ihr auf den Rücken, als er sich wieder zu uns gesellte. »Mach ihn fertig«, sagte er fröhlich, aber sie ignorierte ihn. Ihre Augen verloren ihren Fokus, wie sie es immer taten, wenn sie sich mental auf einen Kampf vorbereitete.

Clarence hielt viel länger durch als Araminta, weil Saffron weniger geübt war als Lucas. Aber am Ende schaffte sie es doch, ihre Klinge durch seine Abwehr zu bringen und einen Schlag auf seine Brust zu landen. Sofort ergab sich der große Junge, doch wirkte hauptsächlich froh, es hinter sich zu haben. Man konnte ihm ansehen, dass er über die Zulosung seiner Partnerin ebenfalls erleichtert war.

Sowohl Coralie als auch ich waren noch übrig, aber ich befürchtete, dass die Chancen, tatsächlich meiner Freundin zugeteilt zu werden, nicht sehr gut standen. Nicht, wenn die vier Klassenkameraden, die ich am wenigsten mochte, ebenfalls noch im Rennen waren. Als die nächsten beiden Namen aufgerufen wurden – Natalya und Coralie –, rutschte mein Herz auch noch das letzte Stück hinunter bis in meine Stiefel.

Coralie warf mir einen mitfühlenden Blick zu, weil sie wusste, dass Natalya eine wesentlich leichtere Gegnerin darstellte als Calix oder Weston, die beide noch nicht dran gewesen waren. Doch als sie wenig später dem Mädchen von Devoras gegenüberstand, galt ihre ganze Aufmerksamkeit ihrem eigenen Kampf. Und sie schlug sich besser, als ich erwartet hatte, hielt mehrere Minuten lang durch und landete sogar einen Treffer gegen Natalyas Arm, bevor die Spitze von deren Schwert an ihrer Kehle sie zum Aufgeben zwang.

Natalya sah mit sich selbst zufrieden aus, als ihr Bruder und Lavinia ihr gratulierten, doch Coralie sah ebenso fröhlich aus. Doch als Thornton das nächste Paar ankündigte, verzog sie das Gesicht. Calix und Lavinia.

»Autsch.« Sie sah mich mitfühlend an, aber mein Gesicht

schien erstarrt zu sein, ich brachte keine Antwort heraus. Jetzt waren nur noch zwei übrig. Weston und ich.

Ich nahm gar nicht wahr, wie Calix Lavinia schlug, als mich die Angst überwältigte. Ich würde versagen. Und dann würde ich hingerichtet werden.

Doch als Lavinia »Ich ergebe mich« rief, und Thornton sich noch mehr Notizen machte, fiel mein Blick auf Lucas. Er schaute zwischen mir und Weston und dann auch Thornton hin und her. Ich konnte seinen Ausdruck nicht entschlüsseln, aber offenbar dachte er über etwas nach.

Und dann wurde meine Angst von einer plötzlichen Wut zurückgedrängt. Thornton, mein missbilligender Lehrer aus der Devoras-Familie, hatte behauptet, die Paare zufällig ausgelost zu haben. Aber wie hoch standen die Chancen, dass ich als Letztes gezogen worden war? Und dann auch noch mit Weston als Kampfpartner. Genau wie in meiner ersten Unterrichtsstunde vor fast einem Jahr, als ich von ihm massakriert worden war. Ich hatte damit gerechnet, dass jemand versuchen könnte, es auf mein Versagen anzulegen, aber meine Konzentration hatte auf der Schriftlehre gelegen – der Ort, an dem ich anders war. Ich hatte in die falsche Richtung geschaut.

Die Wut, die mich durchströmte, erfüllte mich mit Energie, und ich trat nach vorne, sobald Lavinia und Calix sich zurückgezogen hatten. Ich wartete nicht einmal darauf, dass mein Name aufgerufen wurde. Meine Hand klammerte sich so fest um den Griff des Schwertes, dass meine Knöchel weiß wurden.

Weston schlenderte mit einem breiten Grinsen auf dem Gesicht hinter mir her. Das hier würde nicht so werden wie der Kampf zwischen Lucas und Araminta. Der Prinz hatte keine Gnade gezeigt, aber auch keine Grausamkeit. Weston hingegen freute sich offensichtlich darauf, mich in Stücke zu reißen. Und vorzugsweise würde er sie mir mit einer großen Portion Demütigung als Beilage servieren.

Ich nahm die korrekte Haltung ein und brachte meine Waffe

vor mir in Position. Weston ließ sich Zeit dabei, in seine eigene Haltung zu finden, aber ich ließ mich nicht ablenken. Egal, was geschehen würde, ich würde lange genug durchhalten, um zu bestehen. Wenn sie Araminta durchkommen ließen – und da war ich mir sicher –, dann wären sie auch gezwungen, mich bestehen zu lassen.

Ohne Vorwarnung fing Weston an, sich mit schnellen Hieben auf mich zu stürzen. Ich wich rechtzeitig zurück und parierte mit einer ungeschickten Abwehr, die nur gerade so seine Klinge abhalten konnte. Er grinste und stürzte sich sofort wieder nach vorn. Ich wich noch weiter zurück und der Klang unserer Gruppe wurde leiser.

Ich richtete meine ganze Aufmerksamkeit auf Weston, blendete alles andere aus, als ich in einen noch nie da gewesenen Rhythmus fiel. Doch die Angriffe kamen so schnell hintereinander, dass ich keine Möglichkeit hatte, auch nur einen davon zu erwidern. Alles, was ich tun konnte, war, außer Reichweite seiner Klinge zu bleiben und meine eigene Waffe nicht zu verlieren.

Als er einen Treffer landete – ein harter Schlag gegen meinen linken Arm, der offensichtlich mehr schmerzen als mich zu einer Aufgabe zwingen sollte –, achtete ich noch mehr darauf, aus seiner Reichweite zu bleiben. Ich tanzte mir meinen Weg über den Trainingsplatz, wich vor ihm zurück.

»Das soll eine Prüfung im Nahkampf sein«, stichelte er, seine Stimme so leise, dass niemand sonst ihn hören konnte, »nicht im Davonlaufen.«

Ich verschwendete keinen Atem, um ihm zu antworten. Alle hier wussten, dass Weston ein besserer Schwertkämpfer war als ich. Wenn es stimmte, dass sie sich alle an der Front wiederfinden würden, würde er noch früh genug den Wert des Rückzugs von einer überlegenen Macht erkennen. Oder auch nicht. Für ihn würde ich auf jeden Fall keine Tränen vergießen.

Ich sah eine Lücke und stürzte mich nach vorn. Zu spät

erkannte ich, dass es ein Trick gewesen war. Da ich keine Zeit mehr hatte, mich zurückzuziehen, reagierte ich instinktiv, genau wie bei dem Überfall in der Stadt. Ich ließ mein Schwert fallen und rollte mich nach vorne, unter seiner aufblitzenden Klinge hindurch und tauchte hinter ihm wieder auf.

So fest ich konnte, rammte ich meinen Ellbogen in seinen Rücken. Er grunzte auf, stolperte und ging in die Knie. Ich wirbelte herum, beugte mich vor und schnappte mir mein Schwert von dem staubigen Boden. Ich hob es so schnell ich konnte an und zielte auf seine Kehle.

Schwankend wich er zurück und konnte sein Schwert gerade noch rechtzeitig für eine schwache Abwehr anheben. Ich warf mich für einen stärkeren Angriff nach vorne, aber irgendwie kam er wieder auf seine Füße und blockte mich ab.

In seinen Augen lag ein hässlicher Ausdruck, er schlug mein Schwert von sich und stürmte nach vorn. Offensichtlich hatte er sich bisher zurückgehalten und nur mit mir gespielt. Seiner neuen Wut hielt ich nur Sekunden stand, bevor seine Schwertspitze an meinem Hals lag.

Ich versuchte, mich zu ergeben, aber der Druck seiner Klinge wurde stärker, drohte, mich zu ersticken. Doch er drückte sogar noch fester zu.

»Weston.« Die ruhige Stimme, die über den Trainingsplatz hallte, gehörte zu keinem unserer Lehrer. Trotzdem ließ Weston sofort seine Waffe sinken und trat von mir zurück. Er drehte sich um und sah Lucas aus zusammengekniffenen Augen an, aber der Prinz erwiderte seinen Blick nur kühl, wich nicht zurück. Autorität und Selbstvertrauen strahlten von ihm aus, bis Weston schließlich sein Haupt senkte. Er kehrte zur Gruppe zurück.

Ich nahm mir einen Moment, um die wunderschöne, frische Luft einzuatmen und hustete mehrfach, bevor ich mich bückte, um mein Schwert aufzuheben.

»Nun«, sagte Thornton schließlich. »Das war anders.«

Ich grinste ihn an. »Das ist meine Spezialität.«

Lorcan stieß ein Husten aus, das verdächtig nach einem Glucksen klang, und Finnian lachte sogar laut los und klopfte mir auf den Rücken, als ich meine Freunde erreichte.

»Gute Show.«

»Dir ist aufgefallen, dass ich verloren habe, oder?« Ich schüttelte den Kopf.

»Nun, das war von vornherein klar«, sagte er mit seiner ungebrochenen Fröhlichkeit. »Aber wenigstens hast du mit Stil verloren.«

Ich rollte mit den Augen und schaute zu Coralie, die aussah, als wüsste sie nicht, ob sie in sein Lachen mit einsteigen oder verängstigt aussehen sollte.

»Geht es dir gut?« Sie deutete auf meinen Hals und ich zuckte zusammen.

»Ein bisschen wund, aber alles in allem habe ich Schlimmeres erwartet.«

»Ich glaube, das hat er auch«, sagte Finnian gedankenverloren.

»Was?« Saffron hob verwirrt eine Augenbraue.

»Ich glaube, du hast Weston überrascht. Er hat erwartet, es mehr auf seine Weise zu machen.«

»Er, genauso wie Thornton, ohne Zweifel«, murmelte ich, woraufhin mir Finnian einen schärferen Blick zuwarf, als mir lieb war. Bei seinem lockeren Auftreten war es leicht, den scharfen Verstand zu vergessen, der sich dahinter verbarg.

»Das war der letzte Kampf«, sagte ich schnell. »Die Prüfung ist vorbei, oder? Lasst uns etwas zum Mittagessen besorgen.«

»Warte, wir müssen noch auf die Ergebnisse warten«, sagte Coralie.

»Was, jetzt sofort?«, fragte ich.

»Natürlich. Es ist ja nicht so, als müsste er noch irgendeine Arbeit korrigieren«, antwortete sie.

Lorcan und Thornton standen in einiger Entfernung und

redeten leise miteinander, während wir in verschiedenen Stadien der Anspannung herumlungerten. Ich sah Thorntons Augen auf mir liegen, bevor sie zu Araminta wanderten. Er zog eine Grimasse, dann nickte er einmal.

Lorcan wandte sich zu uns und klatschte laut in die Hände.

»Meinen Glückwunsch, Lehrlinge des ersten Jahrgangs. Ihr habt alle bestanden.«

Ein Murmeln ging durch die Gruppe und Araminta wurde vor Freude ganz rot.

»Die Platzierung ist wie folgt.« Thornton machte eine dramatische Pause, aber solange ich bestanden hatte, war mir meine Platzierung vollkommen egal.

»Erster Platz: Dariela.«

Natalya und Lavinia jubelten und gratulierten ihrer Freundin, anscheinend freuten sie sich, dass ein Mädchen im Kampftraining vorne lag.

»Zweiter Platz: Lucas.«

Dem Prinzen jubelten sie fast genauso enthusiastisch zu, er selbst sah weder zufrieden noch unzufrieden aus. Ich fragte mich, ob er insgeheim enttäuscht war, nicht Klassenbester zu sein. Im Gegensatz zu Dariela hatte seine Partnerin ihm kaum die Möglichkeit gegeben, seine Fähigkeiten unter Beweis zu stellen.

Die restlichen Namen las Thornton ohne Pause vor: »Weston, Finnian, Calix, Natalya, Saffron, Lavinia, Coralie, Elena, Clarence, Araminta.«

Weston stapfte sofort davon, seine Freunde folgten ihm und warfen mir im Vorbeigehen finstere Blicke zu.

Aber ich war viel zu erleichtert, um mich für sie zu interessieren. Ich hatte bestanden. Sogar Araminta hatte bestanden. Es schien wie ein Wunder.

»Sieht aus, als hätte sich deine Nachhilfe ausgezahlt«, sagte ich grinsend zu Finnian. »Ich hoffe, du bist von deinem eigenen Platz nicht enttäuscht. Du hast eine bessere Platzierung als einige, die ihre Runden tatsächlich gewonnen haben.«

»Wie du siehst, bin ich in Höchststimmung.« Er grinste ein wenig schief.

»Ich sage, zum Glück ist es vorbei.« Coralie klang schon wieder ein bisschen mehr wie ihr fröhliches Selbst. »Da war es nur noch eine.«

KAPITEL 27

Wie sich herausstellte, war es noch viel zu früh fürs Mittagessen, aber Finnian hielt uns davon ab, in der Zwischenzeit noch weiter zu lernen.

»Ihr werdet euch nur selbst durcheinanderbringen«, versicherte er uns. »Und unnötig euren Blutdruck in die Höhe treiben.«

Also saßen wir stattdessen alle im Speisesaal, und er hatte es sich selbst zur Aufgabe gemacht, uns trotz des Stresses zum Lachen zu bringen. Nach und nach trudelten auch die älteren Schüler ein, einige von ihnen sahen sichtbar erleichtert aus, andere eher niedergeschlagen. Als die Diener auftauchten, hatte sich das übliche Brummen im Speisesaal ausgebreitet.

Doch Coralie war ungewöhnlich still geworden, ihr Blick lag auf einer Gruppe aus dem zweiten Lehrjahr, die besonders mitgenommen aussahen.

»Ich war so auf die Prüfung fokussiert, dass ich gar nicht daran gedacht habe, wie sich nächstes Jahr alles ändern wird.« Sie wandte sich wieder uns zu und nickte leicht zu der Gruppe, die sie meinte. »Aber seht sie euch an. Beängstigend.«

Ich drehte mich um und betrachtete die älteren Schüler. »Was meinst du?«

»Nächstes Jahr fangen wir in der Arena an.« Saffron erschauderte.

Es dauerte einen Augenblick, bis mir die Bedeutung davon bewusst wurde.

»Waffen und Zauber«, flüsterte ich. »Beides kombiniert. Großartig.« Unweigerlich wanderte mein Blick zu Lucas. Erst kürzlich hatte ich Erfahrungen darin gesammelt, Nahkampf und einen Zauber miteinander zu kombinieren, und es wäre beinahe in einem Desaster geendet. Und das ohne Magier als Gegner.

An der Akademie würden meine Gegner nur ein Stück Pergament zerreißen müssen, während ich eine ganze Liste von Beschränkungen und Eckdaten herunterrattern müsste. Oder riskieren, wieder vor das Magische Konzil geschleppt zu werden, weil ich einen meiner Mitlehrlinge vernichtet hatte.

»Guck nicht so entgeistert, Elena«, sagte Finnian. »Das wird lustig werden.«

»Du hast leicht reden«, murmelte ich, doch dann wurde ich von einer Platte mit Braten abgelenkt. Offenbar stellte die Akademie für ihre Schüler am Prüfungstag eine Art Fest auf die Beine.

»Haut rein«, sagte Finnian. »Noch sind wir nicht fertig.«

Als wir aufgegessen hatten und sich unsere zweite Prüfung näherte, beneidete ich meine Freunde. Sie konnten als Gruppe antreten und Stärke aus der Anwesenheit der anderen ziehen, während ich mich von ihnen lösen und zu einem kleinen Klassenzimmer gehen musste, das ich noch nie zuvor betreten hatte.

Alle Jahrgänge legten ihre schriftliche Prüfung zusammen in dem größten Klassenraum ab. Ich hatte vorhin hineingelinst und mehrere Reihen Einzeltische gesehen. Jocasta und Walden würden den schriftlichen Teil beaufsichtigen, und dann würde jeder Jahrgang nacheinander seine Zauberprüfung vor Lorcan und Redmond ablegen. Der erste Jahrgang würde anfangen, und der vierte wäre erst kurz vor dem Abendessen fertig.

Ich wünschte, ich könnte meine Prüfungsfragen unter dem freundlichen Blick von Walden beantworten, aber seine Aufsicht über die Hauptklausur bedeutete, dass der einzige Lehrer, den ich tatsächlich mochte, garantiert nicht zu meinem Ausschuss gehören würde. Als ich an die Tür des Raumes klopfte, in dem ich geprüft werden sollte, rief mich eine Stimme herein.

Im Innern stand eine Reihe an Stühlen, alle waren besetzt. Lorcan wurde von Jessamine, der Leiterin der Universität, und zwei anderen Magiern in schwarzen Roben, die hinter ihr saßen, begleitet. Ich erkannte sie aus meinem nicht enden wollenden Strom von Beobachtern wieder. Das nächste Ausschussmitglied überraschte mich nicht – natürlich würde Redmond hier sein wollen, um mich während der gesamten Zeit mit seinem finsteren Blick zu durchbohren –, aber die zwei neben ihm sehr wohl. Vielleicht hatte er selbst arrangiert, dass sie anwesend waren, um ihm emotionale Unterstützung zu bieten – Herzog Casimir von Stantorn, Leiter der Baumeister, und seine Verbündete, Herzogin Annika von Devoras, Leiterin der Botaniker. Beide hatten bei dem denkwürdigen Treffen des Konzils für meine Exekution gestimmt.

Noch einmal ließ ich meine Augen über sie alle wandern. Lorcan, Jessamine und ihre treuen Akademiker waren in der Überzahl. Das war Lorcans Werk, kein Zweifel. Ich wusste nicht, ob mein Bestehen oder Versagen von einer Wahl abhing, aber ich konnte nur hoffen, dass ihre Anwesenheit ausreichen würde.

Ich stand vor den Prüfern, für mich stand weder ein Stuhl noch ein Tisch bereit. Redmond trat vor und überreichte mir ein Pergament voll mit Worten.

»Du wirst jede Frage vorlesen und dann beantworten. Deine Zeit wird gemessen.«

»Insgesamt oder für jede Frage?«, fragte ich.

Er verengte seine Augen über meine scheinbare Unverschämtheit, doch antwortete widerwillig. »Insgesamt.«

Ich nickte, und er nahm wieder Platz. Also sollte ich in der Lage sein, mir bei unerwarteten Fragen Zeit zu lassen. Ich würde mich nicht von seiner Feindseligkeit einschüchtern und mich zu übereilten Antworten verleiten lassen.

Ich räusperte mich und las die erste Frage vor. Die Liste schien endlos, aber sobald ich angefangen hatte, fiel ich in einen leichten Rhythmus. Zuerst sah ich dabei nur Lorcan, Jessamine und ihre beiden Beobachter von der Universität an, doch als mein Selbstbewusstsein wuchs, ließ ich meinen Blick auch zu den anderen schweifen.

All meine zusätzliche Arbeit schien sich auszuzahlen, und die Antworten zu jeder Frage kamen mir leicht in den Sinn. Doch in Anbetracht von Coralies Zusicherung, dass sie es dem ersten Jahrgang nicht zu schwer machen würden, erschienen mir einige komplizierter als erwartet. Kurz wanderte ich in Gedanken zu Araminta.

Tatsächlich waren es so viele Fragen, dass mir beim Gedanken an all meine Freunde unwohl wurde. Sie hatten nur eine Stunde Zeit, um diese Prüfung schriftlich zu meistern, und ich konnte mir nicht vorstellen, wie jemand in dieser Frist all diese Antworten aufschreiben sollte. Tatsächlich war ich leicht im Vorteil, weil ich die Antworten wesentlich schneller aussprechen konnte.

Als die Fragen kein Ende nahmen, wurde meine Stimme heiser, und einer der Magier von der Universität brachte mir ein Glas Wasser. Während ich gierig trank, sah ich, wie die beiden einen Blick austauschten, und beobachtete eine kurze Unterhaltung zwischen Jessamine und Lorcan. Letzterer warf Redmond einen harten Blick zu, der penibel darauf bedacht war, diesem nicht zu begegnen.

Ich runzelte die Stirn, doch verdrängte es wieder. Das war nicht der passende Moment, um mich ablenken zu lassen. Als ich endlich die finale Frage erreichte und sie in den letzten verbleibenden Sekunden beantwortet hatte, trat ich nach vorn und gab Redmond das Pergament zurück. Während ich das tat, konnte ich mein zufriedenes Schmunzeln nicht unterdrücken. Keiner von ihnen dürfte mich nach dieser Vorstellung durchfallen lassen.

Redmond nahm das Pergament mit einem unzufriedenen Blick entgegen.

»Nun?«, fragte ich. »Habe ich bestanden?«

Er räusperte sich und warf einen Blick über seine Schulter zu dem Herzog und der Herzogin, die hinter ihm saßen.

»Natürlich hast du bestanden, Elena«, sagte Lorcan vom anderen Ende der Sitzreihe. »Eine ausgezeichnete Arbeit. Und das trotz des Durcheinanders. Wirklich sehr gut gemacht.«

»Trotz des Durcheinanders?«, fragte Herzog Casimir kalt.

Lorcan nickte ihm zu. »Zweifellos habt Ihr Eure erste Prüfung hier vergessen, Casimir, und natürlich wart Ihr nicht mit den Fragen dieses Jahres vertraut. Aber meines Wissens hätte Elena dieselben Fragen wie ihre Klassenkameraden erhalten sollen. Allerdings scheint es, dass die Fragen des ersten und zweiten Jahrgangs auf diesem Blatt irgendwie durcheinandergeraten sind. Ein merkwürdiger Zufall, aber gelegentliche Verwechslungen sind unvermeidbar, wie ich hörte. Natürlich versuchen wir, sie besonders während der Prüfungsphase zu vermeiden, und ich versichere Euch, dass ich mir diesen Fehler persönlich anschauen werde.«

Redmond sah seinen Leiter immer noch nicht an, und beinahe tat er mir leid. Beinahe.

Aber hauptsächlich fühlte ich mich erleichtert, weil meine Freunde einen wesentlich kürzeren Test mit einfacheren Fragen hatten bearbeiten müssen. Und irgendwo darunter fand sich auch Stolz. Lorcan hatte gerade angedeutet, dass ich eine Prüfung des zweiten Jahrgangs bestanden hatte.

»Bedauerlich, in der Tat, obwohl es sie nicht aus dem Konzept gebracht zu haben scheint.« Casimir beäugte mich kühl. »Aber auch wenn Theorie sehr wichtig ist, ist sie alleine doch nutzlos. Seit einer Stunde sitzen wir alle hier, weil das Mädchen nicht schreiben kann, ohne die Befürchtung, uns alle in die Luft zu jagen. Die wichtige Frage ist: Kann sie zaubern?«

Lorcan nickte. »Ich schlage vor, dass wir sofort zum praktischen Teil der Prüfung übergehen. Redmond und ich werden schon bald gehen und die Ausführungen der restlichen Schüler beaufsichtigen müssen.«

Ich verspannte, der Stolz und die Freude verflüchtigten sich. Ich hatte die Prüfung immer noch nicht bestanden.

»Nun gut«, sagte Casimir. »Dann lasst uns weitermachen. Ich glaube, drei von uns sollten eine Aufgabe für das Mädchen bereitstellen.«

Lorcan nickte. »Es war uns eine Freude, unsere Gäste auf diese Weise teilhaben zu lassen.«

Ich unterdrückte einen finsteren Blick. Zweifellos wäre diese Ehre den Gästen mit den höchsten Rängen zuteil geworden. Jessamine, Annika und Casimir. Ein Freund und zwei Feinde. Doch als ich Jessamines erwartungsvollen Blick sah, überdachte ich diesen Gedanken. Ein Nicht-Feind und zwei Feinde. Jessamine konnte ich wohl kaum zu meinen Freunden zählen.

Sie beugte sich vor und gestikulierte dem Mann neben sich zu, ohne ihn anzusehen. Er stand auf.

»Wie ich hörte, hast du ein besonderes Augenmerk auf die Fachrichtung der Heilung gelegt.«

Annika und Casimir runzelten beide die Stirn, und ich vermutete, dass sie davon nichts gewusst hatten. Ich kämpfte um ein ruhiges Auftreten und erwartete halb, dass Lorcan protestieren würde – niemand aus dem ersten Jahrgang würde disziplinspezifische Zauber durchführen müssen. Aber er sah fast genauso gespannt aus wie Jessamine und machte keine Anstalten, ihre Worte zu korrigieren.

Der Mann, der aufgestanden war, schob seinen schwarzen Ärmel zurück und entblößte eine lange Wunde, aus der noch immer Blut floss. Ich schluckte und trat widerwillig einen Schritt zurück. Casimir stieß einen angewiderten Laut aus.

»Er wurde bereits mit einem Zauber zur Schmerzlinderung behandelt«, sagte Jessamine. »Und um die Blutung zu stillen. Aber ich würde gerne einen Versuch von dir sehen, die Verletzung selbst zu heilen.«

Ich sah sie an, als die Angst an mir nagte, genau wie in dem Moment, als mir klar geworden war, gegen wen ich im Zweikampf hatte antreten müssen. Mein Blick zuckte zu Lorcan, aber dieser gab immer noch keine Einwände von sich. Das war kein Zauber auf dem Level des ersten Jahrgangs. Ich hatte angenommen, dass wenigstens Jessamine mir Erfolg wünschen würde, doch scheinbar hatte ihre Neugier alles andere überschattet.

Ich atmete tief ein und schloss für einen Moment meine Augen. Obwohl es kein Zauber aus dem ersten Lehrjahr war, hatte ich mich mit fortgeschrittenen Behandlungen von Schnitten und ähnlichen Wunden beschäftigt. In Anbetracht meiner sich nähernden Wehrpflicht war es mir wichtig erschienen, diese Dinge zu lernen.

Ich hatte sogar mehrere Abende damit verbracht, mir einen Zauber auf Anfängerniveau einzuprägen, um leichte Schnitte zu heilen. Besonders nach Lucas' Erinnerung daran, dass ich größere Probleme haben könnte, als die Abschlussprüfung nicht zu bestehen, war es mir nützlich erschienen, diese Dinge zu wissen. Ich rief sie mir vor mein inneres Auge, eine halbe Seite voll mit Worten. Aber jetzt war nicht die Zeit für Versuche, irgendetwas abzukürzen. Ich atmete tief ein, rezitierte die einschließenden Worte, und begann.

Ich sprach langsam, um sicherzugehen, dass ich nichts vergaß, nur um meine Prüfer durch Tempo und Kompetenz zu beeindrucken. Wenn ich erfolgreich war, wäre das Kompetenz genug.

»Entfesseln«, sagte ich nach einer gefühlten Ewigkeit, und spürte, wie die Macht aus mir hinausfloss. An Stelle des Heilers und nicht des Patienten spürte ich keine Kälte, aber die Macht fühlte sich trotzdem nebelartig an, als sie sich über seinen Arm legte.

Während wir alle gebannt zusahen, wanderte seine Haut zusammen, der Blutfluss wurde weniger und hörte dann ganz auf, bevor die Haut miteinander verschmolz. Nach wenigen Sekunden war sein Arm wieder heil und glatt, nur ein paar Blutreste wiesen auf seine Verletzung hin.

»Unglaublich.« Jessamine schüttelte den Kopf, ihre Augen zuckten vom Arm ihres Kollegen zu mir.

Casimir runzelte die Stirn und lehnte sich ebenfalls vor, ohne mir eine Chance zum Durchatmen zu geben.

»Das ist alles schön und gut, um kleine Verletzungen zu heilen, aber es gibt viele Situation da draußen in der echten Welt, in denen keine Zeit für lange Ansprachen bleibt.« Er zog ein Pergament aus seiner Robe und zerriss es, seine Augen lagen die ganze Zeit auf mir, als ob er mir beweisen wollte, wie viel schneller er arbeiten konnte.

Ein großes Bündel Stöcke erschien wie aus dem Nichts und fiel vor mir auf den Boden. Sie sahen feucht aus.

»Verbrenn sie«, sagte der Herzog. »Ich will, dass nichts außer Asche übrig bleibt. Oh, und versuch, uns dabei nicht zu räuchern.«

Ich biss mir auf die Lippen und musste einmal mehr meine Wut unterdrücken. Noch eine Aufgabe, die weit über das Niveau des ersten Jahrgangs hinausging. Dies war eine Prüfung – bei der nicht weniger als mein Leben auf dem Spiel stand –, keine Vorführung, die ihrer Unterhaltung dienen sollte.

Und danach würde von mir erwartet werden, noch einen dritten Zauber durchzuführen. Jeder gewöhnliche Lehrling in meinem Alter würde nach diesen beiden Aufgaben bereits erschöpft zu Boden gehen – wenn sie überhaupt in der Lage wären, sie auszuführen. Damit war mein Scheitern so gut wie garantiert. Von Casimir und Annika hatte ich es sogar ein wenig erwartet, aber gedacht, dass Jessamine und Lorcan mich vor ihnen schützen würden. Offenbar war das nicht der Fall. Ich war auf mich allein gestellt.

In diesem Fall war es gut, kein gewöhnlicher Lehrling des ersten Jahrgangs zu sein. Doch dann wurde mir schmerzlich bewusst, dass ich nach diesem Tag kaum in der Lage sein würde, meine Stärke zu verstecken. Allerdings war das ohnehin keine Option, wenn ein weiteres Verheimlichen meine Exekution bedeutete.

Glücklicherweise hatten wir Feuer im regulären Schriftlehreunterricht durchgenommen, und bei meinen Studien zum Militär war ich über eine Beschreibung gestolpert, wie man Rauch einfangen und entfernen konnte. Jetzt musste ich die beiden nur noch kombinieren.

Ich ließ mir Zeit und ging alle Worte zweimal in Gedanken durch, um sicherzugehen, dass ich nichts vergessen hatte. Ein einziger Fehler könnte desaströse Folgen nach sich ziehen, weshalb ich Casimirs Kommentar über eine zu lange Rede nur allzu gern ignorierte. Besonders wenn ich ein Feuer in einem Raum voller Magier entfesseln würde, einschließlich vier Mitgliedern des Magischen Konzils.

Ich sprach die einschließenden Worte und dann den Rest des Zaubers, wobei ich dieselbe Geschwindigkeit wie beim ersten beibehielt. Als ich »Entfesseln« sagte, spürte ich einen starken Machtstrom aus mir schießen und in dem Holz explodieren. Es ging sofort in Flammen auf.

Alle sieben Beobachter wichen zurück, doch dann wirkte der zweite Teil meiner Arbeit, der Rauch sammelte sich und strömte unter der Tür hindurch nach draußen. Ich stand da und gönnte mir einen Augenblick, in dem ich mich amüsiert fragte, wie das vom Flur aus aussehen musste: ein steter Strom aus Rauch, der aus einem Klassenzimmer kam, durch den Flur schwebte und dann durch die Eingangstür verschwand.

Aber das Holz war erst halb verbrannt, als ich spürte, wie etwas an dem Strom meiner Macht zerrte. Ich runzelte die Stirn und schaute mich um, doch konnte nichts Ungewöhnliches entdecken. Mein Blick wanderte wieder zum Holz, als ich es erneut spürte. Es war fast so, als würde ein anderer Zauber mit meinem kämpfen.

Und dann, mit einem Knall, der mich an den Rückstoß erinnerte, der das Schaufenster meiner Eltern zerschmettert hatte, löste sich die Hälfte meiner Macht aus meinem Zauber und flog auf mich zurück. Ich krümmte mich unter einem Schmerzensschrei zusammen, als der Rauch des Feuers anfing, den Raum zu füllen.

Immer noch halb gekrümmt hörte ich die empörten Schreie der Prüfer, doch die Luft zwischen uns wurde bereits von weißen Wolken getrübt. Ich atmete ein und fing an zu husten. Ich versuchte, meine Luftröhre zu reinigen, damit ich die gebrochene Hälfte meines Zaubers erneut aussprechen konnte, aber ich fand keinen klaren Sauerstoff zum Atmen. Und ich konnte immer noch die fremde Macht spüren, die den Rauch führte, als er vom Feuer aufstieg und mich in sich einschloss.

Dann traf mich etwas Schweres am Kopf und alles wurde schwarz.

KAPITEL 28

Ich kam zu mir und hustete heftig. Bestimmt waren nur Minuten vergangen, wenn überhaupt, aber ich war nicht länger in dem Prüfungsraum. Stattdessen hing ich schlaff wie ein Sack Kartoffeln über jemandes Rücken. Wurde ich in Sicherheit gebracht?

Als ich eine Stimme hörte, erlosch diese Illusion.

»Sie wacht schon wieder auf. Schnell. Bring sie zum Schweigen.«

Der Riese, der mich trug, ließ mich achtlos auf den Boden fallen, wodurch mich ein weiterer Hustenanfall erschütterte und meine Lunge erneut darum kämpfe, frische Luft einzuatmen. Kaum hatte ich einen normalen Atemzug gemacht, wurde mir ein weicher Ball in den Mund gestopft, ein Stück Stoff darüber gelegt und um meinen Kopf gebunden.

Einen Moment lang überkam mich Panik, als mein Körper schrie, weil ich nicht atmen konnte. Aber der Schrecken schärfte meinen Verstand, ich schob meine Instinkte zur Seite und konzentrierte mich darauf, lange, gleichmäßige Atemzüge durch meine Nase zu machen. Langsam entspannte sich mein Körper, als meine Lungen sich mit Luft füllten, und mein Brustkorb hörte auf, sich bei dem Versuch, das fremdartige Objekt herauszuwürgen, zu verkrampfen.

Doch als ich mich genug beruhigt hatte, um die Situation zu begreifen, wurde ich bereits wieder hochgehoben und über die Schulter meines Entführers geworfen. Denn mittlerweile war mir bewusst, dass, wer auch immer diese Leute waren, es eine Entführung war.

Eine Entführung oder ein Mordanschlag? Diesen Gedanken versuchte ich zu verdrängen. Ich war noch am Leben und ich hatte jede Absicht, dass das auch so blieb.

Sie hatten mir nicht die Augen verbunden und ich versuchte, meine Umgebung in mir aufzunehmen, obwohl ich mit dem Kopf nach unten hing. Wir schienen außerhalb des Hauptgebäudes der Akademie zu sein, aber noch nicht außerhalb des Grundstücks. Doch die runden Kanten der Arena sagten mir, dass wir schon bald die hintere Mauer erreichen würden. So weit hatte ich das Gelände nie erkundet, doch von der Aussicht aus meinem Zimmer wusste ich, dass die hintere Grenze tatsächlich Teil der antiken Stadtmauern war. Genau wie der Palast grenzte die Akademie an den Stadtrand.

Ich konnte nur hoffen, dass, wer auch immer diese Leute waren, sie nicht dreist oder mächtig genug waren, zwei Mitglieder des Magischen Konzils umgebracht zu haben. Mal vorausgesetzt, dass Casimir und Annika in den Plan eingeweiht waren, sonst wären es sogar vier. Nein, meine Prüfer mussten zurückgelassen worden sein, abgeschirmt durch den Rauch. Was sicher bedeutete, dass uns bald jemand folgen würde, wenn sie es nicht bereits taten.

Die Geschwindigkeit, mit der wir das Gelände überquerten, bestätigte diesen Gedanken, mein Kopf und meine Schultern schlugen unangenehm gegen den Rücken meines Entführers.

»Sie hätte nicht so schnell aufwachen dürfen«, sagte der Mann, der damit zum ersten Mal sprach. »Das gefällt mir nicht.«

»Keine Sorge, das spielt keine Rolle. Es hat einen Grund,

warum wir so lange warten mussten, um zuzuschlagen. Nach dem Ganzen wird sie so erschöpft und schwach wie ein kleines Kätzchen sein.«

Ich versuchte meinen Körper davon abzuhalten, sich zu verspannen. Jemand hatte diesen Angriff sehr genau geplant und sich die Umstände meiner Prüfungen zum Vorteil gemacht. Aber wer waren sie? Und was wollten sie von mir?

Angst schärfte meine Sinne. Nach all meinen Anstrengungen und meinem Erfolg bei den Prüfungen, sollte es so enden. Heute sollte ein Tag des Erfolgs sein. So hätte das nicht ausgehen sollen.

Dann erklang eine Stimme in meinem Kopf. *Du bist die erste sprechende Magierin der Geschichte.*

Und wieder, aus einer anderen Erinnerung, doch diesmal war es meine eigene Stimme. *Letztens war ich noch die sprechende Magierin – eine von euch. Jetzt bin ich eine von ihnen. Was davon ist es, Prinz?*

Und die erste antwortete. *Ich weiß es nicht. Sag mir Bescheid, wenn du dich entschieden hast.*

Als ich das letzte Mal angegriffen worden war, hatte ich mich nicht mal an meine Fähigkeiten zu zaubern erinnert. Aber nach diesem Prüfungstag brannte dieses Wissen in mir. Wir mochten unterbrochen worden sein, aber ich war dabei gewesen, zu bestehen. Und das auf Niveau des zweiten Lehrjahres. Viele Magier im Königreich mochten denken, dass ich nicht auf die Akademie gehörte, aber sie irrten sich.

Denn auch wenn es stimmte, dass ich nicht so war wie sie, war ich immer noch eine Magierin. Ich war eine sprechende Magierin. Und ich hatte es satt, davonzulaufen und dagegen anzukämpfen. Aus irgendeinem Grund besaß ich eine Kraft, die es so in der Geschichte noch nicht gegeben hatte. Es war an der Zeit, mich wirklich auf sie einzulassen.

Und wenn die anderen Magier das nicht akzeptieren konnten, würde ich ihnen zeigen, wozu ich fähig war. Angefangen mit diesen beiden.

Mein Herz raste und ich wollte mich wehren und kämpfen, aber ich zwang mich dazu, mich locker hängen zu lassen und ihre Vermutungen zu bestätigen. Wenn der richtige Moment gekommen war, würde ich ihnen zeigen, dass ich noch lange nicht erschöpft war, doch ich wollte das Überraschungsmoment auf meiner Seite.

Es klang, als würde der zweite Mann – der, der mich geknebelt hatte – direkt vor uns laufen. Ich konnte ihn erst sehen, als wir stehenblieben und mein Träger sich umdrehte, um in die Richtung zu schauen, aus der wir gekommen waren. Ich erhaschte einen kurzen Blick auf den kleineren Mann, der eine unauffällige hölzerne Tür in der Mauer öffnete, bevor wir uns wieder umdrehten und die Akademie wie auch die Stadt hinter uns ließen.

Ich versuchte mir einzureden, dass ich mir die Endgültigkeit, mit der sich die Tür schloss, nur einbildete, aber konnte ein Zittern nicht unterdrücken. Zum ersten Mal, seit ich Corrin betreten hatte, verließ ich es wieder.

Das Rauschen des Flusses Overon war laut hier draußen, und dank der Stunden, die ich aus meinem Fenster gestarrt hatte, wusste ich, dass uns nur ein schmaler Streifen Gras von ihm trennte. Die Männer unternahmen keinen Versuch, sich dem reißenden Gewässer zu nähern, und gingen stattdessen an der sanften Kurve der Stadtmauern entlang.

Jetzt, da ihnen nichts mehr im Weg stand, bewegten sie sich noch schneller vorwärts. Wir folgten der Mauer, als sie sich von der Stadt weg schlängelte und immer älter und verwahrloster wurde. Und dann hielten sie wieder an. Ich hörte, wie sich eine weitere Tür öffnete, und wir waren zurück in der Stadt.

Ich kaute auf dem mittlerweile ekligen, feuchten Stoffball in meinem Mund herum. Damit hatte ich nicht gerechnet. Hoffentlich war derjenige, wer auch immer uns folgte, cleverer als ich.

Hohe graue Häuser ragten um uns herum auf, als wir uns durch ein Labyrinth aus verdreckten Seitenstraßen schlängelten.

Wir waren nicht mehr im Magierviertel der Stadt, so viel war sicher.

»Zeit für eine Pause«, sagte der Mistkerl, der mich trug, als wir eine weitere lange Gasse passierten, und wieder wurde ich hart auf den Boden geworfen.

»Wir sollten besser weitergehen«, erwiderte der kleinere Mann und beäugte seinen Kollegen missbilligend.

Der andere Kerl zuckte nur mit den Schultern. »Dann trägst du sie. Sie ist schwerer, als sie aussieht.«

Wenn ich nicht geknebelt gewesen wäre, hätte ich gegrinst. All die neuen Muskeln, die ich mir antrainiert hatte, machten sich bereits bezahlt.

Der große Kerl lehnte sich gegen eine Wand und schloss die Augen, als er seine Schultern ausschüttelte. Nach einem kurzen Blick auf mich, während sich mein Atem immer noch davon erholte, auf den Boden geschleudert worden zu sein, entfernte sich der kleinere Mann und ging auf das Ende der Gasse zu, in der wir uns befanden.

Während er unsere Position sicherte, drehte ich mich langsam, bis ich von den beiden abgewandt war. Dann, ohne mich vom Boden zu erheben, griff ich nach oben, um meinen Knebel zu entfernen.

Alles in mir schrie, dass ich mich beeilen sollte, aber ich hielt meine Bewegungen langsam, da ich ihre Aufmerksamkeit nicht auf mich lenken wollte. Als ich den Knebel herunterzog und den Ball ausspuckte, wünschte ich, ich hätte herausgefunden, wie leise ich einen Zauber aussprechen konnte, damit er immer noch funktionierte. Jetzt war es dafür zu spät.

Ich flüsterte die einschließenden Worte und versuchte gar nicht erst, an einen bestehenden Zauber zu denken. Ich hielt kaum inne, um zuzulassen, dass meine gewählten Worte mein inneres Auge erfüllten.

»Setze den großen und den kleinen Kerl außer Gefecht.« Es war meine Macht, also ging ich davon aus, dass sie wusste, wen ich damit meinte. »Und gebe unseren Aufenthaltsort jedem Freund bekannt, der uns folgt.« Den zweiten Satz fügte ich in allerletzter Sekunde hinzu und war ein wenig stolz, dass er mir noch eingefallen war. »Entfesseln.«

Das letzte Wort sprach ich lauter aus, was den großen Kerl dazu veranlasste, sich brüllend von der Wand abzustoßen. »Hey!«

Der andere Mann kam zu uns zurückgerannt, aber es war viel zu spät. Die Macht strömte aus mir, streckte sich nach ihnen aus, und – wie bereits bei meinen anderen Angreifern – ließ sie sofort zu Boden gehen, ihre Schreie wurden von ihrer Bewusstlosigkeit erstickt.

Ich lächelte und erhob mich auf meine Füße. Ganz so wehrlos war ich scheinbar doch nicht.

Doch die Kraftwelle brach noch nicht ab, sondern schlängelte sich durch die Gasse in die Richtung, aus der wir gekommen waren. Ich biss mir auf die Lippe. Vielleicht war der letzte Satz doch keine so gute Idee gewesen.

Ich schwankte und musste mich wieder setzten. Scheinbar hatte ich doch meine Grenzen, und ich konnte spüren, wie ich mich ihnen näherte, meine Stärke verließ mich in einem beängstigenden Tempo. Ich musste den letzten Teil meines Zaubers von mir lösen, aber ich hatte noch nicht gelernt, wie das funktionierte.

Ich versuchte, mein immer schwächer werdendes Gehirn dazu zu bringen, sich selbst etwas zu überlegen, aber ich konnte nicht mehr richtig denken.

Und dann erschien eine Gestalt am Ende der Gasse und der Strom aus Macht brach abrupt ab. Ich schwankte und keuchte erleichtert auf.

»Nun, so kann man es auch machen«, sagte eine vertraute Stimme. »Etwas angeberisch, aber effektiv, nehme ich an.«

Ich gab mir nicht die Mühe, ihn zu fragen, wovon er sprach.

Lucas legte die Distanz zwischen uns zurück und reichte mir seine Hand, um mir auf die Beine zu helfen. Dieses Mal lehnte ich sie nicht ab. Von seinen Fingern ging ein Funke aus, der durch mich fuhr und den Nebel in meinem Kopf lichtete.

Er sah zu den beiden bewusstlosen Männern. »So geschickt wie eh und je, wie ich sehe.«

Ich wollte protestieren und meine Umstände verteidigen, aber mein Verstand hatte aufgehört zu funktionieren, als mir bewusst wurde, dass seine Finger immer noch die meinen hielten. Ich sah auf seine große, starke Hand hinunter, dann die Gasse entlang und hinauf zu seinem Gesicht.

»Bist du allein?«

Eine Seite seines Mundes kräuselte sich zu einem verträumten Lächeln, und sofort fühlte ich mich wieder benebelt.

»Ich würde sagen, sie sind noch auf dem Weg hierher. Aber ich dachte nicht, dass du es gutheißen würdest, wenn ich auf sie warte.«

Ich schüttelte meinen Kopf, dann nickte ich und versuchte, mich daran zu erinnern, worauf ich antwortete. Seine Hand drückte meine fester und er zog mich zu sich. Zuerst sanft, dann mit einem harten, letzten Ruck, der mich gegen seinen Körper fallen ließ.

Er ließ meine Hand los und legte seine stattdessen auf meine Schulter, seine smaragdgrünen Augen funkelten auf mich herab.

»Du bringst mich zum Verzweifeln, Elena von Kingslee.«

Und dann wickelten sich seine Arme um mich, drückten mich gegen ihn, und seine Lippen trafen hart auf die meinen.

In seiner Umarmung wichen sämtliche Gedanken von mir. Die Stärke seines Körpers und die fordernde Wärme seiner Lippen nahmen mich ein. Alles in mir reagierte, drängte mich gegen ihn.

Nie hätte ich mir vorgestellt, dass sich ein Kuss so anfühlen konnte.

Und dann ließ ein Geräusch hinter mir uns auseinanderfahren. Ich wirbelte in seinen Armen herum, meine eigenen Hände zuckten nach oben, als wollten sie uns vor dem beschützen, was auch immer uns angreifen könnte.

Lucas schrie: »Elena, nein!«

Aber es war bereits zu spät. Zwei kleine Worte tanzten bereits vor meinen Augen, und mein Mund öffnete sich, um sie auszusprechen.

»Beschütze uns.«

Eine Katze sprang fauchend zurück, als die Macht aus mir hinaus floss.

Als mir klar wurde, dass ich überreagiert hatte und wir nicht bedroht wurden, ärgerte ich mich. Aber mein Schutzschild legte sich schnell und stark um uns, schloss uns beide in sich ein, und ich fühlte, wie das letzte bisschen meiner Kraft mich verließ.

Entfernt hörte ich, wie Lucas meinen Namen rief, aber die Dunkelheit legte sich bereits über mich. Als sie mich ganz zu verschlingen drohte, war das Letzte, was ich fühlte, wie seine starken Arme mich auffingen, als ich fiel.

KAPITEL 29

Ich wachte allein an einem mir unbekannten Ort auf. Als ich mich zu schnell aufsetzte, drehte sich um mich herum alles. Doch nach mehreren tiefen Atemzügen, ging es vorüber und ich beäugte meine Umgebung. Und erkannte sie doch wieder. Acacias Zimmer an der Akademie.

Ich schüttelte meine Glieder aus und tastete vorsichtig meinen Kopf ab. Ich musste lange geschlafen haben, weil ich mich weder steif noch erschöpft fühlte. Tatsächlich war ich voller Energie.

»Oh, gut. Du bist wach. Wurde auch Zeit.« Acacia eilte ins Zimmer. »Es gibt ein paar Leute, die sehr froh sein werden, das zu hören.«

Sofort erfüllten grüne Augen meine Erinnerung und ich senkte den Kopf, um meine roten Wangen zu verstecken.

»Wie lange war ich …?«

»Zwei Tage.«

»Zwei Tage!« Ich sprang auf.

Acacia warf mir einen strengen Blick zu. »Überanstrengung ist eine ernste Sache. Und es kann katastrophale Folgen nach sich ziehen. Du kannst dich glücklich schätzen.«

Ich nickte demütig, weil ich schnellstmöglich hier verschwinden wollte und bereit war, jeden Vortrag über mich ergehen zu lassen, der mich hier schneller rausbrachte.

Acacia seufzte. »Ich weiß nicht, warum ich mir überhaupt die Mühe gebe.«

»Weil du eine wundervolle Person bist.« Ich grinste sie an, und sie lächelte mir widerwillig zu.

»Oh, na geh schon«, sagte sie.

Ich eilte aus dem Zimmer, rief ihr noch ein Dankeschön über die Schulter zu, und wäre draußen beinahe mit jemandem kollidiert.

»Elena!« Coralie quiekte und warf ihre Arme um meinen Hals, um mich viel zu fest an sich zu drücken.

Ich ließ ihr einen Moment, dann protestierte ich.

»Lass ihr etwas Raum zum Atmen, du Verrückte«, sagte Finnian hinter uns.

Zögerlich ließ Coralie von mir ab. Saffron schenkte mir ein warmes Lächeln und – zu meiner Überraschung – umarmte Finnian mich.

»Ich muss zugeben, du hast uns beinahe einen Schrecken eingejagt«, sagte er. »Für einen kurzen Augenblick.«

»Du glaubst nicht, was es für einen Aufruhr gab.« Coralie zog mich mit sich in Richtung des Speisesaals. »Ein Lehrling wird während der Abschlussprüfungen entführt! So etwas gab es noch nie.«

»Wir waren gerade mit dem schriftlichen Teil der Prüfung fertig, als das Chaos ausgebrochen ist. Überall war Rauch, und Lorcan ist herumgerannt und hat herumgebrüllt, um ein Team aufzustellen, das dich suchen sollte.« Finnian grinste mich an. »Natürlich habe ich mich freiwillig gemeldet, aber er hätte mir fast den Kopf abgerissen und hat mich zurück in den Prüfungs-raum geschickt.«

Coralie rollte mit den Augen. »Alter Angeber. Du hast nur

herumgeschnüffelt, um herauszufinden, was es mit dem Durcheinander auf sich hatte.«

»Auf deine Anweisung hin, wenn ich mich recht erinnere«, sagte er matt.

»Natürlich, wir sind vor Neugier fast gestorben«, sagte Coralie. »Aber Redmond kam zu uns und sagte, dass die Prüfungen weitergehen müssten, mit oder ohne Lorcan.«

»Dieser aufgeblasene –«

»Finnian!«, unterbrach Saffron die gemurmelte Beleidigung ihres Cousins.

Er grinste sie nur an. »Was? Das ist er, und du weißt es.«

Coralie ignorierte die beiden. »Also musste Walden für Lorcan einspringen. Es ist ein Wunder, dass wir alle bestanden haben, wenn man die ganzen Ablenkungen bedenkt.«

Ein grausamer Gedanke überkam mich. Prüfungen. Bestehen.

»Alle außer mir.« Ich schluckte. »Ich konnte meine Prüfung nicht zu Ende bringen. Und Redmond hat nur darauf gewartet, mich durchfallen zu lassen.«

»Nun, natürlich wollte uns niemand irgendwelche Details verraten …« Finnian sah mich hoffnungsvoll an, aber ich schüttelte meinen Kopf. Wenn sie es nicht bereits wussten, würde ich Lucas’ Beteiligung nicht preisgeben.

Finnian seufzte. »Aber wie es scheint, hat Lorcan es geschafft, dich zu finden. Und er sagte, den Großteil deiner Rettung hast du selbst übernommen und dabei alle möglichen fortgeschrittenen Zauber benutzt, also hat er deine Prüfung für bestanden erklärt.«

Fast wäre ich vor Erleichterung zusammengebrochen, aber Coralie stützte mich.

»Bist du sicher, dass du Acacia schon verlassen solltest?«, fragte sie.

Ich schüttelte sie mit einem Lächeln ab.

»Natürlich. Sie hat gesagt, ich war zwei Tage lang weggetreten!«

Finnian legte eine Hand über sein Herz. »Die längsten zwei Tage meines Lebens.«

»Hör nicht auf ihn«, sagte Saffron. »Er hat die beiden Tage in purer Glückseligkeit verbracht, hat gefaulenzt und nichts getan, außer zu essen und uns alle zu ärgern.«

»Manchmal braucht ein Mann seine Freuden im Leben.« Coralie schubste ihn zur Seite.

»Wir haben es also geschafft.« Ich versuchte, den Gedanken zu verarbeiten. »Wir haben alle bestanden.«

»Ja, ja, das haben wir.« Coralie beäugte mich von der Seite. »Obwohl ein gewisser Prinz bei den Anfängen des Tumults verschwunden ist. Er kam gerade noch rechtzeitig zurück, um seine Prüfung zusammen mit dem vierten Jahrgang abzulegen.«

»Die Vorteile, wenn man zum Adel gehört«, sagte Finnian. »Nicht ein Lehrer hat es infrage gestellt, während ich lauthals dafür gerügt wurde, auch nur einen Fuß vor den Prüfungsraum gesetzt zu haben.«

»Du kannst froh sein, dass sie dich nicht sofort haben durchfallen lassen«, sagte Saffron finster.

Bei der Erwähnung von Lucas spürte ich, wie meine Wangen erröteten, die Erinnerung an unseren Kuss schoss mir durch den Kopf. Hastig wechselte ich das Thema.

»Also schätze ich, dass wir bald alle zusammen im zweiten Lehrjahr sein werden. Sind schon viele Schüler aufgebrochen?«

»Ich glaube, um ehrlich zu sein, die Hälfte von ihnen ist noch hier, um einen Blick auf dich zu erhaschen«, sagte Finnian.

Ich biss mir auf die Lippe. Also war ich wieder mal das Spektakel an der Akademie.

Dann erinnerte ich mich an meine Erleuchtung während der Entführung, und streckte den Rücken durch. Sollten sie mich doch anstarren. Ich hatte es satt, mich vor ihnen zu verstecken.

Mit hoch erhobenem Haupt betrat ich den Speisesaal, ohne auf das Geflüster zu achten, das sich im Raum ausbreitete. Nur eine Sache hatte sich nicht verändert. Meine Augen suchten immer noch nach einem bestimmten dunklen Haarschopf.

Er saß an seinem üblichen Platz, mit den Zwillingen neben sich, doch Weston oder Lavinia waren nicht zu sehen. Der Tumult ließ ihn aufschauen, seine Augen wanderten zu unserer Gruppe, als wir uns den Tischen des ersten Jahrgangs näherten. Doch sein Blick ruhte nicht auf mir, er wanderten genauso leicht über mich hinweg wie über meine Freunde. Enttäuschung machte sich in mir breit.

Coralie plapperte weiter und warf Finnian böse Blicke zu, wenn er versuchte, mir Details über die Entführung zu entlocken, und erzählte stattdessen von ihren Plänen für den bevorstehenden Sommer. Ich nahm ihre Stimmen kaum wahr.

Dann traf mich der Essensduft und erinnerte mich an meinen schmerzhaft leeren Bauch. Ich füllte mir einen Teller und begann trotz meines abgelenkten Geistes zu essen.

»Acacia hat gesagt keine Fragen. Sie soll sich noch ausruhen können.« Coralie blickte Finnian scharf an.

Meine Augen machten sich selbstständig und wanderten die Tischreihen entlang. Lucas hörte mit gelangweiltem Ausdruck zu, als Calix ihm etwas erzählte. Er sah nicht in meine Richtung.

Jegliches Bedürfnis, die Fragen meiner Freunde zu beantworten, schwand, und ich war dankbar für Acacias Anweisungen. Scheinbar wusste nicht mal ich, was in der Gasse passiert war. Hatte ich das alles nur geträumt? Denn jetzt, als ich zurück in der Akademie war, schien sich nichts verändert zu haben.

»Natalya!«, erklang eine Stimme durch den ganzen Speisesaal, und Natalya sprang auf und eilte herüber, um Lavinia zu umarmen.

»Natürlich wirst du mich besuchen kommen«, sagte Lavinia mit übertriebener Lautstärke.

Natalya lächelte und hakte sich bei ihrer Freundin unter. »Nur, wenn du versprichst, mich zuerst zu besuchen.«

Ich beobachtete, wie sie aus dem Saal schlenderten und die

Türen hinter sich weit offenstehen ließen. Zweifellos, damit wir alle das wichtig aussehende Gefolge entdecken konnten, das gekommen war, um die Stantorns abzuholen. Ich konnte Weston an der Seite stehen sehen, der angesichts der Theatralik seiner Cousine gelangweilt wirkte.

Aber gerade, als ich mich wieder meinem Essen zuwenden wollte, stach mir etwas ins Auge.

Ich sprang auf die Füße, ignorierte die neugierigen Fragen meiner Freunde und eilte durch den Saal auf die Tür zu. Ich platzte in den Flur hinaus und legte die wenigen Schritte zur Eingangshalle zurück, aber die Stantorn-Truppe war bereits verschwunden und Natalya mit ihnen.

Ich eilte ihnen nach, als gerade eine andere Gruppe die Akademie betrat und die große Tür blockierte. Ungeduldig schob ich mich durch die Menge und ignorierte ihre Proteste, bis ich am oberen Ende der Treppe stand.

»Was willst du denn?«, fragte Natalya.

Zwei Kutschen rumpelten bereits auf das offene Tor zu.

»Wer war das? Bei Lavinia?«

Natalya beäugte mich missbilligend. Normalerweise führten wir diese Art von Unterhaltung nicht miteinander.

Ich drehte mich um und starrte sie an. »Nun?«

Sie warf ihre Haare über die Schulter, die sie im Gegensatz zu ihrer ansonsten praktischen Frisur heute offen trug. »Das war natürlich Lavinias Familie.«

»Also Stantorns? Sie alle?«

Sie warf mir einen bösen Blick zu. »Was stimmt nicht mit dir? Erzähl mir nicht, dass du ein Jahr lang mit uns hier gelebt hast und immer noch nicht weißt, aus welchen Familien wir kommen. Natürlich waren das Stantorns.«

Sie machte auf dem Absatz kehrt und verschwand wieder im Innern, wodurch ich zähneknirschend auf der obersten Stufe zurückblieb.

Aber ich war nicht lange allein. Und ich musste mich nicht

umdrehen, um zu wissen, wer neben mir stand. Ich konnte seine Präsenz spüren, obwohl ich mir wünschte, nicht so empfindlich darauf zu reagieren.

»Hast du mit Lorcan gesprochen?«

»Wie bitte?« Jetzt drehte ich mich zu ihm. Das war also die Begrüßung, die ich bekommen sollte?

Nach seiner vorherigen Gleichgültigkeit hatte ich die Wärme, die jetzt in seinen Augen lag, nicht erwartet, aber seine Worte blieben praktisch.

»Hast du mit Lorcan gesprochen, nachdem du aufgewacht bist?«

»Nein«, sagte ich hart und blickte wieder auf den Hof hinaus.

»Während du bewusstlos warst, wurde eine Untersuchung eingeleitet. Die beiden Männer, die dich entführt haben, sind in Gewahrsam gestorben, bevor sie reden konnten.« Er verlagerte sein Gewicht auf den anderen Fuß. »Genau wie die Kriminellen, die dich in der Stadt angegriffen haben.«

»Was? Sie sind gestorben? Niemand hat mir gesagt –«

Er redete weiter. »Lorcan ist zu dem Entschluss gekommen, dass die beiden Angriffe miteinander in Verbindung stehen. Vielleicht war der erste ein Test, genau wie du vermutet hast. Aber ich glaube, dass diese beiden nicht so entbehrlich waren wie die davor. Sie haben eine Menge Brotkrumen zurückgelassen, denen man folgen konnte.«

Er machte eine Pause.

»Und?«, fragte ich, obwohl ich in Gedanken immer noch bei den schon lange verschwundenen Kutschen war. »Wohin haben sie geführt?«

»Kallorway.« Seine Stimme klang finster.

»Kallorway?« Ich drehte mich um und starrte ihn an. Damit hatte ich nicht gerechnet. »Das kann nicht sein.«

»Ganz im Gegenteil.« Er schüttelte seinen Kopf. »Ich wünschte, wir hätten ihr Eindringen von vornherein verhindern können, aber ich befürchte, dass dem leider nicht so ist. Wie es scheint, haben sie gehört, dass wir etwas Neues entdeckt haben – einen neuen Weg, die Macht zu nutzen –, und sie wollten unsere Geheimwaffe stehlen.«

Ich hörte ihm kaum zu, schüttelte den Kopf. »Ich glaube nicht, dass es Kallorway war.«

Er hob seine Augenbrauen. »Ja? Du zweifelst Lorcans Ermittlungen an? Ich nehme an, die beiden Männer haben dir ihren ganzen Plan verraten, bevor du sie umgehauen hast?«

»Du hast gerade gesagt, dass sie tot sind. Die Männer, die mich angegriffen haben.«

Lucas betrachtete mich aus zusammengekniffenen Augen, doch gab sich nicht die Mühe, seine vorherigen Worte zu bestätigen.

»Nun, das ist unmöglich, weil ich gerade einen von ihnen gesehen habe.«

»Wie bitte?«

»Ich habe einen von ihnen gesehen.«

»Ist das der Grund, warum du wie eine Verrückte aufgesprungen und rausgerannt bist? Wo ist er denn?« Der Prinz sah sich um, als würde er erwarten, dass in der nächsten Sekunde ein Mann hinter dem Brunnen hervorspringen könnte.

Ich ignorierte seinen herablassenden Ton.

»Ich habe ihn durch die Tür gesehen. Er war bei der Truppe, die Lavinia und Weston eingesammelt hat.« Ich sah ihn ernst an. »Die Stantorns. Er war ein Stantorn, oder einer ihrer Diener. Ich bin sofort losgelaufen, aber sie waren alle schon in ihren Kutschen, bevor ich sie erreichen konnte. Aber wenn du jemanden hinter ihnen herschickst, dann wette ich, können wir sie noch –«

»Du hast ihn durch die Tür inmitten einer großen Gruppe stehen sehen?« Lucas schüttelte seinen Kopf. »Du bist gerade erst aus einer zweitägigen Bewusstlosigkeit aufgewacht, Elena. Niemand wird dir Vorwürfe machen, wenn du noch etwas durcheinander bist. Aber mit Sicherheit würde man mir

Vorwürfe machen, wenn ich eine ganze Kolonne der Stantorns anhalte und wilde Anschuldigungen verbreite. Für mich klingt das so, als hättest du einfach jeden sehen können.«

Ich starrte ihn an, Tränen stachen in meinen Augen, was mich nur noch wütender machte.

»Wie kannst du so etwas sagen? Du warst bei meiner Prüfung nicht dabei. Du hast nicht mitbekommen, wie Annika und Casimir mich angesehen haben. Aber du warst beim Treffen des Konzils anwesend, als sie für meine Hinrichtung gestimmt haben. Ist es wirklich so unglaublich, dass Mitglieder der Stantorns und Devoras möglicherweise zu dem Entschluss gekommen sind, dass ich meine Prüfungen bestehen werde, und sie deshalb einschreiten mussten, um mich loszuwerden?«

Lucas schnappte nach Luft. Wenn gerade noch Wärme in seinen Augen gewesen war, dann war sie jetzt verschwunden.

»Das sind *Herzogin* Annika und *Herzog* Casimir, von denen du hier sprichst. Das Konzil hat abgestimmt. Sie haben verloren. Was bedeutet, dass du gerade zwei der mächtigsten Familien im Königreich des Verrates beschuldigt hast. Du musst aufpassen, was du sagst, Elena von Kingslee.«

Mein ganzer Körper war angespannt. »Ich weiß, was ich gesehen habe.«

Er schüttelte den Kopf. »Du weißt, was du denkst, gesehen zu haben.« Er sah einen Moment lang weg, und etwas in seinem Gesicht wurde weicher.

»Ich kenne sie«, sagte er. »Ich bin selbst ein halber Stantorn, also sind das meine Verwandten, von denen du sprichst. Man braucht keine besondere Auffassungsgabe, um zu erkennen, dass die meisten Devoras Hitzköpfe sind, und dass ein Stantorn zu sein bedeutet, eigensinnig zu sein.« Seine Augen verweilten auf meinem Gesicht. »In etwa so wie jemand anderes, den ich kenne.«

Ich runzelte die Stirn und wandte mich ab.

»Aber trotz all ihrer Hitzköpfigkeit und ihres Eigensinns sind beide Familien auch loyal. Sie würden sich niemals gegen das Konzil stellen.«

Die Tränen brannten noch immer in meinen Augen, also hielt ich mein Gesicht abgewandt. Vielleicht hatte ich alles, was in der Gasse geschehen war, wirklich geträumt, denn ganz offensichtlich fühlte der Prinz keine große Zuneigung zu mir.

Stille legte sich über uns, bis Lucas ein verzweifeltes Seufzen ausstieß.

»Glaube, was du willst, aber ich empfehle dir dringend, von weiteren Anschuldigungen abzusehen. Wir werden schon bald für das zweite Schuljahr zurückkommen, und du wirst auch so schon genug um die Ohren haben. So wie wir alle.« Er machte eine Pause, doch weder antwortete ich ihm noch sah ich ihn an. Er seufzte erneut, bevor er seine letzten Worte flüsterte. »Du bringst mich zum Verzweifeln, Elena von Kingslee.«

Und dann war er verschwunden.

Einen endlosen Augenblick lang konnte ich mich nicht bewegen. Ich hatte es mir also doch nicht eingebildet.

Schmerz und Wut kämpften um Dominanz, aber keiner konnte den anderen unterdrücken. All die bedeutungsvollen Blicke, all die Worte mit ihren versteckten Botschaften. Die vielen Male, die er zu meiner Verteidigung eingetreten war. Selbst unser stilles Lernen in der Bibliothek. Als ich nicht aufgepasst hatte, hatte ich zugelassen zu glauben, er wäre auf meiner Seite. Dass der Prinz von Ardann auf seine eigene seltsame und arrogante Weise versuchte, mich zu beschützen.

Und dann hatte ich mich von ihm küssen lassen, hatte meine letzte Energie dafür aufgebracht, ihn zu beschützen. Und auch wenn er mich in der Öffentlichkeit des Speisesaals ignoriert hatte, hatte er mich aufgesucht, sobald ich allein gewesen war – und ich konnte den Hoffnungsschimmer und die Wärme nicht abstreiten, die der Klang seiner Stimme in mir ausgelöst hatte.

Aber ich war eine Närrin. Welches Interesse er auch immer an mir hatte, es war dasselbe, das auch Lorcan und Jessamine einnahm. Interesse an der sprechenden Magierin, nicht an Elena. Wenn es darauf ankam, war ich für ihn nur eine Normalgeborene. Jemand, der eher abgewiesen als konsultiert wurde. Naiv und töricht im Umgang mit Magiern und dem Adel. Jemand, dem man nicht vertrauen konnte, der sich Feinde einbildete, wo keine waren. Jemand, der seine Familie beleidigte.

Und jetzt war ich in Gefahr, doch konnte nichts dagegen unternehmen. Weil der Prinz selbst mir gesagt hatte, es gut sein zu lassen, wenn Lorcans Ermittlungen einen Feind weit weg in einem anderen Königreich ausgemacht hatten, an wen konnte ich mich noch wenden? An niemanden. Meine einzigen Verbündeten hier waren genauso machtlos wie ich.

Ich versuchte, mich daran zu erinnern, dass die Existenz meiner Freunde schon ein Wunder an sich war, auch wenn sie mir jetzt nicht helfen konnten. Irgendwie, trotz all der Hindernisse, hatte ich es geschafft, an der Akademie Freundschaften zu schließen. Ich musste mich nur daran erinnern, dass Lucas nicht dazu gehörte. Und mehr als ein Freund war er ganz bestimmt nicht.

Als hätten meine Gedanken sie heraufbeschworen, erschien Coralie neben mir. Sie legte ihren Kopf auf meine Schulter und blickte auf den Hof hinaus.

»Ich werde dich über den Sommer vermissen«, sagte sie. »Das hätte ich bei deiner Ankunft Anfang des Jahres niemals erwartet.«

Ich schüttelte meinen Kopf und versuchte, die Erinnerungen an Lucas abzuschütteln, um mich stattdessen auf die schönen Momente meines Jahres hier zu konzentrieren. »Und ich hätte Anfang des Schuljahres nie geglaubt, jetzt noch am Leben zu sein.«

»Wie optimistisch«, sagte Finnian, der zu uns heraus geschlendert kam. »Du bist – wie immer – unser Sonnenschein.«

Ich grinste ihn an. »Ich hätte mir niemals vorstellen können, mich mit dem Sohn eines Herzogs anzufreunden.«

»Nun, das kannst du mir nicht vorhalten. Keiner von uns kann sich seine Familie aussuchen.«

»Familie!« Ich richtete mich auf. Die hatte ich in dem Chaos ganz vergessen. »Ich kann nach Hause gehen und meine Familie wiedersehen!«

Finnian schlang einen Arm um Coralies Schultern. »Und schon sind wir vergessen, liebste Coralie.«

Sie schob ihn von sich. »Du vielleicht.«

Plötzlich wurde ich von Sorge erfüllt. »Vorausgesetzt, ich darf überhaupt nach Hause gehen.«

»Da bin ich mir sicher«, sagte Finnian. »Als Lorcan vorhin nach dir gesucht hat, hat er etwas von Bedingungen gefaselt, denen du zustimmen musst. Das klang für mich so, als dürftest du gehen, auch wenn diese Bedingungen vermutlich lächerlich übertrieben sein werden.«

Ich zog sie beide in eine Gruppenumarmung. »Macht euch darüber keine Gedanken. Mir ist egal, was es ist. Ich werde nach Hause gehen!« Ich trat einen Schritt zurück und grinste sie breit an. »Aber im Herbst komme ich zurück, also vergesst mich nicht.«

Coralie schüttelte ihren Kopf und erwiderte mein Lächeln. »Als ob einer von uns das tun könnte.«

Finnian hingegen lächelte nicht, sein Gesicht war ungewöhnlich ernst. »Du bist die Veränderung, die dieses Königreich auf den Kopf stellen wird. Niemand wird dich je vergessen, sprechende Magierin. Merk dir meine Worte.«

Lies *Stimme des Gebots*, Die sprechende Magierin Band 2, um herauszufinden, was Elena und Lucas in ihrem zweiten Jahr an der Akademie erwartet.

Um zu erfahren, was Lucas bei Elenas Ankunft an der Akademie gedacht hat, melde dich in meiner Mailingliste unter www.melaniecellier.com an, um ein exklusives Bonuskapitel aus Lucas' Sicht zu erhalten. Meine monatlichen Newsletter halten dich über zukünftige Veröffentlichungen und Bonusgeschichten zu der sprechenden Magierin auf dem Laufenden.

Vielen Dank, dass du dir die Zeit genommen hast, mein Buch zu lesen. Ich hoffe, es hat dir gefallen. Falls dem so ist, sag es bitte weiter! Du könntest damit anfangen, eine Rezension auf Amazon zu hinterlassen. Ich würde deine Rezension sehr zu schätzen wissen, sie könnte einen großen Unterschied bedeuten!

König Stellan
Königin Verena
Kronprinzessin Lucienne
Prinz Lucas

MAGISCHES KONZIL

Leiter der Akademie (schwarze Robe) – Herzog Lorcan von Callinos

Leiterin der Universität (schwarze Robe) – Herzogin Jessamine von Callinos

Leiter der Gesetzesvollstreckung (rote Robe) – Herzog Lennox von Ellington

Leiterin der Sucher (graue Robe) – Herzogin Phyllida von Callinos

Leiter der Heiler (violette Robe) – Herzog Dashiell von Callinos

Leiterin der Bauern (grüne Robe) – Herzogin Annika von Devoras

Leiter der Windarbeiter (blaue Robe) – Herzog Magnus von Ellington

Leiter der Baumeister (orange Robe) – Herzog Casimir von Stantorn

Leiter des Militärs (silberne Robe) – General Griffith von Devoras

Leiter der Königlichen Garde (goldene Robe) – General Thaddeus von Stantorn

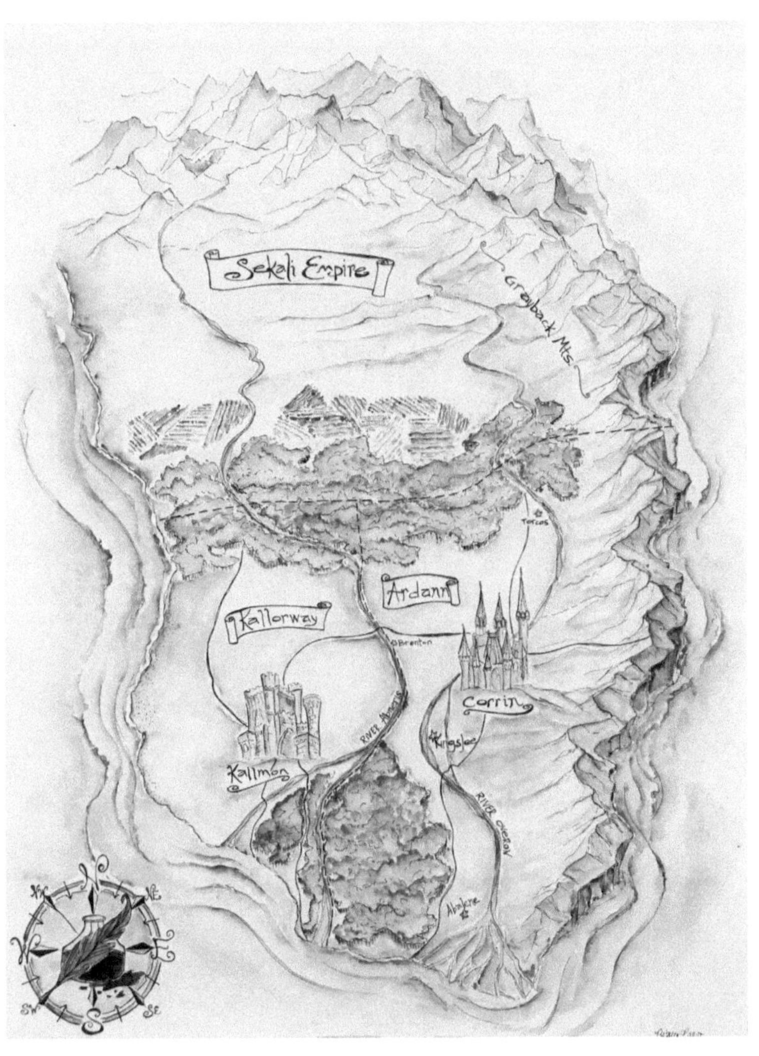

Sekali Empire
Greyback Mts
Telcos
Ardann
Kallorway
Brenton
Corrin
Kingslee
RIVER Ahanti
Kallmor
Avakre
RIVER Cheslov

DANKSAGUNGEN

Es ist lange her, dass meine Fantasie das erste Mal von der Aussage eingenommen wurde, dass die Zunge die Macht über Leben und Tod besitzt. Ich freue mich, mein erstes Buch in einer neuen Fantasiewelt beendet zu haben, in der diese Idee im wahrsten Sinne des Wortes an Bedeutung gewinnt, außerdem ist es meine erste nicht-märchenhafte Erzählung. Natürlich findet man auch hier Märchenelemente, wenn man nach ihnen sucht – von der Pflicht einer jeden Familie, einen Soldaten zu stellen, wie es in der alten Geschichte über Hua Mulan ist, bis hin zu dem attraktiven Prinzen, dessen Haar es irgendwie immer schaffte, besser auszusehen als das aller anderen. Angesichts meiner Liebe zu Happy Ends kann ich mir nicht vorstellen, dass ich mich jemals ganz von meinen Märchenwurzeln entfernen werde, aber ich habe die Gelegenheit sehr genossen, eine ganz neue fiktionale Welt zu erkunden.

Natürlich ist die Reise von Elena und Lucas noch lange nicht vorbei, und ich bin so vielen Leuten unendlich dankbar, die mir mit diesem Anfang geholfen haben und mich weiter durch ihre Abenteuer begleiten werden.

Meine kleine Familie – die jetzt um eine Person größer ist, als sie es noch war, als ich das letzte Wort des ersten Entwurfs von *Stimme der Macht* geschrieben habe – ihr tragt die größte Last meiner schriftstellerischen Zerstreutheit. Ich weiß euch in meinem Leben mehr zu schätzen, als ich es in Worte fassen könnte, auch wenn es manchmal so erscheint, als wäre ich mit meinem Kopf ganz woanders.

Meine Gruppe aus Beta-Lesern ist für dieses Projekt angewachsen, weil ich etwas vollkommen Neues gemacht habe und mehr Unterstützung als jemals zuvor gebraucht habe. Deshalb bin ich sowohl meiner normalen, treuen Beta-Truppe dankbar: Rachel, Greg, Priya, Ber und Katie, aber ebenso den Newcomern, die ich mit ins Boot geholt habe: Marina, Cheri, Kristi und Casey. Sie haben die verschiedenen Fassungen immer wieder gelesen und waren ausgezeichnete Gesprächspartner, wenn es um die Charaktere und die Geschichte ging.

Um dieses Buch fertigzustellen, musste ich mich viel zu oft in mein Büro zurückziehen, und es machte einen großen Unterschied, Kollegen an meiner Seite zu haben – auch wenn sie nur virtuell anwesend waren. Kitty, Kenley, Shari, Aya, Brittany, Diana und Marina – es ist so viel einfacher, etwas Neues auszuprobieren, wenn mich solch großartige Cheerleader antreiben. Vielen Dank für die vielen Gespräche, Lacher und GIFs.

Meine Lektoren sind mir in dieses neue Genre gefolgt, wofür ich unendlich dankbar bin. Vielen Dank Mary, Dad und Deborah, dass ihr nicht so schnell wie möglich das Weite gesucht habt! Ohne euren Einsatz und eure Hilfe hätte ich dieses Buch niemals produzieren können.

Meine Coverdesignerin Karri verdient ebenfalls ein großes Lob, nicht nur für ihr Können, sondern auch für ihre unendliche Geduld, als ich mich nicht entscheiden konnte, wie mein Cover abseits der Märchen aussehen sollte. Danke, dass du mich auf dieser Reise begleitet hast, und nicht einmal hast andeuten lassen, dass ich mich endlich entscheiden muss.

Rebecca ist neu in meinem Team, aber ich könnte nicht glücklicher sein, sie als meine Kartenillustratorin mit an Bord zu haben. In einem lächerlich kleinen Zeitfenster hat sie unglaubliche Arbeit geleistet und dabei nichts als Freundlichkeit und Talent bewiesen. Danke, dass du zu meiner Rettung geeilt bist!

Und vielleicht hätte ich diesmal mit einem Dank an meine Leser anfangen sollen – sowohl die alten als auch die neuen. Ihr seid der Grund, warum ich schreibe, und der Grund, warum ich mich hinausgewagt habe, um eine ganz neue Welt innerhalb meiner Fantasie zu erkunden. Euch bin ich jeden einzelnen Tag dankbar.

Und Gott, dessen Stimme die erste und einzig wahre Quelle der Macht ist – danke, dass du uns Worte und Kreativität gegeben hast, und die Möglichkeit, alles zu erkunden, was wir mit ihnen tun können. Mögen wir immer in deine Fußstapfen treten und mehr vom Leben als vom Tod sprechen.

ÜBER DIE AUTORIN

Melanie Cellier wuchs zwischen Stapeln aus Büchern, Büchern und noch mehr Büchern auf. Und obwohl sie älter wurde, hörte sie nie auf, Kinder- und Jugendromane zu lieben.

Sie wollte immer selbst einen schreiben, aber es dauerte drei Karrieren und drei Kontinente, bis sie es dann tatsächlich schaffte.

Heute ist sie in der glücklichen Lage, von ihrem Haus in Adelaide in Australien aus schreiben zu können, wo sie in ihrem Garten nach Koalas Ausschau hält. Ihre Grundnahrungsmittel haben sich kaum verändert, auch wenn sie jetzt Schoko-Minze-Rooibos-Tee und Chicken Crimpys zu ihrer Liste hinzugefügt hat.

Sie schreibt Young Adult Fantasy, darunter Bücher in der Welt der sprechenden Magierin und ihre verschiedenen Four Kingdoms-Reihen, die aus miteinander verbundenen, eigenständigen Geschichten bestehen und klassische Märchen neu erzählen.

www.ingramcontent.com/pod-product-compliance
Lightning Source LLC
Chambersburg PA
CBHW060736190726
48285CB00001B/232